多雷插图本世界名著

# 国王的叙事诗

[英]阿尔弗雷德·丁尼生 著
[法]古斯塔夫·多雷 绘
文爱艺 译　　文中 校译

吉林出版集团股份有限公司 | 全国百佳图书出版单位

版权所有　侵权必究

**图书在版编目（CIP）数据**

国王的叙事诗 /（英）阿尔弗雷德·丁尼生著；（法）古斯塔夫·多雷绘；文爱艺译. -- 长春：吉林出版集团股份有限公司，2025.3. --（多雷插图本世界名著）. -- ISBN 978-7-5731-6378-3

Ⅰ.I561.24

中国国家版本馆CIP数据核字第20259SN973号

DUOLEI CHATU BEN SHIJIE MINGZHU GUOWANG DE XUSHISHI

## 多雷插图本世界名著·国王的叙事诗

著　　者：[英]阿尔弗雷德·丁尼生
绘　　者：[法]古斯塔夫·多雷
译　　者：文爱艺
校　　译：文　中
出版策划：崔文辉
项目策划：赵晓星　武　学
项目执行：于媛媛
责任编辑：杨　蕊
封面设计：观止堂_未氓
排　　版：昌信图文

出　　版：吉林出版集团股份有限公司
　　　　　（长春市福祉大路5788号，邮政编码：130118）
发　　行：吉林出版集团译文图书经营有限公司
　　　　　（http://shop34896900.taobao.com）
电　　话：总编办 0431-81629909　营销部 0431-81629880/81629881
印　　刷：大厂回族自治县益利印刷有限公司

开　　本：787mm×1092mm　1/16
印　　张：20
字　　数：338千字
版　　次：2025年3月第1版
印　　次：2025年3月第1次印刷
书　　号：ISBN 978-7-5731-6378-3
定　　价：72.00元

印装错误请与承印厂联系　联系电话：13521219071

# 前言

阿尔弗雷德·丁尼生勋爵（Alfredlord Tennyson）于1809年出生于英国的林肯郡。他在12个兄弟姐妹中排行第四，父亲乔治·克莱顿·丁尼生是名教区牧师，母亲为伊丽莎白。丁尼生对学习不感兴趣，但擅长讲故事；他博览群书，对文学产生了浓厚的兴趣。受弥尔顿和蒲伯的影响，他在孩童时，就已经会创作诗词。由于在相对与世隔绝的教区内长大，他很喜欢乡村，而且在他以后的文学作品中也能看到乡村对他的影响。在19世纪20年代后期，丁尼生和他的两个兄弟就读于剑桥的三一学院。在那里，他与亚瑟·哈勒姆结下了深厚的友谊。1833年，哈勒姆的猝死促使丁尼生写了对好友的挽歌《纪念亚瑟·哈勒姆》。事实上，这本作品在1850年出版后得到了维多利亚女王的高度评价，丁尼生也因此被封为"桂冠诗人"。

虽然成年后的丁尼生经济困难、身体欠佳，并且忍受着遗传性精神失控症的折磨，但他仍然成就了成功的人生。在1850年，他娶了他哥哥查尔斯的小姨子艾米莉·塞尔武德。夫妻俩于1853年搬往怀特岛，此后便往返怀特岛和位于萨里的奥德沃斯乡村老家之间。丁尼生在1884年被封为贵族，即奥德沃斯和法令福德男爵。丁尼生于1892年在奥德沃斯逝世，他毕生致力于写作事业；逝世那一年，戏剧《舍尔伍德》在纽约创作完成，诗歌的最后一卷《俄诺涅之死，阿卡巴之梦及其他诗歌》出版。

亚瑟王和他的王朝充满着神话传奇色彩，这也正是丁尼生创作《国王的叙事诗》（又译《亚瑟王传奇》）的灵感之源。这部作品不仅对爱与背叛展开了诗意般的探究，更是借诗歌讨论了道德秩序、骑士准则以及人性弱点的错综复杂。叙事诗（一种包含浪漫或者悲剧主题的记叙性田园诗）是在魔法和超自然，特别是在"施用魔法的"莫林这个人物的背景下展开的。当然，丁尼生的灵感主要来源于15世纪末托马斯·马洛里爵士的史诗《亚瑟王之死》。丁尼生的亚瑟王之旅并不始于叙事诗：早在多年以前他就已经出版过大量以亚瑟王为主题的诗歌，包括《夏洛特女士》《加拉哈德爵士》《兰斯洛特爵士和吉娜薇王后》《亚瑟王之死》。在许多描写圆桌骑士及其各种冒险和迷情的篇章中，叙事诗不可避免地融合了丁尼生维多利亚式的感性和他收集的中世纪的原始资料。

《国王的叙事诗》的出版过程有些复杂，类似于分期发表的作品。于1859年首次出版的版本实际上只包含四首叙事诗，包括《伊尼德》、《薇薇安》（后来更名为《莫林和薇薇安》）、《伊莱恩》（后来更名为《兰斯洛特和伊莱恩》）和《吉娜薇王后》。十年后，另外四首叙事诗发表，即《亚瑟王的到来》《圣杯故事》《佩里亚》与《亚瑟王的消逝》（《亚瑟王的消逝》包括丁尼生在1842年发表的《亚瑟王之死》）。1872年的版本收入了《最后的比武大会》和《加尔斯和雷奈特》。1885年的版本收入了《巴林和巴兰》。1959年的版本中，《伊尼德》在1884年改版后分为《杰兰特的婚事》和《杰兰特和伊尼德》两部分。在1888年，丁尼生重新整理了各个部分的顺序。这个版本按照《亚瑟王的到来》、《圆桌骑士》的十个故事、《亚瑟王的消逝》的顺序，结构对称。除了这十二本书外，在1862年的版本的开篇部分中，丁尼生还加入了怀念阿尔伯特王子的献辞。阿尔伯特王子于1861年逝世，在世时，他曾赞扬过这本书，还让人把书的复印本拿去请丁尼生签名。丁尼生以一篇《致女王》结束了这部史诗，这篇结语首次发表在图书版（1872—1873年）上。

在《维多利亚诗歌》（1875年美国首版）一书中，美国评论家兼诗人埃德蒙·克拉伦斯·斯特德曼把《国王的叙事诗》比作"骑士的史诗"。他说丁尼生向我们诠释了理想的骑士精神，而不是它现实的存在形式。丁尼生凭借《国王的叙事诗》，诠释和赞扬了亚瑟传奇中的英雄式元素，描述了骑士生活的复杂需求，并为这两者做出了不朽的贡献。

# 目录

献辞 / 001

亚瑟王的到来 / 005

圆桌骑士 / 027
加尔斯和雷奈特 / 029
杰兰特的婚事 / 063
杰兰特和伊尼德 / 085
巴林和巴兰 / 111
莫林和薇薇安 / 125
兰斯洛特和伊莱恩 / 157
圣杯故事 / 199
佩里亚和伊塔蕾 / 229
最后的比武大会 / 245
吉娜薇王后 / 267

亚瑟王的消逝 / 289

致女王 / 307

谨以此献给他的回忆——
他视之如此珍贵，
或许在无意识中寻到了
自己的只身片影——
我满含热泪，
讴歌，称颂，献上——
这些田园诗。
的确，于我而言，
他并非仅是国王理想的骑士，[2]
"他崇敬自己的良心如对待自己的国王；
他的荣耀，纠正人性的过失；
他非礼勿言，不仅如此，还非礼勿听；
他一心只爱他的唯一，
并可为她粉身碎骨——"
她——在所有他们最后的
岛屿属地之中，
混杂了战争迫在眉睫的光辉，[3]
他陨落的阴影如月食般，
让整个世界陷入黑暗。
我们已然失去了他；
他一去不回。
我们现在终于认识他；
所有狭隘的妒忌变得沉寂，
我们眼睁睁看着他离去，
如此谦恭，如此友善，
才华横溢，贤明智慧，
带着圣洁崇高的隐忍，
善于约束自我，他是这般温柔；
没有朝三暮四的党朋相向；
没有将他高尚的地位插上野心的羽翼

化为叛离法律的坐骑，
或是享乐的名利场；
然而历经所有年轮的洗礼，
戴上无愧一生的洁白花朵，
在一千道卑微窥探的目光面前，
在那炙热的明亮中跳动着一顶王冠，
让每一污点变得更黑。而他在哪儿？
谁敢于预言，
赋予自己唯一的儿子一个比自己更美好、
更清白的人生呢？
或者英格兰该如何梦想自己的子民们
能拥有继承之外的东西？
拥有这样的一生，
这样一颗心，
以及汝般的智慧。
你这高尚的父，国家的王，[4]
为他的子民尤其穷人鞠躬尽瘁——
呼吁丰饶的日子和富裕的黎明——
深思远见战争的前哨并耗尽心力
为和平做出有成效的努力与反抗——[5]
这样甜美的自然品性，以亲和的文字
让它熠熠生辉，这是科学的荣耀，
艺术的珍奇，我们整个国土的瑰宝，
一个真正的国王，
所有头衔都配不上他，
家喻户晓的名字，阿尔伯特的事迹，
从此以后，流芳百世。
噢，女人啊，莫心碎，只要坚忍依旧；
莫心碎，因你无比高贵，便能不朽，
记住那颗星辰所有的美丽，

献辞 003

在你的身旁闪烁，
点点的星光聚集成河，但很快离去，
在皇冠之上留下永恒孤绝的荣耀。
愿所有的爱，他的爱，
看不见但能感受到，

在你头顶将你庇护，
你所有儿子的爱陪伴你，
你所有女儿的爱珍视你，
你所有人民的爱抚慰你，
直到上帝的爱再次把你送到他的身旁！

## 注释

[1] 这篇献辞首次发表在1862年的版本中。它不仅是为了歌颂阿尔伯特王子："而且通过介绍亚瑟王在他的骑士面前设下的骑士精神概念，使整首诗的基调变得富有美感。"（利特代尔）

[2] 第一个版本为"除了我自己的理想骑士外"。

[3] 暗指在"特伦特号事件"中，英国与美国一触即发的战争。

阿尔伯特王子的影响力在很大程度上避免了战争的发生。

[4] 比较《在国际展览会开幕式上的颂歌》（1862）："噢，即将成为我们的国王的安静的父亲"等。

[5] 指的是1851年和1862年的国际展览会。当时王子正忙于筹划自己的身后之事。

雷奥道格雷，卡米雷亚得的国王，
除拥有一个美丽的女儿外，
再没有其他孩子；
她的美丽无人能及，
她就是吉娜薇，国王唯一的快乐。
亚瑟王到来前，许多昏庸的国王[2]
统治着这个岛国，这里常年征战，
互相倾轧，所有的土地都被白白荒废；
仍然有许多异教徒不时地抢夺掳掠，
蜂拥海外。
大量土地成了荒蛮之原，
野兽大肆繁殖，越来越多，
而人则日益稀少，直到亚瑟王到来。
第一位国王奥勒留[3]生存，战斗，死去，
之后，国王乌瑟尔继续征战，殒命，
但都没能统一王朝。
在这之后，这位亚瑟王，花费时日，
建立了圆桌骑士的权威，
将所有的小国统治到自己麾下，
成为他们的国王和首领，
完成统一王朝的大业。
那时卡米雷亚得的土地已荒废，
密布潮湿的森林，无数野兽深藏其中，
几乎没有什么能够恐吓或驱赶它们；
因此，野狗、野狼、野猪和熊，
日夜来袭，扎根于此，
留恋于国王的花园中。
时不时趁人不备，野狼就会叼走孩童，
然后将其吞噬，然而有时
它们自己的崽子死了或丢了，

它就把乳头借给人类的孩子吮吸；
而这些孩子，
在野狼的兽穴中无拘无束地长大，
在血淋淋的肉块中咆哮，
仿效他们的狼母，四足前进，
直到某天直立行走，
长成狼人，[4]半人半兽。
国王雷奥道格雷在这儿为罗马军团
和恺撒的鹰悲叹不已。[5]
然后他的国王兄弟尤利安将他刺杀；[6]
最后一大群异教徒，
用硝烟和泥土将太阳和大地染红，
用让母亲撕心裂肺的长钉，
钉住孩子，将他囚禁，
但让人吃惊的是，
他不知道自己，该向何处请求援助。
但是——当亚瑟加冕为王，
纷争四起，有人呼喊道：
"他不是乌瑟尔的儿子"——国王
给他传话道："起来，你要帮助我们！
因为在这土地上，人们都丧命于野兽。"
亚瑟还没有在军队建立功勋，
但是听到号召，他便来了；
那时吉娜薇就站在城堡的墙头，
看见他的身影经过；
但是因为他既未戴头盔，
也没有身披象征自己皇权的黄金符，
看起来不过是一个在骑士队伍中行进的
普通士兵，
队伍中的许多人都身着更好的装备，

亚瑟王的到来　007

亚瑟和他的骑士们战胜大片的游牧部落，并建立起属于自己的王国

她眼睛未看他，也未注意，
如果她看见了，也不过是人海中的一个，
尽管他露着脸颊。
但是亚瑟自己，虽然经过时眼睛下视
却感觉到她的眼光，
穿透了自己的生命那般突然的震惊，
他又继续骑行，在森林中安营扎寨。
后来他赶走了异教徒；
消灭了野兽，砍倒林木，
让久违的阳光照进，[7]
为猎人和骑士开出一条宽阔的道路，
之后，就返回了。
亚瑟王在森林中逗留时，
领土内的大贵族和男爵们心中
郁积着深深的怀疑，
这些念头不断闪现促使他们制造争端：
反对最甚的是联合起来二十个小国君，[8]
将矛头对准亚瑟王，大呼小叫道：
"他是谁？没来由地统治我们？
谁能证明他就是乌瑟尔王之子？
瞧！我们看着他，
无论面庞还是举止，体态或是声音，
全都不像我们所知的那个乌瑟尔王。
他是哥罗亚之子，不是我们国王的；
他是安东之子，不是我们国王的！"
而亚瑟自己，再次征战沙场，
感受生命的辛劳、苦痛和挣扎，
渴望能够和吉娜薇结合；
他在骑行中思索：她的父亲说人类死于
与野兽的搏斗中。

难道我不应该把她从这片野兽之地救走，
带往我的王国，与她并肩作战？
孤独地统治王国有何快乐可言？
哦，头上的星辰冷冷令我不寒而栗，
哦，脚下的大地对我发出空洞响声，
纠缠于无谓的梦境？如果我无法和她，
天空之下最美丽的女人，结合，
那么在这个强大的世界里，
我将显得如此微不足道，
我无法成就我的意愿，
亦不能攀登我的伟业，
更无法将自己造就成我疆土上的
胜者和王者。而一旦我和她结合，
我们就能将生命融为一体，
用这统一的意志将一切统治，
拥有力量，照亮这黑暗的土地，
拥有力量，复苏这死寂的世界！
自此以后——讲故事的人这样说：[9]
当亚瑟来到刀光剑影的战场，
敌人的扎营清晰可见，
于是世间的一切便尽在他的掌握之中，
对他来说，远山上最渺小的砂石，
甚至是深空里的晨星，
他都能做到心中有数。
当亚瑟王战胜的旗帜四处飘扬，
胜利的号角立刻响彻四面八方，
而尖厉的呼喊也为这血雨助战，
长枪短兵相接，战马交替飞驰。
现在男爵们和国王们已经占了上风，
而那国王仍在四处奔波，来回征战；

亚瑟完全被雷奥道格雷国王的女儿吉娜薇迷住了

而那些游手好闲的统治者们
则向他掷以闪电和雷鸣,
并在一旁冷眼旁观,直到亚瑟竭尽全力,
用他强有力的双手将一切覆于掌下,
带领他的骑士风云席卷,横扫整个国土,
同爱尔兰的安奎斯特,
蒙各罗斯以及奥尼克岛的罗德,
打败了威尔士的胜利者卡罗多斯,
尤利安和克莱顿蒙德,[10]
诺森伯兰郡的骑士克劳迪安和克兰雷斯,
以及兰亭格尔的国王布兰德安格洛斯。
那个声音如此恐惧就像发现罪恶,
认为世界皆睡我独醒,但未喊之前,
他们突然转向,停止飞奔。
而亚瑟呼吁骑士的品格,
写上传单让信使暗传,
"哦,他们投降了!"如画中之战,
战争停止如死寂般静止不动,
此时亚瑟的心由欢乐主宰。
他对自己至爱至敬的战士露出笑颜。
"你没有怀疑你的国君,
而你的队伍同样也为我战斗至今!"
"大人,我的君王,"
他叫道,"在战场之上,
上帝的光辉降临于您:
我就知道您是我的君王!"
此后这二人在战场上同进同退,
在死亡之地许下至死不渝的誓言。
亚瑟说道:"上帝之辞即人言之;[11]
无论发生何事,我亦将至死信任于你。"

很快他便从战场派来[12]
尤菲斯、布莱斯丁和贝德维尔,
他新近吸纳的骑士,去见国王雷奥道格雷
说道:"如果您认为我干得不错,请把您
的女儿吉娜薇许配给我,做我的妻子!"
国王雷奥道格雷一字一句听在心上,
为难不已——"我可是个国王,
尽管他尽我所需帮助我,我是否就应该
把我那本应许配国王的女儿,
给了这个国王的儿子?"——他抬高声音
叫来一个灰白头发的老人,
即他的管家,
他在一切事情上都倾信于其。
国王问:"你应该最了解亚瑟的出生吧?"
那灰发的管家娓娓道来:"国王阁下,
世上只有两个老人知道这件事:
每一个都长我一倍;
一位是莫林,那是一个智者,
曾以他的魔力效忠于乌瑟尔国王;
另一位就是莫林的师傅——
他们就这么叫他——布雷斯,
那个教授他魔术的人,但是莫林
却青出于蓝,而现在布雷斯
已不再教授魔法,他居于定所,
在一本宏大的纪事书上写下
莫林的一切成就,若干年后,
便能从书中得知亚瑟王的身世之谜。"
国王雷奥道格雷回答道:"哦,朋友,
如果不是这个亚瑟王做我的左臂右膀,
就像你帮助我直到今天一样,

亚瑟王的到来　011

那么野兽和敌人早已将我的尸体瓜分；
就再一次召唤那三个勇士到这儿来，
尤菲斯、布莱斯丁和贝德维尔。"
当他们来到国王面前，国王说道：
"我曾见过小鸡追着杜鹃，
也有自己的理由；
但为何你们的领主挑起战火，
有人说他是出生于哥罗亚家，
另有人说他是安东的儿子？
你们自己告诉我，这个国王亚瑟
究竟是不是乌瑟尔之子？"
尤菲斯、布莱斯丁回答道："是。"
接着那亚瑟王加冕时，
归于麾下的首席骑士贝德维尔开口了
——此人心直口快又忠肝义胆，
对国王从无半点忤逆和诽谤之言——
"阁下，外面有许多关于亚瑟王的谣言。
那些人对他心怀仇恨，中伤他身世卑微，
且因亚瑟王性情温和，
而他们却残忍卑劣，便说他不配称王；
还有一些人认为他是人中骄子，
想着他为上帝所赐；
而我相信所有这些——
请您细听端详——
阁下，您知道在乌瑟尔王的时代
同是王子兼武士的哥罗亚，
曾康沃尔的海边拥有廷塔格城堡，
娶了一个迷人的妻子，伊格林。
她为他诞下了许多的女儿——
其中包括罗德的妻子，

奥克尼的王后，贝尔森特。
亚瑟——但伊格林却从未诞下儿子。
乌瑟尔王对她投去爱慕的一瞥；
而她，哥罗亚贞洁的妻子，
如此厌恶这耻辱之爱，
哥罗亚和乌瑟尔王就此卷入激战；
最后哥罗亚王朝倾覆，国王惨遭凌迟。
乌瑟尔王怒火冲冲包围城池，
将伊格林困于亭塔格城内，
她的士兵看见了城墙下强大的军队，
便弃她而去，四散逃离，
乌瑟尔王破城而入，
在那里无人可以呼救，除了那个王自己。
于是，她终于被国王的威力所屈服，
勉为其难在泪水中成了婚，
速度之快，为人所耻；
此后不久，不多几月，乌瑟尔王一命归西，
人们悲啼恸哭，呼求继承人来继承王位，
以免这片领地如沉船陷落[13]。
而就在那晚，新年之夜，
由于心酸和悲伤，让母亲痛苦不堪，
所以她早诞下了亚瑟，
而亚瑟一来到人间，
便被秘密地从后门送给了莫林，
远远藏匿他处，静待属于王的时机；
因为那时的领主在那蛮荒的年代
就好像现在的野兽一般，
他们一旦知道，
一定会将那孩子撕成碎片；
每个人都争相寻求机会成为新的城主，

而许多人都因哥罗亚之事
憎恨乌瑟尔王。此后莫林带着那孩子，
将他托付给了安东先生，一位年迈的骑士，
同时也是乌瑟尔王的老友；他的妻子
照顾着年轻的王子，亲自将他养大；
这一切都无人知晓。而从那以后领主们
就像野兽般不断彼此交战厮杀，
那片领地就那样渐渐衰亡；
而现在，就在这一年，
当莫林将亚瑟叫来（因为他的时机已到），
带至前厅，宣布道：
'这是乌瑟尔王的继承人，你们的王。'
无数声音顿起，喊道：'跟他一起滚！
我们没有王！他是哥罗亚的儿子，
或者安东的后代，不是国王，
而是一个贱民。'然而莫林自有其法，
在人们的一片叫嚣声中，
亚瑟王被加冕了；而后，大领主们
被押解，由此掀开了战争的序幕。
国王在进行自我斗争
亚瑟是否是一个带着耻辱的孩子，
他究竟是哥罗亚死后的遗腹子，
还是乌瑟尔王生前留下的孩子，
抑或这三位骑士所说的皆非真相。"
正在思索之时，
贝尔森特带着高文和莫德雷德，
她的两子，来到了卡米雷亚得，
这人就是罗德之妻，奥克尼的皇后；
能让国王亦步亦趋为她办尽盛宴的女人，
她说："一个遭疑的王位

犹如夏日海中的冰川。
你从亚瑟的王庭来，是他的人，
获胜后为他传捷报！
而你——这样惦记你的王
——这么多人恨他，强烈的恨，
却极少去关心他的骑士，
尽管他们勇敢无比——
何足去抵挡敌人的前行？[14]"
"哦国王，"她叫道，"我来告诉你：
尽管骑士很少，但全都英勇无比，
与他同心；当亚瑟头戴王冠，
坐在庭上，暴动的人群嘶喊着乌瑟尔的
王朝早已终结，我就在他的身旁，
他的士兵们喊道：'当我们的王吧，
我们爱你，我们愿为你效劳。'
然后国王用低沉的嗓音
简单而威严的话语，
说自己也将谨遵律条，
在这直率的誓约面前相互结成盟友，
当他们站起身，获封爵位，
一些人脸色苍白好像看见鬼魂飘过，
另一些激动不已，
而另一些人则神情茫然，
好像一个个被闪电惊醒，近乎目盲。
他们在圆桌旁开言欢庆时，
所说的宏大、神圣，而又抚慰的言语，
我无法用言语述说——
从他们每个接受号令的士兵眼中，
我看见他的王者风范一闪而过；
在离开之前，他们走过十字勋章

和神圣的十字架，绕之一周，
从亚瑟王的窗前经过，击打武器
发出青色、天蓝、火红的三色火焰，
一束落在了三位美丽的王后[15]身旁，
她们静立在王座边上，亚瑟的朋友们，
身材高大，面色明亮和蔼，
他们凝视着亚瑟，
时刻准备为他尽忠效力。
我还看见了魔法师莫林，
他那博大的智慧和无数个日夜，
犹如奴仆的双手，一直为君主操劳。
而在他的近旁，站着湖上夫人，
她比他更知晓魔法的微妙——
身披白色锦缎袍[16]，神秘又美丽。
她给了国王巨大的十字刀柄剑，
用它能将敌人驱散；
一缕缕带着香气的云朵将她环绕，
而她的脸深深隐藏在黑暗阴霾之中；
而此时在神圣的赞美诗中，
她的声音自水中响起，
犹如她居于深处，尽管风暴震动世界，
她依然平静安详——当水面波浪起伏，
她像我们的主一样，
可以在水上行走自如。
"同时我看见神迹出现
在他加冕的皇冠面前，
一把剑从湖心缓缓升起，
亚瑟划着小船来到湖心，
用手握住那剑柄，只见剑柄上装饰着宝石
和小精灵鸟陵[17]，

炫彩夺目——刀锋寒光闪闪，
仿佛直视它便会盲人眼目——
而在另一边，刻着这世界上
最古老的文字，'拿起我，'
反转剑身你就能看见，
上面写着你该如何行事的语言，
'将我带走！'亚瑟王面露难色，
拔还是不拔？而老莫林在旁边予以忠告：
'拿住它，用它去战斗！
属于你的时刻已经来临了。'
亚瑟王就这样提着这把伟大的神剑，
击败了所有的敌人。"
国王雷奥道格雷当下心中欢喜，
但还有一丝疑云，
他便满眼疑问紧紧盯着那夫人的面庞，
问道："麻雀和燕子接近同类，[18]
而你的魔法与这位贵族王子相近，
是他的亲姐姐。"
夫人答道："我就是哥罗亚和伊格林的女儿。"
"也就是亚瑟的姐姐？"国王问道。
她答道："这一直是个秘密。"
然后示意两子，就此退下，
留下其他人待在原地。
其中一子高文大步走着，
突然启唇歌唱，歌声突兀，四处传扬，
与他的长发一起飘荡，
他像小马一样健步跑着，目空一切；
但此时莫德雷德却在旁屋侧耳窃听，
此人早有异心；正如以后所见他争夺王位，
最终奔向了自己臭名昭著的命运尽头。

亚瑟的童年是在莫林的看管下度过的,莫林教给他骑士所该具有的制度、精神与气质,并且为他打下成为未来国王的坚实基础

而后,王后这样答道:
"我怎知这一切?
我母亲的头发和眼睛都是黑色,
而我也生得黑眼黑发;
而我父亲哥罗亚也是黑发,
那乌瑟尔王自己也有着黑夜一般的头发;
而亚瑟王的美貌则超乎了所有不列颠人,
甚至全人类。
不仅如此,在我的脑海中
一直有一个挥之不去的哭声,
回响在我的生命之中,

那是一个母亲的哭泣声,我听见她说:
'哦,你有一个兄弟,英俊非凡,正是
他在这艰难的世间为你指引方向。'"
"唉,"
国王说道,"你曾听过这样的哭声吗?
而你是何时有机会同那亚瑟王见面的?"
"哦,国王!"
她哭道,"我会告诉你真相:
当他第一次找到我时,我还是闺中少女。
因一点小事而被痛打,
然而我根本无罪;我跑出宫殿,

016 多雷插图本世界名著 | 国王的叙事诗

在遍布欧石楠的荒野游荡，
憎恨这个世界和所有的一切，
我以泪洗面，但求一死；而他——
我不知道是他自己来的，
还是莫林送他来的，人们说，
莫林可以遁天入地——他在我的身旁，
对我说暖心的话语，安慰我伤透的心，
擦去我的眼泪，像个孩子般哄我开心。
他时常来看望我，始终伴着我，
随着我一同长大，而有时他很忧伤，
与他一起的我也会忧伤，
有时他又很严厉，那时我就不敢爱他，
当他又对我温柔时，我又爱他如昔。
后来我看到他的时间越来越少，
而早先的那些日子便成了
我生命当中的幸福时光，
那时我就已确信他会是一个君王。
现在，让我告诉你另一个故事：
布雷斯，传言是莫林法师的师傅，
他在弥留之际，招呼我去，
要告诉我他的遗言。
这位法师萎缩得像个童话中的小矮人；[19]
当我进去时他告诉我，他和莫林，
都在国王乌瑟尔生前服侍过他，
乌瑟尔王在亭塔格死去的那一夜，
两人悲伤不已，寻觅着继承人，
他们将先王尸身停放，准备休憩，
城堡大门旁边突然天崩地裂，
降下暗淡无光的黑夜——
那夜让天地混沌再也分不出界限——

看，在恐怖的深海中，
有一艘宛若龙翼的海船高高隆起，
一个浑身发光的人站在甲板上
把整个船身照得光彩夺目，
却转瞬即逝。两人迅速来到了海滩，
看着惊涛骇浪，
一浪盖过一浪，越来越猛烈。
直到最后，第九个浪头，[20]
发声狂骤，时高时低，
涛声上下漫卷，如同携带烈焰。
在海浪和那熊熊的烈焰中，
诞生了一个裸身的婴儿，
被浪头推到莫林的脚边，
莫林弯腰接住那婴儿，
大声呼叫：'国王啊！
这就是乌瑟尔的继承人！'话音刚落，
那巨大的浪花用边缘横扫海滨，
拍打着这位巫师。
顿时，火焰从他身边熊熊燃起，
那孩子和巫师全都身披火衣。
之后，便是风平浪静、天朗气清、星辰闪烁。
'这就是那个孩子，'他说，
'他就是那个该在王位上的人；
直到这一切被明示，我才能安心离开。'
说完这些，这位先知超脱困苦，
安然离世，
从此在另一个世界里，
他再也不会受人质问了。
而当我见到莫林，
问他这一切是否是真时——

莫林眼前出现一艘被火光团团包围的船,非常炫目,然后一个婴儿被冲到了他脚下

那闪亮的巨龙和光裸的婴孩
在海洋的光耀中降临——
他像往常那样笑着，
用谜一样的怀旧语调回答我说：[21]
'雨啊，雨啊，太阳光！
一挂彩虹在天上！
年轻人将会越活越智慧；
老人的机智死了就消散。
雨啊，雨啊，太阳光！
一挂彩虹在草甸！
真相于我而言是这般，于你而言是那般；
真相究竟是赤裸的还是披着外衣，
统统随它去！
雨啊，雨啊，太阳光！
自由的花已盛开；
阳光，雨水和阳光！而他在哪儿谁知道？
他从深渊来又到深渊去。'
莫林如此秘而不宣将我激怒；
但你不用害怕将自己唯一的孩子
吉娜薇给他；
此后他的歌将会被吟游诗人到处传唱；
黑暗的传言，
人心中的风言风语也会不断，
诗人的歌谣在劳作的火炉旁回响，
人在茶余饭后谈论着国王逸事，
松弛身心；而我们时代的莫林
也会说话，不是在戏谑中，
而是在誓言里，
尽管人们可以中伤他，他却不会死亡，
只是离去，又重新归来；

无论此时或过去都能重重打击异教徒，
使他们匍匐脚下，直到所有人因他
为王所做的事而欢呼歌颂。"
她的言说令国王欣悦，却还沉思着：
"我是该答应还是拒绝？"
疑虑重重，昏昏沉沉，打盹小睡，
看见在梦中，一个斜坡高地不断生长，
一片片连接无际，直到峰顶，
没入天边，国王般的魅影高坐着，
神剑升起，神迹显现，敌人被驱逐，[22]
明火闪烁；从草堆到山巅，
全都浮烟飘荡；云卷云舒，
向山顶飞去，又同雨雾混合，
更显风烟滚滚；而国王则
不时发出声音，此处或彼处
站着一两个人，指着那发声之人，
而其余的人在火中翻滚，作大呼号：
"我们没有国王，乌瑟尔没有儿子，
我们没有国王。"
眨眼的工夫他梦境回转，阴霾退去，
那坚实的大地也化为乌有，
但国王依然头戴王冠，[23]
站立在天际。
国王雷奥道格雷从梦中醒来，
便派遣尤菲斯、布莱斯丁和贝德维尔，
回到亚瑟的宫廷传去允婚之意。
亚瑟下令他最宠爱、最敬重的骑士
——兰斯洛特，骑马前去
将王后带回——并一直目送他出城：
兰斯洛特在盛开的鲜花中出发，

——当时正值四月末，
而后在五月盛开的鲜花中
带着吉娜薇返回。
在不列颠最高主教杜布瑞克[24]身边，
在辉煌的祭坛之前，
国王身着洁白无瑕的礼服，
在当日清晨举行了婚礼，
预示伟大时代的来临，
荣耀的宣誓中，他的骑士
围绕着国王站立，盛装起舞。
五月的骄阳洒在城门上，闪着金光，
白色的花朵在圣坛上面盛开。
国王沐浴在自己国度的金色光芒里，
端详着世上最美的王后。
神香缭绕，那个如流水般的声音
在赞美诗中响起，两人在神圣的教堂中
许下不朽的爱的誓言。
亚瑟王说道：
"看吧，你我从此生死相息。
无论世界如何变化，
我也会爱你至死不渝！"
王后垂下眼帘，这样回应：
"国王啊，我的主人，
我也会爱你至死不渝！"[25]
神圣主教杜布瑞克伸出双手开始布道：
"你的统治千秋万代，同生同爱，
创造一个美好的世界，
愿王后与你同心，
愿所有你的圆桌骑士们
都能圆满履行权力无边的国王的命令！"

杜布瑞克语毕；当他们从神坛离去时，
罗马的贵族们站在教堂前，
用藐视的目光扫视着每个人；
而后来他们的铁蹄踏过燃烧的城池，
身着金甲，阳光朗照，吹响胜利号角，
亚瑟的骑士在那国王面前歌唱：
"吹响吧，号角，
整个世界五月般洁白；
吹响吧，号角，
漫长的黑夜已悄然远离！
号角响彻整个鲜活的世界——
让亚瑟王来统治！
罗马和异教徒不愿被亚瑟王统治吗？
长矛闪闪，战斧灼灼，将他的头盔砍下，
战斧灼灼，长矛闪闪！
让亚瑟王来统治。
为国王战斗，为国王生！他的骑士
听说上帝已经跟国王说了一个秘密。
战斧落下，长矛闪闪！
让亚瑟王来统治。
吹响吧，号角，
他会带领我们远离尘土；
吹响吧，号角，
强者生存，贪者消亡！
长矛拼刺，战斧霍霍！
让亚瑟王来统治。
为国王战斗，为国王死！你所献身的
是王中的王，万物的最高意志。
长矛拼刺，战斧霍霍！
让亚瑟王来统治。

兰斯洛特和吉娜薇返回到亚瑟王的宫殿里

圆桌骑士们为骑士精神举杯致敬

吹响吧,
因为五月的阳光强大无比!
吹响吧,
因为五月的阳光一天强过一天!
长矛拼刺,战斧霍霍!
让亚瑟王来统治。
亚瑟王追随神圣的意愿,我们的王,
上帝已经在他耳边传送秘密。
战斧落下,长矛挥舞!
让亚瑟王来统治。"[26]
骑士们这样唱着歌,
行进到他们的军营。
盛宴中,那些来自昔日的世界霸主——
罗马——的贵族们,
亦步亦趋前来觐见,
如往昔般向亚瑟王致敬。

然而亚瑟王说道:
"看,这些人都宣誓为我战斗[27],
尊我为王;
旧秩序已变,呼唤新的世界;
我们为自己神圣的主而战,
而你们已经日渐老朽和衰弱,
无力将敌人从罗马的城墙中驱赶,
我们无法回应你们的敬意。"
这些贵族们在愤怒中退下,
亚瑟王和罗马开战。
亚瑟和他的骑士本属一心,
在同一天空下,国王的力量无量,
一时万民归心,权倾天下,
征战频频,十二场战役之后
打败异教徒,统领四合坐稳了王位。

## 注释

[1] 这个故事源于马洛里的《亚瑟王之死》(第一本),有许多变动过的地方,尤其是在处理那些古老爱情的粗俗特时。

[2] 诗人在这句诗中提到的国王有:杰弗里的《蒙默斯郡》中的布鲁特斯,或"布鲁图",弥尔顿在《科莫斯》中提到的洛克林,李尔(莎士比亚的《李尔王》)和辛白林(莎士比亚的《辛白林》)。

［3］奥勒留·安普罗修斯（或埃姆里斯），是罗马最后一位将军的后代。这位将军声称在不列颠，紫色是帝王的象征（绿色象征"英格兰的形成"）。他是被人用毒药毒死的，杰弗里是这样叙述的："在王宫附近有一口非常干净的泉水，国王经常去那里喝水……可恶的谋反者想利用这泉水毁了他，于是他们往喷上来的水里都投了毒，国王喝过泉水后，就猝死了，之后有几百个人也因喝了毒水而死。"他的兄弟乌瑟尔继承了王位。

［4］读者会想到罗穆卢斯和雷穆斯的故事，他们是古希腊与罗马传说中的狼人。比较"杰兰特与伊尼德"中："女人生的三只死狼"。

［5］也许正如利特代尔所说的，这句话暗指一本吉尔达所写的名叫《不列颠人的悲叹》的书。书中写道：不列颠人写了一封信给罗马参议院："野蛮人把我们驱逐到了大海里；大海又把我们扔回给了野蛮人；所以等待我们的是两种死法：被杀死或被淹死。"

［6］在1869年的版本中"尤利安"为"瑞恩斯"。据杰弗里说，尤利安是洛特的兄弟；而马洛里则把他写成亚瑟王之妹——仙女摩根的丈夫。瑞恩斯是北威尔士的国王，他"向卡米雷亚得国王雷奥道格雷展开了一场大战。"（马洛里）

［7］第一版里这句话是这样的：
　　他赶走了异教徒，
　　杀死了野兽，砍倒了森林，
　　让太阳照了进来。

［8］这句话在第一版中没有出现。

［9］这一段话在第一版中没有出现。

［10］这些被征服的国王源于马洛里的书中。

［11］这句话在《巴林和巴兰》中重复出现。利特代尔释义为："人类的承诺至高无上，所以必须把它看得尤为神圣"。

［12］第一个版本为"然后从战斗之地派来亚瑟"等。丁尼生在诗歌中多次（《王子》和《圣杯的故事》等）提到"战斗之地"，是为了纪念莎士比亚。后者在《亨利五世》中写道："这个光荣的战斗圣地"。

［13］在莎士比亚与伊丽莎白时期的其他文学中，作者把"失事（wreck）"写成"失事（wrack）"。

[14]"一个遭疑的王位……何足去抵挡敌人的前行"这几行在第一版中只有下面四行：——
一个遭疑的王位就如同夏日海中的冰川，
你从亚瑟的王庭来：这样像你的王——
他的骑士是如此之少，无论他们有多勇猛——
他们的肉身难道足以击退敌人吗？

[15]根据埃尔斯代尔，她们分别代表信念、希望与贞洁。利特代尔则认为她们分别代表"贞洁、节制与真诚"——马洛里提到说这三个美德是骑士们所缺乏的。当博伊德·卡朋特问丁尼生把她们说成"信念、希望与贞洁"的人是否正确时，他回答道："这么说既对也不对，是这个意思也不是这个意思。她们是最高尚的三位女性。她们也是美惠三女神，但她们远不止这些。我讨厌人们把她们限制在'这个是这个，那个是那个'，因为其中一个形象所代表的思想比你任何一种释义都要丰富"（《自传》第二卷）。"湖中仙女"象征着宗教——从她胸前的那条神圣的鱼和亚瑟王宫殿门上她的象征性轮廓都可以看出。

[16]"锦缎"是色彩鲜艳精美的丝织品，最早由六根纤维缠绕而成（锦缎是六鞭虫的讹用语）。

[17]许多权威人士认为犹太祭司长的"乌陵"是珍奇的宝石，见《圣经·出埃及记》《民数记》等。

[18]利特代尔说"雷奥道格雷关于鸟类学的话受到人们的质疑"。鸟类学家可能要从科学的角度反对这个"近"；但是燕子和雨燕是属于同一科的动物，而且在英格兰的部分地区人们一般认为雨燕就是"黑燕子"。丁尼生很可能与利特代尔一样很熟悉鸟类的严格分类，他还在其他地方称赞诗人在这句话中表现出来的广博知识（见《加尔斯和雷奈特》）。

[19]精灵是仙女暗中偷换人类的孩子而留下的丑怪小孩，常常被称为"低能儿"，他们外表萎缩矮小——就像童话里的小矮人。

[20]古代的威尔士诗人把第九个浪头作为最大的一个浪头，而罗马人则把第十个浪头作为最大的浪头。

[21]"许多吟游诗歌和后来的不列颠诗歌都是三行押韵诗句。"（利特代尔）

[22]农民被杀，他们的牛群被当成劫掠品赶走了。

[23]"但"在第一个版本中为"而且"。

[24] 乌斯克河畔的卡利恩的大主教，也是不列颠的大主教和罗马教皇的使节。

[25] "五月的骄阳洒在……爱你至死不渝！"：第一个版本中没有这几行诗。

[26] 布鲁克把这首婚姻和加冕典礼诗歌称为"光荣的文学篇章"。又说："它体现了诗歌的中心思想，抓住了诗歌的整体含义。它的声音是婚礼号角吹出的声音，战争中胜利的武器发出的声音和骑士们的盔甲发出的叮当声。我们听到小心翼翼、变化多端的迭句，元音字母的嘎嘎声和破碎声，战斧打在头盔上与盾牌碰到盾牌发出有节奏的敲击声。跌宕起伏、铿锵有力的诗句——它是艺术上辉煌的努力。奥拉夫国王可能歌颂过它。""在莫林的诗歌中我们听到了对比，一方面温柔、流畅，另一方面刺耳、断断续续。我们一边思考，一边感激这位大师，能轻而易举地把这两方面做得一样好。溪水弹奏的音乐与大自然轻柔的节奏之间的美妙和谐，透露在这首微妙歌曲的字里行间和年轻的欢快感中；而且还混合着丁尼生深刻的、最爱的灵魂先存思想。"

[27] 第一个版本中"战斗"为"拼搏"。

THE ROUND TARLE

圆桌骑士

圆桌骑士

# 加尔斯和雷奈特[1]
GARETH AND LYNETTE

罗德和贝尔森特王后的小儿子，
最高的加尔斯，在一个雨水绵绵的春天
凝视着湍急的流水。[2]
见一细瘦小松根基被毁，
倏忽倒下，被大水冲尽。
"他将会怎样倒下？"加尔斯自语道，
"当一个无能的骑士
或罪恶的君主刚好出现，
假如我长矛在手——迅雷不及掩耳，
我就会趁其不备将这些人一把打落——
你们不过是冰冷如雪，大腹便便，
而我却是一个活生生热血少年：
你们履行造物主的意愿，
却不知其意愿之由，而我则洞晓一切，
因为我拥有力量和智慧，
而我却在母亲的羽翼下消磨徘徊，
优柔寡断而又无比顺从，困于居所，
被人哄着，忍受别人嘲笑的口哨——
只因我好妈妈仍然将我当成小孩子！
别人眼中的好妈妈于我而言糟糕至极！
若是更坏或许才好；
但对我来说，已无更坏可言。
她那么做是天性，[3]
但我却不断在她的耳边唠叨祈求，
直到她将我放出牢笼，
展翅翱翔九天——像只雄鹰一般盘旋
在日光照耀之下，
踏平所有卑鄙低贱的事物，
骑士们为亚瑟王誓死，
去实现他的意愿，去净化整个世界。

为什么，高文，
当他和莫德雷德夏天来这里，
让我用长矛与他作战，这位出色的骑士。
由于缺乏人选，便由莫德雷德来做裁判。
我尽掌全局将他击败，他说，
'你已几乎将我击垮。'他这么说——
莫德雷德咬着薄薄的嘴唇陷入沉默，
莫德雷德他总是一脸忧郁。
但这又与我何干？"
加尔斯去见母亲，在她的座椅旁徘徊，
问道："母亲，你仍将我当作个孩子，
好妈妈，你爱你的孩子吗？"
她笑道："你这个问题
就好像是野天鹅的傻话。"
"那么妈妈，你是爱孩子的，"他说，
"作为一只温驯而非野蛮的天鹅，
请你听听孩子的故事。"
"好啊，我亲爱的，
你不仅是只尊贵的天鹅，而且还拥有金蛋。"[4]
加尔斯神色激动地回答着母亲：
"不，不，好妈妈，我的蛋
比天下所有别的蛋更金贵；
这是一只鹰的蛋，一只高贵的鹰，
它将金光闪闪的蛋
下在了祈祷书[5]中的那棵棕榈树上，
凡眼难见。
棕榈树下常常徘徊着
一个健壮却贫穷的少年，
他时常看到枝头闪耀着壮丽的光辉，
想着'如果能爬上去，手握那光芒，

我将会比困在高位的国王还富有。'
但每当他伸手去爬,
那个从小爱着他的人,看见并阻止了他,
'别爬树,会摔断脖子的,
我是为你好。'于是啊,好妈妈,
那少年,没有爬树,也没有摔断脖子,
却令他那颗渴求的心深深折损,
就此一念,理想消殒。"
那母亲便对他说:"亲爱的儿子,
其实啊,那个深爱他的人,
早先于他冒着危险爬上了树,
摘到那黄金珍宝,将其交之于他。"
加尔斯双眼迸射出激动的火花,
"金子?我说的是金子吗?——好的,
如果我说的东西只是金子,
那为何他或她,或随便谁,
——抑或半个世界的人都去冒险得到它?
但是那把神剑却是用
真正的钢铁所打造的,
暴风雨中闪电与它共舞,
飞禽走兽全都惧怕它,
在它们的小窝中哭号挤作一团,让我
去实现自己的内心期望,让我走。"
贝尔森特惶惶哀叹:
"我这么孤独,你一点也不心痛?
瞧,你父亲躺在炉边像一块木头,
一块燃烧殆尽的木头!
以前他密谋反对亚瑟王,
同诸侯叛变和王开战,
而亚瑟王归还了他的领地,

他的年岁渐高,人也倾颓,
而现在即使尚有余温却如同行尸走肉,
再也不堪这负重的人间;
看不见,听不见,说不出,也不知晓。
而你的两个兄弟都在亚瑟王的宫殿,
我对他们的爱远不及于你的,
我想他们也不值得那样的爱;
你留在这儿吧;
你看,红色的浆果和飞鸟嬉戏,[6]
而你,我纯洁的孩子,
士兵的激斗,战场的纷争,
谁也不知何时,
就会手指疼痛,身体扭曲,骨头折断,
或是坠落马下——而时不时地,
这些悲惨的打斗会冲进头脑,
让我心神不宁;就留下吧:去冷杉林中
追逐麋鹿,把它打下,烧成美味;
这样你的男子气就会日渐强大;
那追逐是多么的有趣;
而我会为你找一个温柔美丽的妻子,
让你往后的日子更美好,
我也好从此颐养天年,
直到变得像罗德一样健忘。
那时我就会不认得你,
不认得自己及一切。留下吧,我儿!
于我而言你仍是孩子。"
加尔斯道:"你还当我是个孩子,
那就再听一听孩子的故事。
母亲,从前,
有一个国王,像我们的王。

国王有一个继承人,他长大,
想要结婚了;
于是国王为他选了两个女孩,
一个美丽健壮,拿着武器——需要武力
去征服——许多男人渴望着她;
另一个,不太好,没人要。
而那个王子需面对这样的选择:
如果他用武力赢得了第一个,
他就必须和另一个结婚,
就是那个没人要的女人,
这位脸色发红的新娘知道自己丑陋,
一再地退却想要把自己藏起,
既不面对男人也不面对女人,
不愿四目相觑,她如此依恋他们,
他们却因她而死。其中一个
——他们叫她荣誉;
而另一个——哦,母亲,
你怎能把我拴在你身旁
——她被叫作羞耻。
我已长成男人,必须去做男人的事。
怎可能追逐麋鹿?
我要追随耶稣,追随国王,
活得纯粹,述说真理,
无论如何,都要追随亚瑟王
——不然,我为何而生?"
母亲对他说:"我儿,
因为有许多人并不承认他,
或者认为他不是获得承认的君王——
虽然在我的内心深处,我知道他就是,
我年幼时常常和他相处,

听着他王者的言谈,除他之外
我就是信任他的第一人,
感到他就是我自己,是我最亲的亲人。
然而——若你离去,
事情就不会像在家那样简单,
一切都是冒险,你要把自己的生命献给
一个未被承认的国王?
留下吧,直到他的身世疑云全都散去。
留下吧,好孩子。"
加尔斯迅速答道:"一刻也不行,
就像你说的——母亲,
我将会踏过火焰,去得到它
——我不得不走。
若说没有明证,
那么是谁将陨落的罗马之墟
清扫出我们的领土,粉碎独断的昏君,
让民众获得自由?
除了那解放我们的人,
谁还有资格成为君王?"
王后久久的哀求都成了徒劳,
怎样也不能阻止儿子长大成人的意愿,
她知道他主意已定,不会动摇,
就狡猾地应道:"你要踏火吗?
而那些踏火的人
很少注意到火中恼人的烟。
你坚持要走的话,那就去吧;
但在你见到国王并成为骑士之前,
我要你向我,你的母亲,
证明你对我的顺从和爱,
——这是我唯一的要求。"

加尔斯叫道:"一个,或是一百个,
我都会走。要快!
我要快快找到证据证明我自己!"
而母亲看着他缓慢地说道:"王子,
你要乔装打扮进入亚瑟的宫廷,
端酒送肉混迹于厨房厨师和杂役之中,
和他们一起往长桌上运送餐盘,
不要告诉任何人你的名字。
你需要这样随侍一年零一天。"
王后以为当她的儿子
看见自己通往荣耀的路只有一条,
必须自贬身份,混迹厨房,
他那王子的骄傲,怎能让他通过考验;
这样他就能留在自己的身边,
深锁在城堡远离战事。
加尔斯沉默片刻,然后答复:
"人身在奴役中,精神却自由,
我要去看骑士比武,因我是你的儿子,
而你是我的母亲,
你的意志,我必须遵从。
因此我愿意完全遵从于你的意愿;
我会去乔装,混迹在厨房厨师和杂役中,
不告诉任何人自己的姓名
——包括国王本人。"
加尔斯徘徊犹豫了一段时间。
母亲的眼中充满他即将远离的恐慌,
无论他到哪儿去做任何事都把他紧紧看牢,
他向外的目的使她困惑。直到某刻,
晨风穿透黑夜宛若高声耳语,
将他的内心惊醒,

他立即早起,离开寝室,
叫来从小服侍自己的贴身侍卫,
在母亲醒来之前悄悄离开。
三人乔装成耕田的农夫,
向南行进。鸟儿们在树枝上啁啾,
歌调在空气中流转。
湿漉漉的山坡瞬间就满眼绿意,
在绿草中盛开了花朵,
那时复活节刚过去。
当他们的双脚踏上了这块平原,
通往亚瑟王宫殿的道路更宽广,
远远的,他们看见银色的晨雾
在皇山上自如卷舒,
森林平静地散布其间。
一时间那高远的城市闪烁不断;
一时间那大楼和塔尖又在迷雾中
消失不见;一时间辉煌的宫门,
阳光普照,向下敞开。
不久,那美好之城又在眼前消失。
加尔斯的随从们感到惊愕,
一个叫道:"我们不要再前行了,
主人。这是一个魔法城堡,
由仙境中的国王建造。"
另一人附和道:"主人,
在家时我们从智者那里听说,[7]
去北方吧,这个国王不是真的王,
他只是仙境里的小矮人,利用巫术
和莫林的魔法赶走了异教徒。"
第一个人又说:"主人,
根本就没有这样的城,

一切不过是幻觉。"
加尔斯以大笑向他们保证,
在他的血液里,在他王子的身份中,
在他的青春和希望里有足够的魔法
把老莫林投进阿拉伯海里去。
接着把这不情愿的两个人
推着向宫门走去。
人间似乎从未有过这样的大门。
湖上夫人光着脚站立在楔石上,
如轮船行过水波的纹路,
湖水流动,她长长的衣裾在其中飘荡;
如十字交叉般,
她那美丽而又神圣的双臂,
伸开在整个梁柱和屋檐之下。
水滴不断从她的手指缝中滴答落下;
一只手握着风暴神剑,
另一只手上是雷电的香炉,
她的胸前漂浮着神圣的鱼群;
在她前后左右的空间,
都是亚瑟王征战时的奇巧装备,
新旧混杂,好似时光并不存在,
那三人顿时目瞪口呆;
高高在上的在天顶的中央
是三个皇后,以及亚瑟王
那些甘为他赴汤蹈火的朋友们。
这几个跟随加尔斯很长时间的人
盯着那些影像,直到最后
那龙翼[8]和精灵环绕的
开始移动、飞卷,泡沫般消散。
他们对加尔斯说:

"主人,那宫门是活生生的!"
加尔斯和他们一样久久地定睛观看,
在他看来,那些人似乎在移动。
伴随乐声,穿城而出,
又在令人震惊中返回。
此后一个胡子长长的古代老人出现,
说道:"孩子,你是谁?"
加尔斯说:"我们是耕田的农夫,
离开自己生长的乡野,
去看我们荣耀的君王。而这些,
老人家,"——他指道,
"你们的城就这样消失在迷雾中——
我怀疑这究竟是不是国王,
或者他是从仙境而来;
我怀疑这一切是不是由魔法筑成,
由仙境里的国王和王后筑成;
或者根本就没有城市,
或者一切都是幻象;而这些乐曲
把他们俩都吓坏了,如此神圣,
好似又在说这一切都是真的。"
那位老先知以戏谑的口吻对他说:
"孩子,我曾经见过那艘船[9]
在天国里,龙骨向上,桅杆向下,
塔楼在空中颠倒:这里面有真相;
却并不如人所想,
假如你刚才告诉我的一切为真,
如你刚才所说,一个仙境中的国王
和一个仙境的王后修筑了这座城,
孩子,他们从一座面向太阳的
神圣的山石裂缝中而来,

手中弹着竖琴，将这一切建造在
他们的乐曲中。[10]
就如你所说，它是被施了魔法的，
孩子，因为看起来其中似乎一无所有，
除了那个国王；而有时有些人说
国王只是个幻影，而那城为真；
你要小心他，当你穿过这道拱门，
就将成为他那魔法的奴隶，
因为那国王将以誓言将你束缚，
而一个人如果不愿履行誓言，
就是耻辱，
然而这些誓言无人能够坚持；
你害怕誓言，就不要跨过这道门，
否则你就得纵身疆场，被荣誉束缚。
你听到了乐曲，如身临其境般坚实，
正因那城是由乐曲筑成，
所以它也从未被建，
也正因此它建立在永恒之处。"
加尔斯愤怒发声："老人家，看在你的
长胡子面上看起来那么洁白，好似真相，
也像你的身影又高又长，
似把真理暗藏！
为何却用你那美好的言辞，对一个陌生
人开出这样的玩笑？"
那老人回答道：
"你还不知道那竖琴里的谜团？[11]
'混乱、幻觉和关系，
逃避、偶然和消逝'？
我并未取笑你，而你却取笑我，
我了解你，你并不是看起来的那个你，

但我知道你是谁。
并知道你将要去戏弄那君王，
那人从来辨不清谎言里的阴霾。"
嘲笑者严肃地结束了谈话转向右侧，
走过草坪；加尔斯看着他离去，
说道："我的朋友，我们善意的谎言
像我们事业门槛上的小精灵。
要怪就怪爱吧，别怪他，也别怪我。[12]
我们会为此补偿的。"
三人兴高采烈，
他边说边笑，然后进入卡米莱特宫，
一个幻觉中的城在一面大石之上，
庄严叙写着古代君王的功勋和伟业；
莫林之手，那亚瑟王宫中的巫师，
知晓所有他曾接触过的一切，
让世界臣服于亚瑟王，让这卓越霸业
抵达顶峰，盘旋直上天庭的顶端。
不时地会有一个骑士越城而出，
或者穿城而入；他的军队日夜操练，
那声音在加尔斯听来格外悦耳。
少女们开始恋爱，亭间窗外流连着
她们纯洁羞涩的眼神。
一个贤明亲切的君王在位，民众安居，
人人健步向前。
加尔斯登上大殿，
听见一个声音由远而近——
那是亚瑟王在说话，远远地
眼睛就看见，长拱形的大殿中
皇帝的王冠，发出灿灿光芒，
命运般的征兆——他无法再看——

只是听到自己心脏在耳边跳动的声音，
加尔斯想：“我身负谎言的阴影，
如若说话，
将受到这位真诚的国王的惩罚。"
然而他继续前进，
虽然很怕见到高文和莫德雷德，
却一个也没看到，不过一直以耳畔倾听着
这些位列在宫殿、高高的骑士，
至上的尊贵像是露珠在清晨闪耀，
纯真的情怀忠实于他们的国王，
胜利之光带来荣耀，
而更多胜利的光明将会获得。
这时来了一个寡妇向国王哭诉：
"万福的国王啊！你的父亲，
乌瑟尔王，从我死去的主人那里
以暴力掠夺了土地；
虽然一开始他以黄金购买，
但因为在我们看来那土地十分宜人，
我们不答应；他就强行来取，
非但不给黄金，土地也没有留下。"
亚瑟说："你想要什么？土地或黄金？"
那女人哭泣道："不，主人，
在我丈夫看来，那土地更为宜人。"
亚瑟答："那就把那片土地拿回去，
并按乌瑟尔夺取的年头，
给你三倍的黄金，这里没有赐福，
只有公正，所有说过的话
都会变成现实，应了那古老的诅咒，
父亲所做下的错事，
就让儿子来做补偿！"

当她离去之时，
另一个寡妇又来向他哭诉：
"万福的国王！
你的敌人，国王，就是我。
在巴顿之战中是你亲手将我的主人
乌瑟尔王的骑士，蹂躏于股掌。
那时罗德和其他的骑士群起
而与你作对，说你是个出身低贱的人。
我也持此意见，拒不接受你的统治。
可是天哪！此后，我丈夫的兄弟
就将我的儿子困在城堡中做了奴隶，
直到最后冻饿而死。
那被凌迟的父亲留下的独子，
因继承者的身份被穷追不舍。
所以尽管我如此恨你，
但请赐我一些骑士，为我发动战争，
杀死那可恶的窃贼，为我儿复仇。"
此时一个骑士大踏步前来，对他喊道：
"国王陛下，我是他的至亲，
让我去纠正她的谬误，
将那个敌人杀死。"
这时宫门执事肯大人[13]叫道：
"万福的国王！你不需赐给她什么，
这个咒骂者，
她在大殿之上将你嘲笑——什么也不给，
或者赐给她一副镣铐足矣[14]。"
但亚瑟王却说："人们有国王，
就是去帮助所有国土内犯错误的人。
那妇人爱他的主人。
让自己平静下来，妇人，

不管是爱还是恨!
上代的国王已经以火焰将你惩罚,
如果是奥勒留他会将你鞭笞而死,
而乌瑟尔他会撕裂你的舌;
但是到了这个时代——
古代君王们残暴的传言
在我这里将会降到最低!
你是他的近亲,就去吧;
将他打倒但别残杀他,
只要将人带到这里,
我将会给他公正的裁决,
以公正的国王的名义。
然后,如果他有罪,
以不死的国王的名,为了人民而死去,
那个人就得死去。"
这时进入殿中的是在那片土地上
有名的邪恶国王马可·科尼什
派来的信使。此人两手捧着
闪亮亮的事物,远远看去像是
两场小雨之间,一片油芥菜的花
开在阳光下。
那是一袭纯金打制的衣服,
他放下衣服双膝跪地,传达道,
他的主人,亚瑟王的附属国君,
正在前往卡米莱特宫的路上;
因为听说亚瑟王已经接收他的表兄
特里斯坦[15]成为骑士中的一名,
而他自己也成了更大的国家的国王,
作为国王,他相信自己所臣服的大君主
将会让他的荣耀更加深远广大;

所以企望他能够接受这黄金般的衣服,
作为真诚和效忠的象征。
此时亚瑟下令道,撕掉那衣服,
撕得粉碎,然后将它投进火炉。
在火炉的背后有一棵古老的栎树。
"伟大的骑士!什么?
难道马可的盾牌可以荣列其中?
在一路通往大殿的侧边,
庄严的梁柱林立——
在每个梁柱的前面,
有些徽章装点,有些仅有刻字,
而一些还是空白,
石质的盾牌在高低林立——
它们被竖起,呈拱形绕视着那只火炉,
每面盾牌上写着一名骑士的名字:
这就是亚瑟王宫中的规矩;
每当一名骑士做出了尊荣的功绩,
他的武器就会被刻字,做了两件,
他的武器就会戴上勋章;但如果没有,
那盾牌就会是空白没有任何标记,
只有名字在下面;而加尔斯看见
高文的盾牌刻满明亮的徽记,
而莫德雷德却是死亡般的空白;
此时亚瑟将衣服撕碎,
扔进殿中的火炉,喝道:
"看来我们更应夺去他的王冠,
而不是让他成为骑士,
因为人们叫他国王。
而我们的国王,要在战场上殉职,
与我们同生同死,

在他手下，尊他为君；
那人定是这样的人，慷慨、仁慈、
说真话、勇敢、为人正派。
那么他就会成为我们中的一员，
坐在这大殿的桌边。
而马可已经玷污了国王的声名，
将他的国度降到粗鄙的境地；
看看，他给我送了件金子的衣服，
回去，见了他，将它带离我们的视线，
我们永远不会让他穿上骑士的华服[16]。
让他从此闭嘴——他这个懦夫——
那人富于谋略，精打细算，毒计攻心，
善于埋伏——不是你的错；
就让执事官肯去助你实现梦想，
让你满意——如果他有所懈怠，
就诅咒他受到惩处！"
求助的呼号接踵而至，
野兽和人类不断制造纷争，
每次都有一名骑士被派去伸张正义。
最后，加尔斯将自己的双手
重重搭在两名随从的双肩，
和他们一起走近亚瑟王，且问道：
"万福的国王（他的声音充满羞涩），
您看到了吗，我这么虚弱，
几乎饿晕——以致必须让人搀扶？
就赐我去厨房的碗盘和酒杯间做事，
十二个月零一天，不要问我的名字。
此后，我会为您战斗。"
国王对他说：
"一个好青年自然值得好的赐福！

但既然你这么虚弱，
那么，肯，你为炊事执事，
我就将他交付于你。"
国王起身离去。
这时，执事官肯，一个形容憔悴
好似被白地衣咬掉了根的人，
说道："看！这家伙刚刚从修道院
或是别的什么地方逃出来，
天晓得，他没有牛肉更没有肉汤，
然而现在机会来了！只要他工作，
像是一只小鸽子，我就会给它撒谷粒，
让它细皮嫩肉壮得像头猪。"
站在附近的兰斯洛特说："管家大人，
尽管你知道怎样算是好猎犬，
无论灰色或是什么色；
你也知道好骏马，
你却不知道如何识别人；
粗浓的眉毛，顺直的头发，
高鼻骨，大鼻孔，双手又大又美，
却灵巧无比！[17]——
还有年轻人的神秘感——
无论来自羊栏还是国王的居所，
这男子天性高贵，好生待他，
不然他会因你对他的评价而感到耻辱。"
肯回应道："你喃喃说着什么神秘的事？
你是说这小子会在皇帝的盘中下毒药？
当然不会啦，
看他说话像傻瓜，哪有什么神秘感！
啧啧，若这小子是个高贵者，
他早就要求良马和盔甲；

迷人又好看，真是的！
脸好看的小伙，手迷人的小伙？
多看看你自己身上的美好之处吧，
兰斯洛特，将来有一天
它们都会不复存在——
把我的人留给我。"
本来归于荣耀的加尔斯就这样沉落，
被困在厨房和小伙计度生活；
白天在门边和小杂役一起吃喝，
夜晚和肮脏的厨房混混睡着相同被窝，
兰斯洛特偶尔会和他亲切交谈，
而管家大人肯，却不太喜欢他，
对他颐指气使，使得他每日劳顿不休，
让他转刀片、打井水、劈柴火或更
糟糕的任务，做的事情比任何人都多。
而加尔斯恭恭敬敬服从王命，
将每一种服务都做得高贵而轻松，
让所有低贱的行为都成为美好的修行，
当伙计们在一起闲谈，话题总是不离
他们尊敬的国王和兰斯洛特骑士——
国王是怎样在战争中
两次救了他的性命，
而兰斯洛特也救过国王一次——
因为兰斯洛特是圆桌中的首席骑士，
但亚瑟王在战场上
却最为强大，无可匹敌——
听到这个加尔斯就乐了。
或者某人谈起，
如何在清晨的森林中漫行，
远处深潭透蓝，海雾交缠，

在卡尔—艾瑞斯的最高处，
发现了国王，[18]一个裸身的婴孩，
预言家说："他去到神圣的岛屿[19]，
延续神的生命，他被治愈，永生不死。"
—— 听到这个加尔斯也乐了。
而当他们的谈论粗鄙，
他就会像百灵鸟一样吹起口哨，
或是唱起古老的回旋曲，
他高声歌唱，开始时引人嘲笑，
后来却渐渐赢得敬畏。
有时加尔斯会谈起
一些骑士的惊人传说，
他们是如何在群龙之中，
杀出一条红色的血路，
令所有围坐一旁的厨房伙计们，
目瞪口呆，为之着迷。
直到肯大人，过来对他们嘶声咆哮，
犹如一阵疾风卷起死寂的落叶，
将它们吹得四散分离。
或者厨房的伙计们在一起运动取乐，
无论哪里有公平试炼的场地，
或是技艺熟练程度的考验，
不管是投掷枪还是石头他都是好手；
如果有武术大赛，只要肯大人点头应允，
他就会匆匆奔向场地，
当他看见骑士操练兵阵如同潮落潮涨，
梭镖飞出，好马奔驰，
那男孩就会看得入迷，如痴如醉。
就这样他在厨房的杂役中试练月余；
而在接下来的几个星期，

圆桌骑士　039

那好心的皇后，
为她让儿子许下的誓言而后悔，
在已经没有儿子的城堡中伤心不已，
在月圆和月缺的日子之间，
为儿子送去了武器，
以减少他誓言的重负。
这些是加尔斯从父亲罗德的
侍卫那里听来，
他曾带他一起参加比武大赛，
那时他们都是孩子，会因无聊孤独
而在沙滩上画起繁乱的圆圈，
每一个起始
都必须从前一个终点开始——
加尔斯从这种玩乐中获取极大的满足，
从未输过。
他又笑又跳："走出迷雾，我立刻
从撒旦的脚边跳到彼得的膝上——
对我来说这是新事，不是其他人的——
也不是国王的——
降临于这城的低贱之中。"
一旦他见国王独自一人，他就上前，
告诉他一切。
"过去一段时间，我已经和强壮的高文
交过手；他说的：我可以参加骑术比赛。
让我做你的骑士吧——秘密地！
将我的名字隐藏，给我第一个命令，
我会从灰烬中将烈焰燃起。"
国王平静的眼神落到了他身上，
打量了一番，让他脸红，
他深深鞠躬，吻他的手，

国王回应他道："孩子，
你的好母亲让我知道你在这儿，
并且送来了她的期望，
让我准许你的要求。
你要做我的骑士吗？我的骑士都要发誓
拥有绝对的勇敢，绝对的高贵
和忠诚，对爱情绝对的忠贞，
和对国王绝对的服从。"
加尔斯轻轻地将跪着的膝盖抬起：
"我的王，勇敢，我可以向你保证。
你将我交付于炊饮执事的命令和要求，
也就是照管杯盘的大人
要求的事我也必会服从。
而爱，我的上帝，我还未见，
但是我会去爱，
如果这是上帝的意愿。"
国王说："让你做我的秘密骑士？
可以，但是他，
我们最尊贵的兄弟，最忠诚的勇士，
那个伴我历经风雨的人，
他必须要知道。"
"让兰斯洛特知道，我的王，
让兰斯洛特知道，
他是最尊贵和最值得信任的人！"
国王说：
"那你的人会不会因此怀疑你呢？
不会的，为了我——他们的国王——
的利益，骑士们应当付于行动成就功勋，
而不是被风言风语所困扰。"
加尔斯愉快问道：

"尚在烘烤中的蛋糕,我又怎能得到?
让我保留低贱姓名,
直到我为自己赢得名声!
我的功绩会证明一切:
这是指日可待的事。"
国王微笑着,将手轻轻放在
加尔斯的肩上,不太情愿地,
答应了那强壮的年轻人的要求。
然后,国王秘密传唤兰斯洛特:
"我已经应允给他第一个任务;
他还未证明自己。
当他在大殿中要求履行命令,
你骑上马远远跟随他。
将你盾牌的狮子隐藏起来,
在暗中看护他,
不要被人捉去或是谋杀。"
然后,这天一个高贵血统的姑娘
带着侍从,进入了大厅。
她的额头如同五月花,
脸颊恍若鲜花盛开,眉眼如鹰,
鼻梁高挺,如花瓣微微倾斜,
她带着男仆进入大厅,喊道:
"哦,国王,你已经驱逐了外敌,
但要注意内贼!桥梁浅滩被盗贼包围,
他们每个人都有一座塔并且结成联盟。
你怎么还在这儿坐着?
我可坐不住了,国王大人,
如果我是你,我会战斗,
直到所有最荒凉的堡垒
都不再受战争之苦,

就像你的圣餐桌布,即使沾染了
最高贵的血液,都泄露着罪恶的讯息。"
"让自己冷静一下,"
亚瑟说,"我并没有休息,我的骑士们
也同样谨遵着他们的誓言,
我的疆域里每片荒原都将获得安宁,
姑娘,就像这座大殿中心一样风平浪静。
你叫什么?想要什么?"
"我的名字?"她说,"我叫雷奈特;
贵族;我想要,一名骑士
去为我的姐姐战斗,她叫雷奥娜,
有着高贵血统,广阔的领地,
她很美,是的,美过我。
她居住在地势险峻的城堡:
一条江河从她的居所流过,环绕三周;
在那之上,有三个入口,
三个骑士守卫着它们,有兄弟四人,
其中最孔武有力的一个,将她掳去,
就这样囚禁在他的城堡之中,
强迫她的意志,逼她成婚;
但他将保留这一企图,直到您派去
一名骑士和他战斗,
那就是首席骑士兰斯洛特,
他确信自己能够打败的人,
然后他便在这荣耀中成婚;
但她不愿,除非是她所爱的人,
或者献身神圣的人生。
所以现在我是为了兰斯洛特而来。"
已经意属加尔斯的亚瑟王问道:
"姑娘,你知道骑士团的存在

圆桌骑士 041

就是为了消灭国土内所有的罪犯。
说一说，那四个人，
他们是谁？样子如何？"
"他们看起来很愚蠢，哦，国王大人，
那老骑士整个就是一个邋遢的游侠
骑着马外出，想做什么便做什么；
一时彬彬有礼，一时蛮横无理，
无法无天，随心所欲；
其中三人狂傲自大，沉迷幻想，
以白日、晨星、午日和夜星
为自己命名，真是一群愚蠢的家伙；
第四个人也好不了哪里去，
那人总是穿着黑衣骑马前行，
性情残忍，衣冠禽兽。
他常常管自己叫黑夜和死亡，
戴着骷髅修饰的头盔，
武器上刻着死尸的骨架，
警告他人若是有人冒犯那三人，
就会被他屠戮，进入无边黑夜。
这四人皆是疯子，却力大无穷，
所以我是为了兰斯洛特而来。"
此际国王唤出加尔斯，他从人群中升起，
眼露激焰般的神情：
"万福的国王大人——在此听令！"
这时——他的主人肯大人在附近
像是一只受伤的公牛哼哼唧唧——
"是的，国王，
你知道我是一个厨房杂役，
在餐盘和肉碟之中那个力大无穷的人，
这样一百个碟子我也能将它一把推翻。

我跟你保证，国王。"
亚瑟看了他一眼，眉头微微一扬：
"尽管鲁莽、突兀，但情有可原，
可以成为武士——那么就去吧！"
这让所有的旁听者目瞪口呆。
少女傲慢娇羞的前额，
却因狂怒变成苍白颜色：
足以蔑视五月的白花。
她抬起一只手臂："呸呸，你这国王！
我要的是你的首席骑士，
而你给我的，却是一个厨房混混。"
此时此景，大殿里无人能够将她拦住，
一转身，飞也似的走过通往王庭的小道，
牵起马，骑往街市通衢，
将古怪苍白的大门抛在身后，
一刻不停，跑过战士的竞技场，
口中喃喃："厨房混混，哼。"
当下大殿中两个入口訇然洞开，
一个接一个，一列列的台阶拾级而上，
在太阳升起时，国王可以拾级而上，
远眺森林和平原；
而另一面，一个气派的楼梯向下延伸，
渐渐隐没在风中树影和塔尖之中；
从中间的主门里，国王走了出来，
此时他背对着火炉，
高高抬起他的皇冠，
尽其所能直到顶点；
而在这个入口飞也似的跑出了
那个暴怒中的少女，
加尔斯也向这里飞驰而来，

视而不见门边国王亚瑟的礼物，
价值半个城池，最好的战马，
一旁站着一路而来的侍从；
还有未启用的盾牌、头盔；
与良马配套的长矛；而加尔斯从头到脚
仅仅套着松垮的斗篷，
草草织就，针脚粗鄙。加尔斯扔下
这只能当作炉中柴火的衣衫，
那衣服化作点点火星，死灰尽燃，
闪烁不已，焰舌席卷，撕裂分散，
四处飞卷。在那灰烬的下边
变成珠宝华光的马具，在完全逝去之前，
加尔斯就此在出发之前装备得光彩照人。
他戴上头盔，拿起盾牌，骑上战马，
手抓长矛，获得风雨雷电的力量，
拥有钢铁般的意志，
在他四周慢慢许多人聚拢来，
厨房中的伙计们也加入人群，
亲见那个骁勇善战、奋勇至极，
被他们爱戴的人，
举起双手，抛起他们的帽子欢呼雀跃，
"上帝保佑国王，和所有他的追随者！"
加尔斯在人群的欢叫中骑马而过，
驰下街道，离城而去。
加尔斯在欢悦中离去；
但是当前却要面临更多的战斗，
他高涨的内心将会冷到冰点，接着，
为了王的名声，去战斗，
也要记住一切，包括，肯大人的咆哮，
此时他就在门边对着他曾经奴役的人，

暗暗自语着嘲讽的语言。
"响应命令骑着战马装备武器——
国王在逗趣吧——
我厨房里的小混蛋！回去干你的差事，
你就是那个被我点燃的低贱的柴火！
难道太阳还会从西边出来吗？
快下去！——我的小坏蛋！——
正如当前还心存妄念——
年少无知未受摧折，
让他现在就打消念头莫再妄想高攀——
真是疯了！那混蛋怎么就能不顾杂役的
身份，毫无廉耻地高声叫嚷！
他一直都对我驯顺，谨言慎行，
直到受到兰斯洛特的注意，
他便神气活现了，好了——
我会跟着我那傲慢的伙计，
看看他究竟知不知道谁是他的主人。
他将会从迷雾中出现，
我就握着长矛等候，上帝保佑，
他将会被我掀翻，掉入泥潭，
如果国王从疯狂中醒来，
又会再次掉入烟雾的迷阵。"
而兰斯洛特说道："肯，
那年轻人从未偏离你的意图，
一直温顺地在你令下为王服务，
你怎能如此反对我们的国王？
莫胡来，凡事好说；
这个小伙子绝不平凡，
活泼健壮，枪术剑法都十分精通。"
"啧啧，别说这些，"

肯道，"你是大好人，
可以慷慨礼待一个下贱的恶棍。"
然后装备一通，
面色平静越过大门，驶出城外。
这姑娘却在竞技场徘徊辗转，
嘀咕抱怨："为何那国王如此蔑视我？
如果兰斯洛特不肯出借，至少
他能给我一个为爱而斗、
身怀荣耀的骑士，而不是——
哦，老天！一个被人唾弃的人——
他的厨房杂役。"加尔斯赶上了她
（实际上，在那儿几乎没有人能够比他
更好），手上的武器闪闪发亮："姑娘，
那个任务是我的。
带路，我会跟着你。"
听到这话，她像是闻到臭气熏天的大蒜，
或是见到森林中的腐肉[20]，又像是躲避
黄鼠狼的臊味和泼妇的腥臭，用拇指
愤怒地捏住鼻子，尖叫着："滚开，
你这个浑身都是厨房乳酪臭味的家伙。
看，谁在后面。"正是肯站在那边：
"不认识我了吗？你的主人，我是肯。
火炉还等着你去烧热。"
加尔斯对他说："再也不是了！
我太了解你了，你是——
亚瑟王的城堡中
最为无知和粗鄙的一个。"
"看剑！"肯说。
顿时他们惊呆了，而肯跟跄倒地，
加尔斯再次大喊道，"带路，

我会跟着你。"她急急忙忙往前飞去，
但是因为粮草未进而连续飞跑，
那少女所骑的良马心跳暴躁不已，
突然爆发，狂乱踢打，
让她不得不停下，而提高声音发话：
"你是什么人？厨房的仆人，
竟敢与我称友？竟然为了让我接受你，
或是更爱你一些而胆小懦弱地耍手段，
或仅仅因为心中不喜，
就把自己的主人打翻在地——你
——洗盘子和磨刀片的人，呸！
——对我来说你还是跟以前一样
满身厨房的酸味。"
"姑娘，"加尔斯礼貌答道，
"你爱怎么说就怎么说，
但是无论你说什么，
在这重大的任务完成之前，我是不会
离开的，就算我会为此而死去。"
"唉，你能完成任务？
亲爱的主人，
听起来多像一位尊贵的骑士！
这无赖从哪儿学到的这一套？
但是无赖，即便你花招耍尽，
依然是无赖，归根结底
你自己仍然只是无赖，
回到厨房的肉汤盘边，连脸都不敢抬起
直视管事大人一眼。"
"那就试试看。"加尔斯笑着说，
这几乎让她抓狂，
于是她快马加鞭飞驰向前。

进入人迹罕至的深林，
里面布满曲折蜿蜒的小径，
而加尔斯再次尾随其后。
"杂役先生，我找不到那条唯一的
由亚瑟王的人在林中开辟的小路；
入夜的森林满是窃贼土匪，
多得堪比落叶；如果我俩被杀，
我也算摆脱了你；趁现在还活着，
混蛋先生，你能否使出
你那见不得人的本事？去战斗，
你能吗？我找不到那条唯一的路。"
就这样在夜歌中薄暮降临了，
辱骂者和被骂者，两人骑马向前，
登上一个长长的坡地以后，
看见万千棵松树的树梢上面，
一个圆形物体，飘浮在阴郁的林地上，
这个空心的物体正朝西面下坠——
在夕阳消融的光线下，
好似红色的鹰眼的
圆形浅湖深处，[21]又有呼喊声由远及近，
一个仆人模样的人从黑森林里飞跑出来，
大叫大喊："他们绑了我的主人，
把他扔进了湖里。"
加尔斯说："我该立即去主持正义，
让我帮助你把困境解除。"
这时那少女轻蔑地发话道："带路，
我会尾随你。"加尔斯也叫道：
"你跟着，我带路！"
于是他们行下松林道，
只见黑暗阴影之下的湖里，

六个高大的男人挟持着一个长老，
在他的脖子上绑着石头要将他
沉入湖底，加尔斯轻松打倒其中三人，
而另三个逃进了松林深处；
加尔斯从他脖子上解开石头，
把它扔进湖里。
最后，加尔斯解开捆绑的绳子，
让他重获自由，原来他是
一位忠诚的男爵，亚瑟王的朋友。
"多亏了你，否则这些流氓们
已经对我下了毒手；这皆是缘于
他们如此憎恨我，因为我一直习惯于
捉住逆贼后，就像这样把他们
投到井里，脖子上绑着石头；
在这寒凉的潭水中，躺着许多
腐烂的尸身，到了晚上卸下石头，
魂灵上升，点点鬼火在夜色中发着光
在湖中舞蹈。现在好了，你救了我，[22]
我多少算得上是这个森林的保护者。
我愿意给你更有价值的回报。
你想要什么奖赏？"
加尔斯锐亮地发声："什么也不要！
因为就是使命本身寻求我去履行，
这是对亚瑟王绝对的服从。但是难道
你不问问这位姑娘怎么想？"
然而男爵说道：
"我相信你是亚瑟王的圆桌骑士。"
这时雷奈特发出响亮的笑声：
"唉，真倒是真的，从某方面讲，
他就是亚瑟王的厨房杂役一名！——

而我绝不会接受你更多，
小混蛋，不过是杀死森林中的一窝懦夫，
打碎了他脚边的几块枷锁。
不——你闻起来还是十足的酸臭。
不过若这位大人能够给我安排安身之处，
那便再好不过。"她就这么说。
男爵和森林边的领主形成联盟，
他们拥有庄园且生活富裕，
那一天，
他在城堡的广阔的大厅中欢宴，
珍馐美味堆满餐盘，这三位受邀参会。
在那儿他们向那姑娘献上了
一只开屏的孔雀。[23]
男爵把加尔斯安排在少女的旁边，
她一见，立刻站起身来。
"在我看来，这真是非常的失礼，
男爵先生，让这个无赖，坐在我的旁边。
听着——今天早晨我站在亚瑟的宫殿，
祈求那国王赐我兰斯洛特骑士
去和那几个自命不凡的兄弟战斗——
后来一个顽固讨厌的怪物——
除此之外我找不到更好的叫法——
这个无知的厨房泼皮忽然叫嚷，
'这个任务是我的；虽是厨房杂役，
但我是这酒杯和肉盘堆里
最大力的一个'。
而亚瑟王立刻疯狂地回应他，
'那就去吧'。
就这样把任务给了他——
他——就在这儿——

一个更适合看猪的混混，
而不是出征海外拯救女士于危难，
或是坐在一个高贵的小姐身旁。"
半是羞愧半是惊诧，男爵看看少女
又看看加尔斯，
而后将那开屏的孔雀留在少女身旁，
并将加尔斯安排在了别桌，
紧挨自己而坐，开始用膳，并娓娓而语。
"朋友，无论你是厨房杂役，
或不是，或是这一切
不过是那姑娘的妄念；
不论是她疯了，或是国王疯了，
管他们疯是不疯，管你疯了没疯，
我都不问；但是你完成了一个大功绩，
你既强壮人又好，又救了我的命；
所以现在，因为还有更强大的敌人
要去战斗，你自己揣度是否随姑娘回去，
再次向国王恳请兰斯洛特。
那是你的事；我只是为你说话，
你就是我的救命恩人。"
加尔斯说："请原谅，
但是我只追随国王的旨意，
日日夜夜，生生死死，上天入地。"
到了第二日的清晨，那被救的
拥有土地的大领主，送他们上路，
送上祝福，便飞速离开，加尔斯说道：
"带路，我会跟随。"她骄傲地回应：
"我不再会逃跑，我允你一小时。
洪水暴发时，小混混，狮子和白鼬
也能躲在一起。不，除此之外，我想

我甚至对你有些同情。回去好吗,
傻瓜?因为在这儿会有人将你打倒,
并且把你杀死:
那么我又要重新回到王庭,
让国王因为指派给我他火炉中的死灰
而感到羞耻。"
加尔斯礼貌地回应:"你说你的,
我只会做好我的事。
给我时间,你会发现我的命运
会和她的一样好,她会躺在死灰中,
与国王的儿子结婚。"
然后他们来到第一条河流前,
河水像草蛇般盘绕而下。
岸边灌木密布,边缘陡峭;
河水满溢湍急;
其中仅有一个可供一跃的拱形桥;
在河的另一边升起一个丝绸般的亭子,
在溪水中闪着金光,
又有着四旬斋百合花的色调,[24]
而圆拱形的屋顶是深紫色,
在那中央一面红色的旗帜飘摇。
那无法无天的骑士信步走着,
未带盔甲和武器,他叫道:"姑娘,
这就是他吗?你从亚瑟王的宫殿中
带来的决斗者?因为他的缘故,
我们会放过你。"
"不,不,"她说,"晨星大人,
那国王一定非常鄙视你,无须怀疑,
他为你送来了他的厨房杂役,
你自己看看;他不会突然在你面前叫阵,

也不会将手无寸铁的你杀死:
他并不是个骑士,而只是个杂役。"
他叫道:"哦,黎明的女儿,
晨星的仆从,过来,为我武装。"
丝绸的帘幕拉起,
进来光脚光头的三个仙女,
身穿洒满玫瑰和镶着金边的衣服;
她们的脚踩在露水闪亮的草地上;
她们的头发珠玉流动,那透亮的宝石
像是金星玻璃[25]在发光。
这些美人以蓝色武器武装他,给他一个
蓝色的盾牌,晨星就这样上了阵。
加尔斯静默地注视着那骑士,
那骑士站立了一会儿,容光焕发,
等待他的战马;溪水在他脚下流动,
天空蔚蓝,混合着河水的波光,
艳丽的亭子和光脚的姑娘,他的武器,
玫瑰衣裳,还有那晨星骑士。
那少女看着他:"为何还这样呆看?
你若害怕了,动摇了——还有时间——
在他的战马到来之前沿河而逃。
谁会说羞耻呢?
你不是骑士,只是个杂役。"
加尔斯说:"姑娘,无论杂役或骑士,
与其听你对我的辱骂,
我更愿意去大战几十回合。
美好的言辞
对那为你战斗的人才更合适;
而真正的辱骂或许更好,这些都给我
更多力量和愤怒的勇气,我知道

我会将他打倒在地。"
而那个叫作晨星的人,骑马走近,[26]
在桥上嚷道:"一个厨房杂役,
送来表示对我的侮辱!我不是在战斗,
而是以蔑视回应蔑视。
他若被我攻击,被我缴械,
而后被遣回国王身边,
那可算得上是种耻辱,
而我若对他不公使他蒙受冤屈,
那便更是辱之。
来吧,
赶快离开那高贵的女士,小混混。
避开她,因为一个小杂役
不能和这样的姑娘并驾齐驱。
——你躺在猪狗中间,
而我却生于血统极为高贵的家族。"
他说着,忽然两人以狂暴的速度
冲击在桥的中央,两人的长矛
霎时弯折却并未停止,身形迅疾,
好似从弹弓打出的石子,
越出马尾直接向桥外飞去,
扑通落地好似死去;
却又忽然一跃而起,
而加尔斯用长矛击杀,凶猛无比,
将他的敌人击退到桥底,
那少女欢喜雀跃:
"打得好,小厨子!"
直到加尔斯的盾牌四分五裂;
最后用力一击将那骑士打得跪地不起。
那倒下的人哭叫道:

"不要拿我的命!求你。"
加尔斯说:"若这姑娘也这么要求我,
好的——我会乐意接受。"
她脸红了:"无礼的小帮厨,我要求你?
我不会对你的好意有任何回复!"
"那,他就该死。"
加尔斯摘下他的头盔,要将他杀死,
此时她尖叫道:"不要这么残忍,
小帮厨,不要杀死比你更高贵的人。"
"姑娘,服从你的命令就是我的喜悦。
骑士,你的命就在她手上。
站起来赶快去亚瑟王的宫廷,
就说是他的厨房杂役派你来。
为你打破了律条而向他寻求宽恕。
我自己,返回的时候,也会为你求饶。
你的盾牌是我的了——再见。
姑娘,你带路,我跟着。"
她骑马飞快地消逝。
他追上了她,她说道:"小帮厨,
当我看见你在桥上交战之时,
那冲到我鼻子的厨房的味道
变得很淡,几乎全无;但是风向变了:
我现在又闻到加倍的酸臭。"
然后她唱起来,[27]
"哦,晨星——这晨星
指的可不是那个高大的恶棍,
无论用巫术,或侥幸,
或使用一些手段,他已被你打败。
哦,晨星,在蓝天中微笑,
哦,星星,我的梦已成真,

甜蜜的笑啊，你！我的爱
在对我微笑。
你快走，听我的，快走，
因为这儿有一个很强的人把守险滩——
那就是他们比喻中的二兄弟——
而且他会让你付出所有代价。
不要自取其辱；
你不是骑士，不过是杂役。"
加尔斯笑着说："比喻？
听听一个厨房杂役的比喻。
当我还是个厨房杂役，
在火炉边把勇猛藏匿，我的一个同伴
拥有一条勇猛的大狗，他向它扔下外套，
'守护着它'，没有人能动之毫厘。
而这外套就是你，你是国王派我保护的
人，我就是这只狗，你可以忧虑，
但不要逃离——而且——
无论骑士或杂役——
若那杂役也能像骑士那样守护你，
在我看来，我能像一个骑士
那样保护你并使你的姐姐获得自由。"
"啊，帮厨先生！啊，小杂役！
尽管你有骑士的身手，却只是个杂役，
这让我比以往更恨你！"
"美丽的姑娘，你应该更敬我，
我，只不过是个杂役，
却为你战场杀敌。"
"唉，唉，"
她说，"但是你的行为应和地位相配。"
就这样，当他们到了第二条涡流边缘，

一个骑在大红马上的大巨人，
全身铠甲好似在燃烧，正午的太阳光下，
对岸的河水狂啸。
好似全世界的花朵[28]
在束束乱箭之下盛开。
而后更有万千朵的盛放，
凶猛的盾牌发着光，全都是太阳光；
加尔斯紧紧地盯着他直到眼睛发花，
罩上点点白光。
他在对岸的险滩狂叫：
"你带来和我决斗的是谁？"
她的锐利的声音再次越水而过：
"这是个厨房杂役，来自亚瑟王的宫殿，
已经打倒了你的兄弟，缴了他械。"
"嗷嗷！"午日喊道，
圆圆的蠢脸顿时变得通红，
策马通过泛着浮沫的关口，
与加尔斯相遇在中流；
那里几乎没有地方可以投掷或决斗。
他们决斗了四个回合，长剑闪闪，
显现力量；这个新的骑士心怀被人
耻笑的惧怕；而当午日抬起庞大的臂膀
发起第五回进攻时，他的马蹄
滑进了湍流，河水向下游流去，
午日被卷得无踪无影。
加尔斯放下他的长矛越过关口；
一路追赶；但午日无力再战，[29]
躲在岩石下瑟瑟发抖，并且求饶；
加尔斯派他去见亚瑟王：
"当我回返时，也会为你求情。"

圆桌骑士　049

加尔斯一个接着一个地对骑士们发起斗争,并不断打败他们

"你带路,而我跟随。"她静静前行。
"那风,现在又转向了吗,姑娘?"
"不,一点也不:你在这儿还没获胜,
在关口处有座岩石的高岭;
而他的马就在那儿跌倒——
啊,我看见了。"
"哦,午日——
不是那个强壮的疯子,帮厨先生,那个
只是暂时被一时不快所击倒的家伙。"
"哦,午日,或喜悦或痛苦,终将觉醒,
哦,月亮,让万物都陷入沉睡,甜蜜的
照耀;第二次,我的爱在对我微笑。"
"你对爱或是爱的歌知道多少?
不,不,天晓得,你若是出生高贵,
一切会是多么美好。是啊,或许——"
"哦,含露的花朵向着太阳开放,
含露的花朵在夜里闭上花房,甜蜜的
吹拂;再一次我的爱在对我微笑。"
"你对花朵又知道多少,
除了像是能做肉盘的装饰?
如果不是我们的好国王借了你给我,
这厨房中的花朵,一个傻傻的爱的花?
你用什么滚圆南瓜饼?
乳猪的头朝向哪方?花朵呢?
不,乳猪要用月桂叶和迷迭香。"
"哦,小鸟,对着黎明的天空发的颤音,
哦,小鸟,当白日将尽便颤颤地叫,
甜蜜地歌唱;
再一次我的爱在对我微笑。"
"你知不知道那些飞鸟,

夜莺、画眉、红雀、比翼鸟?
当它们欢叫,在成长的光亮中
唱着五月的歌,礼赞着太阳时,
你在做着什么梦?这只是个圈套——
用用你的大脑——会被用于炙烤
或是切开来灌肠。趁你现在还没有
最终被切掉,你可以转身逃跑,
他们比喻里的第三个疯子就站在前方。"
在第三个拱形桥的对岸,
一个全身玫瑰红的人自西而来,
看起来全身赤裸,
深深的水涡湍流急下闪闪发光,
自称为夜星的骑士站在那里。
加尔斯:"为何那疯男人大白天
全身赤裸在那儿等待?"
"不,"她叫道,"不是赤裸,
只不过裹着坚硬的外皮,皮肤紧裹
就像是他自己的一样;
若你企图撕裂盔甲,
就会使刀锋卷折。"
那第三个兄弟在桥上高喊:
"哦,晨星兄弟,为何你的光芒暗淡?
你的防御装备比以往更强,而你是否
已经杀死了这姑娘的战士?"
那少女喊道:"没有星星闪烁,
只有从亚瑟王的宫廷送来,
射向你的巨大灾难!
你那两个兄弟都已经成为这个年轻人
的手下败将;你也是一样,夜星先生;
你还不嫌老吗?"

"够老,姑娘,又老又坚硬,够老,
有着二十个小伙子的力量和呼吸。"
加尔斯说:"越老越会吹牛!
但那打败晨星的力量,
同样也能将夜星打垮。"
这时有人吹起了艰难和死亡的号角。
"过来,武装我!"缓慢地,
从一个经过风暴击打的,
灰褐色布满污点的亭子里,
走出了一位头发花白的少女,

用古老的武器为他武装,
并拿来一件常绿的波纹状装饰的头盔,
给夜星配上一只盾牌,
一半黑暗一半明亮,
他的徽章,闪烁发光。
当一切停当,夜星在马鞍上闪亮时,
他们忽然疯狂地驱马驶上桥面;
加尔斯击中他,闪闪发光的人倒下,
却见他又爬起,再次将他打倒,
但是他像火焰般又燃起:如此几次三番,

加尔斯把他击倒,双膝着地,
他又多次一跃而起;
直到加尔斯气喘吁吁,他那伟大的心,
已经预感所有击打都是徒劳无益,
而夜星已经力不从心,
此时的他像是生命近晚,
悲伤愈渐以斗争对抗生命的误用,
但是这个人用尽全力爬起来,叫道:
"你已经成为我们的主人,
但是你不能将我们打倒!"
声音几近绝望;所以加尔斯的击打
好似徒劳,那少女一直在旁不停叫好:
"打得好,帮厨骑士,很妙的一击,
哦,伟大的帮厨骑士哦,
帮厨,和所有骑士一样高贵无比——
我不再羞耻了,再也不了。
我已有预言——打他,
你完全胜任圆桌骑士的称号——
他的武器已老,还坚信那硬厚的老皮——
打呀——打他——
那风永远也不会再转向。"
而加尔斯听到自己更加强大的击打,
不断地斩下他老盔甲上的硬皮,
但是这些砍削最后都是徒劳,
终究不能完全将它剥下,
好比海浪滚滚,隆隆之声自南而来,
浮标在海面漂流,忽上忽下,永不沉落。
直到最后,加尔斯的长矛击中了他,
手柄深深地没入他的身体。
"我逮到你了。"但是他又跃起,

并且,已毫无骑士的样子,
不停地挥舞他的武器。直到他发觉,
已经在这盔甲中,被扼杀,
但是他咽气之前,加尔斯依然谨慎投出
最后一击,他的身体被矛头挑过桥栏
落入江水,或沉或浮。而加尔斯叫道:
"带路,我会跟随。"
此时那姑娘说:"我不再带领你,来到
我身旁骑行;你是所有帮厨中的王者。"
"哦,三叶草,在多雨的平原发了芽,
哦,七色的彩虹在雨后升腾,甜蜜闪亮;
第三次,我的爱在对我微笑。"
"先生——真不错,
我更加自信了——骑士,
但是我听见你说自己是个帮厨——
我真是感到羞耻,
曾经那么指责、谩骂、误判你;
我很高贵,还以为那国王是在蔑视我;
而现在对你说对不起,朋友,
因为你已经以慷慨和礼节回应我,
你非常勇猛大胆,同时又很温顺,
可算是亚瑟王骑士中最好的,
却是个帮厨,这令人不解;
我很迷惑你到底是谁呢?"
"姑娘,"他说,"你不必感到羞耻,
因为你过去尚不确信我们的亚瑟王
是在蔑视你还是在帮助你,
让一个不配的人去履行这个职责;
你说你的,我会以行动来回答。
真快慰!我谨遵骑士的真正品格,

圆桌骑士 053

那些被任性的少女纠缠，
而让自己的心灵
被愚蠢的激情鼓动的人，
只是半人半兽，根本不配为女士们战斗。
羞耻？我不在乎！
污言秽语对我来说只是激励；
而现在你的言辞公允，我想，
没有任何骑士，包括伟大的兰斯洛特，
能有力量将我收服。"
已是夜幕降临，
孤独的苍鹭忘记了自己的哀愁，
它垂下另一只腿，舒展身体，
梦见远方深潭边上的美好晚餐。
这时那少女回转头对他笑着，
说近在咫尺一个岩石的洞穴里，
有面包，有熏肉，
还有上好的南方红葡萄酒，
是雷奥娜夫人派人送来，
等着为他庆祝胜利。
不一会儿，
他们进入一个狭窄的入口，[30]
看见石板上有许多雕像，
刻着骑士骑在马匹上的形象，
上面涂着的色彩已经褪去。
"帮厨先生，我的骑士，
这儿曾住着一位隐士，
他那神圣的双手在岩石上刻下时间，
同人类灵魂作对的战争。
那四个傻瓜他们的自喻，吸收的只是
这潮湿墙壁的表面，得到的是外形。

你知道这些吗？"加尔斯看着读着——
这些好似写在军旗上的字母，[31]
刻在峭壁之上，激流之中——
"光"，然后，
"正午"——
"启明星"——
"救世"——
"死亡"，下面是五个人像，全副武装，
并排而列，面朝前方，
此时有不明物失魂落魄，
飞逃进了岩洞寻求庇护，
披头散发，衣服撕裂，翅膀折断。
"循着那些石板，找一找。
看看，是谁躲在后面？"
那个人——为了帮助擅离职守的肯——
也就是那鲁莽的少女
在树林中看见的那一幕——
重返卡密洛特宫，而把时间耽搁了。
兰斯洛特先生，
正浮游在江水的漩涡中——
用有狮子装饰的蓝色盾牌遮身——
轻轻走在那一对儿的后面，
当他看见加尔斯掉转身，
眼中散发星星的光芒，
便对他叫道："站住，你这犯了罪的骑士，
我要为我的朋友报仇。"
而加尔斯以同样锐亮的叫声回应，
当他们会合之时——
一瞬间——
娴熟的长矛——

刚一接触，有如世间的奇迹——
即刻全都脱手，掉在地上，
当加尔斯发现自己手上抓着一把青草，
他大笑一声。他的笑声令雷奈特震惊；
雷奈特尖锐地问他："被屈辱地打倒，
重新跌回那帮厨房混混的窝里，
干吗还笑呢？
你自己吹嘘的能力到哪儿去了？"
"不，尊贵的姑娘，但我是，
罗德皇帝和贝尔森特皇后的儿子，
浅潭和桥上之战的胜利者，
亚瑟王的骑士，却在这儿
被一个不认识的人打倒了，
被一时的不快——
或是阴谋诡计和巫术打倒了——
而非长矛利剑；我们被打倒了！"
而兰斯洛特答道："王子，哦，
加尔斯——仅仅是偶然来的，
是一个帮助你的人，而不是伤害你的人，
我是兰斯洛特，
看到你没事，我很高兴，
和亚瑟王封你为骑士的那天一样高兴。"
加尔斯说道："是你——
兰斯洛特！——
伸出双手将我打倒？
是自己的兄弟让我免于陷入
更多的自我吹嘘——
那不是偶然——
让我败在一个小小的矛尖之下，
真是耻辱，伤心——

哦，兰斯洛特—— 是你！"
轮到那坏脾气的姑娘说话："兰斯洛特，
当我去找你，为何不来？
而现在不叫你，却来了？
我以我的帮厨为荣，他尽管常遭指责，
却仍能像骑士一样以礼待我，而现在，
如果他是骑士，那么奇迹也就消失了，
而我却是被愚弄和欺骗的傻子，
我还不知道你们对我耍了什么花招；
怀疑着我自己是不是被人蔑视，
如果在亚瑟王的宫殿里，在他面前，
没有真相，那么真相在何处？
骑士和厨师，王子和傻子，
我恨你，永远恨你。"
兰斯洛特说："你是有福的，
加尔斯先生，接受国王最好的祝福，
你是骑士。哦，姑娘，聪明如你，
说一个仅仅被打倒一次的人，
应感羞耻？我也曾被打倒，
不仅一次，而是许多次。
败者最终成为胜者，
从来就没有未吃过败仗的胜者。
我们就是这样拿着剑征战不已；
你的这匹良马他已经疲惫；
但是我看到他那男人的力量
并未因疲于征战而有丝毫减少。
你做得很好；
所有的流放者都获得自由，你已经通过
打败敌人实现了亚瑟王的正义，
当你被人辱骂，以慷慨和礼貌回应，

圆桌骑士 055

当你被打倒,却也不怀恨在心,
王子,骑士,骑士王子,欢呼吧,
为我们的圆桌骑士!"
他回转身,对雷奈特讲述了
加尔斯的故事,她气恼地说:
"哦,好的——哎,好的——
比让人愚弄更糟的是自己愚弄自己。
有一个岩洞,兰斯洛特先生,
就在附近,有酒有菜还有马的草料,
点火的燧石,四处还有金银花飘浮。
找找看,我们会找到的。"
当他们找到后,加尔斯先生又吃又喝,
然后进入沉沉梦乡;那少女盯着他看。
"睡得好香啊!完全沉睡了。
醒醒啦!懒虫!
好像我待他不如母亲般温柔?
哎,像是母亲整日里照看着他的孩子,
为他的生活操持,
当他睡着时为他祝福——
上帝,在这宁静的夜色里,
金银花的味道多甜蜜,好像整个世界
都归于平静,充满爱与温柔!
哦,兰斯洛特,兰斯洛特。"——
她拍着自己的手——
"真是满心欢喜,发现我的帮厨
是位高贵的骑士。看吧,
我曾发誓携你前去与那混蛋战斗,
否则他绝不会让我通过。
你也来了,他必然会先和你对阵;
谁会怀疑你的胜利?这样我的帮厨
就会错失这鲜花环绕的光荣。"
兰斯洛特说:"你说,他可能认得
我的盾牌。那就让加尔斯,
如果他愿意,与我交换盾牌,
跨上我的战马,全新出发,
我的马儿将顺从于他,
并与他一同全力战斗。"
"兰斯洛特像是,"她说,
"所有人中最慷慨的,
兰斯洛特大人。"
加尔斯醒了,猛烈地抓住盾牌:
"你的长矛斜刺能够杀死狮子,
在它面前其他的长枪都不过是烂木棍!
你似乎是在咆哮狂呼!
为离开你的大人而狂吼大叫吧!
别在意,好猛兽(指盾牌上的狮子),
我会好好照应你。哦,尊贵的兰斯洛特,
坚守着骑士的美德——
燃烧起来——
我永远不会让自己蒙羞,
在兰斯洛特的盾牌保护之下。
所以,让我们出发。"
那寂静之地悄然无声,他们如此行过。
亚瑟的竖琴,[32]声扬夏日海湾,
浮云朵朵低低浮荡,充满诱惑,
加尔斯陷入了王侯之迷梦。
一颗星星坠落,"瞧,"
他说,"敌人跌下来了!"
猫头鹰咕咕叫:"听啊,胜利的叫声!"
忽然在他身旁骑行的她

抓住了兰斯洛特借给他的盾牌,叫道:
"打败他,再次打败他;
这次他定会奋力拼杀;
我诅咒自己昨天整夜的话语,
曾对你的咒骂,现在都要去说他,
借给你盾牌和战马;
你已经做出辉煌战绩;但是你却不能
制造奇迹;你已获得荣耀打败了
那三个人。我仿佛看到了你身受重伤、
四分五裂了;我发誓你绝对打不败
第四个人。"
"这又是为何,姑娘?告诉我你知道的。
你可吓不倒我;
不论是粗糙的脸,或是可怕的腔调,
公牛般的肢体,或是无边的野蛮,
都不能让我放弃职责。"
"不,王子,"她叫道,
"天知道,我从来也没看见过他的脸,
好像他在白日里从来都不出现;
唯一一次见过他在寒冷的深夜
像幽灵一样经过;
我也没听过他的声音。
他总有一位侍从,来来去去,
为他传话传递消息,
好像他自己身上凝聚着十个人的力量,
当他被激怒,他便大肆屠杀,
无论是男人、女人、少年、少女,
是的,甚至婴孩!
有人还说他曾经活吞下一个婴儿,
魔鬼!哦,王子,

我最初找的是兰斯洛特,
这本该是兰斯洛特的任务;
把盾牌还给他吧。"
加尔斯大笑着说:"若他应战,
也一样会战胜那个人;
所以——不会有别的结果!"
那个兰斯洛特,
在遇到可能比自己更强大的敌人时,
要善于利用骑士所有的计谋;
应该怎样调遣
良马、长矛、利剑和盾牌,
来填平因力量悬殊而可能造成的失败,
那就是凭借心智和技巧,而不是
几句不着边际的大话。
加尔斯说:"这就是纪律。
我所知道只是——
冲向我的敌人并且取得胜利。
现在角斗场上的胜利者是谁,
我还未见。"
"老天保佑!"雷奈特叹道。
他们来到一片空地,不一会儿乌云聚集,
电闪雷鸣,逼退星辰。他们逆风而行,
直到最后她停下小马,抬起手臂,
轻轻耳语:"在那儿。"
三个人静静地看着,
那座坐落在平地上险恶的城堡,
一个巨大的亭子像是山的峰顶在
它那黑暗边缘回荡着阴郁和罪恶,
有面黑色的旗帜,
长长的黑色号角挂在旁边;

圆桌骑士 057

加尔斯抓住了它，
鼓起腮帮使足全力吹响号角，
声音在高墙上回响。霎时雷光闪烁，
接着闪电一个接着一个，
他又一次吹响号角；
听见空荡的踏步声忽上忽下，
伴随着沉闷的低语，有影子经过；
直到高高在上的黑影罩住了他和少女，
雷奥娜夫人就站在窗口，
光芒中更显美丽，一只玉臂，
向他挥动，温文有礼；
但是当那王子吹了号角三次——
长时的嘘声之后—— 最终——
那巨大的亭子缓缓地向后隐去，
黑色的帘幕卷起，房脊突兀。
在一只黑夜般的骏马之上，
是黑夜般的盔甲，
长着白色的胸骨，光秃的死亡的肋骨，
死气沉沉的笑声不断传来——
向前走了十来步——
在半明半暗的光中——
在黄昏薄暮里——
那魔鬼走上前来，然后停住，一言不发。
加尔斯愤怒地发话：
"傻瓜，人们说，你能以一敌十，
难道你不信，是上帝给了人身体，
而你却非让自己，形如妖魔，
将自己装成人类所没有的魔鬼形象，
欺骗他人，就连土块也不像你那么木呆，
为自己的样子抱歉，它们便会

藏在花朵后面。"但是他一言不发，
让人感到更加恐惧。一位少女晕倒了；
雷奥娜夫人绞着双手啜泣着，
好像注定要成为黑夜和死亡的新娘；
加尔斯的头在自己的头盔之下一阵发麻，
就连兰斯洛特骑士也感到自己的热血
冻成寒冰，大家都被吓呆了。
兰斯洛特的坐骑猛烈嘶鸣，
死亡那黑色战马也向他迎去，[33]
那些在恐怖面前瞪大眼睛的人，
看见死亡倒在地上，又缓缓起身。
用力一击，加尔斯刺裂了那骷髅。
碎了的骨架一半掉在左边，
一半躺在右边。
接着一阵连续的刺杀，头盔裂开，
和骷髅一样地不堪一击；
从这摊尸骨里出现了一张花季少年明亮
的脸，就像新开的花一样娇嫩，
他叫着："骑士，不要杀我。
我的三个兄弟让我这么做的，
每时每刻都造出恐惧的气氛，
将雷奥娜同整个世界隔绝。
他们做梦也没想到那关口会被冲破。"
加尔斯温和地回答他，
这孩子还没几岁："好孩子，
什么样的疯狂让你来挑战
亚瑟王宫中的首席骑士？"
"好先生，他们让我这么做的，
他们恨那个国王，
也恨国王的朋友，兰斯洛特。

想要在激流边杀死他,
做梦也没想到那关口会被冲破。"
此后整个大地欢乐的日子就到来了;[34]
雷奥娜在她的房子里,舞蹈着,
迷醉地唱着歌,嘲笑着死亡,
在他们长久地被恐惧愚弄之后,

发现那死亡只不过是个花季少年。
从此欢笑长存,加尔斯完成了使命。
古代的讲述者说
加尔斯先生和雷奥娜成了婚,
但是,后来人说,
和他结婚的是雷奈特。[35]

## 注释

[1]第一版(1872)的注释说:"作者以这首诗歌结束了《国王的叙事诗》。"《加尔斯》在《亚瑟王的消逝》之后,而《最后的比武大会》在《吉娜薇王后》之前。"很明显,在1885年的版本中增加《巴林和巴兰》是后来的想法,在1872年的版本中:"伊尼德"没有分成两篇,作者当时只计划编入十首诗歌,而不是现在的十二首。但在1942年《亚瑟王之死》的序言中,作者接受建议,又加进了两篇:《他的史诗》《他的亚瑟王》,约有十二本书。"有一次他对诺尔斯先生说:"我二十四岁的时候就打算写一部完整的伟大诗集,从《亚瑟王的消逝》开始。我曾说过我可以用二十年完成;但是那些评论让我无法继续……我写的亚瑟王是灵魂层面上的,而圆桌骑士代表的则是一个男人的热情与能力。"

[2]"凝视着湍急的流水"指河水泛滥。

[3]这句话中"yield"意思是"回报",比较《安东尼与克里奥佩特拉》:"上天给你的回报";《哈姆雷特》:"上帝给你的回报"。

[4]比较丁尼生早前写的诗歌《鹅》。

[5]一本发光的祈祷书。

[6]"你留在这儿吧;你看,红色的浆果和飞鸟嬉戏":也就是影射那只鸟,是一句谚语。比较

戈登史密斯的《屈身求爱》："他可以使树上的鸟儿中魔法"。

[7] 第一版中的"智者"为复数"智者们"。

[8] 龙尾巴盘成圈环。

[9] 这是海市蜃楼的效应。

[10] 比较《谢娜芮》:
音乐慢慢地呼吸，
那边的墙和着音乐缓缓升起。

[11] 比较《亚瑟王的归来》："用古时谜一样的三行押韵诗句"和它的注释。

[12] 正如利特代尔评论说："加尔斯有些不知所云。"

[13] 浪漫小说家笔下的瑟赛蒂兹。

[14] 暗指古时候的浸水椅和钳口刑，用这些可以让泼妇受到教训。

[15] 在这里，马洛里和其他老作者的文中出现的"堂兄弟姐妹或表兄弟姐妹"（cousin）指的是男性亲戚。莎士比亚把它当成侄子或外甥，侄女或外甥女，连襟姻兄，或孙辈等。特里斯坦是马克妹妹的儿子。

[16] 暗指用来造棺材的薄铅板。比较理查德·巴恩菲尔德诗句（人们认为是莎士比亚的《热情的朝拜者》）："你所有的朋友都穿着铅做成的衣服"。比较《王子》："一半用鲜艳的薄纱和金色刺绣裹住"。

[17] 马洛里认为，他"拥有一双人类前所未见的又美丽又大的双手。"肯说："因为他没有别名，我要给他取个名字叫'Beaumains'（意思是'美手'）"。

[18] 在英国威尔士西北部的斯诺登峰峰顶，指的是另一个传说中跟亚瑟身世有关的地方。"卡尔—艾瑞斯（caer-eryri）"在威尔士语中的字面意思是"斯诺登峰草原（snowden field）"。（利特代尔）

[19] "神圣的岛屿"指"苹果之岛"——"艺术之宫"阿瓦隆:
神秘的尤瑟之子身负重伤，

躺在一片倾斜的美丽的绿地上，

哭泣的王后在阿瓦隆的山谷中

照看着昏迷不醒的他。

[20] 森林中一种发出臭味的真菌。比较《爱德文·毛瑞斯》："很早前就知道的称呼：伞菇，苔藓，蕨"。

[21] "把暮色中泛着红光的浅湖，与黑夜中睁得又圆又红的鹰眼做比较，会给人一种错觉，认为那太不寻常了，不能真正说清这个景象，但是，鸟类学家很喜欢用这样的比喻。事实上，丁尼生可以写一本鸟类学的书了，他的描述就像哈汀先生写莎士比亚时那么精彩。"（利特代尔）比较《亚瑟王的归来》中的"燕子和雨燕接近同类"的注释。

[22] "好"是称呼用语。有"现在"和没"现在"一样，比较《哈姆雷特》："好了现在，坐下来告诉我，那个知情的人"；《暴风雨》："好了，跟船员去说"等。

[23] "人们想到骄傲的孔雀就想到雷奈特样子，认为女士对待她们的勇士应该要亲切温柔些——这一课是她需要学习的。"（利特代尔）这种鸟经常是骑士们用来立下严肃誓言的对象；当把它放在餐桌上供享用时："所有的客人，无论男女，都会立下庄严的誓言；骑士们宣誓要变得勇敢，女士们宣誓要忠于爱情。"（斯坦利，《鸟史》）

[24] 水仙花又叫作"四旬斋百合花，因为它是在四旬斋（复活节前的四十天）时期开花的。

[25] 一种有云母在里面的石英石。

[26] 至少在1884年之前的版本中为"当被骑上马"。

[27] "雷奈特此刻已经明白他是位绅士，绝非杂役，所以开始仰慕他的英勇，对他的看法也改变了。她的赞扬话隐藏了而不是揭示了她心里燃起的爱火；少女的羞怯让雷奈特口中依然说着他的坏话，骂着他。第一次的赞美暗示了她突然的领悟；她早晨的梦已经成真，爱神会在那天对她微笑……当午日被他打败了之后，她的爱神再次对她微笑；她梦想在那天找到一位胜利的勇士——一位能完成她的要求，然后被她爱上的骑士——已经再一次成真……第三次（在他战胜夜星之后），梦想又成真了——或者说三个预兆都证明她的梦想成真了——她梦想的胜利骑士和爱人。"（利特代尔）

[28] 此处的"花朵"指蒲公英。比较《诗人》："就像田野花朵上似箭的种子"和《艾尔默的

田野》:"——从布满小麻点的靶子上飞出一连串看起来好似仙女的箭"。

[29] 第一版是这样写的:"他不愿再战"。

[30] "入口"(comb)是凯尔特语,意思是山腰上的空洞,或是山谷的源头。

[31] 指刻在军旗上的拉丁文,或是第二军团的旗手,第二军团位于坎伯兰郡的布兰普顿附近的凯尔特小河上方的悬崖上。在公元 207 年,这个军团的一个分遣队曾驻扎在那里。

[32] 根据利特代尔,它的意思是"位于北极星和大角星附近的一颗星,这三颗星形成的三角就像一把竖琴"。大角星与北极星之间距离遥远,所以三颗星星没有任何两颗是相近的;我们可以从《最后的比武大会》的隐喻中推断出它是单独的一颗星星,而不是星群:
"你知道天上的那颗星星吗?
我们叫它'亚瑟王的天琴星。'"
特里斯坦回答:"知道,小丑爵士,
因为当时我们的国王一天天强盛,
他的骑士为每一次新的荣誉而感到骄傲,
他们把国王的名字立于高山之巅,十二宫之中。"

[33] 首版为:"黑色战马立刻向他迎去"。

[34] 诗人似乎交换使用"地下(underground)"和"地底下(under the ground)",这两种形式在英语版本中可以找到好几次。

[35] "古代的讲述者"指马洛里;"后来人"指丁尼生自己。

**圆桌骑士**

**杰兰特的婚事**[1]

THE MARRIAGE OF GERAINT

勇敢的杰兰特，亚瑟王廷的骑士，
是附属国德文国的王子，
也是圆桌骑士中伟大的勋爵之一。
他与伊恩伊奥尔的独女伊尼德成了婚。
他爱她如爱上帝之光。
上帝之光变幻无穷，
时而日出，时而日落，
时而夜晚伴着月亮和闪烁星辰，
而杰兰特的爱也如此，
可以让她的美丽天天变化，
今天深红，明天深紫，后天戴上宝石。
而伊尼德，也要让丈夫耳目一新。
他第一次遇见并爱上她时，身无分文。
她要每天以全新的光彩迎接丈夫；
王后自己为感谢杰兰特王子所做的一切，
也很爱伊尼德，经常用自己白皙的双手
为她梳妆打扮，使她成为王廷里，
仅次于她的美人。
而伊尼德也爱王后，真心仰慕她，
认为她是世上
最高贵、最完美、最可爱的女人。
看到她们如此温柔，如此亲近，
杰兰特为这份长久而共同的爱
而感到欣喜不已。
但谣言四起，
说王后罪恶般地爱上了兰斯洛特，
虽然谣言无凭无据，
但空穴来风也能掀起惊涛骇浪，
因此杰兰特越来越相信传言；
于是他开始担心她那善良的妻子

会因对吉娜薇的体贴
而使她的清白带上任何污点。
因此，他觐见国王，找了个借口说，
他领地附近的疆域，
土匪伯爵，卑劣骑士，
土匪和贱民，都无法无天，
并且都对法律深恶痛绝。
因而，除非国王乐意亲自
去清除他领土内的污秽之地，[2]
否则，他请求国王允许自己起程，
赶往那里与护卫军共同奋抗。
国王对他的请求稍做了考虑，
最后，答应了他。
王子与伊尼德以及五十位骑士
共同骑往塞文河河岸，
然后到达了他们自己的领土；
在那里，他想，
如果妻子始终忠于她的丈夫，
那我妻也应该会忠于我。
他对她百依百顺，
崇拜她，黏着她。渐渐地，
他便忘了自己对国王的承诺，
忘了猎鹰和狩猎，
忘了骑士和比武，
忘了他的荣耀和名声，
忘了他的领土和职责。
她对这些健忘感到深恶痛绝。
渐渐地，当三三两两的人，
或者更多的人聚在一起时，
他们会对他进行嘲笑、讥讽，

说这个王子的男子气概全都消失,
剩下的只有对妻子的溺爱。
她从人们的眼神中看到了这些含义。
为她打扮、取悦她的仆人
也都仔细审视王子无限的爱,
跟她说了这些,所以她越发悲伤。
一天天过去了,
伊尼德想把这事告诉杰兰特,
但出于羞涩,她并没有说,
而他看到她变得越来越悲伤,
便更加怀疑她的天性有了污点。
最后,很巧的是,在一个夏日早晨——
他俩同床共枕[3]——新出的太阳
透过无窗帘的窗户照进了房间,
熏热了这个做着梦的战士;
他把被单掀到一边,
露出了脖子上漂亮的喉结,
他那大块的英雄般的胸肌,
手臂上坚硬的肌肉倾斜着,
就像激流经过小石块时,
猛烈地狂奔,却无法把它击碎。
伊尼德醒来坐在床榻旁,
敬羡地看他,想着,
有其他人像他那样雄壮吗?
然后,人们讨论和指责她丈夫溺爱妻子
的声音似阴影般地飘过她的脑海,
她俯下身去,在心里怜悯地说道:
"哦,高贵的胸膛,强健的臂膀,
我是祸根吗?我是可怜的罪人,
让人指责你,说你不见了英雄的力量?

是我的错,因为我不敢说话,
不敢告诉他我的想法和他们的话。
但我很讨厌他在这儿逗留;
我无法爱我的君王却不顾及他的名声;
我情愿为他挽上马具,
和他一起骑往战场,站在他旁边,
看他风驰电掣,奋力击杀
贱民和世界上所有的罪人。
我宁愿躺在黑暗的泥土里,
再也听不见他那高贵的声音,
再也不被这温柔的双臂拥抱,
再也不会成为他眼中唯一的焦点,
也不要我的君王因为我而遭受耻辱。
难道我可以大胆地站在旁边,
看着我亲爱的君王在战斗中受伤,
或是在我眼前被射死,
而我却不敢告诉他我的所想
和人们对他的毁谤,
说他全部的力量只剩下柔弱了吗?
哦,上帝,如果这样做,
恐怕我并不是好妻子!"
她边在心中思索,边喃喃自语,
她的异常激动,
使她在他的宽大裸露的胸前,
哭泣起来,他于是醒了,不幸的是,
他只听到她最后的只言片语,
和她说她怕自己不是好妻子的话。
他想:"尽管我在乎她,
令我痛苦的是,可怜的人啊,
令我痛苦的是,她对我不忠,

我看到她为亚瑟王宫中某个衣着鲜艳的
骑士哭泣。"
虽然他无比地爱她和敬重她，
但想到她竟然会因为丑行，
而在他那具有男子气概的胸膛
诉说自己的罪恶。
这让他在自己最爱的她那甜蜜脸庞前
变得更加孤独和哀伤。
想到这儿，他忍不住从床上一跃[4]而起，
粗鲁地把沉睡的侍卫摇醒，喝道：
"把我的军马和她的小马牵来。"
然后对她说，"我要驶入荒野，
虽然我策马鞭行不一定会赢，
我也不会像有些人想得那么无能。
你，穿上最差、最简陋的衣服
随我而行。"伊尼德感到诧异，问道：
"如果伊尼德犯错了，请让她知道。"
他却说："我命令你，
不要问，只要遵从就行。"
她想起自己那件褪色的丝绸服，
褪色的披风和面纱，
然后，朝着杉木衣柜走去，
里面的东西被她恭恭敬敬地摆放着，
褶层中还有夏天用作装饰的薄荷枝，
她把它们拿了出来，
然后把自己打扮了一番，
想起了当他第一次走近她时，
她穿着那套衣服，他是多么地喜爱，
还有她对那套衣服愚蠢的担心，
以及他告诉她，他是怎样千辛万苦

来到她的身边，
和他们怎样一路来到这个宫廷。
在乌斯克河畔古老的卡利恩开朝前的
圣神降临周，[5]
一天，亚瑟王高高坐在皇厅之上，
伊迪恩的护林人来到他面前，
他刚从森林中出来，浑身湿透，
他说他看到一头
高过所有骑士的雄赤鹿，
那是他第一次看到乳白色的鹿，
他把这些事禀报了国王。
好心的国王降下旨意，翌日清晨，
吹响号角，准备狩猎。
当王后请求国王允许
观看狩猎时，国王欣然应允。
第二天早晨，所有的大臣都出发打猎。
但吉娜薇睡到很晚，沉迷于美梦中，
她梦到她对兰斯洛特的爱，
却忘了打猎这回事，但她最后
还是起来了，只有一位女仆伺候着，
她骑上马，涉过乌斯克河，前往森林；
在那附近的小圆丘上，静待狩猎的声音，
却听到马蹄声突然到来，
原来杰兰特也迟到了，他没穿狩猎服，
又没带武器，只佩着一把金柄剑，
急匆匆地蹚过他们后面的浅河，
向圆丘飞驰而来。他戴着紫色肩章，
两边各缀着纯金的苹果，
在他身上晃动着，他飞驰过来与他们会合，
远远望之好似矫矫游龙飞过，

身着圣日绸袍。
附属国王子深深鞠躬，
而她，可爱又高贵，
带着女人和王后所具有的优雅回答他说：
"迟到了，王子，你迟到了，"
她说，"比我们还迟！"
"是的，高贵的女王，"
他答道，"我太迟了，所以我和你们
一样来看打猎，自己不打。"
"那么，和我一起等吧，"她说，
"在这个小山丘，从各个角度，
我们都能看到、听到猎犬的吠声：
它们总是快速地从我们脚下冲过。"
当他们听着远处的狩猎声，
声声重重的狗吠和马蹄声，
还有亚瑟王的猎犬口中深深的回响，
远处缓缓爬上一名骑士、
一个女人和一个侏儒；
侏儒跟在最后，那骑士把脸抬起，
年轻的脸上出现了专横和傲慢的神情。
吉娜薇，并没有注意国王大厅中
那骑士的脸，却想知道他的名字，
她派仆人去询问那侏儒，
那人邪恶、老气、易怒，
骄傲中的邪恶比他主人的多一倍，
尖锐地回答她说她不应知道。
"那我要问他自己。"她说。
"不，依我看，不行，"矮人大喊道，
"你连提起他都不配。"
当她把马牵向骑士时，

他用鞭子抽了她一下，她感到愤愤不平，
回到了王后身边；杰兰特宽慰她道：
"我一定会问到他的名字。"
于是急速向侏儒走去，向他问询，
他依旧答复如前；而当王子将马头转向，
朝骑士走去，他就用马鞭抽他，
鞭痕划破了王子的脸颊。
王子的鲜血顺着三角红巾滴落，
将它染得更红了；
而他迅疾的手，本能地抓住了短剑，
似乎想要了那侏儒的命；
但他，出于自己超强的男子气概，
和无比高贵的风度，虽然非常气愤，
却把剑收了回来，退回来说道：
"我要为这样的耻辱报仇雪恨，
尊贵的王后，侮辱您的仆人，
就是侮辱了您，
我要追寻这败类到天涯海角；
虽然我来没带任何武器，
毫无疑问我会找到，
我可以在某个地方暂时租用武器，
或用其他东西抵押；我找到他，
将与他战斗，摧毁他的骄傲，
三天后我会回到这儿，
我一定不会在战斗中落败。再见。"
"再见，亲爱的王子，"
高贵的王后回道，
"愿你一路顺畅，一切都好；
愿你能用自己的光照亮你所爱的一切，
一定要活着与你最爱的人结婚。

结婚之前，把你的新娘带来，
不管她是国王的女儿，
或是树篱边的乞丐，
我都会为她穿上如太阳般美丽的礼服。"
杰兰特王子似乎听到
珍贵的雄赤鹿被困的叫声，
以及远方的号角，
对错过这次狩猎有一些恼怒，
对那个邪恶的家伙也感到恼怒，
他骑着马，地势高高低低，
穿过绿草葱葱的空地和山谷，
他的眼睛死死地盯着那三个人。
最后，他们走出了森林，
上了一个美丽而平坦的山脊，
他们在天空下，渐渐出现，又消失。
杰兰特到了那里，
看到下面一条长长的山谷中，
一座小城的长长街道的一边，
一个工匠手拿白色的蔷薇；
另一边是败落的城堡，
桥那边是一条干涸的深谷。
小镇和山谷外传来嘈杂声，
像是多石的河床下一条宽阔的溪流
在吼叫，或是远处的白嘴鸭，
在寻找夜晚的栖息处前啁啾的声音。
他们三个继续向要塞行进，
进入要塞后，消失在城墙之后。
"那么，"杰兰特想，
"我已经找到他的老窝了。"
他们疲惫地在长街上溜达着，

发现每家旅馆都客满了，而且到处都是
奋蹄的良马和铁锤，天气热得嘶嘶叫，
那个年轻人吹着口哨，
在给他主人清洗盔甲；有人问道：
"镇上如此喧哗是怎么回事？"
他一边洗，一边告诉他：
"是食雀鹰！"
骑在后面的老农民，
被满是灰尘的斜梁迷住了眼，
扛着一麻袋谷物，大汗淋漓，
又问这里为何如此喧哗？
他生硬地回答道："呃，食雀鹰！"
骑了一会儿碰到家军械制造店，
里面的制造师背对人，弯着腰干活，
将一件头盔放在膝头铆合，
他也问了一样的问题，
但那年轻人并没有转身，也没有看他，
说道："朋友，为食雀鹰劳作的人
无暇回答这样的闲问题。"
这时，杰兰特忽然大怒：
"一千只小鸡把食雀鹰叼个精光！" [6]
山雀、鸫鹟
和所有有翅膀的小东西把他啄死！
你们村镇的咯咯叫不过是
整个世界的咕哝！他对我来说是什么？
噢，讨厌的麻雀，一只是，
所有的也是，不知在尖叫什么，
只是食雀鹰的叫声！
说，如果你不喜欢其余的人，
为鹰疯狂的人，我晚上可以在哪里过夜？

哪里可以找到与敌人搏斗的武器？说！"
这时，军械士感到万分诧异，
看到一个穿着色彩鲜艳的紫色绸袍，
手里拿着头盔的人走来，
回答说："请原谅，哦，陌生的骑士；
我们这儿明天早上有比武，
几乎没时间做事了。
武器？真的！我不知道，
这儿的武器都有人要了。
过夜？说真的，我也不知道，除了
伊恩伊奥尔爵士那儿可能有，在桥那边。"
他一面说一面又继续工作。
杰兰特继续前行，还有点生气，
穿过桥有一条干涸的深谷。
满头白发的爵士坐在那儿沉思——
他的那套服装虽然磨破了，却依然华丽，
——曾是一件盛宴华服，他问：
"好孩子，你要去哪里？"
杰兰特回答他说："哦，朋友，
我在找地方过夜。"
伊恩伊奥尔说："那进来吧，
享受一下这个房子微薄的款待。
这儿曾经富丽堂皇，现在虽已落魄，
但房门永远向人敞开着。"
"谢谢，这位德高望重的朋友。"
杰兰特回应道，"那么你不会给我
食麻雀肉当晚餐吧？我会进来，
我会用我十二小时斋戒的
热情去享用这一餐。"
然后那位白发老爵士叹口气，笑了笑，

回答说："我比你们更有理由要去
诅咒这灌木篱墙里的小偷——食雀鹰。
进去吧；除非你自己想，
我们是不会谈及他，
更不会拿他开玩笑。"
杰兰特这就走进城堡的中庭，
院子的碎石里长满多刺的仙人掌，
坐骑在星星点点的刺中抖动不已，
他极目望去发现到处都是废墟。
这儿是一架有羽毛图案的破拱门，
那儿有一堆高塔断裂的塔身，
整个儿看起来像是坍塌的峭壁，
倾圮的悬崖长满无数的野花：
最高处是一座带楼梯的塔楼，
因年久远而破损，而今陷入沉默，
伤口曝露在阳光下，可怕的常春藤茎
紧紧攀附在灰色的岩壁上，
如同缠满毛发的纤维手臂，
吸吮于这石头的接缝处，
下面的像蛇结，上面的如树丛。
当他在城堡的王宫中等候时，
伊恩伊奥尔的女儿，伊尼德的声音
清晰地穿过大厅敞开的窗扉，
她在唱歌，就像鸟儿甜美的歌声，
他在孤寂的过道里的
一个出铁槽边倾听着，
开始想究竟是什么样的鸟儿
才能唱得如此微妙清晰呢？
他想象这只鸟的羽毛和形状，
伊尼德甜美的声音感动了杰兰特，

就像是一个人清晨时分站在野外，
远处的微风荡漾，吹来了
受众人所爱的清亮的音符。
随着风飘到了不列颠，突然，
四月份从红绿色宝石装饰的
小灌木林中挣脱出来，
他中止了与朋友的谈话，
或放下了手中的劳动，或说着：
"是夜莺。"杰兰特尽情地想着，说：
"我的主啊，这是属于我的声音。"
伊尼德所唱之歌恰巧是命运之轮，
她唱道："转吧，命运之轮，
转动你的轮子，[7] 放低骄傲；
在阳光、暴风雨和云朵中
转动你疯狂的轮子；
我们不爱也不恨你与你的轮子。
转吧，命运之轮，
带着微笑或皱着眉头转动你的轮子；
有那只疯狂的轮子，
我们既不上升也不会下降；
我们的藏身之处很小，但我们的心很大。
微笑，我们微笑，
那拥有许多土地的领主；
我们微笑或是皱眉，
我们是自己双手的主人；因为人既是人，
人是自己命运的主人。
转吧，在众目注视之下转动轮子；
你与你的轮子是云朵下的阴影；
我们不爱也不恨你与你的轮子。"
"听，通过鸟儿的歌声，

你就知道它的巢在哪儿。"
伊恩伊奥尔说："快进来。"
他们就进来了，
刚好有一块石头从墙上滚落，
在黑色橡子筑成的布满蜘蛛网的大厅里，
他看到一位穿着淡色锦缎的老妇人；
在她旁边，美丽的伊尼德在走着，
像一朵朱红色夹杂着白色的花朵
从凋零的花的叶梢中轻轻地绽放出来，
身上那件褪了色的丝袍
绽放着奇异的光彩，是他的女儿。
过了会儿，杰兰特想："我的主啊，
她就是适合我的女孩。"
但除了那位白发爵士，没人说话：
"伊尼德，优秀骑士的马就在宫廷里；
把它带去关起来，喂些谷物，
然后去城里买些肉和酒；
我们要尽情享受一回。
我们的房子很小，但我们的心很大。"
当伊尼德经过身边时，
王子欣然大步跟随着她，
但伊恩伊奥尔抓住他的紫色肩章，
说："忍耐一下！休息下！
好房子虽然毁坏了，哦，我的孩子，
却不能忍受她的客人
得不到应有的厚待。"
杰兰特尊重房子的习俗，
出于纯粹的礼貌，忍住了。
于是，伊尼德把他的军马带去畜栏，
之后便过了桥，到了城里，

一个女仆悉心照料美丽的伊尼德

当王子与爵士在一起说话时，
又来了一个人，是个年轻人，
带着酒壶[8]，为了表示对客人
友好的欢迎，还带来了肉和白酒。
伊尼德买了些甜点来招待他们，
面纱中还裹着白面包[9]。
因为他们的大厅同时也要用来当厨房，
煮肉和分食物，
后面站着三位厨师静候待命。
看到她如此甜美和乐于助人，
杰兰特内心更加渴望当她把木盘放下，
手指缠绕其间时，
能弯腰亲吻她那纤细的小手。
所有食物被一扫而光后，
美酒已让杰兰特精力旺盛，
他的目光紧紧跟随伊尼德，
看她在做简单的手工活，
一会儿这儿，一会儿那儿，
在整个昏暗的大厅中走动着；
然后突然对那头发花白的爵士说：
"亲爱的爵士，谢谢你的慷慨招待；
这个食雀鹰，是什么人？跟我说说他。
是他的名字？不，天知道，我不清楚；
如果他就是昨天我看见的那个
进入你们镇子那个白色的
石头城堡的骑士，那么我已经发誓
要让他亲口告诉我他的名字——
我是德文郡的杰兰特——
因为今天早上，当王后派她自己的仆人
去问他的名字时，他的侏儒，

一个邪恶畸形的东西，
用他的鞭子抽打她，她回到王后身边
感到非常愤怒；那时我就发誓
我会找到这个贱民的窝，
然后击垮他那桀骜不驯的态度。
我毫无装备来到这儿，想在你的城里
找些武器，这里的人都是疯子；
他们竟把自己城里的小涟漪
当作震动整个世界的大浪。
他们根本不听我说；但如果你知道
我可以在哪里找到武器，
或者你自己就有，那么请告诉我，
你知道的，我发誓要打掉他的傲气，
知道他的名字，
为王后所受的耻辱报仇。"
伊恩伊奥尔爵士叫道："真的是你吗？
杰兰特，因做了高尚之事
而声名远扬的那个人吗？真的，当我
第一次看到你在桥上从我身边经过时，
就觉得你有点像，是的，
通过你的气度和状态，
我应该猜得到你
就是亚瑟王宫殿中的其中一名骑士。
我现在也不讲奉承的话；
这个孩子经常听我夸你的战绩，常常，
当我暂停时，她又会开始问了，
一直都很喜欢听；
那些思想高贵但行为愚蠢的人，
对你高贵的内心和举止满怀倾慕；
哦，从来没有一个女人像这位女士一样

有这么多的追求者；第一个是利穆尔，
整一个咆哮和喝酒的怪物，
他在求爱时竟然也喝得大醉；我不知
他是死是活，但他已经走失在荒野里。
第二个是你的敌人，食雀鹰，
我那该死的外甥——
如果可以的话，我是绝不会
从自己的口中说出这人的名字——
当我知道他是如此凶恶、残暴，
我拒绝把女儿许配给他，
因而激醒了他的骄傲；
因为骄傲之人常常非常小气，
他常常在所有人的面前诽谤我，
一再地说他的父亲曾经为他留下黄金，
却被我私藏，不愿归还；
还以重金和媚言贿赂了为我做事的人，
我那莫须有的罪行就更是
穿门越户，传得沸沸扬扬。
他还在我的伊尼德生日前，
在夜里和城里的人群起反抗我，
洗劫我的房子；用卑劣的手段
将我从自己的地盘驱逐；还建造了一座
新的城池以震慑我的朋友，
但事实上，还有些人依然爱我；
他们让我留在这座已成废墟的城堡之中，
毫无疑问，他很快便会在这儿将我处死。
他很傲慢，非常鄙视我。
有时连我自己都会鄙视自己；
因为我任人妄为，我太温柔了，
从来都不会利用权力；

也不知自己是太卑微还是太勇敢，
是过于明智还是太愚蠢；我只知道，
在我身上无论发生什么邪恶之事，
我的心灵和四肢似乎都不会受罪，
而是以绝对的耐心去忍受。"
"说得好，是真心话，"
杰兰特答道，"但如果有武器，
如果那食雀鹰，你的外甥，
在明天的比武中与我对打，[10]
我定会让他自尊落地。"
伊恩伊奥尔回答他说："事实上，
我的武器旧的旧，锈的锈，
杰兰特王子，若你要，就给你。
但没有人可以参加这次比武，
除非他最爱的女人在那里。
草场上插有两支叉，
叉上放着银棒，
再上面便是金色的食雀鹰，[11]
那是给那里最美丽的女人的奖励。
无论场上的哪个骑士，
都有权力为自己身边的女人争得这个，
然后和我那好胜的外甥决斗，
我那外甥擅长决斗，身材又强壮，
一直为他身边的女人赢得比赛，
打败了所有的敌人的
他赢得了食雀鹰的名声。但你没有
最爱的女人，所以不能比武。"[12]
杰兰特眼神发光，向他靠近一点，
回答他说："我在此请求您的允许！
我见过这世间所有的佳丽，

圆桌骑士 073

却从未见过或是在别处遇过
如此美丽的姑娘。
如果我失败了,她的名声还是会像
以前一样,清清白白;
但如果我还活着,上帝也助我,
我会竭尽全力,
让她成为我真正的妻子!"
无论伊恩伊奥尔如何谨慎,
他此刻已经心花怒放,
仿佛看见了光明的未来。
他朝四周看看,没找到伊尼德——
她听到自己的名字后
就偷偷溜走了[13]——
他温柔地将那老妇人的手
放到自己手里说:"母亲,
我们的女孩很温柔,
最好能得到她的理解。
去休息吧,在休息前,
告诉她,问问她的心是否向着王子。"
这位慈祥的爵士说着,
她一面微笑着,一面点着头离开了,
她看到那女孩躺着,装扮有点乱;
她先亲了亲女孩的脸颊,
然后把一只手放到了她肩膀上,
让她躺着,注视着她的脸,
告诉她大厅里所有的对话,
试试她的心。但伊尼德在听的时候,
脸色忽白忽红,比不安的天空下,
郊外的光明和黑暗还快;
当谷粒一颗颗地往天平上放时,

重量增加的那头便会下沉,
她甜美的脸蛋埋到了美丽的胸口;
她既不抬眼也不说话,
只是感到害怕与困惑。
她没回答就睡下了,她很不安,
安静的夜并未使她澎湃的血液平静,
她一直在思考自己真是毫无价值;
当苍白的东边出现太阳时,
她便起床了,也叫醒了她母亲,
她们手牵着手走到了草地上,
比武会在那儿进行,
然后在那儿等着杰兰特和伊恩伊奥尔。
他们俩过来了,杰兰特第一次
看到她站在田野上等他,
他感到她是身体力量的奖励,
使他的力量无穷,甚至可以
移动伊德里斯的椅子。[14]
王子身上带着伊恩伊奥尔生锈的武器,
但王子的模样让他的仪态闪闪发光;
漂泊的骑士及他们的女士到了,
镇上的人不断涌入,
把整个竞技场都包围住了。
他们把叉插进地里,在上面放上银棒,
在最上面又放上那只金色食雀鹰。[15]
伊恩伊奥尔的外甥,在号角吹响后,
对他身边的女士说:
"去拿起它吧,作为美人中最美的,
这两年我都为你赢得了它,
这是对美的最高奖赏。"王子大声喊道:
"等一下,还有一个人更配拥有它。"

那骑士转过身，看到那四个人，
感到有些吃惊，
对他们比以前鄙视三倍，
他的脸如圣诞节大火中的心，泛着光，
他被烧得热情澎湃，喊道：
"为它而战！"就完了；
他们三次发起进攻，三次长矛相交。
两人都掉下马，打成平局，
常常相互鞭打，让旁人迷惑不解，
时不时地，从远处的墙里
传来幽灵般的掌声。
他们又打了两回，喘了两口气。
他们大量的汗水和强壮身体的血液，
流淌着，把他们的力气榨干。
但两人势均力敌，直到伊恩伊奥尔喊道：
"不要忘记王后所受的巨大耻辱。"
于是杰兰特的力气大增，
把刀往上一挥，劈裂了对方的头盔，
打倒身体，打倒了他，
然后踩着他的胸脯，说："你的名字？"
那个被打倒在地的人悲叹道：
"伊迪恩，纳德的儿子！" [16]
我把名字告诉你，我感到很羞愧。
我的傲气被打败了；
人们都看到了我的失败。"
"好，伊迪恩，纳德的儿子，"
杰兰特回答道，
"你要为我做两件事，否则你会死，
首先，你和你的女人、侏儒一起
到亚瑟王的宫廷去，向皇后祈求饶恕

你对她的侮辱，然后遵守她的判决；
第二，你要把爵士的领地
归还给你的亲人。你要完成这两件事，
否则你就去死吧。"
伊迪恩回答："我会去做这两件事的，
因为我从未被打倒过，而你却打败了我，
我的骄傲因此也被打垮，
因为伊尼德看到了我的溃败！"
他于是站起身来，
骑着马向亚瑟王的宫廷行去，
到了那儿，女王很快便原谅了他。
因为年少，他开始讨厌
自己的背叛，慢慢地，
他开始从过去的黑暗生活中走出来，
最后在伟大的战役中为国王而战死。[17]
狩猎后的第三天早晨，
世界有了一些辉煌，
常春藤挥舞着翅膀，伊尼德，
她美丽的头躺在暗黄的灯下，
在鸟儿欢乐跳动的影子里，
醒了过来，想起了昨晚
她对杰兰特王子做出的承诺——
他似乎一心想在第三天离开，
但他要在她给出承诺后才离开——
今早和他一起回到王宫，
在那儿把她介绍给高贵的女王，
在那儿举行成婚仪式。
想到这里，她看了看自己的裙子，
认为那是她见过的最简陋的裙子，
看起来像是十一月中旬的树叶。

同样，她现在穿的这条裙子，
就像她在杰兰特到来之前穿的裙子。
她又看了看，
想到那陌生的光亮和可怕的东西，
越来越害怕，[18]那是王宫，
她穿着褪色的丝绸服，
所有人都盯着她看；
她轻柔地对自己说：
"这位高尚的王子，
他为我们赢回了领土，
他英雄般的壮举是如此崇高，
可爱的上帝，我差点儿让他蒙受了耻辱！
为表达我们对王子的谢意，
他如果在这儿多待会儿，
这是对我们每个人的恩惠，
但他似乎一心要在第三天离开，
去惩奸除恶，干他的第二番大事。
但如果他在这儿多逗留一两天，
我宁愿工作到眼睛模糊、手指断掉，
也不要让他受到那么多耻辱。"
伊尼德开始渴望、怀念那条
用金子和花朵装饰的裙子，
在痛苦的三年前，她的慈母
曾在她生日的前一晚，
送了她这样一份珍贵的礼物，
那晚伊迪恩纵火，洗劫了她的家，
驱逐了所有人，他们不得不随风逐流；
她的母亲拿给她看时，她们俩
无比赞美，对她们俩来说，
这件衣服做工昂贵。

这时，伊迪恩的人开始大喊大叫，
对她们下手，她们匆匆而逃，
除了戴着自己身上的首饰，
什么都没拿。
后来为了生计，
这些首饰也都渐渐被卖掉了。[19]
她们逃跑时，伊迪恩的人抓了她们，
把她们关在了这废墟中，
她希望王子能在她的老家中找到她；
让她从过去的幻想中逃出，
陪她去她所知道的好地方，
最后，想到她在过去常常观看
老家附近的金鱼池，
在池塘一大群光泽的金鱼中，
其中一条金鱼长满了斑点，暗淡无光，
在池塘中一群鱼兄弟中间游着。
在半睡半醒中，她把那金鱼和池塘
分别当成了憔悴的自己
和光彩夺目的王宫，
接着她又进入了梦乡，
梦到自己是如此暗淡的一条鱼，
在鱼池里发光的金鱼姐妹中游着。
那是国王的花园，
虽然她在池中黯然无光，
她知道一切都是明亮的；
到处都是拥有阳光般羽毛的鸟儿，
在筑造金色鸟巢；
所有的土地都长满了草，
看起来像是底下铺了石榴石，
上层宫廷的君主、贵妇，

穿着银色薄绸，谈论着高雅的事情；
国王的孩子们身着金色华服，
盯着门看或在路上嬉戏，
她在想："他们看不到我。"
这时一位名叫吉娜薇的王后来了，
所有身着金服的孩子都向她跑去，
叫着："如果我们有鱼，
要让它们变成金子；现在让园丁们
把那只苍白的鱼从池中挑出，
然后扔进粪堆，它就会死了。"
这时，一个人过来抓住了她，
伊尼德惊醒了，
她的心，被这愚蠢的梦笼罩着。
看！是她母亲抓着她，
让她清醒；她手里拿着
一套明亮的服装，她把它平放在床上，
兴奋地说道："看这儿，孩子，
这颜色看起来多鲜艳，
他们保存得很好，像贝壳，
虽被海浪磨蚀，也不变色。
为什么不穿呢？它还是崭新的，
我想：看看它，孩子，
如果你知道就告诉我。"
伊尼德看了看，开始时感到十分困惑，
几乎不能从她愚蠢的梦中醒过来。
然后她突然明白了，
欣喜若狂地答道："是的，我知道，
是你给我的好礼物，
在那个不愉快的夜晚丢失了，我很伤心；
这就是那件你送给我的礼物！"

"是的，当然，"
夫人说，"很高兴今早又把这份礼物
再次送你。
昨天比武结束时，
伊恩伊奥尔到城里时，发现城里
每家每户都有从我们家劫掠的物品，
他命令他们，把以前属于我们家的东西
物归原主；昨晚上，
当你与王子在亲密地谈话时，
来了一个人，把它交到了我手中，
可能因为爱或害怕，或想讨好我们，
因为我们又把领土重新夺回了。
昨晚我没跟你说，
而是想在早上给你一个甜蜜的惊喜。
是的，难道这不是一个甜蜜的惊喜吗？
因为我自己也像你一样，
不愿穿着我那褪色的衣服，
而无论如何，你的父亲是个坚忍之人。
无论伊恩伊奥尔有多么坚忍，
他也不愿穿得这么寒酸。
啊，亲爱的，
他从大户人家中把我带出来，
我家有各种各样华丽的衣服、
奢侈的伙食，
有侍从、女佣、护卫和管家，
打鹰和狩猎是我的消遣，
这些都是高贵的享受。
是的，然后，
他又把我带进了一个大户人家；
但是我们的命途却开始日益衰败，

所有的一切都被那个叛徒改变，
残忍地限制着我们，
但现在日子又好起来了。
那么，穿上这衣服吧，
这才配得上我们失而复得的财富
和王子的新娘的身份；
因为虽然你赢得了
最美丽的女士的战利品，
虽然我听到他说你是最美丽的，
但无论多美，都要让女孩认为，
她穿新衣服比穿旧衣服好看。
如果一些贵妇们说，王子挑了
一只树篱上寒碜的知更鸟，
像一个疯子把她带到了王宫，
那么你会感到羞耻，更糟的是，
这也会让对我们有恩的王子蒙羞；
但我知道，当我的好孩子打扮起来，
就是最美的，
不论是在宫里，还是整个国家，
就算他们寻遍整个统治的疆域，
甚至包括埃丝特王后的领地，
也找不到比你更美的。"
那滔滔不绝的母亲
停下来歇了口气。伊尼德躺在那儿，
听着，露着笑颜，
像早晨闪烁着的白色星辰，
从雪堆中露出，渐渐地躲进了
金色的云朵中。女孩站了起来，
离开床，穿上衣服，因为没有镜子，
母亲小心地帮她穿上精美的衣服；

然后，把她女儿转过身来，
说自己从未见过她这么美，
说她像神话传说中的仙女，[20]
是格威恩迪施用魔力用鲜花制成的，
比凯斯文露的新娘[21]更甜美，
罗马君王恺撒曾因为爱她
而第一次侵略不列颠：
"但我们打退了他，当这位伟大的王子
侵犯我们时，我们并未予以还击，
相反，我们高兴地欢迎他来。
我不能陪你一块儿去王宫了，
因为我年事已高，况且路途充满荆棘；
但伊恩伊奥尔会陪你去，
我将会时常憧憬着，我看到了我的公主，
就像现在她站在我面前一样，
穿着我送的衣服，鹤立鸡群。"
当这两个女人高兴时，
睡在宫廷里的杰兰特醒了过来，
叫着伊尼德的名字，伊恩伊奥尔告诉他，
慈爱的母亲给伊尼德穿上了漂亮的衣服，
让伊尼德光彩夺目，
那衣服像公主或高贵王妃穿的，
他回答说："爵士，我用爱恳请她，
虽然我没有理由，只是希望她能穿着
她那褪色的丝绸服与我同行。"
伊恩伊奥尔带着那为难的请求走了；
那些话像是夏日里生长旺盛的稻谷中，[22]
掉下的不饱满颗粒。
对伊尼德来说，她不知为什么，
觉得很窘迫，她不敢看她慈母的脸，

但静静地，她顺从了，
她母亲也安静下来，
帮助她把精心绣制的衣服脱下，
又给她穿上了那件旧衣服，
然后走了下来。
杰兰特走上去和她打招呼，
看到她这样穿，他比任何人都高兴；
他细细地打量了她一番，就像知更鸟
仔细地看着遁地兽在钻地，[23]
这让她的脸颊发红，不由垂下眼睑，
但她可爱的脸露出满足感；
看到母亲面色凝重，
紧握女儿双手，他贴心地说：
"噢，我的母亲，不要因为我的请求
而对你的新儿子生气或悲伤。
离开卡利恩时，我们的王后说的话
到现在还在我的耳畔响彻，
她的话很好听，她做出承诺，
无论我带回什么新娘，
她都会将她打扮得如太阳般美。
之后，我来到了这座被摧毁的王宫，
看到一位身处阴暗之地
却如此明丽的女孩，我就发誓，
如果我能得到她，我们美丽的王后
会亲自把伊尼德打扮如同从云中绽放
的太阳那般美丽——[24]
同样，我想，我这样做将会[25]拉近
她们俩的关系；她们俩能相亲相爱。
伊尼德怎么可能交到一位
更加高贵的朋友呢？

另一个原因是我自己；
我这么突然地来到这儿，
虽然她在竞技场温柔地出现已经很好地
证明了她也同样爱我，我不知，
是不是你希望女儿幸福的愿望
铸就了她那温柔或从容的性格；
或者是否她自己的一些错误感觉令她
越发讨厌这阴暗破旧的宫殿；
这样的感觉
会令她对皇宫和岌岌可危的荣耀充满渴望，[26]
尽管危机四伏，却心怀向往；
我可以确信她心里的这种力量
与她对我的爱有关，总而言之，
她没有理由会将对女人很重要的
荣誉抛弃，这对她很新鲜，
所以尤为珍贵；如果并不新鲜，
因为曾经家道没落荣耀尽失，
那便会越发珍贵；
然后，我想我可以休息了，
一块潮涨潮落的岩石，坚定着她的信念。
因而，现在，我要休息了，
预言家肯定我的预言，
即我们之间不会有不信任的阴影。
请原谅我的想法；至于我奇怪的请求，
在以后某个盛大节日里[27]
我会就此道歉的，那时你美丽的孩子
会穿上你那昂贵的礼物，
在你温暖的壁炉旁，跪着，
谁知道呢？上帝的另一个礼物，
或许就是学着表达对你的感谢。"

他说着，母亲含泪微笑着，
然后拿来披风披在她肩上，
拥抱她，亲吻她，然后他们起程了。
那天早晨，吉娜薇第三次登上了巨塔，
人们说，从那高高的塔顶，
可以看到壮丽的萨摩塞得山脉，
和黄海上飞扬的白帆；
但是美丽的皇后所眺望的
既不是高耸的山峰，也不是黄色的海，
而是从乌斯克山谷，一路望向草地尽头，
直到看到他们的到来；然后走下塔楼，
奔向大门去迎接他们，
像朋友一般欢迎她，
给她一切王子的新娘应有的待遇，

在婚礼上为她穿得像太阳般美丽；
整整一周，古老的卡利恩
沉浸在欢乐的气氛中，圣人杜贝里克
牵着她的手，举行了庄严的婚礼。
这是在去年的圣灵降临周发生的事。
但伊尼德一直保留着那褪色的丝绸服，
想起当他第一次走近她时，
她穿着那套衣服，他是多么的喜欢，
还有她对那套衣服愚蠢的担心，
以及他告诉她，他是怎样千辛万苦来到她
的身边，和他们怎样一路来到这个宫廷。
而今天早晨，当他对她说"穿上最差、
最简陋的衣服"时，她把它找了出来，
然后为自己打扮了一番。

## 注释

[1] 这首与下一首叙事诗来源于夏洛特·格斯特女勋爵翻译的《马比诺吉昂》——古老的威尔士故事集（伦敦，1838—1849）。正如利特代尔所说："夏洛特·格斯特女勋爵是根据《马比诺吉昂》法文译本翻译的——the 'Llyfr coch o hergest'——在马·德·维利马奎的《圆桌会议》中可以看到，它的题目是 'Gherent,ou le chevalier au faucon.'"

[2] 在下一首叙事诗中有重复。

[3] 1895年的版本为"在彼此身边"。

[4] 1895年的版本中"跃"为"抓"。

[5] 爱情小说中常常会提到这些"全体觐见朝拜"（cours plenieres）的情节，习惯上是由法国和英格兰的皇帝在复活节、圣神降临周和圣诞节的主要宴会上举行的。格洛斯特郡的伊迪恩森林从远古时期开始就是塞文河西部的一片广阔的地域，它现在占地面积达22000英亩，归王室所有。（利特代尔）

[6] 利特代尔说："家禽中有一种传染病叫'pip'，是小家禽易得的疾病，似乎容易与家禽的另一种传染病'张口病'混淆。"又说："因为小鸡不是昆虫，他们不能把食雀鹰吃个精光。"但是"吃"并不能以字面意思理解，而且"一千"只是为了加强语气。很明显这句话的意思是"希望最羸弱的小鸡把你这只食雀鹰给毁了！"

[7] 这首诗歌的韵律结构是最原始的结构，但是，它似乎在传达一种暗示或是在回忆十四行回旋诗和十九行二韵体诗，比如说，"一位出身高贵的姑娘会在一个角塔式的凉亭里吟唱这些歌"。（利特代尔）

[8] "酒壶"（costrel）指大肚酒壶（flagon）、细颈瓶（flask）或酒瓶（bottle），用皮革或陶瓷制成，有时候也叫"朝圣者的瓶子"。这里指的是用来装酒的酒壶，而不是装肉的瓶子，却被装着肉拿了上来，虽然（正如利特代尔认为的）可能是诗人忘记了这只酒壶只能用来装液体。

[9] "白面包"（manchet bread），面包中最好的一种。比较德雷顿的《波里奥比恩》（polyolbion）：
没有一种白面包能比它更有宫廷气派，
它是由来自肥沃草原上的燕麦片制作而成的；
是白面包中最好的，跟由小麦制成的面包相比，
那就是欺骗，看起来如此的普通。
欺骗的面包其实是一种更粗糙的面食。

[10] 1895年版本为"如果，就如我所想的，你的外甥，在明天的比武中与我对打"。

[11] 1895年版本中"放着"为"躺着"，"再上面便是金色的食雀鹰"为"在那上面放着一只食雀鹰"。

[12] 原始版本"你没有"为"你有"，"所以不能比武"为"你离开"。

[13] 最原始的版本"偷偷溜走"为"已经溜走"。

[14] 麦立昂斯夏的凯德—伊德里斯山,是威尔士仅次于斯诺登峰的第二高峰(约888米)。根据古老的传说,伊德里斯是三位远古吟游诗人中的其中一位(另外两位分别是埃迪奥尔和本里)。

[15] 在1859年的版本中"那只"为"一只"。

[16] "伊迪恩"在下一首叙事诗中又会出现。

[17] 早前的版本是:
   因为年少,他开始讨厌
   自己的背叛,好像自己就是
   莫德雷德,亚瑟的侄子,最后
   为在伟大的战役中为国王而战死。

[18] 这让人想起了戈登史密斯的:"他们还一直盯着看,越来越感到惊奇"等。

[19] 意思是一件件被卖掉了。

[20] "神话传说中的仙女"这个故事发生在《马比诺吉昂》。马思对格威迪恩说:"嗯,你和我,我们会通过魔咒和幻象,尽力用花为他塑造一位妻子……于是他们用橡树的花朵、金雀花的花朵和绣线菊属的灌木塑造了一位姑娘,是有史以来最美丽、最优雅的姑娘。然后,他们给她施洗礼,给她取名叫'布罗登威德'。"

[21] 根据威尔士的传统,恺撒因为爱上了一位叫福乐的不列颠姑娘——许配给比凯斯文露,才侵略不列颠的。她被一位高卢王子夺走,然后占有了她;但在一次战争后——恺撒的六千士兵被杀,她又被比凯斯文露重新夺了回来。

[22] 这里指夏日里的稻谷。比较《哈姆雷特》"冬日里的稻谷"。

[23] 这个明喻在下一首叙事诗中重复了。

[24] 原始版本中"王宫"为"堡垒","美丽的王后"为"女王陛下"。

[25] 原版为"因为我希望"。

［26］在原版中"岌岌可危的荣耀"为"危险的荣耀"。

［27］某个节日，特别是一个英格兰大学的节日。比较米德尔顿《黑书》："不要超过四分之一便士的界限，也不要在公共食堂大声咀嚼，除了在盛大的节日里外。"

圆桌骑士

杰兰特和伊尼德

GERAINT AND ENID

噢，可怜的人们，愚钝的种族，
在这时，我们之中有多少人以真为伪，
又当假为真为自己找了一个终身的麻烦，
在这儿，在这个世界微暗的黄昏中，
多少人正在摸索前行，直到我们走近，
才能看见并看清谁是谁非！
那天早上，杰兰特出发了，
他们上马后，一路行进，
可能因为他对她的爱很强烈，
感到他心里孕育着爱的风暴，
如果他开口说话，必然会在雷电中
沉重地击中她的头，他说：
"不要骑在我旁边。我要你骑在前面，
前面的路平坦；我要你，作为一名妻子，
无论发生何事，不要跟我说话，
不，一个字也别说！"伊尼德吓呆了。
他们开始前行，但还没走三步，
他叫道："我虽然很柔弱，
但我不会用镀金武器与人打斗，
我会全部使用铁打造的武器。"
他松了松挂在腰带上的大钱袋，
把它扔给了护卫。
伊尼德最后看了一眼自己的家
大理石的门槛闪闪发光，
到处是金子和造币，护卫擦着肩膀。
然后，他又叫道："向荒原前进！"
伊尼德便带头朝他命令的路线驶去，
他们路经行军、土匪窝，
灰色沼泽和池塘，苍鹭的荒地
和荒原，危险小径，一路前行。

开始他们骑得很快，
但很快便放慢了速度。
如果有陌生人看到他们，一定会想，
他们骑得如此之慢，看起来脸色苍白，
肯定每个人都犯了重罪。
他总是对自己说："噢，我要花费时间
照顾她，顺从地陪伴她，为她穿上美丽
的衣服，让她保持真实。"——
突然，他的心停止了说话，
就像人说到一半打住了，
此刻他心里充满着激情。
而她总是向上帝祈求
让她的君王免受任何伤害。
她的脑海里总在寻找
自己未曾发觉的缺点，因为这缺点
让他看起来很困惑，很冷漠；
一只巨大的千鸟发出似人的哨声，[1]
让她的心一惊，她向四周的荒地看了看，
害怕在每一丛摇动的灌木中会有埋伏。
心里仍不断地想着：
"如果我有这样一个缺陷，
我会借上帝的仁慈来改正它，
如果他能说话，就请告诉我。"
但是当一天的四分之一过去时，
伊尼德察觉到三位高大的骑士骑着马，
全副武装，在岩石的阴暗处等着他们，
这些都是土匪；
其中一人对他的同伙说："看，
来了个垂头丧气的落魄者，看起来
他和一只被打的猎狗一样胆小；

走，我们去杀了他，夺了他的
马和兵器，他的女人就是我们的了。"
伊尼德思忖着，说："我要回去告诉
我的丈夫这些人所说的话；
因为，就算他会生气，甚至要杀了我，
我宁愿死在我丈夫的手里，
也不要他遭受损失或耻辱。"
于是她后退了几步，
胆小地看着他的蹙眉，坚定地说；
"我的王，我看到岩石边有三个土匪
等在那儿想袭击你，还听到他们嚣张地说
要杀了你，然后把你的马匹和武器
据为己有，你的女人也要归他们所有。"
他愤愤地回答道："我要你来警告我吗，
还是要你保持沉默？我下了命令[2]
要你不要跟我讲话，所以不要违反！
好吧，看——现在，
无论你想让我赢或输，希望我活着，
或盼着我死去，你会看到我依然强健。"
然后，伊尼德脸色苍白，面容悲伤，
等着他把那三个劫匪打跑。
在向他们发起攻击时，杰兰特王子
拿出一把长矛插进对方胸口一尺，
再用力一刺，刺进了他同伙的背裤上，
插入他们身体的长矛像冰柱一样断裂，
他又拿剑飞快地连击，
一次，两次，右边，左边，
把他们打晕或打死了，然后他下了马，
像人杀了野兽后再剥它的皮一样，
拿走了那三个色狼[3]身上的华丽武器，

将尸体留在那儿，然后把几件武器
绑到马上，一件件堆起来，
用马勒捆住，对她说：
"你骑马跟在它们后面。"
于是她赶着马穿过荒原，
他在附近跟着；
看到这个世界上他最爱的人
吃力而顺从地赶着马，
他心中的愤怒开始变成悔意；
他想他刚才应该和她说话，
不该因心中的怒火和积郁而对她言辞激烈。
但突然又毫无悔意地往她头上一击，
这似乎比喊"停"更容易，
然后朝向她欢快的脸，
指责她是最不谦逊的人；
然后他亲耳听到，她结结巴巴地说
自己错了，这让他更加恼怒。
那真是煎熬，
一分钟对他来说如一个世纪，
和在涨潮的乌斯克河畔的卡利恩一样长；
他停了下来，没有朝海边行驶，
但伊尼德一直在观察，
在深林第一条浅河边的阴影里，
在坚硬橡树的阴暗处，她看到
另外三个骑在马上的人，全副武装，
其中一个比她的丈夫还要高大，
她打了战栗，那人喊道："看，战利品！
三匹马和三套武器，由谁掌管着？
一个女孩子！去抢。"
"不，"第二个人说，"那边还有个骑士。"

第三个人说："是个懦夫！他竟低着头！"
那巨人高兴地回答说：
"是的，只有一个吗？在这儿等等，
他过来我们就发起攻击！"
伊尼德想了想，说："我要等着我的丈夫
的到来，我会告诉他这些人的所有罪恶。
上次的战斗让我的丈夫感觉疲惫，
他们会趁其不备攻击他的。
为了他，我一定要违背他的命令；
我怎能听从他的命令，
从而让他受到伤害呢？
我必须得说，即使他会因此而杀了我，
但我救了一条我视之更为珍贵的生命。"
她等着他的到来，
胆小却又坚定地对他说：
"我可以说话吗？"
他说："是的，说吧。"她说：
"在那边的树林里潜伏着三个坏蛋，
他们每个人都全副武装着，
其中一个比你还强壮，他们说
你经过时，会攻击你。"
他生气地回答她说：
"如果森林里面有一百个人，
而且每个都比我强壮，
他们一齐围击我，
我保证，我不会像你违背我的命令
那样生气。站到旁边，
如果我输了，找个更好的男人。"
伊尼德站在一旁等待着打斗结束，
不敢看那战斗，只是紧张地呼吸着，

祈祷着，每击一次，呼吸一次。
她最惧怕的那个敌人向杰兰特发起攻击，
他瞄准杰兰特的头盔，
但他的长矛出现了偏差：
而杰兰特面对现在的敌人有一点紧张，
但刚好击中那个身材魁梧的盗匪的盔甲，
然后他出其不意地出剑，
他的敌人立刻从马上滚下，躺在那儿，
一动不动；他曾讲过一个故事，
岬上的一大块岩石上长有一棵幼苗，
当那块岩石从长长的海岸峭壁
被风吹到海滩上后，
一动不动地躺在那儿，
但是幼苗却还在生长：
那个人就像这样躺在那儿。
他那胆小的同伙
刚才慢慢向王子发起进攻，
现在看到可以保护他们的同伴倒下，
站在那儿不动；
他们听到他那恐怖的战吼，愈感惊讶，
因为那声音
像是从山上奔流直下的河流声，
到大瀑布的撞击声，
再到远处的雷鸣声，
士兵们在打仗时
都习惯听他这样的声音，受他鼓舞，
而他的敌人会闻风丧胆，
就像现在这两个坏人，他们掉头就跑，
但他却追上去，将其杀死，
这几个人本身就伤害了许多无辜的生命。

杰兰特与从树林里窜出来的三个盗匪发生了遭遇战

然后杰兰特下马,
拾起了他最喜爱的长矛,从那些人身上
拿走了三件华丽的武器,
然后把它们绑到马上,一件件堆起来,
用马勒捆住,对她说:
"你骑马跟在它们后面。"
于是她赶着马穿过森林。
他还是在她附近跟着;
她不得不带着叮当作响的两套武器
穿过森林中的坎坷道路,
但这种肉体上的痛苦
多少减轻了些她内心所受的痛苦。
他们像刚出生的动物,
落入了坏人的手中,
以前一直受劫匪欺凌,
耳边全是刺耳的责骂声,
而现在能感受到的,尽是她低沉而坚定
的声音和温柔的照顾。
他们穿过森林绿色的阴暗处,
走出来看到,在天空下,
巨石之上,一座座高楼林立的小镇,
下面的草地
如雕刻在褐色荒原中的宝石般,
收割人在上面割草;
沿着那座宫殿延伸出的铺满岩石的小路,
有一位头发漂亮的年轻人,
手里拿着为收割人准备的食物;
杰兰特看到伊尼德苍白的脸色,
又开始后悔了;
然后,他们朝着草场前进,

当那位金发的年轻人经过时,他说:
"朋友,给她点吃的吧!
这位女士快饿晕了。"
"好的,很乐意。"年轻人回答说,
"你,我的君王,也吃点吧,
虽然这些粗食是为收割人准备的。"
然后,他把篮子放下,他们下了马,
走到草地上,
让马儿吃草,自己也吃了东西。
伊尼德优雅地吃了一些,
为了让她的君王高兴,
连肚子都没填饱;但杰兰特
却不知不觉把收割者的食物都吃完了,
当他发现食物空空如也时,吃了一惊,
"孩子,"他说,"东西都被我吃完了,
我给你一匹马和一些武器作为报酬;
选些最好的吧。"
他兴奋不已,脸颊发红,说:
"我的君王,
你给我的是我给你的五十倍。"
"你会比现在更加富有的。"
王子喊道。
"那我就把它当成免费的礼物了,"
男孩说,"不是报酬,
因为当你的美丽女士休息的时候,
我可以回去为我们爵士的收割者
拿一些食物;
因为这些人是在为他做事,
这块地是他的,我自己也是给他办事的;
我会告诉他你是个多伟大的人啊。

这个少年拿他的食物与孱弱的杰兰特和伊尼德一起分享

他若知道名声显赫的人来到了他的领土：
他会邀请你到他的宫殿，宴请你
比收割者的食物更加美味的食物。"
杰兰特说：
"我不想再吃更好的食物了；
我从未像刚才那样饥饿，
因此吃光了你们收割者的食物。
我也不会去爵士的宫殿。
天知道，我太了解宫殿了！
如果他想见我，就让他到这儿来。
可以的话请他帮我们租个好房间过夜，
让我们的马儿有地方待，然后再给
那些人一些食物，并让我们知道。"
"好的，我好心的君王。"
那年轻人说完就高兴地离开了。
他抬起头，把自己想象成一名骑士，
消失在多岩的小径上，他们牵着马，
独自待在那里。
王子把游离的眼光从岩石上收了回来，
斜眼瞥了一眼伊尼德，她垂着头；
他突然感觉到自己错误的判决，
不信任的阴影从来都没有离开过他们，
他叹了口气，带着悔意，幽默地说：
"健壮的收割者辛苦劳动却没有饭吃，
看着不断转动的大镰刀在阳光下闪耀，
之后便在毒辣的太阳下打盹儿了。"
她想起了她那古老荒废的王宫，
和塔楼边发出如风般喧叫的寒鸦，
她拔起草场边长得最长的草，
然后无聊地打成小环状，

一会儿在她的结婚戒指上打结，
一会儿又把结拆掉。
最后，那个男孩回来告诉他们有房子住，
于是他们出发了；
到那以后，他对她说："有什么需要
的话，就叫房子的主人来。"
她答道："谢谢，我的王！"
宽敞的房间把他们俩分得远远的，
沉默不语，就像两只生来就有缺陷
不能说话的动物，或者说
像画中举着同一块盾牌的两个野人，
眼神放空，互不相看，中间被盾牌隔着。
突然，沿街传来了许多声音，
过道上的脚步声发出回音，
让昏昏欲睡的他们一下子清醒；
当门被突然从外面推开、摔到墙上时，
他们俩都吃了一惊，
在一大群喝酒喧哗者中，
脸长得女人般秀气，
却显得苍白、放荡不羁的那位
是几年前追求她的人，
这位疯狂的宫殿主人就是利穆斯。
他进来，毕恭毕敬地走到杰兰特面前，
面对杰兰特表示欢迎，
但在握手期间却偷偷地
从眼角瞟着伊尼德，
知道她坐在那儿很伤心、很孤单。
杰兰特喊着让人上酒，
高兴地招待这位不速之客，
按照他的方式，无论主人叫来什么人，

都当成自己的朋友,
他用盛宴与爵士一同庆祝:
"不要担心费用,我来付。"
酒水和食物上来了,
利穆斯爵士先喝了酒,然后无拘无束地
开起了玩笑,还讲了故事,
他开始玩弄辞藻,让他有双层意思;
当酒和伙伴让他激动时,
他的讲话习惯性地
变得像一颗五十面的宝石,
闪着光芒;因此他说得王子开怀大笑,
让他的同伴拍手叫好。
当王子高兴时,利穆斯问他:
"我的王,你能离开这儿,
去和你的妻子讲讲话吗?
她坐在那儿看起来好孤独。"
"去吧,"他说,
"让她说话;她不跟我说话。"
利穆斯站了起来,看着他的脚,
像是害怕过桥,
在过桥时可能会跌倒一样,
穿过房间,走近她,抬起爱慕的眼睛,
在一边向她鞠了鞠躬,轻声说:
"伊尼德,我寂寞生命里的引航星,
伊尼德,我最初的、唯一的爱,
伊尼德,失去你,让我疯狂——
这是巧合吗?我怎能在这儿见到你?
你终于在我手里,在我手里。
但不要害怕;我称自己疯狂,
但在我荒芜狂野的内心,

还保留着一丝温柔。
我想,如果你的父亲没有插手,
你以前见到我时就会喜欢我了。
如果是这样的话,不要隐瞒,
让我高兴点,让我知道。
半生过去了,你没欠我什么吗?
是的,是的,你是那甜蜜的债。
伊尼德,我很高兴,你和他分开坐着,
你不跟他说话,你来的时候没人照顾你,
没有侍从或仆人为你服务——
他还像以前那样爱你吗?
说它是恋人间的吵架吧,我知道
男人会和他爱的人吵架,
但他们不会让这成为众人眼中的笑话,
当他们爱对方时是不会这么做的;
这么破的衣服,简直是对你极大的侮辱,
从这些可以看出你们到底发生了什么事,
那个人不再爱你了。
你在他眼里已不再美丽。
很有可能——
这我很了解——
是生厌了——
因为我了解男人,你挽不回他的心了,
他对你的爱一旦失去,就回不来了。
但这里有个人爱你如故,
他的爱比以前更加强烈。
好,说那句话:
我的追随者现在正围着他,
他坐在那里未带武器;
我举起一根手指,他们便会明白。

不，我的意思不是杀了他；
你也不需要被我说的话吓住。
我的恶意像壕沟一样深，[4]
像城墙一样强；有一道要塞，
他过不去；只要你说了那句话，
你也可以不说；
但我会用尽我所有的权力，以上帝
的名义，让我成为你今生的至爱。[5]
哦，原谅我！
第一次离开你时那疯狂的情景，
至今仍让我动容。"
说到这儿，他温柔的声音和甜蜜的自怜，
或想象，湿润了他的眼眶；
但伊尼德害怕他的眼睛，
尽管都湿了，可他说的是醉话；
不管有没有罪，
她用女人惯用的狡猾方式，
拒绝了突然得到的危险机会，
回答他说："爵士，如果你爱我如初，
没有戏弄我，那么明早来这儿
用暴力把我从他身边带走；
今晚让我一个人在这儿；我快累死了。"
全身武装的爵士情绪低落，依依不舍，
挥舞着的羽饰摩擦着他的鞋背，
他鞠了鞠躬，
强壮的王子大声跟他道了晚安。
他和他的人喋喋不休地说着话离开了，
说自己是伊尼德唯一的真爱，
她对自己的君王毫不关心。
现在只剩下伊尼德与杰兰特王子两人，

她还在为他让她保持沉默的命令
而争辩，现在必须要违反了，
所以她开始跟自己说话，说着说着，
他却睡着了，伊尼德不想叫醒他，
她靠着他，看到他战斗之后毫发无伤，
感到异常高兴，
听着他低沉、均匀的呼吸声。
过了一会儿，她站了起来，
轻轻走动着，
把他的武器堆放到一个地方，
全部放在那儿，以备不时之需；
然后自己打了个小盹儿，但因为
那天的悲伤和赶路使她过度劳累，
经常感觉自己触到无根的刺，
然后掉下可怕的山崖，
梦中她奋力挥舞四肢，
于是就这样惊醒了；
她以为自己听到了疯狂的爵士在门外，
跟着一大群各种各样的追随者，
可怕的喇叭发出的声音在召唤着她；
那是红色的公鸡在清晨鸣叫，
因为灰色的黎明送走了露湿的世界，
光芒照射在他房间里的武器上。
她又一次站起身来看了看，
无意识地碰了碰它；盔掉了下来，
叮当作响，把他惊醒了，他盯着她看。
然后他允许她讲话，
她告诉他利穆斯爵士跟她说的一切，
除了那段关于他是否还爱她的话，
还有她那狡猾的回复。

但最后,她跟他甜甜地道了歉,
声音低沉,只字片语,
但都合乎情理,他在想:
"在德文时,她是不是为了他哭呢?"
于是生气地抱怨道:"你的美丽
让那些好男人都变成了傻瓜和叛徒。
叫主人来,让他把我们的马牵来。"
当房子里所有人都还在沉睡时,
她便轻轻地走了出去,
像家中的鬼魂般,疲倦地游离在墙边,
一些人被她的动静吵醒,
然后她回到房间,
服侍着粗鲁的王,虽然他并没有要求,
她像个护卫一样静静地为他服务;
他武装着走出去后,看到了主人,
喊道:"你在算费用吗,朋友?"
没等他回答,他又说,"把五匹马和那些
武器拿去吧!"
主人突然一脸诚实,诧异地回答:
"我的王,你的花费远没有那么多!"
"你会变得非常富有,"王子说,
然后回过去对伊尼德说:"走吧,
今天我特别命令你,伊尼德,
无论你听到、看到或想到什么——
虽然我认为我的命令
对你没多大用处——
不要说话,只要顺从。"
伊尼德答道:"是,我的王,
我知道你想怎么做,我会遵从;
但是,我骑在前面,

我听到了你听不到的暴力威胁,
看到了你看不到的危险,
如果不提醒你,我似乎很难做到,
我做不到;但我会遵从的。"
"是,"他说,"就该这样做;
不要太聪明了,要知道你已经
跟我结了婚,不要跟个小丑乱搭配,[6]
应该和像我这样
有武器来保护你我的人在一起,
无论你在多远处,我的眼睛都会找到你,
即使在我的梦里,
我的耳朵也听得到你。"
说完,他转过身,看着她,就像小心的
知更鸟观察遁地兽在钻洞一样仔细;
在她心里,只有恶意的傻瓜
和草率的法官才会视她有罪,
这让她脸颊发烫,双眼下垂。
杰兰特看着她,很不满意。
伊尼德和她那闷闷不乐的追随者
从虚伪的利穆斯的领地,
沿着宽阔的道路向另外一位爵士——
杜尔木的荒凉领地前进,
他畏惧的封臣称他为公牛。
她回头看了看,
发现他比昨天早上离自己更近了,
那让她很高兴;但杰兰特生气地
挥了挥手臂,仿佛在说"你在看我",
这又让她伤心不已。
阳光照着挂着露水的剑,她听到许多
飞速奔驰的马蹄声,转过身,

看到尘土中，长矛锋在闪烁。
因为她的王骑着马，
似乎没有听到声音，
为了不违背他的命令和提醒他，
她退后了几步，
伸出手指，指着那些尘土。
看到这些，这位顽固的勇士，
因为她没有违背他的旨意，
显得很高兴，转过身站在那儿。
过了一会儿，
疯狂的利穆斯骑在黑马上，
形如雷云，他的战袍由于暴风雨的侵袭
而变得松垮，耷拉在马上。
他干干地尖叫了一声，
向离他很近的杰兰特冲了过去，
却被长矛和从马尾部飞来的武器击倒，
然后昏倒，死了，
杰兰特又打倒了他身后一人，
然后冲向后面的那群人。
看到他来势汹汹，
他们惊慌失措，迅速窜逃，
就像夏日清晨的一群鱼
在亚瑟王宫清澈的池水里，游来游去，
但如果有人站在池边举起手挡住太阳，
那么在长满水芹、
满是白花的小岛中间，[7]
就看不到鱼儿的游嬉了；
所以，爵士的酒肉朋友
看到他向他们冲过来，非常害怕，
都逃走了，让爵士躺在大路中间；

所以这种酒肉友谊就此消失了。
杰兰特脸上露出骄阳般的笑容，
看到那两个人的马因为主人倒下了，
也疯狂地跑走了，
夹杂在那些逃跑的人中间。
"马和人，"他说，"是一心的，
还有所有那些所谓的真诚的朋友！
所有的马都跑了！
我想，到现在，我所得到的马和武器，
都得的光明磊落；
我不能偷，不能抢，不，也不能乞讨。
那么你怎么说，
我们要从他身上掠走武器吗，
你的爱人？他的武器，你的小马能
承受得了吗？我们要禁食还是要吃饭？
不？——那么，说真的，你在祈求
我们碰到杜尔木爵士的兵马吗？
我也一直会诚实的。"他说完了，
悲伤地看着她的小马的缰绳，
伊尼德在前面走着，没说一句话。
他在遥远的国度输得很惨，
他并不知道，
但回来后，他知道了，
那个失败让他很痛苦，
让他厌恶得快死了；
杰兰特继续前行，在与利穆斯
其中一个追随者打斗后，
血在他的盔甲里面静静流着，
他还在前行，没有把这个痛苦
告诉他温柔的妻子，

因为他自己也没察觉到,
直到他眼前一黑,头盔摇晃;
在道路的急转弯处,
虽然王子沿着草坪开心地骑着,
却从马上摔了下来,一句话也没说。
听到他摔下马的声音,
伊尼德赶紧过来,在他旁边脸色苍白,
她下了马,解开他身上的武器,
忍住不让自己的手颤抖,
也不让自己蓝色的眼睛湿润,
找到伤口后,从自己褪色的丝绸面巾上
撕下一块包在让她的爱君致命的伤口上,
自己的额头却曝露在酷热的阳光下。
然后,在把所有可以做的事完成后,
她休息了一会儿,孤独感忽然袭来,
她就在路边哭了起来。
许多人路经此地,但没有人注意她,
因为在这个没有法纪的动荡国度,
女人为她被杀害的丈夫哭泣
就像夏天的雷阵雨一样,无人在乎,
有人把他当成是受杜尔木杀害的人,
不敢冒险去同情。
另一个带着武器的人匆匆经过,
为恶棍爵士执行任务,马不停蹄地走了;
他一面吹口哨,一面唱着粗俗的歌曲,
尘土在他后面扬起,
模糊了她没有戴面纱的眼睛;
又一人,在杜尔木举起那绝伦的箭时,
逃离了他的愤怒,他很害怕,
卷起一路的烟尘;听到这声音,

她的小马便抬起后跟,嘶嘶叫着,
然后急速奔进矮林,消失不见了,
而那匹大马却还站在那儿,悲伤不已。
午时,体形高大的杜尔木爵士,
面部宽大,边缘长着红褐色的胡子,
转动着眼睛突袭猎物,
他骑着马,带着几百支长矛;
还没到,他就像个挥手招船的人,
大声喊道:"什么,他死了吗?"
"不,不,他没死!"她急忙说道。
"好心的人,你能让你的人把他抬起来,
让他离开这残酷的阳光吗?
我确信,非常确信,他没有死。"
杜尔木爵士说:"嗯,如果他没死,
你为何为他哭泣?你看起来像个孩子。
如果他已经死了,我会认为你是傻瓜,
你哭也没用。死或活,
你都在用愚蠢的眼泪弄脏你美丽的脸。
但是,因为你很漂亮——
你们,现在把他抬起来,
把他带到我们的王宫里;
如果他活下来了,我们会让他加入
我们一伙,如果他死了,
地球上会有足够的泥土将他埋葬。
把那匹马也带上,那是匹高贵的马。"
他说完就走了,
留下了两个身强力壮的枪兵,
他们吼着,像狗一样,害怕它的好骨头会
被喜欢打扰它吃东西的农村小男孩拿走,
所以把脚放在骨头上,

圆桌骑士 097

利穆斯伯爵伤了杰兰特，伊尼德为此伤心落泪

边啃边吼；那两个恶棍也吼着，
害怕为了救一个死人
而失去了早上劫掠的战利品，
但他们还是把他抬起来放在担架上，
就像把那些遭到突袭后
受伤的人抬出来；
他们把他放到架子上后，
带去杜尔木空荡荡的王宫中，
（他的良马自觉地跟着他）
将他躺着的担架
放在宫中的橡树制的长椅上，
然后离开了，急匆匆地加入比他们
更幸运的伙伴中，但又像刚才那样吼着，
咒骂他们浪费的时间，那个死人，
他们自己的爵士，自己和她。
他们可能在祝福她，
无论是祝福或咒骂，
她都听不见，除非这些是他说的。
伊尼德在她的王旁边坐了几个时辰，
在空荡的大厅中，她把他的头撑起来，
擦着他苍白的双手，呼唤着他。
最后，他从昏迷中醒过来，
发现他的新娘把他的头撑起来，
擦着他无力的双手，呼唤着他；
感觉到温暖的眼泪落到了他的脸上；
他在心里对自己说：
"她在为我哭泣。"但还躺在那儿，
假装自己死了，这样他就可以最大限度地
证明她的心，
他在心里对自己说：

"她在为我哭泣。"傍晚时分，
身高体壮的杜尔木爵士回来了，
他把战利品带回了大厅。
他的枪兵跟随其后，吵吵闹闹：
每个人都把自己的东西往过道上一扔，
把长矛掷于一旁，脱下头盔；
一群女人，有点胆量，又有点害怕，
睁大了眼睛，兴奋地走了进来，
她们穿着各色衣服，夹杂在枪兵中间；
杜尔木爵士将剑柄用力地往桌上一击，
叫人上酒上肉慰劳他的枪兵。
于是他们带来了
整只野猪和四分之一牛肉，
蒸肉的蒸汽使整个王宫变得朦朦胧胧。
没有人说话，所有人一下子坐了下来，
在空荡的大厅吃了起来，发出一阵骚动，
他们吃的声音就像马吃草。
伊尼德远离了他们，
躲避这个目无法纪的部落的疯狂行为。
但当杜尔木爵士吃撑后，
抬眼往大厅看了看，
发现一位女士蹲在角落里。
他想起了她和她的哭声，
从她身上，他感到有一种力量控制着他；
他突然站起身，对她说："吃吧！
我从来没有看到过像你这么苍白的人。
该死的上帝！看你哭简直让我发疯。
吃！看看你自己。你的男人运气真好，
如果我死了，谁会为我哭泣呢？
美丽的女士，我从出生开始，

圆桌骑士 099

从来没有看到过像你这么纯洁的百合花。
但你的脸上还有一些血色，我的女人们
甚至不配把你的拖鞋当手套戴。
听我说，如果你到我这儿，
我会做我没做过的事，
因为你将和我一起统治这块领土，
姑娘，我们会像住在
一个巢里的两只小鸟一样生活，
我会从各处为你觅食，因为我可以
让所有生物按照我的意愿办事。"
他说着，那个强壮的枪兵东西
还没吞下去，含在嘴里，
就转过身盯着他们看；
而还有些人那老蛇般长的心蜷缩了起来，
就像虫子在枯萎的叶子中蠕动，
把它变成土壤，在各自的耳边嗡嗡作响，
但没人知道它们在说什么——
女人，或那些优雅的东西，
现在竟让他们的王如此卑微，
是的，她们理应要帮一下忙；
她们一下子都开始憎恨她，
因为她的目中无人。
但她温顺地低着头，低声回答：
"我希望你能以礼相待，
让他像现在这样，让我也保持原样。"
她说得很轻，他没怎么听清楚，
但他像个强大的庇护人，
对自己如此优雅的举止感到很满意，
他想她应该是在感谢他，接着又说：
"是的，吃吧，高兴点，因为我已把你

当成我的人了。"
她谦恭地回答道："在我的王
站起来看我之前，我怎么会对世界
上的其他东西感到高兴呢？"
她的话空洞、疲倦、无力，
高大的爵士突然一把抓起了她，
用暴力把她押到木板上，
把饭菜扔到她面前，
大声喝道："吃！"
"不，不，"伊尼德很气恼，
说道，"我是不会吃的，除非我的王
从架子上爬起来，和我一起吃。"
"那就喝酒吧，"他回答，"在这里！"
（他用号角倒了一杯酒，递给她）
"看！当我打得脸红耳赤的时候，
该死的上帝，或很生气的时候——
在喝个烂醉以前，几乎不吃什么东西；
那你就喝吧，酒会改变你的心意。"
"不是这样的，"伊尼德喊道，
"我的上帝，在我那亲爱的王站起来，
命令我喝酒时，我才会喝，
和他一起喝；如果他再也站不起来了，
到死我也不会看酒一眼的。"说到这儿，
他脸红了，在大厅里踱来踱去，
一会儿咬着他的下嘴唇，
一会儿又咬着上嘴唇，最后走近她说：
"姑娘，我听到你嘲笑我的礼貌，
现在我警告你：那边那个人是死定了；
我可以让所有生物按照我的意愿办事。
还不吃不喝？为什么要为这个人哭呢？

他这样愚弄你的美丽，
让你穿上这破衣服，以此嘲笑你？
我很诧异，看到你这样拒绝我的请求，
我可以忍受；但别再惹我生气了。
至少你也应该脱下你那破裙子，
让我高兴点，这件破丝绸是女乞丐穿的。
我喜欢美丽的人配上美丽的衣服；
你看到这里的女人了吗？
她们穿得多么鲜艳，多么得体，
跟我这个喜欢美丽的人
配美丽衣服的人多衬啊？
所以站起来，为你自己穿上这衣服；
服从我的命令。"他一面说着，
其中一个女人就开始展示
她那由外国织机织成的华丽丝绸，
像可爱的海蓝色渐渐变成绿色，
她的丝绸前方越往下珠宝越多，
比草原上的露珠还多，
那是一整晚云朵依附着在山上，
黎明渐渐让天打开时形成的：
宝石密集，闪闪发光。
伊尼德身体很难动弹，
那力气比正值壮年的暴君还大，
仿佛带着他一生未报的仇，
终于等到了复仇的时刻；伊尼德说：
"我的王第一次看到我时，
我就穿着这身破旧的衣服，
他喜欢让我在我父亲的宫中为他服务；
我穿着这身破旧的衣服，
和他一起去宫殿，在那里，

王后把我打扮得如太阳般美丽；
他让我穿着这身破旧的衣服，
一起骑马进行这次致命的光荣探索，
虽然并不能得到任何荣誉；
我不会扔掉这身破旧的衣服，
除非他活过来，命令我这么做。
我的悲伤够多了；
祈求你的宽容，祈求你让我保持原样。
除了他，我从来没有也绝不会爱其他人；
是的，上帝，我祈求你的善良，
让他做自己，让我做自己。"
残暴的爵士在他的大厅里大步来回，
咬着他红褐色的胡子；
最后，走近她，生气地喊道：
"我想我对你礼貌已经没用了，
女士，接受我的致敬。"
他毫无骑士风度地举起宽大的手，
毫不费力地，打在了她的脸上。
伊尼德感到很无助，因为她刚才想：
"他不敢这么做，
除非他确定我的王已经死了。"
她突然发出一声尖锐的、痛苦的叫声，
就像一只掉进陷阱的猎物，
看到捕猎者穿过森林朝它走去。
杰兰特听到这叫声，一把抓起他的剑，
（它被放在他身边凹陷的盾牌中）
一下子跳了起来，一挥剑，
割破了那黝黑的脖子，
那个红褐色胡子人的头
像个球一样滚到了地上。

杰兰特消灭了野蛮残忍的杜尔木伯爵

在他身边的杜尔木爵士死了。
宫中所有的男男女女
看到那个死人醒来，都站了起来，
大喊大叫着逃走了，像见到鬼一样，
最后只剩下他们两个人了，他说：
"伊尼德，我比那个死人对你更不好；
对你做了更多的错事；我们都经历了
折磨，我遭受的比你多了三倍；
今后我不会再怀疑你了，否则我死。
现在，我要忏悔，不，虽然我亲耳听到
你昨天早上说的话——
你以为我睡着了，但我听到了，
我听到你说，你不算个真正的妻子，
我发誓，我不会问你这句话的意思。
我相信你说这话违背你自己的心意，
我今后不会再怀疑你了，否则我死。"
伊尼德说不出一句温柔的话，
她觉得自己心里好迟钝、好愚蠢，
她只是请求他："快走吧，
他们会回来杀了你；你没有马了，
我的小马也丢了。"
"那么，伊尼德，你骑在我后面好吗？"
"是，"伊尼德说，"我们走吧。"
他们出了门后找到了那匹高贵的马，
它现在不是那个小偷的奴隶了，
可以在合法的战斗中自由伸展手脚了，
看到他们到来，马儿高兴地大声嘶叫，
然后俯下身，轻声嘶叫着，向他们走去。
她也很高兴，
亲了亲它高贵前额上的白色星星，

然后杰兰特上了马，伸出一只手，
她踩着他的脚，爬了上去；
他转过脸来，在她爬上来时
吻了吻她的手，她用手臂抱住他，
然后他们马上出发了。
自从在伊甸园的四条河流上方
第一次开出玫瑰后，
再也没有什么能给人类带来[8]
比她这时经历的幸福更快乐的东西了。
她在这危险关头，
把手放在她丈夫的胸膛下，
感觉他又属于她了。她没有哭，
只是她温顺的眼神带着欢乐的迷雾，
好像在有用但麻烦的雨水来临前，[9]
能让亚当的心保持常绿。
但她温顺的蓝眼睛并不是如此模糊，
她看见在他们前面的路上，
在强盗窝的大门边，
亚瑟王的一名骑士拿起身边的长矛，
似乎要攻击杰兰特，她害怕他再受伤、
流血，想到不好的事会发生，
便对那个陌生人尖叫道：
"不要杀一个快死的人！"
"是伊尼德的声音。"那骑士说，
但她，看到那是纳德的儿子，伊迪恩，
更加激动了，又喊道："噢，表哥，
不要杀他，他放过你一次。"
伊迪恩走向前，诚恳地说："我的王，
杰兰特，我带着全部的爱迎接你；
刚才我把你

当成杜尔木手下的强盗骑士了；
伊尼德，别害怕，我本该攻击他，
那个爱你的王子，他对你的爱
犹如我们对上帝的爱，
尽管上帝惩罚我们，但我们依然爱他。
以前，我曾如此的狂妄自大，
已经快掉进地狱，
但你打败了我，让我飞得更高。
现在，我已是亚瑟王的一名骑士，
当我还是个目无法纪的强盗时，
就已经认识这个爵士了，
我受国王之命来到这里找出杜尔木——
我们的国王已经在后面了——
国王命令他解散他的团伙，
分散所有权力，
投降，听从国王的判决。"
"让他听从我们国王的判决，"
脸色苍白的王子喊道，
"看，杜尔木的权力已经四分五裂！"
他指向田野那边，
在小山丘、圆丘上，一些男人、
女人零零散散地围着，吓得目瞪口呆，
还有些则逃跑了；仆人告诉伊迪恩
强大的爵士是怎样死在他的王宫中的。
那骑士恳求他："王子，跟我去营地，
你跟国王亲自解释这里发生的意外；
你肯定在这儿独自忍受了
许多奇怪的意外。"
他脸红了，低着头，没有回答，
害怕看到无可指责的国王那和气的面容，

和之后将问他的
关于这种疯狂行为的问题；
伊迪恩喊道："如果你不去亚瑟王那儿，
他也会过来找你的。"
"够了，"他说，"我跟你走。"
于是他们便出发了。
在路上，伊尼德既害怕
散布在田野中的强盗的袭击，
又怕伊迪恩会做什么事。
时不时地，当伊迪恩在她旁边
勒马的缰绳时，她就会不禁颤抖。
一朝被蛇咬，十年怕井绳。
他看到她忧心忡忡，说道：
"我美丽的、亲爱的表妹，
过去你有充分的理由来惧怕我，
但以后不必了，
因为我已不是以前的我了。
是你先让我性格上的骄傲之火
爆发成熊熊火焰；但这并不是你的错；
在你和伊恩伊奥尔拒绝我之后，
我千方百计算计他，把他打垮；
然后安排了——
我心里只有一个目的——
我那骄傲的比武赢得情妇，
并将她虚伪的外表当作人间至美。
打败所有的敌人，我的骄傲自满
让我相信自己是不可战胜的，
因为那时我快疯了；
但我参加这些比武的主要目的
是杀了你父亲，然后把你抓了。

我曾一度希望你会在某个时候
和你最爱的人一起到我的比武场，
在那里，可怜的表妹，
用你那温柔的蓝眼睛，
用回答上帝问题时那最真诚的眼神，
看着我把他打倒，践踏他。
然后，如果你喊叫，或跪倒，
或向我祈求，我就不会杀他。
你来了，
但那时——
你那真诚的眼睛
看的却是你爱的人——
我说话像他的奴隶——
他把我的骄傲和我三年来的目标打败了，
践踏着我的身体，但饶了我一命。
那时我被彻底击垮了，但却苟延贱命；
虽然此后我一路上羞愧无比，
憎恨他给我的这条命，打算自我了断，
但王后给我的惩罚
只是让我在她的宫殿中休息一会儿；
开始时，我像困兽般恼怒，
想让人把我当狐狸一样对待，
因为我知道我的罪恶已经众所周知，
但我发现，
他们没有嘲笑般怜悯或纯粹嘲笑我，
而是以高贵的矜持和缄默的态度来对我，
如此善良，却又如此高贵，这种礼貌、
温柔和宽容让我开始回想往昔，
发现我做的事禽兽不如。
我经常和圣人杜贝里克交谈，

他用神圣的语言温和地教导我，
让我回到我温柔的一面，
把温柔与人性结合，成为一个真正的人。
而你常常在王后身边，但没有看见我，
或者你看到了却没认出；
我也不敢和你讲话，
而是远远地保持距离，直到改变；
表妹，别怕，我现在确实已经变了。"
他说完，伊尼德很快便相信了他，
天性高贵的人，
通常容易轻信他们一直向往的东西，
即无论是朋友还是敌人的善行，
即使他们曾屡犯恶行。
当他们到达野营时，
国王亲自上前迎接，看到她如此憔悴，
又如此高兴，就没有问她什么，
国王与伊迪恩单独说了几句话，
又回来，笑着把她从马上请下来，
纯粹地像哥哥一样，亲吻了她一下，
示意给她安排空的帐篷，
他看着她进入帐篷，
转身对王子说：
"王子，上次你请求我让你离开
到你自己的领地去保护你的行军，
我受到了人们的指责，
说我任错误继续，却毫不理会，
说我看到的都是通过外人告诉我的，
事情都是委派别人去做的，
事事没有躬行；但现在你看到了，
我和伊迪恩及其他人，

圆桌骑士 105

来这里清除我国土内的污秽,
你看到伊迪恩了吗?
你看到他现在变得多高尚了吗?
他的改变很伟大、很惊人。
他的脸随着他的心一起变了。
世上的人不会相信有人会悔过;
这个充满智慧的世界大多数时候很对。
很少有人会悔过,或者用祈祷和意志力
把他血液和习惯中邪恶的茅草[10]
从身体里完全赶跑,
让一切变得干干净净,重新做人。
但伊迪恩做到了,
他心中的野草全部拔掉了,
就像我会在走之前
把这块领地上的野草拔光一样。
因此,我让他成为
我们圆桌骑士中的一员,
这并不是仓促的决定,他已经从各个方面
证明自己与我们一样,
是最高贵、最勇敢、
最理智和最顺从的骑士;
事实上,伊迪恩的这种改变,
暴力生活后的悔改,对我来说,
比我的某些骑士[11]冒着生命危险,
和比他弱的人,在强盗的地盘,
势单力薄地对他们发起攻击,
要伟大和惊人一千倍。
虽然他把他们一个个杀了,
但自己却身负重伤,差点死去。"
国王话毕,王子深深鞠了躬,

感到自己的所为既不伟大也不惊人,
然后走进了伊尼德的帐篷;
国王的大夫进去查看王子的伤势;
伊尼德在那里照顾着他;
她在他身边不停忙活,甜蜜的呼吸声
在他身边环绕,让他的血液管道里
充满越来越深的爱意,
就像吹过巴拉河的西南风,
吹过圣神的迪河。
日子就这样一天天地过去。
当杰兰特躺在那儿养伤时,
为了维护正义,
无可指责的国王出发去视察所有
乌瑟尔王时期留下的管理者。[12]
他发现他们不够令人满意;
像人们现在会把
伯克希尔山上的白马赶走,[13]
让他以后保持明朗、干净。
国王撤掉了所有懒惰或有罪的官员,
他们因贿赂而对坏事睁一眼闭一眼,
换了用心做事、
勤劳和更强大的人来顶替,
然后他派遣了一千人耕作荒地,
在充满邪恶的地方实施法律,
剿除所有匪窝,净化了国土。
当杰兰特身体完全恢复时,
他们与亚瑟王一起回到了
乌斯克河畔的卡莱恩。
在那儿,伟大的王后
又一次拥抱了她的朋友,

杰兰特与伊尼德走了,从此不再分开

为她穿上美丽的衣服。
虽然杰兰特无法像王后美名受损前一样，
与她轻松交谈，
但他对一切又恢复平静而感到满足，
吃好睡好。
一段时间后，他们又离开了，
五十名骑士护送他们到塞文河畔，
然后他们回到了自己的领土。
在那儿，他始终维护着国王的正义，
精力充沛，温文尔雅，
所以得到了所有人的赞美，
再也听不到闲言碎语；

因为他是打猎高手、比武冠军，
所以人们称他为伟大的王子和人中之人。
伊尼德身边的女士[14]
都喜欢叫她美人，
一个民族为表达他们的感激称她为善者；
王宫中有了孩子的叫喊声，
伊尼德和杰兰特一直在一起；
他不再怀疑她，一直尽忠职守，
过着幸福的生活，最后他壮烈牺牲，
在与北海的异教徒的战斗中倒下，
为无可指责的国王而战死。

## 注释

[1]"石鸻或诺福克的珩科鸟发出的尖锐叫声，常常蒙蔽荒山野岭中的漫游者"。（利特代尔）

[2]诗人在写这行诗的时候，很明显并没有注意到从陈述句转变到疑问句，需要名词的换置。在1869年的版本中改正了这个错误。

[3]"三个色狼"比较《亚瑟王的到来》。

[4]这句话的意思是说利穆斯不会杀了杰兰特，而只会囚禁他。

[5]"你今生的至爱"在原版中为"你最初拥有的"。

[6]"不要跟个小丑乱搭配"在原版中为"不是相当……乱搭配"。

[7]大量的水田芥，比较《回忆颂》"在茂密的水芹与肋状的沙滩上编织"。

[8]斯托普福德·布鲁克把这些诗句说成："诗人描写女人的最可爱的诗句。"

[9]"这行诗似乎在暗示'有用但麻烦的雨水'是在人类离开伊甸园之后才出现的。这是在《创世记》第二章中并没有的规定，我们从中可以知道在伊甸园出现之前，'万能的上帝没有在土地上造雨……但是，地球上却出现了雾气。'"等。弥尔顿在自己的书中写道："伊甸园的夏娃说'在细雨绵绵后的富饶大地上'。"（利特代尔）

[10]一种杂草，很难从耕地里根除。在新西兰，人们常常称它为"魔草"。布朗宁在《索德罗》中说道："没有人会种植阔叶野草、茅草和可恶的锦葵。"

[11]"比我的某些骑士"在原版中为"一个骑士"。

[12]"乌瑟尔王时期留下的管理者"在原版为"他的父亲乌瑟尔王时期留下来的管理者"。

[13]"伯克希尔山上的白马"在英文版本中为"白马（小写）"。参考汤姆斯·休斯的《铲除白马》——伯克郡旺蒂奇附近的白垩山的一边的草块上刻着的马的图样，是为了纪念埃塞雷德时期阿尔弗雷特战胜丹麦人而刻的。

[14]原版中"伊尼德身边的女士"为"那些女士"。

圆桌骑士

巴林和巴兰[1]

BALIN AND BALAN

潘拉姆国王在
第一次与洛特的战争中输了，
被收复了领土作为附属国，
但他最近没有进贡；
为此，亚瑟王把任职好几年的
司库叫来，对他说："你和他，
还有他，一起去把它收回，
直到我们找到更忠诚的人去接替。
上帝通过人讲出他的旨意。"[2]
他的男爵说："我们走了，
但我们听说：有两个陌生的骑士
坐在宫殿附近的喷泉边，
在距离森林一公里以外的地方，
挑战每一位经过的骑士，并且都打赢了。
我们经过时是否要接受挑战，
然后把他们带到这儿？"
亚瑟王笑他说："老朋友，你老了，
不是年轻人了，出发吧，
千万别耽搁了，让他们坐着吧，
他们会碰到比他们更强的对手的。"
于是他们出发了。
在一个天气晴朗的黎明，
亚瑟王仿佛又恢复了年轻时的精力；
他带上武器出了门，来到喷泉边，
看到巴林和巴兰像雕塑一样，
分别坐在喷泉左右两边，
喷泉下面长满了蹄盖蕨[3]，
底下沙尘在飞舞着。
右边是巴林，
他的马系在旁边的桤木上，

左边是巴兰，
他的马系在旁边的白杨树上。
"两位爵士，"亚瑟王说，
"为什么你们坐在这儿呢？"
巴林和巴兰回答说："为了荣誉，
我们比亚瑟王宫中的所有人都强大，
而我们也证明了，
因为无论哪位骑士与我们对打，
我或者他都能轻而易举打败他们。"
"我也是，"亚瑟王说，
"亚瑟王宫中其中一名骑士。
但我是在与异教徒的战争中证明自己的
实力的，而不是著名的比武中；
看看，无论有没有证明，
你们能像打败他们一样打败我吗？"
接着亚瑟王轻而易举地打倒了两兄弟，
他迅速返回宫中，没留下任何踪迹。
巴林和巴兰相继站起来，
又重新坐在圣水旁边，
一言不发，直到太阳下山；
他们周围的矮林边突然走出
一位衣着光鲜的国王随从，
喊道："爵士，起来，跟我走！
国王要见你们。"
他们跟着去了；亚瑟王见到他们，
问道："你们叫什么？为什么坐在泉边？"
巴林沉思了一分钟，突然说道：
"我叫巴林，名字不是很好听，
是野蛮的意思——另外——我的兄弟，
比我强大的这个男人，他叫巴兰。

我打了那个没穿衣服的人，
你王宫中的一个奴隶；我的手
戴着金属手套，我差点儿把他杀了，
因为我听到他说我坏话；你却很生气，
把我放逐三年，从你眼前消失。
我从来没高兴过；
因为我对你的奴隶使用暴力，
我常常对自己发火，更别说对巴兰了。
三年没有国王的日子过去了——
对我来说非常痛苦。
王，我想如果我们坐在泉边，
然后把出现在我们面前的骑士
打倒在地，你就会高兴地让我们归位，
巴林、巴兰骑士会让你有所骄傲的。
我说了这样的话。不止这些——
还没完。今天您的一位奴隶让我们
自愧不如，无法自吹。是吗？"
亚瑟王说："你说的都是事实；
你们有很强的男子气概，并且忠实诚恳。
起来吧，我真正的骑士。
就如孩子一样会学习，
希望你们失败后可以变得更明智！
和我和你的勋位一起，
和着音乐跳起舞来吧。
你们的职位还空着，
这让你们的兄弟都感到悲哀，现在你们
回来复职，又成为我的骑士了！"
此后，当巴林爵士进入他的宫殿时，
失而复得的他受到了如在天堂般的欢迎，
那份喜悦如森林中的树叶在熊熊燃烧，

如墙壁上最鲜艳的花环；
他们坐下来干杯；
他们喝着，有些人开始唱歌，声音甜美，
是欢迎之歌，然后一齐叫喊，走上大殿，
把十二次比武胜利的旗帜插到上面，
当亚瑟王的主持者宣告他为胜利者时，
就像以前一样，他们开始欢闹，
令人兴奋的一天在一片闹腾中过去了。
后来，巴兰也被封为圆桌骑士，
和巴林及其他人过着富裕的生活，
直到他们重新接到使命。
"王，"他们来报，
"潘拉姆曾经是反对基督教的人，
是你的敌人，你把我们派去他的宫殿。
我们几乎没有看到阴暗与萧条，
相反，我们看到了你的领土
在基督教的名义下繁荣发达。
那王与您唱反调，他喜欢圣物，
认为自己是圣人阿里马森·约瑟夫
的后代，就是那个第一次把伟大的信念
带到海外的不列颠的人。
他夸口说，他的生命比您的更加纯洁；
他吃得非常少，进食只是为了保持健康，
把自己忠诚的妻子丢在一边，
也从来不让任何女人进入他的房门，
免得她们把他污染了。
这个脸色发白的王给我们看了他的圣坛，
那可真让人吃惊——是的，
一只大船里满载着殉难者宝贵的尸骨，
王冠上的荆棘，十字架的碎片——

圆桌骑士　113

他告诉我们——
这些是神圣的约瑟夫带来给他的,
那支长矛就是当时古罗马人用来
刺死耶稣的那支。
他让我们感到很诧异;
后来,当我们找到贡品时,
他说:'我有许多稀世珍宝,
你们去向我的继承人加仑索取吧。'
加仑很不情愿地给了贡品,他还咒骂您。
我们离开后,在深林中发现您的
一位骑士,他从背后被矛刺死了,
随后我们就把他埋葬了;
我们都大骂加仑,
但那里的樵夫告诉我们,
森林中有个恶魔,
他曾经是个人,但是被他的同类
用恶毒的语言逼迫,一个人生活着,
慢慢便开始学习邪恶的魔术,
他憎恨他的同类,所以死后,
灵魂变成了恶魔,所以活人被不知从
哪儿来的毒蛇打得受伤,背后遭受袭击。
这个樵夫将这个恶魔的行凶之地
和藏身之处指给我们看。
但我们只看到一些马蹄印。"
亚瑟王说:"让那些已死去的人知道,
那恶魔将在我手中被消灭;
如此卑鄙、如此残忍的杀害!
谁为我把这个森林恶魔找出来?"
巴兰说:"我去!"他自愿接下了任务后,
就出发了,但在出发前

先和巴林拥抱告别说:
"我的好兄弟,听着!
我走后,不要让你的坏脾气再作怪了。
我以前也常常这样劝服你!
把他们用在对付恶魔,因为他曾扑向你,
想撕毁你;摆脱他们,
人一旦失去了智慧,幻想就会作怪!
是的,幻想让人犯错。
看看他们那么热烈的欢迎,
他们肯定不会说你坏话的。
真的,除了担心,我对你的担心,
我们之间深厚的友谊会保佑我的;
既然你是其中一位骑士,
那就真正做好你的本职。
想想他们,和他们所有的大爱,
就像在天堂里,
没有仇恨,也没有嫉妒。"
巴兰提醒了他后就出发了;
巴林留了下来——
在被封为骑士后的第三天,
把那个奴隶打了一顿,
之后被革职流放了数年——
现在对自己要求更严格,
学习亚瑟王教授他的礼貌、
男子气概,和骑士精神;
他常常在兰斯洛特身边,他经过时,
甜美地微笑着,他的只字片语就能
让骑士、粗人、小孩和女子
都开心地笑了——
像一个天生瘸腿的男孩

站在他生活的山谷的上方叹了一口气，
叹气是因为他在顶峰看到太阳发光，
或是触到了北方夜空的星星；
因为最近他村里的一个人
爬到了蔚蓝而美丽的地方，
并且给他捎来了消息，
他自己从最底下爬上来时，
别人只帮了他不到一百英尺。
所以巴林经常为兰斯洛特动作
比他快很多而惊叹，他会低声抱怨，
常常会私语道："这些都是天赋，
生来就有，别人是学不会的，
非比寻常，我是办不到的。
嗯，如果我——嗯——
能够征战沙场，奋力拼杀——
如果我受到加冕，因为我杀敌无数——
所以——这多好——
但是女王对他的崇拜，
她给予他的这份殊荣——
这是，这是阳光，让人成长；
这是名声，使其远扬；这是力量，
战胜一切；国王给他的奖励——
过多的奖励——是温和的态度。
同样我也崇拜她。
在他把她带到这儿来之前，
我从未这样接近她。我应该要祈求国王
让我在盾牌上刻上女王的标志看着它，
想起她——用来忘记我的暴躁
与暴力吗？洗心革面？
如果女王不屑这么做呢？不，她是如此

高贵温柔，会把我从邪恶中解救出来吗？
然后，她带着甜美和优雅，
欢迎我的归来！我会变得勇敢——
在我的盾牌上刻着的是
吉娜薇王后的善良，
而不是这个粗鲁的野兽，
红色纹章，龇牙咧嘴，狂野地笑着。"
而亚瑟王，当巴林向他请求时，说：
"你要刻什么？"巴林胆很大，
请求他把女王的皇冠刻在盾牌上，
这时，她笑了，转向国王，
国王回答他说："你可以使用王冠，
但它只是国王的影子，
而你的只是影子的影子，你可以刻上它，
这将会帮助你改掉暴力倾向！"
"不是影子，"巴林爵士说，"噢，
我的女王，这是我的指明灯！不是影子，
噢，我的国王，这会让我以后变得
更加优雅，如黄金般的诚意！"
于是巴林刻上了皇冠，
所有的骑士都拥护他，
包括女王；仿佛全世界充满着音乐，
他觉得自己与他的骑士封号以及国王
跟着音乐在跳舞。
夜莺，在五月中旬叽叽叫着，
它的叫声时而微弱，
听起来像是从其他树丛中传来的声音；
所以，他在爆发火气时，
心里的音乐似乎变了，慢慢消逝不见。
当他看到那个奴隶时，

圆桌骑士　115

他的激情几乎全部消失了，
那个让他羞愧和耻辱的人在狂妄地
对他笑，他是这么想的。
他的手又举起了一半，但还是放下了；
盾牌上的印记，让他稍微平复了些，
但是他的心里却在抱怨：
"这座宫殿对我来说太高了；
这些严格的礼仪不适合我。
我要证明这些是错误的吗？
忍耐只会让我越来越凶狠和冲动，
以至于在女王面前变成疯子吗？"
就像山上房子里点燃的壁炉，[4]
从窗外看去熊熊燃烧，但当夜幕降临，
它就像是下面森林中咆哮的大火，
他的心情愈来愈差，国王、朝臣和亚瑟王
宫殿里所有的和气都对他避而远之；
然而他努力地学习骑士的风度，
拼命跟自己做斗争，
最后一切都风平浪静了。
一天早晨，巴林爵士坐在
王宫附近的花园的凉亭。
玫瑰花一路开在每个宫门前，
百合花一路开到凉亭；
在玫瑰花圃后，伟大的女王缓步走来，
她的脸上春光焕发；
兰斯洛特爵士从对门的阴凉处
走上去迎接她，然后，
他视若不见地把眼睛转到一边，
沿着百合花白色长道走向凉亭。
女王跟在后面；

巴林听到她说："王子，你是否对你的女王
不够忠诚啊，连经过都不说声早安？"
兰斯洛特爵士眼朝地上，
对她说："我对女王还是无比忠诚的。"
"是的，是这样，"
她说，"但是从我身边经过——
你的忠诚仿佛是献给你自己的，
所有人都把你当成礼仪之王。
算了，你站在这儿，
好君王，就像是在做梦。"
兰斯洛特把手放在花丛中说：
"是的——为了一个梦。
昨晚我想我看到
一位圣女[5]手里拿着百合花，
站在那边那个圣坛中。
她的四周黑漆漆一片，
她手中神圣的百合散发出流动的光芒，
映照在她泛着银光的脸上。
看！她的形象让我的眼神迷离；
因为她是多么完美，多么纯洁！
人们很难玷污那楹棕的花朵，
即使点燃光芒也不会使她那份少女的
纯洁失去魅力。"
"对我来说它更美，"
她说，"这个花园里的玫瑰颜色深邃，
层层交错！野生的风信子
和五月的花朵更加美！
王子，我们曾在那些晴朗的天气里，
骑着马游荡在花朵中——
不像现在这么凉快，

虽然是几个月前的事了。
你很伤心吗？还是不舒服？
我们高贵的国王会让他的大夫
来给你看病的——病了吗？
还是因为什么事你在生我的气？"
兰斯洛特抬起他那大大的眼睛，
呆呆地看着她，一动不动。
他那么盯着她，让她的脸色都变了；
过了一会儿，他们肩并肩走了，
坐在凉亭的巴林吃了一惊。
"女王？臣子？
但我看到的不是这样的。
姑娘和她的情人？
我听到的不是这样的。
我父亲的怒气一直缠着我。
眼前的事让我很困扰，
我不知道也猜不出发生了什么事；
我不配做一名骑士——
我是一个粗人、小丑！"
他心里的阴郁越来越深；
他一把拿起了长矛和盾牌，
没有请求国王的允许，
而是为了那奇怪的冒险而疯狂，
匆忙离去。
他朝着和巴兰一样的路径走去，
看到他们曾坐在一起的那个喷泉，
叹了口气说："我坐在那里，
不如他吗？"然后朝看不到天空的森林
骑去，但在蔚蓝的天空下，
他看到一个头发花白的樵夫

疲惫地砍着树枝。
"粗人，你的斧子！"他喊道。
下马后，一下就把树枝给打下来了。
那个樵夫惊叹道："我的主，如果你能
赤手空拳把他打倒，你就能打倒这个
森林的恶魔了！"
巴林喊道："他，或是假扮的恶魔；
打倒了那恶魔
就是把我心里的恶魔打败了。"
"不，"那樵夫说，
"我们这里的恶魔是真的，
我昨天晚上就看到他一闪而过。
有些人说我们的加仑爵士
也学习了一些巫术，会隐身。
当心那个洞穴。"巴林回答他说：
"那只是古老传说，是粗人的幻想；
好好改进你砍柴的功夫。"
于是离他而去，他时而不小心松了缰绳，
时而碰到坑，对自己发火，
时而又低头看看经过的长长空地；
他没有注意到右边深深的坑穴，
有东西在黑暗中张着嘴巴，
就在里面不远处。一整天过去了，
岩石与屋顶上的光芒突然消失；
似长牙的东西，从地面上长出，
像地狱的恶魔从夜晚的大嘴巴里出来。
他没有注意到这些，
只是对一切视而不见、听而不闻，
以免他会把心中的咆哮发泄出，
他在夕阳中朝西边驶去。

突然他感觉苔藓发出嗒嗒声，
颤动着，然后看到长矛的影子，
从他后面射过来，沿着地面飞过来。
他吃惊地往旁边一躲，
看到一个拿着锋利长矛的身影，
好像要刺杀他，他身边的武器一闪，
那人就消失在森林中了；
他看到这些后，不觉地开始盲目愤怒，
他把长矛往树枝上用力一射，
从马上摔了下来，爬起后一路飞奔到
国王的城堡——潘拉姆的王宫；
那儿布满了地衣，
到处都是条形的草坪，
看起来不是很高，但是很坚固；
城堡的主楼已成废墟，
像一座布满地衣的圆丘，
城垛上覆盖着一层层常春藤，
这里成了蝙蝠的栖息地，
每个塔里都有一只猫头鹰。
潘拉姆的人喊道："王，
你的盾牌上为什么有皇冠？"
巴林说："给我这个的是这世上
最美丽、最完美的女王。"
他把马送去畜栏，然后走进宫中，
看到一名骑士和国王向他打招呼，
宴会厅里光线暗淡。
绿色的树叶紧紧地贴着窗户，
发出吱嘎声，枯枝在树林里号叫；
里面所有人都很安静，
直到宴会上的加仑爵士问道：

"那上面为什么有个皇冠？"
巴林说："我们仰慕的女王，兰斯洛特，
我和所有人都认为，
她是最美丽、最好、最纯洁的人，
她允许我这么做的！"这个声音——
因为在这座王宫里，亚瑟王的骑士
是被人们所憎恨的陌生人——
就像坐着的白天鹅妈妈
听到奇怪的声音后，急匆匆地躲进
她秘密的芦苇丛那样，
让加仑发出嘘声；然后他苦笑道：
"我承认她是最美的——
我见过她；但她是
最完美、最纯洁的吗？
你虽来自亚瑟王宫中，
但想法还是太简单了！
你和那些到现在还迷恋她的人
难道没长眼睛，看不到那位受人崇拜的
美丽妻子隐藏着一个羞耻的秘密？
说真的，你们这些亚瑟王宫中的人就像
无知的婴儿。"
巴林旁边的桌上有一只高脚酒杯，
仿佛在炫耀着神圣的约瑟夫神话，
在他的右边，全部都是厚实的青铜制品。
一边是海，有船，有帆和吹着帆的天使；
另一边则是粗糙的编条和他在
格拉斯顿伯里建造的低矮教堂的墙壁。[6]
巴林拿起这个，打算扔出去，
但想起盾牌上的标志，他把手松开了。
"我要变更加绅士，"他想，

"让人看看我的风度。"
于是他把东西放下,凶狠地对加仑说:
"我今天看到一支长矛的影子,
从我身后射过来,沿着地面飞着;
我还用眼睛一直看到兰斯洛特是怎样
以力量、名声、男子气概和风度
尊敬那位最美丽和最纯洁的人的,
但你,坐在自己王宫里,是没资格
说这么难听的话的——
对你的客人,我,亚瑟王的骑士,
这话真是罪过啊!算了!不许再说了!"
但是即使到了晚上,
加仑的嘲讽还在他脑海里,
让他难以入睡,搅他美梦。
终于,透过树叶,
他看到了早晨微弱的光芒,
树叶还在吱嘎作响,老树枝还在森林中
号叫着。他起床,下了大厅,
碰到那个嘲讽者,又讨厌又憎恨,
所以宁愿不搭不理;
但加仑爵士却开起了玩笑:
"什么,你还戴着那顶耻辱的皇冠吗?"
他的脸色立即黑了下来,
前额的血管胀大突起,清晰可见;
巴林爵士勃然大怒,从鞘中拔出剑:
"哼!你就是那个影子,
我要让你成为真正的鬼魂。"
说完就重击他的头盔,但剑裂成六块,
掉在石头上。
加仑慢慢向后踉跄了一下,摔倒在地,

巴林抓着他头盔上的小旗帜,
拖着打他,但城堡中传来一声喊叫,
然后——拿着武器的人,
有二十个人拿着尖锐的长矛对着他——
他快速地在他最重要的脸部
连续打了几下,在矮门下一蹲,
双脚一跃,飞过走廊,
把潘拉姆王的祈祷室大门踢开,
走进里面的墙边,往后退了几步;
听到那些人像狐狸一样,
一边追一边吼叫;
他环顾圣坛四周,
没有发现他们把耶稣当成圣人供奉,
却看到金色的祭坛前,
放着一把他所见过的最长的矛,
矛头漆成红色;于是一把拿起它,
插进打开的窗扉,靠在上面,
然后跳了半圈,意外发现土壤,
于是把耳朵贴在上面,
胡乱敲击,找寻有回音的墙,[7]
最后往相反方向逃跑,
找到他的马后,立即骑上逃走。
一支箭嗖的一声飞过他的右边,
一支从左边飞过,又一支从头上飞过;
潘拉姆无力地叫着:
"抓住他,抓住他!他亵渎了圣物,
把它当成世俗之物在用!"这样一来,
他迅速在树枝下俯身,一路飞奔,
穿过几十里密林和空地,直到他的良马
在疲惫地跳过倒在地上的橡树时,

圆桌骑士

被绊倒,把他摔了个脸朝地。
他还在气头上,但是心里很高兴,
像骑士般,发现他的马没有摔断腿,
巴林爵士把他的盾牌从脖子上拿下,
看着那块无价之宝,
心想:"我让你受了辱,
所以现在你让我受辱吧,[8]
我不会再带着你了。"
说完把它挂在了高高的树枝上,
转向进入森林,他一路上一直忧郁不已,
低吟道:"我的暴力,我的暴力!"
但现在这个树林里的全部声音
被从马克王宫里传来的歌声所掩盖,
一位迷路的姑娘骑着马,
走过森林小道,一面用颤音唱着歌,
她是薇薇安,身边还有位侍从。
"上帝之火温暖了贫瘠之地,
燃烧了所有平原和荒地。
新叶总要把旧叶来代替,
上帝之火不是地狱之火。
老神甫咕哝着对你的崇拜——
老教士和尼姑,你们蔑视世人的欲望,
但自己冰冷的心里却感到火热!
上帝之火不是地狱之火。
上帝之火在粉尘路上蔓延。
路边的花朵即将遭受牵连。
整个森林世界充满赞美之声。
上帝之火不是地狱之火。
上帝之火是所有美好事物的开端,
不要渴望在你的血液中把它点燃,

而是跟着薇薇安走过这火山!
上帝之火不是地狱之火!"
然后她转向她的侍从说:"这上帝之火,
这古老的太阳崇拜者,天啊,
他会再一次燃起,把那十字架打到地上,
打倒国王和他所有的圆桌骑士。"
然后他们到了一块空地,
在另一个林地前的一条长道的上空,
挂在一棵榆树上的皇冠摇晃着,
发出光芒,
薇薇安和她的侍从模糊地看到了它。
感到很诧异:"看那儿,"
她喊道——"是王冠——
是亚瑟王宫中某个王爵刻上去的,
那儿还有一匹马!马的主人呢?在哪儿?
看,在那边树林里躺着一个死人。
没死,他还在动!——
他在睡觉。我要去跟他说几句话。
嗨,皇家骑士,我们打扰一下你的休息,
毫无疑问,高尚的行为会有回报的。
你是亚瑟王宫中派来锄强扶弱的骑士吧。
你看,我因受辱而逃出来,
因为那强壮的王想用邪恶的方式
来赢得我的芳心。
和我一起的骑士遭到了不幸,我的侍从
无力抵抗;但是你,王子阁下,
一定带我到那位勇士国王那里,
就是无可指责的亚瑟王,
他如少年般纯洁,会为我安排一处住所。
我以那盾牌上的王冠和伟大的女王的

名义命令你,站起来陪我去。"
巴林站起身来说:"不再是了!
我不是王子也不是骑士,
而是一个玷污了女王名声的人。
在这荒山野岭,让我的野性死去——
死去——让野狼用它们黑色的咽喉
埋葬它们的野兽兄弟,
因为他的怒气成了他的主人!
噢,天啊,吉娜薇王后的名声,
我们的兰斯洛特爵士是多么受之激励,
并因此斗志昂扬,却因我,我的暴力,
和我的邪恶而被羞辱了!"
听到这里,她突然笑着尖叫了一声,
然后又突然叹了口气。巴林对她说:
"这就是以你的礼貌——嘲笑我,啊?
所以,我是不会随你去的。"
她又叹了口气说:
"不好意思,亲爱的主!
我们女孩子经常在心里受伤时,
笑出来,其实我们应该哭的。
我知道你误会了。
我打扰到你的休息了,
现在我不愿再打扰你的美梦了,
但是你是个男人,可以忍受这个真相,
虽然很痛苦。听着,男孩——
仔细听我说。
你还记得有一次在卡莱恩吗——
一年前——不,那时我不喜欢你——
哎,你应该记得——
那个夏天的黄昏——

在巨塔旁——
乌斯克河畔的卡莱恩——
不,事实上我们藏在那里——
那位英俊的王,
所有纯洁的骑士中的精英,跪了下来,
含情脉脉地向她表示敬意——跪下——
还有什么?——
噢,哎,跪下后,她用戴着指环的
白皙的手抚摸着他的黑发,
在她自己的王的金色头盔上徘徊着,
渐渐地,天黑下来了,
直到她大喊一声——
我那时想,那座巨塔
要是倒在他们俩身上就好了——
'起来吧,我亲爱的王,吻我的嘴唇,
你是我的王。'这个小伙子的只字片语
都是赤裸裸的真相,她看到他们拥抱了;
他脸红了,说不出话,他是那么害羞!
但天堂里所有纯洁的圣人,永生的圣母,
都在大声责怪她!
上马吧,和我一起走!
不要再说羞耻的话了!
他们这么做才是羞耻,
你如果这么说就更羞耻了。"
她很从容地撒了谎;但他却惊恐万分,
想起了在卡米莱特的凉亭里发生的事,
悲伤地轻轻说道:"这是真的。"
她灿烂一笑:
"即使在这座寂静的森林里,
可爱的王,你说这个也是正确的。

傻子都在议论,消灭背叛者。
树木有嘴,就像隔墙有耳;
你和我一起走,我们就可以讲得很轻了。
我们要见到国王,让他免受欺骗。
现在看到了吧,
我已经让你的形势有利了,
你可以注意下时辰,像鹰一样随意
飞扑到兰斯洛特和女王身边。"
她停了下来;他心里的恶魔跳了起来,
他咬着牙,大喊一声跳起来,
把盾牌从树枝上打到了地上,
然后用戴着铠甲的脚跟踩到皇冠上,
把它践踏得一塌糊涂,最后把它扔进了
森林中的草丛里,咒骂那些故事、
那些情节和讲述者。
那个奇怪的叫声,比鸟或兽马的尖叫声
都要怪异,穿过森林,让人毛骨悚然;
潜伏在那儿的巴兰
(他的任务没有完成)听到后,
想:"那个森林里的叫声——
我要来制伏你这个恶魔!"
走近后说:"看!
他杀了我的一个骑士兄弟,
然后践踏他的盾牌,以表现对我们的
骑士团和女王的憎恨。我要找的东西,
我想,就在这儿了。
无论是人是魔,看好你自己的头。"
巴林爵士没有说话,
从侍从那儿夺来一块圆盾,
骑上马,于是他们开始相互攻击,

潘拉姆神圣的矛,
以被清白的血液染红而闻名,
巴林把矛尖插进巴兰初次使用的盾牌,
穿过他的锁子甲刺到肉体,
有罪的血液迅速染红了那支矛;
而巴林的马疲惫至极,当他们交锋时,
马儿往后一仰,
所以两个人同时摔倒在地,晕过去了。
那位姑娘转身对她的侍从低语道:
"两个傻瓜!这个巴林肯定和他的王后
做了什么见不得人的事,
不然他不会把她的皇冠放在身边,
也不会发火,
还生气地念着他敌人的名字;
你,小鸡爵士,从来没有破壳而出,
还是半个蛋黄,更不用说——
从来没看到过乌斯克河畔的卡莱恩——
还经常向我求爱——看我看到的东西,
去我去过的地方,或其他,
小鸡爵士——卸下他们的盔甲;
我想知道他们是怎么样的人。"
当那侍从把东西解下后,
她说:"太好了!——看!
他们也许摘了一大堆五月花,
然后在这儿一比高下,
就像两头无脑的公牛,为了母牛而死!"
那文雅的侍从说:"我认为他们很幸福,
因为他们为爱而死;
薇薇安,虽然你打我像打小狗一样,
我也愿意像现在这样为你生,为你死。"

"活着，孩子，"她喊道，
"我宁愿擒获活狗也不要捕到死狮子。
走吧！我受不了看着这两个死人。"
然后她上了她的小马，
跃过那棵倒下的橡树，
一路向前："把他们留给野狼吧。"
当他们的额头感到
一阵凉凉的空气袭来时，
巴林先醒过来，看见对方的真实面孔，
那是一张从出生便熟悉的面孔，
那么苍白，于是呻吟着慢慢爬到他身边，
他躺在他奄奄一息的兄弟身旁，
自己也濒临垂死；
巴兰睁大他那模糊的双眼，
感到有人在他旁边；
然后两人一下子清醒了，
看着对方，目瞪口呆；
随后巴兰像小孩子般叫了一声，
放下他那悲伤的眉毛，
吻了他一下，低声说：
"噢，巴林，巴林，我为了救你而死，
却让你也结束了生命。
你为什么没有带上我知道的那块盾牌呢？
为什么你又要践踏
那块刻着王冠的盾牌呢？"
巴林气喘吁吁，断断续续地告诉他说
一切都是巧合，巴兰又开始低声说：
"兄弟，我在潘拉姆宫住了一夜；
那个加仑嘲笑我，但我没在意。
有个人跟我说：'安静地吃饭！他是个
说谎的人，他因为贡品而憎恨你。'
那个善良的骑士跟我说，
一个淫荡的女人来了两次，
在城门说要找加仑，
但都被潘拉姆赶走了，
因为他追求的是圣洁。
我很确信那位姑娘
就是刚才站在你身边的人。
'她住在森林中，'他说，
'在地狱山和碰到的人调情。'
他们的生活很肮脏，嘴巴也是；
他们撒了谎。我们的女王
和我们的亲生母亲一样纯洁。"
"噢，兄弟，"巴林答道，
"都是我的错！在你的生命里，
我的放荡不羁给你带来了厄运、
诅咒和阴影；现在夜晚来了，
我快看不清你了。
晚安！我们再也无法说早安了——
在这世上我的命运是黑暗的，
而我将会去到另一个黑暗的世界。
我再也看不到你了，
我再也不会给你黑暗；
晚安，我真正的兄弟。"
巴兰低声回应："晚安，真兄弟，
在这儿！早安，在那儿！
我们俩注定一起生，一起死。"
他说完，就闭上了那双昏昏欲睡的眼睛，
与巴林一起进入了永眠，
两个人紧紧抱着对方。

## 注释

[1] 这个故事源自马洛里《亚瑟王之死》的第二本书中，有删节。丁尼生自己还增加了一些故事情节和细节。

[2] "上帝通过人讲出他的旨意"比较《亚瑟王的到来》。

[3] 蹄盖蕨是蕨类的一种，根据某些权威人士，之所以这样称呼它，是因为这是题献给圣母玛利亚的。

[4] 译文没有"就像……壁炉"。

[5] 圣女指圣母玛利亚。

[6] 第一个版本为"有杆子和脚手架，很粗糙"。那只高脚酒杯是由两幅场景构成的，源自亚利马太的《约瑟夫的传说》——他的航海旅行和他在格拉斯顿伯里建的小教堂，比较"圣杯故事"：他就在岛上用沼泽地中的枝条建造了那时候唯一的一座小教堂。

[7] 比较《哈姆雷特》："匆忙地在陆地上搜寻"。

[8] "很明显，杀死加仑是犯了重罪，因为加仑没有武装，也没有任何准备"。（利特代尔）

圆桌骑士

莫林和薇薇安[1]

MERLIN AND VIVIEN

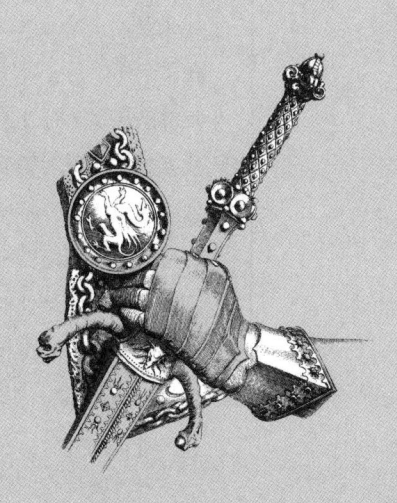

暴风雨即将来临，却没有风，
布劳赛良德森林中，[2]
一棵中空巨大的老橡树，
如一座爬满常春藤的高塔，[3]
在它前面，
狡猾的薇薇安靠在莫林的脚边。
康沃尔郡国王马克总是不满
亚瑟王和他的骑士对他的轻视，
他听到一个人这么说，
来自卡莱恩的吟游诗人在亭塔格避雨时
对人说，纯洁而拥有骑士精神的
兰斯洛特不会仰慕任何少女，
他崇敬的正是伟大的女王陛下，
他为了她的名声而战。
极其信赖她——
他的誓言是上帝最爱的，但是我们主的
守护神不会见证他们的婚姻，
也不允许他们结婚。
诗人停了下来——
薇薇安甜美地说——
她在宴会上坐在马克旁边——
"亚瑟王的宫殿里，
阁下，有没有其他人仿效
这个感人的例子呢？"——
他天真地回答道："嗯，有一些人——
真的——
一些年轻人认为一个完美纯情的骑士
应该仰慕已经身为人妻的女人，
虽然是不能得到的，而不是未婚少女。
他们以兰斯洛特和女王为傲。

在夫妻关系以外，
他们还渴望一种完全纯洁的关系，
因为亚瑟王没有要求他的骑士
要保持单身。
他们很勇敢，很纯洁！并且——
上帝保佑他们！——很年轻。"
马克听了这些，很想把酒杯扔向
那个说话的人，但他忍住了。
他站起身离开大厅，薇薇安跟随其后，
他转身对她说：
"这些人就像草丛里的蛇，
而你，我想，噢，薇薇安，
除非你不害怕这些僧侣般的男人
和这宫廷里戴着纯情假面具的人们，
否则你一定会被他们所伤。"
薇薇安笑了笑，轻蔑地说：
"为什么要害怕呢？因为我身上
那些在你宫廷里培养的如你般的——
美德吗？怕他们？不，如果爱，
完美的爱，能驱逐恐惧；
那么恨，完美的恨，也能驱除恐惧。
我父亲死于与亚瑟王的抗争中，[4]
我母亲在父亲野外的尸体上悲伤至死；
我就是在那里出生的，我从死亡中降生，
然后随风逐流——最后飘到你这儿！
我可以迅速找出真相，
那埋藏在井底深处，陈旧而肮脏的东西，
那些才是事情的真相。
你的亲切教诲啊，都是无稽之谈！
这个纯洁的亚瑟！

伟大的自然给他这副血肉之躯，
他却编出这种谎言！
世上没有真正纯洁的人，我的小天使；
《圣经》里不也是这么说的吗？[5]——
如果我是亚瑟，我要你付出血的代价。
祝福我吧，纯洁的王！
当我把那些丑事都挖出来后，
所有的圆桌骑士
就掌控在我的手里了——
哼——这样一来，命运，
狡猾和愚蠢就会聚在一起，
那时，我也许可以把
亚瑟的一绺金胡子拿回来给你。
对我来说，
你窄窄的两撇灰胡子比他的有形多了——
但是，谁叫我先爱上你呢；
害我的聪明都变成乖戾了。"
无礼的马克大声笑了笑。
于是薇薇安偷偷进入卡米莱特城，
在那里低调生活着，在一个节日里，
当吉娜薇王后穿过大殿时，
她跪倒在王后面前，大声哀号。
"你为何跪于此？你犯了什么错吗？
起来吧！"她站起来，双手交叉，
眼睛向下，眼角向左右瞟了瞟，
温和地说："我没犯错，
但我很可怜，我是个孤儿！
我的父亲为了亚瑟王而战死，
我的母亲在父亲尸体前悲伤至死——
两人暴尸于那四面环海的

悲凉的奥尼斯荒原——
我好悲惨——
没有朋友！——
现在马克王因为
我的一点姿色而对我穷追不舍——
如果我真的算有些姿色的话——
所以我逃到了这里。
救我，求您救我！女人中的至尊——
您的容貌无以匹敌，权力至高无上，
愿您的怜悯也能抚慰悲伤，
噢，您是上帝派在人间的天使，
是完美无瑕的国王的纯洁的妻子——
救救我，因为他跟来了！
让我在您身边服侍您！
噢，求您因为我的无辜
而给我一个庇护之所！"
说到这儿，她那甜美而充满恐惧的眼睛
卑微却又满怀希望，抬起来看着女王，
女王一袭绿衣站在那儿，
像五月的阳光照射
在金绿色交错的叶子上，闪闪发光，
回答说："别担心，孩子！
在过多赞美和过多指责两者中间，
我们选择后者。我们高尚的国王，
你再多的赞美也不能形容他，
他会倾听、了解这件事的。
不——我们相信都是马克做的坏事——
那么，我要进一步检验你说的话；
但是现在我们
要去和兰斯洛特爵士一起猎鹰。

圆桌骑士 127

他给了我们一只他亲自训练的鹰；
我们要去那里亲眼见识一下。
你在这里等一会儿。"
她离开了；薇薇安低声说道：
"您走好！我会在这里等着。"
透过那拱形的宫门，她斜望着他们，
不时地咕哝着，
好像做噩梦的人在说梦话，
看着女王和兰斯洛特上了马。
"那就是兰斯洛特吗？
长得真好看——但是有些憔悴；
他很有礼貌——弥补了他的憔悴——
他牵着她的手——看了一眼旁人，
如果不是在大街上，他们可能
就深情相吻了——他们的手牵得多紧！
终于放开手了！——他们骑着马
走了——去捕捉水鸟了。
我玩的游戏比这个高级多了。
因为这种超越肉体的关系，就像壁炉旁
灰色的蟋蟀[6]在唧唧作响——
碰到亚麻便会熊熊燃烧——
看一眼就能明白——虚伪！
一只小老鼠在堤坝上挖洞，
到了晚上这个洞导致大水溃堤，
向远处的城市奔涌，
而城里的人却在跳着舞，
或在做梦——他们绝对想不到
是这只老鼠干的——当然也不会想到
是我做了手脚——他们什么都想不到；
去骑马，去做梦吧，

这些从来都不属于我——
骑吧，骑吧，
做梦做到醒过来——才发现是我！
然后，狭小的王宫，愚蠢的国王，再见！
因为兰斯洛特会客气地对待
那只老鼠——我，而我们聪明的女王，
如果她知道我明了一切事，
她会憎恨我、讨厌我、
害怕我——但还会更加敬重我的。"
当他们骑着马到了草原，谈论的尽是
各种与驯鸟有关的术语、饮食、
缝合鹰眼、皮带扣、皮带和鹰饵。[7]
"她很高贵，"
他说，"不会乱阵脚，也不会动怒；[8]
她心中没有卑贱的东西。"
说到这儿，女王随意问道：
"你认识刚才那个姑娘吗？"
"别管她。"兰斯洛特爵士回答，
然后揭下鹰的头罩，
把那只完美的鹰放上天空；
它在高空翱翔；挂着的铃铛发出
一阵阵响声，伴随着她的尖叫；
他们抬头仰望着鹰，
惊叹于它捕获猎物时的力量、勇猛
和皇家骑士的风范。
很多次他们两人——和以前一样
——在花丛中——骑着马。
薇薇安几乎被女王忘了，
她和其他侍女在一起绣着花，
听着风言风语，注意着风吹草动，

还会窃窃私语；她偷偷潜入平静的
亚瑟王宫，传播谣言；
高高在上的国王积极地影响着世界，
而薇薇安以最卑微的身份，
在天下太平的时候，出现在这里，
向每个人传播着恶意的谣言，
当所有的异教徒拜伏在亚瑟王的脚下，
无任何战事发生的时候，
宫里所有人心无忧虑，都在比武或游戏。
他们听着薇薇安的无稽之谈，
却不曾理会。后来，狡猾的薇薇安
又偷入亚瑟王宫，像一个敌人一样，
在他的水中投下了致命的毒药，
然后离开。
她痛恨所有的骑士，
而他们提到她时，也会大加议论，
批评不断。
一次，当亚瑟王一个人在散步时，
听到她散布骑士们偷偷地行贿的谣言，
感到非常恼怒，于是把薇薇安叫来，[9]
很客气地跟她说话，薇薇安
却趁着国王心情低落，尊敬地看着他，
声音颤抖，奉承地诉说对他的仰慕，
最后，她阴险地暗示他：
一些人夸奖他太过头，而另一些人
则不懂去赞美；听了这话，国王呆呆地
注视着她，然后就这样走了。
但有人偷偷看到了这一幕，
却没有保持沉默；
那人传出消息，说薇薇安竟然敢勾引

无可指责的国王，
于是这件事便成了大家一下午的笑柄。
之后，她便下决心勾引莫林，
他是有史以来最著名的人，
无所不知，技艺精湛，
为国王建起了海港、船只和宫殿，
他还是位吟游诗人，知晓天文，
人们称之为怪才；一开始，她用俏皮的
语言与他说话，或是活泼地笑笑，
眼神瞟来瞟去，说着暗带恶毒的话；
莫林性情和蔼友善，只是看着她，
随着她闹脾气和玩闹，
即使有些时候甚是过分，
他也会哈哈一笑，
就像他看着可爱的小猫咪一样。
所以莫林虽然有些瞧不起薇薇安，
但渐渐开始容忍她，
而她看到他对她只有蔑视，
她就进一步开始玩弄他，碰到他时，
经常会脸红或脸色发白，
深叹一口气，或者静静地盯着他看，
一副痴情的样子，莫林虽然有些怀疑，
但他感到这种奉承
有时也会让他欢喜不已，
甚至觉得自己到了恋爱的年龄了，
于是他开始相信她的真心；
有时他也会摇摆不定，
但薇薇安一直黏着他，
意志坚定，就这样日子一天天过去了。
之后，莫林陷入了巨大的忧伤中；[10]

圆桌骑士　129

他走在黑暗的梦境里，
感到那早已注定的厄运就要来临，
那是烟雾中遍布哀怨的战争，
世界大战造成的死伤，
所有生命的毁灭，爱情的谎言，
最卑微的力量战胜最高贵的力量，
崇高的理想被害虫毁灭。
于是他离开亚瑟王宫，到了海边，
在那里，他找到一只小船，
上了船准备离开；[11]
薇薇安跟他上了船，他却没在意。
她掌舵，他张帆；
突然的一阵风把船吹起，驶过海洋，
来到布列塔尼，上了岸。
她一路紧跟莫林，
一直跟到布劳赛良德森林。
莫林曾跟薇薇安说过一个咒语，
一人若对另一个人施展魔法，
步伐交错，双手舞动，
中了咒语之人便会身陷
四面环墙的空塔里，永远无法逃出；
也永远没有人可以找到他，
或发现那个施用咒语的人的行踪。
他如死人般躺在那里，失去了生命
和价值，销声匿迹，无人问津。
薇薇安一直想把魔咒
施在这位旷世奇才身上，
然后她就会因为制伏了这位伟人
而满身荣誉。
薇薇安整个跪下，吻他的双脚，

表现出无比尊敬、无比爱慕的样子。
她的头发上绕着一条金链子；
穿着一件价值连城的锦袍，
更加凸显她那柔软的四肢，
看上去像三月里随风飘动的棕榈树叶，
闪闪发光。
她一边吻着莫林的脚，一边喊着：
"践踏我吧，尊贵的足，
我已追随你走遍天涯海角，我会崇拜你；
踩踏我吧，我会因此而亲吻你的。"
他却沉默不语。
一个可怕的预见像海浪般向他袭来，
有如海浪在阴暗的天气里，
悄悄拍打着静寂的海洋洞穴。
薇薇安抬起头，一脸哀伤，说：
"噢，莫林，你爱我吗？"
然后又问道："噢，莫林，
你爱不爱我？"说完再一次问：
"伟大的宗师，你到底爱我不爱？"
他还是一语不发。
敏捷的薇薇安抱着他的脚跟，
像蛇一样扭动着，
爬到他的膝盖上坐着，
把她赤裸的双脚缠到他脚踝后，
用手抱住他的脖子；
然后让她的左手从他壮实的肩膀上垂下，
就像飘落的叶子，
她右手拿着镶有珍珠的梳子
梳理着他那灰白的胡子。
然后他说话了，但没有看着她：

薇薇安跟随着莫林来到布列塔尼的海岸边

莫林和薇薇安进入了布劳赛良德的野外森林

薇薇安像蛇一般蜷曲在莫林的脚下

"恋爱中的智者，爱得多，说得少，"
薇薇安灵机一动说：
"我有一次在亚瑟王宫殿的地毯上
看到一只没有眼睛的小精灵，
他既没有眼睛也没有舌头——
噢，我真笨！你说这些话很有智慧；
让我觉得沉默就是智慧。
那我就保持沉默，也不要求你吻我。"
接着又说，
"看，我要用智慧来打扮自己。"
她把他那乱蓬蓬的大胡子
盖到自己的脖子、胸口和膝盖上，
她说自己是夏日里的苍蝇，
却被一只霸道的大蜘蛛网住了，
还想在森林中悄悄把她吃掉。
虽然薇薇安这样说着，
心里却似一颗可爱而邪恶的星星，
躲在云雾之后，让人无法看清；
终于莫林悲哀地笑了笑说：
"无端的恩惠背后总有着目的。"他问，
"你的愚弄和耍的小花样，噢，薇薇安，
是有什么目的吧？但我要谢谢你，
因为这些让我走出忧郁。"
薇薇安傲慢地回答道："什么，
噢，我的大师，你会说话了吗？
欢迎你这位陌生人。最后要谢谢你！
昨天除了喝水外，你还没张过口。
我们没有杯子，
我用自己这双娇嫩的手从石头的裂缝中
一滴一滴地接住泉水，

然后跪着给你喝。
你喝完后就什么都不知道了，
甚至一句话也没对我说；
噢，连句谢谢都没有，就如一只山羊，
除了一把胡子，
没有什么值得人尊敬的地方。
当我们穿过茂密的草原
到达另一处水源时，我几乎快要晕倒，
而你却躺在那儿，
脚上满是草原中留下的花粉尘埃，
你知道我先帮你洗完脚，
再给我自己洗的吗？
你那时还是一句谢谢也不说；
而且一整个早晨，
我都在这树林里抚慰你。
目的，对，是有一个目的，
但那不奇怪——
我是怎么对不住你了？
当然，你很有智慧，但你这种沉默
只是一种智慧，而无半点仁慈。"
莫林紧紧握住她的手说：
"噢，你从来都没躺在海边，
看着不断卷来的白色海浪拍打着流沙，
然后溅出浪花吧？
我在这三天中一直有种预感，这样的海浪，
虽然不是那么让人愉悦，
却隐藏着衰落的迹象。
所以我起身逃离亚瑟王宫，
想摆脱这种感觉。你却不请自来；
当我看到你还跟着我的时候，

我脑海里又出现同样的预感，
还隐约看到你的身影——
你要我说实话吗？
似乎你就是那海浪，即将要把我击碎，
把我从这个世界卷走，让我一无是处，
名声扫地，被人遗忘。原谅我，孩子。
你的小把戏又让我整个人开朗起来。
你说你有什么要求，
因为我欠你三个人情，
一个是我思绪混乱误会了你，
一个是没有对你及时说谢谢，
最后一个是你可爱的耍闹；
所以，不管奇怪与否，
说出你的要求吧。"
薇薇安哀伤地笑着说：
"噢，我已经要求了，所以不会奇怪，
再奇怪也没有你奇怪，
再奇怪也没有你那坏心情一半怪。
我一直害怕你不属于我一个人；
看，你自己也说你欠了我。
人们都称你为先知，管他呢，
但你不能自明的道理，你却不能忽略。
让薇薇安来为你解释吧，
她会说，你这三天预见的
阴暗画面不是什么预兆。
而是不信任，
就像我每次对你提出这一要求，
而你总是拒绝，都是很不高尚的行为，
现在我再一次提出同一个要求：
你看到了吗？亲爱的，

这几天，你因我跟随着你
而产生一种忧郁感，
这让我更加害怕你不是不属于我的，
让我更加渴望要证明你是属于我的，
让我更加希望学习这个
手舞足蹈的魔咒，
来证明我们之间的信任。
噢，莫林，教我吧！如果你教我魔咒，
我们俩就可以获得平静。
因为当我对你的命运
有一些掌控的时候，我就会因为你觉得
我值得信任而感到安心，
也会让你安心，因为我知道你是我的。
因此，希望你能像别人所说的那样伟大，
不要自私地保持沉默。
你看起来是如此严厉和不近人情！
噢，如果你认为我生性恶毒，
会趁你不注意在你身上施法，[12]
那我会非常生气，那我们最好一刀两断，
但我不管你怎么想，上帝也听到了，
我告诉你的都是事实，
就像婴儿的血液般纯洁，
像牛奶一般纯白！
噢，莫林，希望大地——
如果我这个愚笨的人，
即使在光怪陆离的梦里，
对你有任何背叛——
希望这坚硬的大地会裂开，把我吞下，
然后合上将我这个叛徒压扁！
教我咒语吧。

圆桌骑士　135

虽然我无论如何都报答不了你；
满足我长久以来的愿望吧，
这将是你对我的爱的最好证明；
因为我想，无论你有多么智慧，
你都不会了解我。"
莫林放开她的手，
说："无论我有多聪明，好奇的薇薇安，
既然你说起信任，我只是和第一次
把这个魔咒告诉你时一样聪明。
是的，如果你说起信任，我会告诉你，
当初我跟你说起咒语是我太信任你了，
从而唤起了你内心毁灭男人的邪念；
一个孩子的好奇心，
可以让他了解他自己和这个世界，
而你已不是孩子了，
因为当我在念这些咒语时，
你脸上的表情，怎么说呢——哎，
我不会认为那是邪恶；
既然你说自己是夏日里的苍蝇，
我希望有一张网
把你这只扰人的东西网住，
咬破了再结网，再咬破，再结网，
直到有一方因为疲惫而投降。
但我不会让步教你咒语，而使我失去
生命、价值、声望和名誉的，
你为何不提其他要求呢？
是的，我的上帝，我曾太信任你了！"
薇薇安，像一位温柔的少女，
站在村口，等待着情人的出现，
满眼泪水地回答他说：

"不，大师，不要对你的侍女发火；
安抚她，让她觉得自己得到了原谅，
不会再想提出其他要求了。
我想你应该没听过那首叫
《给我信任》的歌曲吧。
我曾听兰斯洛特爵士唱过这歌，
这首歌也唱出了我的心情。
请听我来唱。
'在爱里，如果爱是爱，
如果爱在你我心中，
信任与不信任是势不两立的：
不信任一事，就是怀疑一切。
琵琶上小小的断裂，
也会让乐声渐渐减弱，
裂缝越来越大，所以音乐都弹不出了。
爱人心中的琵琶若有小小的断裂，
或储藏的水果出现了小斑点，
逐渐腐烂到内部，那么整个就会腐败。
没有必要留住它了。
放手吧，但是你会吗？
回答我，亲爱的，回答不会。
请你完全相信我，要么请你放手。'[13]
噢，大师，你喜欢听我唱这首歌吗？"
莫林看着她，半信半疑，她的歌声
是那么温柔，她的容貌是那么美丽，
她含着泪水时，眼睛是那么明亮甜美，
就像雷雨过后的阳光照在草地上；
但他有些气愤地回答道：
"很久以前，
我曾在这棵巨大的橡树旁听到过这首歌，

那人就是在我们现在坐的地方
不远处唱的;
因为那时我们十几二十人相聚在这里,
猎捕森林里的动物,
就是有一对金角的雄赤鹿。
那是我们第一次提出要建立圆桌骑士,
就是要借上帝和人类之爱,高尚的行为,
成为全世界的精英;
大家相互鼓励,实践高贵行为。
我们在等待那只鹿出现时,
我们中年纪最小的人,
突然唱起了这首歌,
我们也无法让他安静,名利的欲望之火
如此激情地燃烧着,渐渐减弱,
直到严肃而坚定的结尾,
当他停止唱歌时,我们一齐向它奔去,
几乎快要猎到它,
但那只美兽被我们踢踏的脚步声吓到,
像一个银色影子逃进昏暗的森林中。
我们一整天都骑着马,
迎着大风,穿过昏暗的森林,
耳边回响着那首动听的歌曲,
追逐着那只金角鹿,
直到它消失在传说中的泉水边。
据说这泉水一碰到铁——
我们的战士当时试了试——就会哈哈大笑,
所以孩子会把别针或钉子扔进里面,
然后喊道:'笑吧,泉水!'
但如果把剑放进去,
它会再立即发出嗡嗡声;[14]

那只鹿就是在那儿消失的——我就是在
那次听到这首高尚的歌的。
但是,薇薇安,
当你把那首动听的歌唱给我时,
我感觉你早已知道那个咒语,
你在对我施法,我躺在这儿,
感觉我的声望和荣誉在渐渐殆尽。"
薇薇安还是哀伤地笑着对他说:
"噢,我的名声早已消失,
都是因为我跟随你到了这座森林,
我看到你这么伤心,很想安慰你。
看吧,现在,男人真是没良心!
他们从来不会像女人那么无私。
说到名声,
无论你有多么蔑视我刚才的歌声,
再听我唱一首——
叫《女人说》——听着:
'我的名声,曾经是我的,
现在是你的,就更是我的,
因为名声,如果它是我的,
它也是你的,耻辱,
如果你受到耻辱,我也会受到耻辱。
所以请你完全相信我,要么请你放手。'
你说这歌好不好?还有——这首歌
就像女王那美丽的珍珠项链,
在跳舞的时候散落一地;
有些珠子不知所终,有些被人拿走了,
有些则藏起来留作纪念;
所以,就算这些珠子重新穿进丝线,
挂到她脖子上,

圆桌骑士　137

也不可能再和以前那条一样了——
这首歌也一样。
很多人唱这首歌，
但每个人唱得都不一样；
然而有一句歌词写得好，
珍珠中的珍珠：
'男人追逐名誉，女人为爱而生。'
是的！[15]爱情，虽然是最庸俗的东西，
却是我们现实生活的一部分，
与其他东西毫不相关；而名声，
名声随着人的死亡也不复存在；
什么是名声，
它在生活中不就是遭受诽谤，
或黑白颠倒吗？你自己也知道
嫉妒你的人叫你恶魔之子，
因为你样样精通，有些人就说你是恶霸，
擅长各种邪门歪道。"
莫林再一次紧紧握住她的手说：
"我又一次在寻找魔法草，
结果看到一个漂亮的年轻侍从
一个人坐着，
在为自己刻一块木质的骑士盾牌，
然后在上面画上想象的武器，[16]
蓝色背景，蓄势待发的鹰，
右上方则是太阳；
还刻着一行字，'我追随名声'。
我靠向他，没说话，
拿起他的画笔，把那只鹰涂掉，
然后画上园丁，还写了一句座右铭，
'有用胜过名声'。

你应该可以想象得到他脸红的样子；
但后来他真的成了一名坚定的骑士。
噢，薇薇安，对你来说，
我想你是很爱我的；
而对我来说，我对你只有少许的爱。
放下吧，爱也是需要休息和快乐的，
不要为了一个目的而太好奇了，
也不要违反你所爱的人的意愿，
渴求他的证明。人的名声，
只是用来更好地为人们服务的，
它不应该休息，也不该寻乐，
它应该像奴隶一样工作，然后成就大爱，
让个人的小爱变得渺小。
我的名声首先来自我的价值，
而名声又会让我创造更多价值。
看，这就是我的收获！
还能有其他吗？有些人说我邪恶，
因为我不愿给他们更大的智慧；[17]
于是那些嫉妒我的人说我是恶魔之子。
就好像病弱的野兽不甘示弱，
而去击打比她更强的野兽，
但她不但没有得手，还在收回脚爪时，
抓伤了自己的胸。
想起我以前默默无闻的日子，多美好，
但当我的名声越来越大时，
人们的攻击也如暴风雨般猛烈到来，
但我毫不在乎。
现在我知道名声中掺杂诽谤，
但你还得做该做的事。
名声好坏就是那些尚未出世的后代子孙

对死去的先人的判断，
我根本不在乎，因为我没有子孙。
一颗暗淡的星星，
在一排星星中排行第二，[18]
就像一把低于三级爵位剑，
我从不盯着它看，
而是在想那颗星星到底用了什么魔法
可以让自己名声一文不值。
所以，如果我害怕，把这个魔咒教给你，
无论你现在有多爱我——
就像年幼无知的王子开始时很和善，
一旦登基，就变成了暴君——
一旦你有这个力量掌控我，
你也许会胡乱玩弄我，
价值和名声，我更害怕失去价值；
因为如果你——
不是出于你邪恶的本性，
而是突然大发雷霆，或是情感过度压抑，
可能为了完全拥有我——
或是女人的嫉妒——
你会在你所爱的人身上施用魔咒的。"
薇薇安笑中带怒地回答：
"我不是已经发过誓了吗？
你还是不相信我。好吧！
那么，你就藏着它好了，藏着吧；
我会来找，如果被我找到，
你就要当心着我了。
一个不被信任的女人，
毫无疑问会因为你的怀疑而突然发怒；
你的美名可真贴切，我全心地爱你，

却换不得同样爱的回报，
这会应验你说的'过度压抑'的话。
就像我曾经的那样，
我每天都很好奇，我很喜欢这样。
至于'女人的嫉妒'，噢，肯定有的。
噢，那你发明这个魔咒是为了什么呢？
除了让人嫉妒，还让我——
如果我爱上你——嫉妒吗？
我完全相信，在这个世界的某个角落
你一定藏着一个丰满迷人的女人，
你把她关在一个四面环墙的空塔里，
她永远都无法逃出去。"
然后那伟大的智者高兴地回答她：
"我在年轻时，是有过许多个恋人；
我不需要用咒语，
只要青春和爱就会把她们留在身边；
而你一直说的你全身心的爱
可能现在也是我的了；
我也没用魔法啊。在很久很久以前，
那些最先使用魔咒的人，
手腕与舞动的手臂是分开的，
双脚与跳动的踝骨也是分开的——
你愿意听我讲述这个古老的传说，
就当刚才你为我唱歌的回报吗？
在最遥远的东方有一个国王，
比我年纪小，但看上去比我老得多，
因为我的血液中有着对年轻的热忱。
一艘黄褐色的海盗船驶入了他的港口，
这船上的海盗曾洗劫过二十座无名小岛；
一天黄昏时节，海盗驾船经过一座小岛，

圆桌骑士

莫林讲述了一个东方国王和他美丽的皇后的故事

看到两座城市的上千艘船
正在为一个女人打得不可开交。
他把自己黑色的船开进战场，
轻易地就把那些船给驱逐了，
然后掳走了她，
可是自己的人也被乱箭射死了一半；
那个女人皮肤光滑白皙，美丽动人，
看过她的人都说她每一个举动，
都会发出一束光芒。
因为海盗不肯将她上交，
国王就以强盗之名将他处以极刑，
然后让她做了女王。
但是那些岛上的居民虽然赢得了战争，
对充满杀戮的战争却非常厌恶，
所以，他们军事松懈，
因为她似乎有一种磁力，[19]
能吸住老战士的军刀；连野兽也崇拜她，
骆驼未受命令自动跪下，住在山上
经常绑架城堡里的国王的野蛮人
也会对她弯下黑黑的膝盖，表示敬意，
会用手小心翼翼地去拨动
她脚踝上的铃铛，来博取她一笑。
竟有这种奇迹，国王嫉妒了，
他派人向百余个附属国吹响号角，
发出通告，
说他想要找一位巫师来教他法术，
施在女王身上，
就可以永远独自拥有她了。
他承诺要给那个巫师可以给的一切，
一座富有黄金矿的山，

绵延一百里的海岸领土，
一座宫殿和一位公主，这些都将是他的；
但对那些尝试过却失败的人，
国王宣布将他们处以可怕的死刑，
意思是要杀鸡儆猴，
吓唬那些装神弄鬼的假巫，
或者，为了让国王不受人愚弄——
把失败者的人头挂到城门上，任其腐烂。
许多人尝试后，都失败了，
因为女王天生的魅力让他们不畏死亡；
许多巫师的头颅被挂到了城门上，
许多星期后，一群专食腐肉的乌鸦，
乌云笼罩一般，环绕在塔顶。"
薇薇安打断他的话，说："我坐在这儿
听你说这些话；但，我想，
你说的可有些不合理；你自己明白。
那个女人对因她而引起的战争
可没有不情不愿；[20]她自己乐在其中，
她让国王嫉妒也不是没原因的。
难道当时的姑娘或女士
没有一个因为爱人为她战死而愤怒的吗？
我是说，难道那些女人都会因为
王后的美丽，自己也会很温顺、
很高贵吗？难道就没有一个人
想把毒液泼到她眼睛里，
或在她的酒里下毒，
或送她染着毒汁的玫瑰花，
让她闻了中毒吗？是啊，
那时和现在不一样——
他们找得到巫师吗？告诉我，

圆桌骑士 141

嫉妒的国王造访了一位术士，命他用蛊术控制自己的妻子

是不是那个巫师就像你这样呢？"
她说完，用柔软的手臂紧紧地
抱着他的脖子，然后把脸靠近他，
让她明亮闪烁的眼睛为她说话，
而她就像一个新娘盯着她的丈夫看，
她自己的丈夫，她的第一个男人。
他笑着回答："不，跟我不一样。
他们最后还是找到了——
那个会魔法的人——
是个光头的小男人，
一个人住在荒郊野外，
他只读一本书，并用心钻研，绞尽脑汁，
所以他的眼睛凹陷，样貌怪异；
而且他骨瘦如柴。
因为他心里只有唯一一个目标，
所以他从来不喝烈酒，不吃肉，
也没有色欲。对他来说，
为他挡住人来人往的墙壁
是一块透明的水晶，他可以透过墙
听到墙外人们的讲话声，
知道他们的重要秘密、能力和精力；
他经常在阳光明媚的日子
施法让天空乌云密布，
突然雷电交加，狂风暴雨；
或在午后雾气蒙蒙，大雨倾盆，
湖水高涨，松树怒吼之时，
让天气恢复风和日丽，一切归于平静。
他就是这么一个神人；
所以，国王用武力把他抓来，
然后教他魔法让王后中咒。

从此，所有人都看不到王后了，
除了对她施法的国王在她面前来来去去。
她像个活死人一样躺在那里，
从此失去了她人生的价值。
当国王要兑现承诺，
把一座富有黄金矿的山，
绵延一百里的海岸领土，
一座宫殿和一位公主给他时，
那老人选择回到他原来的荒郊野外，
从此销声匿迹，他的书代代相传，
现在传到了我的手里。"
薇薇安傲慢地笑着说："你得到了
那本书；咒语写在那书里。
很好！听我的，马上告诉我；
你把它像个谜一样藏在
一层又一层的箱子里，[21]
每一层又锁着三十把锁，
然后拔草除根，使劲挖洞，
把它埋在山丘最深处。
但我却会用尽一切卑劣手段，
去挖开，捡起它，
然后打开书本，读出那条魔咒；
那么，如果我使用那魔咒，
还有谁能随意指责我呢？"
莫林笑了笑，好像一位大师
在嘲笑门外汉的一无所知，愚蠢至极，
却整天不知廉耻地胡乱评论所有事情，
他回答她说：
"你要读那本书？我可爱的薇薇安！
噢，它虽只有二十页，

但每一页几乎都是空白，
每页中间只有一个小圆点，那圆点上
的字的大小和跳蚤的四肢差不多，
并且每个字都隐含着一个魔咒。
但那些文字失传已久，
久得连城市边缘都已高山林立，
——你读不懂的！
每页的空白处都写满了评论，字迹潦草，
圈圈点点，是历代人智慧的结晶，
难以识别、理解；但我不眠不休，
耗尽心力，终于把它搞懂了。
没人看得懂那些文字，我也一样；
除我之外，无人读得懂那些评论；
我在那些评论里发现了魔咒。
噢，答案很简单；
就算小孩子也能学会用来伤害他人，
但那咒语是无法解除的。
不要再求我了；因为即使你因发过誓
不会把它用在我身上，你也可能会因为
圆桌骑士在背后说你坏话，
而用在他们某个人身上。"
薇薇安这下真的生气了，皱着眉头说：
"那些满口谎言的人
到底在背后说我什么？
他们那些骑着马到处惩恶锄奸的人！
到哪里都带着切肉的刀和盛酒的号角。
还发誓要保持正派！
如果我是男人，我一定会揭穿他们。
但你是个男子汉，应该很明白
那种因羞耻而难以解释的耻辱。

不是所有人都能伤害我的——猪！"
莫林没有在意她说的话，回答道：
"你满口指责，含糊不清，我想，
这只是你一时冲动说出来的，没凭没据，
如果你听到他们说你的坏话，
就站出来控诉他们；
如果没有，就不要乱猜！"
薇薇安皱起眉头，愤怒地说："噢，
嗯，那你说威勒斯爵士是怎么回事？
他的亲属在出远门前，
托他照顾妻子和两个孩子，
一年后，他亲属回来发现多了个孩子，
家里躺着个婴儿，[22]
刚出生不多久！
那位高兴的大人该说什么呢？
这只有七个月大的孩子
可真是份好礼物啊。
那甜蜜的十二个月，
使这孩子生父的真实身份成了谜团。"
莫林回答说："不是这样的，我知道真相。
威勒斯爵士与一位外地的姑娘结婚后，
因为某些原因迫使他与妻子分隔两地；
他们生了一个孩子，与女方一起生活；
她死后，威勒斯在他亲属出门办事前
拜托他把那个孩子带回来。
于是那孩子就被带到他身边，所以以前
没人见过那孩子。这才是事实。"
"噢，嗯，"薇薇安说，
"可真是事情的真相啊！
那你说说可爱的萨格拉默爵士，

'当季采花，我想那不是背叛。'
噢，大师，他是不是太心急，
还没到时候，
就采了他那朵美丽的玫瑰花？"
莫林回答说："是你太心急了，
看到那些恶人为破坏他人的好名声
而恶语中伤，你却急于随声附和。
他在新婚前从未碰过他的新娘。
我知道真相。
那夜狂风把他的火吹熄了，在亚瑟王宫，

房间众多，回廊交错，
当他找到一个房间，
摸黑感觉门上的雕刻装饰物
很像他自己房门上的，
进门后，疲惫地倒在床上睡着了，
于是清白的男人睡在了清白女人旁边，
他们两个都不知道旁边还睡着个人。
第二天一早醒来，洁白的阳光
透过红色窗扉照进房间，
照到他们泛红的脸上，他立刻起床，

一句话也没说就离开她了。
但是这事在宫里疯狂流传，残忍的世人
吼叫着逼迫他们结成连理，但幸运的是
他们很幸福，有着纯洁的感情。"
"噢，哎，"薇薇安说，
"那也是很有可能的！
那你再说说俊俏的波希瓦尔爵士，
和他干的那可怕的下流事，
他是圣人般的年轻人，
耶稣纯白的羔羊，
还是撒旦养的其中一只黑色的阉羊？
他在教堂庭院，骑士的墓碑之中，在那
尸骨已寒的逝者坟墓前是怎么回事！"
莫林完全不管她的指控，回答说：
"波希瓦尔是个清醒纯洁的人，
但他第一次喝酒就喝个酩酊大醉，
然后走去教堂庭院乘凉，
在那里碰到一个撒旦的牧羊女，
她把他抓了起来，
想在他身上打上她主人的标记。
但我不相信他犯了罪，
你看他的脸就知道了！
——如果他真有罪，
那是他身体里本来就流淌着罪恶的血液，
而不是他在那时悔恨不已时犯下的，
他的罪就会让我们这个羊群蒙受耻辱，
否则，当神圣的国王[23]的赞歌在教堂中
被人吟唱，他就是最糟糕的。
那么你牢骚发泄完了吧，
还有其他的吗？"

薇薇安还皱着眉生气，说："噢，嗯，
那你的朋友兰斯洛特爵士呢？
是背叛还是忠心呢？
他与王后通奸的事，我问你，
是小孩子胡说八道，还是人们
在角落里的窃窃私语？你知道吧？"
他悲哀地回答道："是的，我知道。
最初，兰斯洛特作为大使
为国王迎娶王后，
王后从自己的闺房中看到了他，
她听信了流言，把他当成了国王，
对他日渐生情；不要说他们了。
难道你对无可指责、纯洁无瑕的
亚瑟王就没有什么忠心的赞美话吗？"
她轻声笑了笑，回答他：
"男人！他是男人吗？[24]
知道实情还睁一眼闭一眼；
知道他美丽新娘的所作所为，
还视若无睹？
这位好心的国王这么做是自欺欺人，
还让他所有的圆桌骑士
都对他们自己的劣行视而不见。
我会说他们——如果我不是女的——
徒有其名，是的，如果他不是国王，
我会说他是一切罪恶的始作俑者，
说他是胆小鬼、傻子。"
听了这话，莫林觉得她很讨厌，
在心里说道：
"噢，真正的君主！温柔的国王！
噢，无私的男人，纯洁的绅士，

你希望看到所有的男人真诚、忠实，
所有女人纯洁无瑕！
为什么在一些卑贱人的口中，
你那不被人理解的善良
就成了虚伪和邪恶呢，
就像偷来的污物淹没了大街，你的完美
纯洁就是人们用来指责的对象吗！"
薇薇安以为她举的例子
让莫林变得哑口无言，
又开始新一轮喋喋不休地指责，
侮辱那些最高贵的人的名声，
没完没了地诋毁、污蔑他们，
连勇猛的兰斯洛特
和清白的加拉哈德都不放过。
她滔滔不绝地一直说着。
莫林却低眉垂眼，
那眉头像一座白雪覆盖的阁楼
遮住了他那空洞洞的眼睛，
他在心里默默念道："要教她魔咒吗？
如果她学会了，她会威逼我教她另一个，
如果她没学会，她还会继续纠缠我的。
那个恶人怎么说？
他说：'不要爬得太高！'
但我们也不能沉得太低。
对男人来说，好与坏的差别就是天和地，
而对女人来讲，那就是天堂和地狱。
我了解圆桌骑士，他们是我的故交；
他们个个勇猛，
许多还慷慨大方，严于律己。
她肯定在用谎言掩饰

自己因他们的拒绝而受的伤。
我相信她曾经勾引过他们，
却没有得手，所以这么痛恨他们。[25]
阴谋诡计是会失败的，
因为妓女说话都是言不由衷，
就像脸上的妆容会掩盖真实的心理一样。
我不会教她魔咒的；十之八九，
表面奉承的人同样会背后中伤。
甜蜜的灵魂最容易指责罪恶，
指责别人也在指责自己，
他们渴求精神的领域，
或者说他们卑浅的欲望能夷平一切，
而他们自己却不觉得有多卑浅；
是的，他们会把高山削成平地，
和大家处于统一水平面上；在这方面，
妓女是和群众一样的，
如果他们在名人身上发现一些污点，
不会悲叹伟大的人会有渺小的一面，
而是愚蠢地自我膨大，欣喜若狂，
然后以自己脚上的泥土
去判断他人的本性，
而不愿抬起眼睛看看他们神圣的头上
那燃烧的精神之火，了解其他世界。
我对她真是感到厌烦了。"
他嘴巴嚅动，低声私语，
话语时不时地从他白胡子里飘出。
但薇薇安似乎有些猜透他的心理，
当她听到他说了两三次"妓女"时，
马上从他膝上跳了下来，[26]
直直地站在那里，

圆桌骑士　147

像条冻住的毒蛇；很讨厌的一幕，
生命和爱情的红色嘴唇
竟会突然变成死亡狰狞的笑！
她的脸色苍白，气息愤怒
不断掀动她美丽的鼻孔；
一只手握起拳头，
从身体一侧向下摸索着皮带。
她应该带着剑的——
虚伪的爱一瞬间转化成了恨——
她真希望一剑刺死他；

但是她并没有剑。
他的眼神平静，但她像一个挨了打的
孩子突然开始号啕大哭，
一直哭，一直哭，
任凭他怎么安慰也没用。
最后，她渐渐停止了虚假的哭声，
哽咽地说："噢，我从未在故事里
或歌里听到过有比你更加残忍的人！
噢，我的爱被如此践踏！
噢，你好残忍，再也没有这么荒唐、

奇怪和耻辱的事了——
爱有什么羞耻的，
如果爱是真的，你的爱呢？——
可怜的薇薇安为了赢得你的信任，
什么事都做了——包括她的所有罪恶，
一切的一切，
都希望证明你完全属于我。"
她沉默了一会儿，然后紧握拳头，
哭喊着尖叫了一声，
说："刺痛我的感情，刺伤我的心！
你的话像母牛把孩子浸在
自己的牛奶中一样让我窒息！[27]
用一个词将我杀死
比遭受终生折磨而死还要糟糕！
我原以为你会很温柔，很伟大；
噢，上帝，
我希望我爱上的是个微不足道的男人！
我原以为在你身上可以发现
一颗更伟大的心。
噢，我用情太多了，除了你，
骑士、王宫和国王我都不会看在眼里，
我看到的只有你的光芒，
你的出现让其他人更加渺小，
你是我唯一的爱慕对象——
现在，我明白了，我原以为今后
我的生活道路会在你的指引和掌控下，
五彩缤纷，只有你可以。
但现在似乎突然触礁破裂，
成为废墟了——我什么都没有了，
只能躲在洞穴中匍匐爬行，在那里，

即使狼放过我，我也会整日以泪洗面，
死于我无处诉说的你的无情之下。"
她不再说话，转过身，把头低下，
金链子从她的头发上掉了下来，
辫子一松，散开了，
她又开始哭了起来。森林中越来越暗，
一切都很平静因为暴风雨即将来临，
而他心中的怒火也渐渐熄灭，
最后心里的舒适让他失去了智慧，
他有些相信她的真心了，
叫她到中空的橡树内避雨：
"快进来吧，下暴雨了。"她没回答，
他看着她掩面大哭，肩膀上下抽动，
好像极度悲伤或受到了极大耻辱；
他又叫了她三次，说得非常温和，
希望平复她的气愤的心情，
但她都没理睬。
最后还是不情不愿地走了进去，
就像一只放飞的鸟儿，回到了鸟笼，
她带着受伤的内心回到了她的老窝。
她坐下，身体滑到他的膝上，
依偎在他的胸膛，
他看到她闭上眼睛时眼泪夺眶而出，
对她的仁慈胜过对她的爱，
不禁紧紧抱住了她。
但是她马上推开了他，
起身双手交叉放在胸前，
表现得好像淑女受到侵犯的样子，
她笔直地站在他面前，脸颊发红，
对他说："我们之间现在已经没有

圆桌骑士 149

任何爱，以后永远也不会有；
如果我是你说的那个妓女，
我还有什么东西值得
你那颗下流的心接受的呢？我会离开。
真的，但现在有一件事，
可以让我留下——
我宁愿死三回也不愿意问——
那就是你对我信任的证明——
以前经常问，但都没有答案！
但在你用了那个恶毒的词来形容我后，
我感到很伤心！我也许会相信你的话，
谁知道呢？再求你一次。
看！曾经对我来说[28]只是幻想的东西，
现在已成了心灵和生命的必需。
再见了；想想我的好，
因为不知是命运还是愚蠢，竟让我
为了这么个老人枉费大好的青春，
我怕我会一直爱着你。
在离开之前，让我再次发誓，
如果我以前有背叛过你，
我就被天打雷劈，
如果我有说半句谎话，
就让我记忆尽失，失去一切。"
她还没说完，天上雷电一闪——
因为暴风雨即将来临——
劈到了一棵巨大的橡树，
劈掉的树叶、树枝
在黑暗的大地上乱飞。他抬起眼睛，
看到了那棵树在阴郁中闪着白光。
闪动的雷光让薇薇安两眼昏花，

随后的雷鸣声更震耳欲聋，
因为害怕上天听到她的誓言，
她跑回莫林身边，紧紧抱着他，喊着：
"噢，莫林，虽然你不爱我，
但请你救救我，求你了！"
把他叫作她亲爱的守护神，
即使害怕也不忘她的那一套，
她紧紧抱着他，想激起他的同情。
莫林法师在她的抚摸之下，
苍白的脸色泛起了血色，
如同一颗被温暖的猫眼石。
她害怕得直打哆嗦，
责怪自己道听途说，
怪自己使性子而一直哭泣；
她把他叫主人，她的先知，
诗人，夜晚银色的星星，
她的上帝，她的莫林，
和她用尽生命全心爱着的人；
在他们上方刚才被击的树木上，
腐烂的树枝在大雨冲击下
啪的一声断掉了；
在雷电交加之时，
她的眼睛和脖子忽闪忽暗；
现在，暴雨终于渐渐停止，
到其他地方作威作福了，
而这片树林风平浪静后，
变得满目疮痍；
不该发生的事还是发生了，
莫林因为说得太多，
疲惫不堪，终于屈服了。

薇薇安用蛊术控制莫林，使他全身瘫痪，形同死尸

他把魔咒告诉薇薇安后，就睡着了。
过了不一会儿，她念起了
交错步伐和舞动手臂的咒语，
于是莫林像死人一般
躺在了中空的橡树中，
失去了生命、价值和名誉。

她喊道："我终于得到了他的荣耀，"
然后尖叫一声，
"噢，傻瓜！"
随后那个妓女薇薇安飞奔出了森林，
浓密的树丛渐渐在她身后消失，
森林中还回荡着"傻瓜"的声音。

## 注释

［1］这个故事灵感来自马洛里。马洛里只简单地叙述了"莫林是怎样开始迷上一位叫尼缪的湖中姑娘的"。

［2］布劳赛良德森林位于布列塔尼，在民间传说中很有名。

［3］"一座爬满常春藤的高塔"在第一版（1859年）中为"被摧毁的泥瓦砌成的高塔"。下一行后第一个版本是从这里开始的"狡猾的薇薇安又偷入亚瑟王宫"。中间这篇长长的段落是在1874年插入的，是这样开始的：
　　她来自哪里？康沃尔郡国王马克总是不满
　　亚瑟王和他的骑士对他的轻视，
　　他听到一个人这么说，
　　来自卡莱恩的吟游诗人
　　在亭塔格避雨时对人说，

［4］对王后，她说的是："为国王而战死的。"

［5］参考《约伯记》。

［6］"灰色的蟋蟀"指"卡莱恩的吟游诗人"。

[7] 鹰的"饮食"或"食料"是严格调制而成的。"缝合鹰眼"是缝合小鹰一部分的眼睑，是为了防止它看见人类等在它面前出现而受到惊吓，最后用头罩代替了缝合。"皮带扣"是两条狭窄的皮革条，分别系在两只鹰的腿上，然后拴在旋轴上，然后在上面挂上皮带。"鹰饵"有时是一只活的鸽子，但常常是一块心形或马掌状的铁或木头，上面挂着鸟的一对翅膀，而一块生肉就固定在翅膀中间。猎鹰者把鹰饵绕在头上或者用皮带把它扔到远处，这样鹰就会飞下来啄食。
这些"艺术术语"来自哈汀的《莎士比亚的鸟类学》一书。

[8] "也不会动怒"意思是"不会乱捕猎物"。

[9] 1859年的美国版本中是这样写的：
　　她痛恨所有的骑士，因为她似乎总是听到他们提到她时，
　　会加以嘲笑。
　　一次，亚瑟王一个人在散步，
　　听到她在散布王后的谣言，
　　感到非常恼怒，
　　于是把薇薇安叫来……
这种叙述只有在这个版本中出现。

[10] 1895年的版本为"他陷入了……"。下面七行不在这个版本中，但是在1873年的版本中又把它们加进去了；下一行是这样的："他离开亚瑟王宫"等。

[11] 正如利特尔所说，爱情故事里的这些小船（比较《圣杯故事》）通常是没有船帆和划桨的，这里提到的这只船是借"突然的一阵风"才驶过深海的，"这阵风不是由魔法吹起的——诗人并没有直接说明——但有一点微妙的暗示：有一种超越自然界力量的魔法存在。这阵突然刮起的风可以让故事维持一种让人精神畏惧的神秘感。"

[12] 在1895年的版本中，这一行的下面还有一行："让你一无是处，名声扫地，被人遗忘"（在1873年的版本中被省略了）；下一行的"非常生气"为"最让人愤怒"。

[13] 这首情歌是唱给他心目中的女士的。第五个诗节是她的回应。

[14] 早前的版本为"疯狂的嗡嗡叫"。

[15] 早前的版本"是的"为"真的"。

［16］"想象的武器"可能是"在非纹章语言中，描述刻在盾牌右上方的一只金鹰从蓝天飞向金色太阳的图案（右侧即任何一面朝着盾牌的左手边上；人们认为右手边上的盾牌支架是用来躲藏的）。

"莫林用来代替的图案是本色的纹章，即呈现的物体是自然的颜色，在严格的纹章学中，把它放到蔚蓝的背景上是允许的，尽管基本的纹章法律禁止把金属纹章安在金属上或者把颜色安在颜色上"。（利特代尔）

［17］在1859年的版本中为"因为希望给他们更大的智慧"。

［18］"在一排星星中排行第二"指的是在猎户星剑上的星星，被星云包围着。它位于著名的"猎户座腰带三颗星"的下方。

［19］利特代尔从这里得知"这里暗示的是辛巴达的磁体山"；但为何会想到要把这位迷人的姑娘比作山呢？一般来说，这里只需暗示磁性就已经足够了。

［20］利特代尔评价说，薇薇安的批评准确来说等同于那位"无比美丽，非凡卓越"的女士在读完蒲柏写给科贝特夫人的碑文的第四行后，对约翰逊博士做的评论。那句受到质疑的文字说科比特夫人"尝试过的任何艺术都值得人们的钦佩"；那位女士认为它包含了"不自然和难以置信的颂词"。事实上，科比特夫人对那些"精明的眼睛"引起的争论从来都没有不情不愿！"关于这个，"博士说："让那些女士去判断吧。"

［21］利特代尔从这里看出，它是暗指在序言《致王子》中提到的中国的迷宫——那些吃力的东方象牙塔，一圈套着一圈；但那些并不是箱子，也不能上锁，然后被打开。那里面的圈在外层圈的雕刻开口处是分离的。这个参考在这篇诗歌中是指用无数个箱子或盒子，一个刚好套着另一个，每一个都上了锁。

［22］小婴儿是指在一堆新生的仔畜中最小最弱的一只，就像小狗和小猫；在这里是轻蔑地指微小的东西。

［23］国王指大卫王。

［24］在1859年的版本中"男人！"为"他！"。比较莎士比亚的十四行诗："当我眨眼最多的时候（在睡觉时），就是我的眼睛看得最清楚的时候"等。

［25］1859年的版本是这样写的：

我想她肯定在用谎言掩饰自己因失去而受到的伤；
　　我相信她曾经勾引过他们，却没有得手，
　　所以这么痛恨他们。

［26］这里原文"坐姿（session）"是古语。比较胡克《教会行法》："他登上了天堂，坐在上帝的右手里"等。

［27］参考《出埃及记》《申命记》。

［28］1859年的版本中"看！"为"啊！"，紧接着就是：
　　再见了；想想我的好，因为不知是命运还是愚蠢，
　　竟让我为了这么老的人枉费了大好青春。
　　我怕我会一直爱着你。
　　在离开之前……

圆桌骑士

兰斯洛特和伊莱恩[1]

LANCELOR AND ELAINE

美丽的伊莱恩，可爱的伊莱恩，
伊莱恩，是安斯特拉的百合姑娘，[2]
兰斯洛特神圣的盾牌
守卫着她塔顶朝东的房间；
开始时，
她放在了早晨太阳光线照得到的地方，
这样盾牌反射的光芒
就可以让她醒过来；
但是她害怕盾牌会生锈或蒙上灰尘，[3]
于是把盾牌放到了一个丝绸做的盒子里，
顺着盾牌的纹章，
在上面编织各种颜色和图案的缎带。
然后她灵机一动，
在盾牌的边缘放上花朵和树枝，
还把颈部是黄毛的雏鸟放在里面。
但她还不满意，每一天，
她都会离开王室的家和慈祥的父亲，
爬上塔顶朝东的房间，
进门后马上锁上房门，
打开盒盖，盯着那光秃秃的盾牌看，
时而猜想他那武器隐含的意思，
时而为上面的每个刀剑留下的疤痕
编个小故事，每一个长矛留下的痕迹，
她都会想象是什么时候、在哪里留下的：
这个是最近的，那个是十年前的；
这个是在卡莱尔留下的，
那个是在卡莱恩留下的——
这个在亚瑟王宫殿留下的——
还有，呃，我的上帝，
那个痕迹多深啊！

这猛烈的一击也许可以杀了他，
但是上帝把那长矛给打断了，
然后击退他的敌人，救了他：
她就是这么生活在幻想中的。
这位百合花般纯洁的姑娘
为什么会守护着兰斯洛特的盾牌呢？
她连他的名字都不知道。
原来这是兰斯洛特去参加争夺巨大钻石
的钻石比武大会前，托她保管的，
这场比武是亚瑟王举办的，
奖品是一颗钻石，
因此以钻石比武大会来为之命名。
在亚瑟王还未成为国王之前，
曾浪迹于这渺无人烟的里昂内塞王国，[4]
那里有座幽谷，灰色的巨砾，
还有一条神秘的小湖。
湖周围阴森可怕，
四周环山，迷雾缭绕；
曾有两兄弟相约在此决斗，
有一个是国王，
但他们的名字早已被人遗忘，
两人分别给对方致命一击后，
摔下马死在湖边。从此，
人们便害怕来到这幽谷之中。
他们俩的尸体
一直躺在那里直到全身腐烂，
长满地衣，与大地化为一色。
那个曾是国王的人
戴着一顶镶着钻石的王冠，[5]
一颗在前面，另外四颗环绕周围。

亚瑟在一具骷髅上发现了一顶价值连城的钻石王冠

亚瑟来到这里时，
雾气缭绕，月光朦胧，
他吃力地穿过小道，
他的马不经意间踩到了那个国王的尸骨，
头骨从颈部掉下，那头骨上的王冠
滚到了月光下，闪闪发光，
如流入湖里的小溪般明亮。
亚瑟顺着凹凸不平的卵石路，
走过去捡起王冠，然后戴到了自己头上，
他在心里听到一个声音轻声说：
"看，你也会成为国王的。"
后来，当他真的成为国王后，
命人把宝石从王冠上取下来，
然后拿给他的骑士们看，
说道："这些宝石，是天赐良机，
我碰巧得到的，
它们是王国的，不是国王的——
是公用的宝石。以后，我把它们放着，
每年举行一次比武，争夺其中一颗宝石；
这样九年后，我们就能证明我们之中
谁是最强大的，
同时我们自己也会越来越有战斗力，
更有男子气概，最后，
我们就可以把异教徒驱逐，有些人说，
那些异教今后会统治这块国土，
但上帝是不允许的！"他这样说。
八年过去了，比武大赛也举行了八次，
每一年始终都是兰斯洛特赢得宝石，
而他的目的是把每次赢得的宝石
一并赠给王后；

但他一直对此事只字未提，因为他想
送这个价值连城的礼物，作为惊喜。
今年争夺的是最后那颗
镶在中间的巨大钻石，
亚瑟王命人宣布今年的比武
将在他的宫殿中举行，
这座宫殿[6]是当时最大的，
当比赛一天天逼近时，国王——
因为吉娜薇一直病着——
对她说：[7]"你很不舒服吗？
你不能坚持撑着去看一下
这次的比武大赛吗？"
"是的，国王，"
她回答，"你知道的。"[8]
"那你会错过机会，"
他说，"你不是一直喜欢看
兰斯洛特在比赛场上英勇无比，
建立功勋吗？"
女王抬起眼，无力地看着
站在国王旁边的兰斯洛特。
兰斯洛特似乎读懂了她的心思：
"留下来陪我，我病了；我的爱比
许多钻石都珍贵。"于是他心软了；
无论他有多么渴望集齐
那些注定是他的钻石，
但为了满足女王最小的心愿——
他强迫自己对国王说了假话：
"国王陛下，我的旧伤还未复原，
请允许我放弃这场比武。"
国王看了一眼兰斯洛特，

又看了一眼女王,然后离开了。
国王走后不久,她突然开口:
"不应该,
我的兰斯洛特王,你实在不该![9]
你为什么不去比武呢?
那里一半的骑士是我们的敌人,
众人会私下抱怨,
'看,他们真是不要脸,
趁国王离开在风流快活!'"
兰斯洛特很恼火,
觉得刚才的谎白说了,说道:
"你现在很聪明吗?我的王后,
你第一次爱上我的那个夏天
可没这么聪明。
那时你从来不会在意众人的议论,
就像对待草地上无数蟋蟀一样,
尽管蟋蟀依附着每一块草坪时
发出叫声,你却毫不理会。
至于骑士们的议论,
我当然也能轻松地将它们平息。
现在我对你的崇拜
已经过所有人的认可;
许多诗人在他们的诗中
把你我的名字联系在一起,
毫无冒犯地把我——
兰斯洛特称为第一勇士,而把你——
吉娜薇称为美丽之神;宴会上的骑士
也祝贺我们这样的组合,而国王听了
也只是笑笑。是怎么了?还有人议论?
还是亚瑟王说了什么?或者是你自己

厌倦了我的殷勤和忠心,从此以后要
更加忠于你那完美无瑕的丈夫?"
她突然很蔑视地笑着说道:
"亚瑟,我的丈夫,
亚瑟,完美的国王,
激情与完美兼备,真是我的好丈夫——
但是谁可以盯着天上的太阳看呢?
他从来没有说过一句指责我的话,
他从来不会怀疑我的真心,
他对我毫不关心。只有今天,
我刚才在他的眼睛里看到一丝怀疑;
一些恶棍总是打扰着他——除此之外,
他就一心想着他的圆桌骑士,
让他们发一些不可能实现的誓言,
把他们变得跟他一样;
但是,朋友,对我来说
完美无缺的人恰恰是最不完美的。
因为爱我的人必须在这尘土之上,
只有离地面很近的太阳才能千变万化。
你知道的,我属于你,不属于亚瑟王,
我跟他只是纯粹的夫妻关系。
所以听我话:去比武吧;
蠓虫像小喇叭一样叫着打扰我们
最甜美的梦;
而这里害虫的嗡嗡声这么吵——
虽然我们很鄙视,
但它们还是会咬我们。"
首席骑士兰斯洛特回答道:
"噢,女王,在找了这个借口之后,
我还有什么脸面出现在宫殿,

出现在如此信守承诺的国王面前?
国王把自己说出的话
当成上帝的话不可违背。"
"是的,"
女王说,"国王治理国家用的是道德
而不是计谋,所以他得不到我;
但是听我说,我会给你想个点子。
我听人们在说你的对手在你出手前
就闻风丧胆而逃,只因他们知道你是
战无不胜的兰斯洛特,你的大名就是
击败他们的武器。那么你可以隐姓埋名。
你一定要赢!我这个吻一定会让你赢的;
到时候,我们真诚的国王会原谅你,
噢,我的骑士,因为你是为荣誉而战;
你应该很明白,
无论国王看起来有多么温和,
说真的,他比谁都重视这份荣誉;
他更爱看到他的骑士获得荣誉;
因为这证明了他的成果。
赢得比赛,载誉而归吧。"
兰斯洛特爵士立即上马出发,
一个人生着闷气。他不愿别人知道自己
的行踪,所以避开了人来人往的大道,
选择了很少有人踏足的荆棘小道,
在荒无人烟的高地,
他总是陷入幻觉,最后迷了路;
然后他沿着一条幽静阴凉,
通往安斯特拉城堡的小路,
在山谷间千回百转,
终于看到远处西边山上的高塔。

他到达那里后,敲了下门。[10]
一个满脸皱纹的老人开了门,
让他进屋,然后帮他把身上的武器卸下。
兰斯洛特看到这位不会说话的老人
感到很吃惊;
安斯特拉爵士和他的两个强壮的儿子,
托瑞和拉维尼爵士,也来到大厅迎接他,
后面还跟着他的女儿伊莱恩;
家里没有女主人。
他们一边开着玩笑,一边走来,
兰斯洛特走近他们时,
他们渐渐停止了笑;
然后安斯特拉爵士说:"我的客人,
你从何而来,贵姓啊?
看到你风度翩翩,仪表堂堂,
我猜你应该是国王身边的要人,
亚瑟王宫的骑士。我见过国王,
也久仰圆桌骑士的威名但未曾谋面。"
首席骑士兰斯洛特回答道:
"我是亚瑟王宫有名的骑士,
而恰巧也把我那有名的盾牌带来了。
但因为我是隐藏身份
去亚瑟王宫殿参加比武、争夺钻石的,
所以请不要问我的姓名;
以后你们自然会知道的——
还有我的盾牌——
如果你有的话,我希望你能借我一块,
空白,或是与我的图案不一样的盾牌。"
安斯特拉爵士说:"托瑞有一块:
我儿子托瑞爵士在第一场比武时

兰斯洛特勇士出现在安斯特拉的城堡

就受了伤，所以，天知道，
他的盾牌很干净，你可以用他的。"
直率的托瑞爵士接上去说：
"是的，我用不到了，给你用吧。"
他父亲笑着说："呸，粗鲁爵士，
这就是你回答高贵骑士的方式吗？
别管他！这位是我的小儿子拉维尼，
他精力充沛，他也会去比武的，
而且会很快赢得比赛，把宝石
拿回来戴在这位姑娘的金发上，
让她比现在更加任性。"
"不，父亲，不，好父亲，不要在这位
高贵的骑士面前让我这么难为情，"
年轻的拉维尼说，"真没什么，
我只是跟托瑞开了个玩笑，他在生闷气，
很气恼自己不能去参加比武；
只是玩笑，没别的！
骑士，因为这位姑娘一直梦想着
有人能把那颗钻石放到她手里，
但是那宝石太滑了，她没握住，
结果掉在一个水池或小溪，
也许是城堡中的井里面了；
然后我说如果我去比武，赢了奖品——
但这都是玩笑话，我们之间的玩笑——
那么她一定要将它妥善保管。
只是玩笑而已。
但是，父亲，如果你同意，
让我和这位高贵的骑士一起去宫殿吧。
我不一定能赢，但我会尽力的；
虽然年纪还小，但我会全力以赴。"

"我会感到很荣幸的，"
兰斯洛特笑了一会儿，
回答说，"有你做伴，
我就不会在那些荒芜的高地里迷路了，
很高兴你能做我的向导和朋友。
你会赢得那颗宝石的——
我听说，那是颗美丽巨大的宝石——
如果你赢了，你可以送给这位姑娘。"
"美丽巨大的宝石，"
直率的托瑞爵士接上去说，
"那是给王后这样的人的，
不是给平凡的女孩的。"
伊莱恩眼睛一直看着地上，
在陌生的骑士面前，
听到她的名字被这么说来说去，
她感到有些丢脸，心中微泛激动。
这位骑士很有礼貌地看着她，
毫无冒犯之意地回答说："美丽的东西
是应该戴在美丽的人身上，
只有女王们才配得起这么贵重的东西，
也许有些冒犯，但我认为如果这位姑娘
戴上世上最美丽的珠宝，
不但不会相形见绌，反而会相得益彰。"
说到这儿，他停了下来，
纯洁如百合的伊莱恩完全被他
那成熟温柔的声音给打动，抬起头，
仔细打量着他的容貌。
他对王后伟大而错误的爱，
和他为国王浴血奋战的忠心，
已经在他脸上留下

与他年龄不符的岁月痕迹。
他的脸上还带着一种罪恶，
那就是与西方甚至是世界上
最美的女人相恋——
这本应该是很光荣的事，
但在他内心，良心有如恶魔般，
逼迫他来到这荒山野岭独自承受着痛苦，
但他毕竟是血肉之躯啊。
她抬头看到他虽然显得很沧桑，
但似乎在宫中的女人眼中，
他是最好也是最高贵的男人。
他的年龄是她的两倍多，脸上还有
一道被剑所伤的旧疤痕，似乎还带着
瘀青，皮肤古铜色，但无论有多沧桑，
当她抬头看他时，就爱上了他，
然而这份爱注定给她带来厄运。
然后伟大的骑士，宫廷的宠儿，
皇后的最爱，进入了简陋的王宫，
他步履优雅，彬彬有礼，
不带半点鄙视，
就像与平等的人相处一样，
安斯特拉送上了佳肴美酒，他们聊着，
享受着教堂中传来的美妙音乐。
他们问了很多
关于王宫和圆桌骑士的问题，
而兰斯洛特也非常乐意地一一做了回答；
但当他们提到吉娜薇王后时，
兰斯洛特突然把话题
转到那位不会讲话的人身上，
安斯特拉男爵告诉他："十年前，

异教徒把他抓了，然后割了他的舌头。
因为他在得知那些异教徒
预谋攻打我的王宫后，来提醒我，
但不幸被他们抓到，然后被割掉了舌头；
但是我和两个儿子、小女儿逃出了
他们的魔掌，居住在森林中
一条大河旁的船夫家里。
那些日子糟透了，
但是最后伟大的亚瑟王终于从巴登山
铲除了异族，我们才能重返家园。"
"噢，他不愧是伟大的国王，"
拉维尼说，那年轻人突然充满了
对前辈伟大战绩的热情向往，
"你一定打过许多仗。噢，告诉我们——
因为我们住得偏远——
告诉我们你知道的
亚瑟王的那些光荣的战争。"
于是兰斯洛特开始仔细描述那些事。
有一次他与亚瑟王
在波涛汹涌的葛兰姆河口
整整打了一天的仗；
在达格拉斯河岸，
曾有过四次浴血之战；[11]
还有在巴萨斯河岸的战役，
再是塞利登森林中的围攻和反击；
还有在格尼恩城堡附近，
享有盛誉的国王在胸甲上，
戴着的圣母玛利亚的头像，
它被刻在了一块翡翠的中央，
周围是太阳的光线，国王呼吸时，

兰斯洛特认出了安斯特拉的王，并在他的王宫里回答问题

整个头像就会发出光芒；
在卡利恩，他也曾协助过国王，
当时白色野马的巨大嘶鸣声
震动了所有的镀金的护墙；
还有北边的安格尼德凯瑟里格尼恩战争，
在南边的崔斯崔洛特荒芜沙滩战争中，
我们杀了无数异教徒；
"在巴登山战役中，我亲眼看到国王
带领着他所有的圆桌骑士冲锋陷阵，
所有的士兵喊着耶稣与他的名字，
彻底打败了敌军；
之后，我看到他站在一堆尸体上，
地上淌满了异教徒的血，
犹如那红色的太阳，
他看到了我，'好！'大声喊道，
'他们被我打败了，他们输了！'
无论国王在宫里是如何温和，
我们在模拟战争，
就是比武中的胜利，他毫不在意——
因为如果他自己的骑士打败了他，
他也会笑笑，说他们比他更有本事——
但是在与异教徒的战争中，
他浑身都燃烧着上帝之火。
我从来没看到过他这样；
没有比他更伟大的领导者了。"
当他说着最后几个字时，
伊莱恩在心里默默说着：
"除了你自己，伟大的骑士。"
他从战争的话题转移到轻松的话题——
他表现得很愉悦，但温和中带着严肃——

她注意到，当他嘴角失去笑容时，
整个人就会随之陷入深沉的忧郁，
而伊莱恩每次在他身边徘徊时，
总是努力让他开心，
他的礼貌和本性让他听了她的话后
立即笑逐颜开，温柔回敬；
她想这些都应该是最真实的他，可能都是
因为她。就这样一整夜过去，伊莱恩眼前
一直闪着兰斯洛特的影子，就像一个画家，
仔细地端详着他即将要画的一张脸，
经过种种困难，
努力揣测这个人背后隐藏的思想，
然后开始下笔作画，
用五彩的线条绘出他思想和生命的种种，
希望他的后代看到画，
能清晰地看到他身心的一切。
他的脸就这样一直在她的脑海，
忧郁中带着辉煌，用沉默诉说一切，
尽是高贵的思想，就这样她进入了梦乡，
一觉醒来，已是大天亮，欺骗自己说
她要去和亲爱的
拉维尼道别（其实想见兰斯洛特）。
她开始时很害怕，偷偷地一步步
走下长长的塔楼阶梯，犹豫着。
不久后，听到兰斯洛特爵士在宫中喊道：
"朋友，盾牌在哪儿？"
拉维尼进去找的时候，她从塔中出来了。
兰斯洛特转向他那骄傲的马，
一边为它梳理着光滑的鬃毛，
一边哼着歌。

她羡慕着他那温柔的手,慢慢地靠近他,
然后站在他身边。
他突然看到了黎明阳光下站着的伊莱恩,
比看到七个敌人逼近自己更感诧异。
他从没看到她如此美丽。
虽然他向她打招呼,她却站着不动,
像凝视上帝一样盯着他看,
他感到一种神圣的害怕。
突然在她的脑海里闪过一个大胆的想法,
他应该在比武中戴着她送的信物。
于是她大胆地向他要求:
"善良的爵王,你的名字我不知道——
是高贵吧,我相信,你是最高贵的——
你愿意在比武中戴着我的信物吗?"
"不,"他说,"美丽的姑娘,
因为我从来不在比武中
戴任何女人送的东西。
这是我的习惯,
那些认识我的人都知道。"
"是吗?"她回答道,
"那戴上我的,高贵的爵士,
认识你的人就更认不出你了。"
他思考着她的建议,觉得她说得对,
回答说:"你说得对,我的孩子。
好吧,我会戴着它;把它拿给我吧。
是什么呢?"
她告诉他:"是镶着珍珠的红色袖子。"
于是把它拿来给他,
他把它绑在他的头盔上,
笑着说:"我从来没有为任何姑娘

做过这么多事。"
她听得满脸通红,满心欢喜;
当拉维尼把他哥哥尚无纹章的盾牌
拿来给兰斯洛特时,她的脸变得苍白,
兰斯洛特把自己的盾牌交给伊莱恩说:
"帮我个忙,孩子,在我回来之前,
帮我保管这块盾牌。"
"是我的荣幸,"她回答道,
"我今天第二次当你的护卫!"
听到这话,拉维尼笑着说:"百合姑娘,
不管一次、两次,还是三次,
我都要把信物给你带回来,
免得人家真的会叫你百合姑娘了;
现在你可以回去睡觉了。"
拉维尼道别地吻了她一下,
兰斯洛特爵士则挥挥手,
就这样他们出发了。她站了一会儿后,
突然向大门跑去,在那儿——
她的头发被风吹到严肃的脸上,
但脸颊因哥哥的吻别又泛红了——
她站在门口,把盾牌放在旁边,[12]
静静地看着他们的武器在远处闪闪发亮,
直到渐渐消失在高地那边。
然后她拿着盾牌爬上自己的塔楼,
一直保存着,就这样每天生活在幻想中。
这两位新伙伴一路奔驰,
穿过那一望无际空旷的高地,来到了
离国王宫殿不远处的一位骑士的住处,
兰斯洛特爵士认识他,
那位骑士已经在此隐居了四十年,

每天都在祈祷，劳动，祈祷，
而他在长年的劳动中为自己
在白色岩石中挖建成了一座小教堂
和用巨大圆柱顶着的礼堂，
像海边的悬崖洞穴，
还有很多小修道院，
房间都很干净，很整洁；
草原上折射上来的绿光
照在乳白色的屋顶上；
一阵阵雷雨后，草原上巨大的山杨树
和白杨树发出沙沙声。
他们就是前往这个地方过夜。
第二天早晨，
焰色的阳光刚射进洞穴之中时，
他们便起床，参加弥撒，
用完早餐，然后就出发了。
兰斯洛特说："听着，替我保密，
我就是来自莱克的兰斯洛特。"
拉维尼脸刷地一红，
立刻表现出敬重的样子，
对于真诚的年轻人来说，
这种敬重比赞美的话更珍贵。
他结结巴巴地问了句："是真的吗？"
然后低语道，"伟大的兰斯洛特。"
终于，他顺了顺气，回答道："一个，
我已经看过一个了——另一个，
我们的国王，
令人敬畏的不列颠国王中的国王，
人们常常谈到的神秘人，
他会在那儿——那么，就算我被打瞎了，

我也算是真正见过他了。"
拉维尼说着，但当他们到达比武场地，
宫殿附近的大草原时，拉维尼望去，
看到半圆形的看台像落在草地上的彩虹，
那里人山人海，最后找到了国王。
国王穿着红色锦缎的旗袍坐着，
让人很容易认出，
他的王冠上环绕着金龙的图案，
旗袍上也绣着金色的龙，
他身后的椅背上也刻着两条镀金的龙，
龙的尾巴延伸下来
是刚好作为椅子的扶手，
龙椅的其他部分，无数的圈圈结结，
经过木工精雕细琢，
终于找到一种新款式来弥补所有的不足，
而做工的流畅使这件作品无比舒服。
在国王头上华丽的遮篷上，
无名国王的最后一颗宝石在闪闪发光。
兰斯洛特回答年轻的拉维尼说：
"你说我伟大，
是因为我马骑得稳，矛击得准；
但是现在有许多年轻人正在崭露头角，
他们会得到我一切的本领，
然后超越我，而我身上
并没有什么伟大之处，除了那遥不可及
的伟大之外我很清楚自己并不伟大。
我也只是一个平凡人。"
拉维尼惊讶地看着他，
就像看着一件神奇的东西。
过了不久，号角吹响，比武开始；

圆桌骑士　169

一边处于攻势，一边处于守势，
双方长矛握手，准备开战，
突然两队人马冲向对方，武场中间
刀剑声起，即使那远方的人没来到这里，
他们都能听到这声音，震动天地，
长矛互击发出低沉的雷鸣声。
兰斯洛特稍稍观察一番后，
看到哪些人比较弱，
然后把矛枪猛地射向那些强者。
兰斯洛特的光荣战绩无须多言，
国王、公爵、伯爵和男爵——
以及被他击中、
被他打败的人都无不惊讶。
但是武场上有他的许多朋友、亲戚，
他们与圆桌骑士都属于防守这一方，
非常英勇。但他们很愤怒，
因为竟然有个陌生的骑士表现得这么好，
甚至比兰斯洛特还好；
一个人对另一个说道："看！
这人是谁？我不但指他的武功——
他举止优雅，技艺非凡，
是兰斯洛特吗？"
"兰斯洛特何时在比武中
戴过任何女人送的信物了？
这不是他的习惯，
我们这些认识他的人都知道。"
"那是怎么回事？他又是谁？"
他们全都感到非常恼火，[13]
为维护兰斯洛特的名声和荣誉
而愤愤不休。

然后他们握紧长矛，紧踢战马，
向前奔去，头盔上的羽饰被风向后吹起，
全部的人都向兰斯洛特逼近，
就像北海的巨浪，闪着绿光的浪尖
狂烈地向天空卷起，冲到一只小船上，
淹没了小船和掌舵的人；
他们就这样冲向兰斯洛特和他的战马，
有人把矛往下一刺，
他的马立即跌倒在地，
又一个人用尖锐的长矛刺中他的胸盔，
矛头刺穿了他的侧边，然后啪的一声
断了，矛头就留在了他的身体里。
这时，拉维尼爵士表现得十分勇敢，
令人赞叹。
他击倒了一名久负盛名的骑士，
然后把那人的马带给兰斯洛特。
兰斯洛特上了马，疼痛让他汗流不止，
但他还想继续坚持奋战，
在战友的大力帮助下——
虽然对他的敌手来说，
这几乎是奇迹——
他们把他所有处在守势的亲戚朋友：
圆桌骑士击退到战线以外；
这时号角吹响，[14]
一人宣布这个奖
由头戴镶着珍珠的红袖的战士获得；
所有的骑士，他的战友一齐喊道：
"上去领奖，领那颗钻石。"
但他回答："我不要钻石！
上帝怜爱，我需要一些空气！"

不要奖励我钻石，
因为我的奖励是死亡！
我要走了，你们不要跟着我。"
说完，他便和年轻的拉维尼
突然从武场消失了，
向那白杨树林飞奔而去。
在那儿，兰斯洛特从马上滑了下来，
坐在地上，气喘吁吁地对拉维尼说：
"把矛头给我拔出来。"[15]
"啊，我亲爱的兰斯洛特爵士，"
拉维尼说，"我怕，
我拔出来后，你会死。"
但他说："它已经让我痛不欲生；
拔——拔出来，"
——于是拉维尼一拔，大量的血喷出，
兰斯洛特爵士[16]大声尖叫了一声，
恐怖地呻吟着，然后痛得躺在地上，
晕厥过去了。
那位隐士听到声音
走出来把他带进屋里，为他止了血，
包扎了伤口；人们一直都在猜测
他是死是活，他躺了好几个星期，
远离外界的种种传言，
躲在这白杨树林中，
听着一阵阵雷雨后白杨树
和巨大的山杨树发出的沙沙声。
兰斯洛特离开武场那天，他的战友，
有来自最北边和西边的骑士，
荒原沼地的爵王，孤岛上的亲王，
都来觐见伟大的不列颠国王，

对他说："看，陛下，
帮我们赢得比武的那位骑士，
离开时身负重伤，没有领取他的奖品，
说他的奖品是死亡。"
"上帝保佑，"国王说，"我们今天
见识了这么伟大的骑士——
他对我来讲似乎是另一个兰斯洛特——
是的，我想他
比兰斯洛特要强二十倍——
他不能无人照料。
所以，高文你前去找出这位骑士。[17]
他受了伤，又很疲惫，不可能走远。
我命你立马出发。
各位骑士、亲王，
你们当中应该没有人认为把这个奖品
给他是草率之举吧？
他的武艺实在是太惊人了。
我们不用一贯的方式奖励他，
因为这位骑士不是来自我们中间，
所以也不必亲自来领奖，
我们会给他送去。高文，快动身，
把这颗钻石送去，[18]然后回来告诉我们
他在哪里，[19]伤势如何，
没找到他之前不要回来复命。"
国王说完，
从上方刻着花朵图案的遮篷里，
拿下那颗始终闪闪发亮的宝石，
递给了高文。
坐在亚瑟王右边的一位王子笑着起身，
内心却极为不快，他就是高文，

圆桌骑士　171

正值年少，意气风发，似五月的花朵。
人们称他为温雅美少男，
他和兰斯洛特、特里斯坦、杰兰特、
加尔斯一样都是优秀骑士，[20]
但他还是莫德雷德爵士的兄弟，
洛特的儿子，他常常不讲信用。
现在他必须听从国王命令，
离开骑士亲王们的宴会，去找一位
素不相识的人，这让他很气恼。
他带着怒气，上马出发；
而亚瑟离开宴会，心情低沉，在想：
"难道是兰斯洛特一心想赢得那份荣誉，
而不顾旧伤回来比武，
最后新伤加旧伤逃离武场，
独自面对死亡？"国王越想越怕，
在那里逗留了两天后就回去了。
他见到王后，给她一个拥抱，
然后问道："亲爱的，
你的病还没好点吗？"
"没有，国王，"她说，
"兰斯洛特呢？"女王很吃惊地问道：
"他不是和你一起的吗？他赢了吗？"
"没有，一个很像他的人赢了。"
"不，那个很像他的人就是他本人。"
国王问她是怎么知道的，
她说："王啊，你离开我们后，
兰斯洛特对我说，人们都说敌方一听到
是兰斯洛特，甚至还没等他出手，
就已经落跑了；
他的大名让敌方闻风丧胆，

所以他要隐姓埋名，甚至连你都没提及，
以自己旧伤未愈为借口，
以便能匿名参加比武，
同时了解一下
自己的超凡技艺是否有所退步；
他还说，'我们真诚的亚瑟王
知道后会谅解我的，因为我是为了
得到一个更为真实的荣耀。'"
国王说："我们的兰斯洛特
比以前谦虚多了，对于是非，
他不会只是轻率对待，
他信任你，也信任我。
当然啦，我——
他的国王和最亲密的朋友，
会给他保密的。
真的，虽然我知道我的骑士都有些奇想，
但我以前若知道英勇的兰斯洛特
有这么微妙的一种恐惧，
我就不会一笑置之了；
现在我们大家都笑不出来了，
他的亲人——
我的女王，这些[21]对爱他的人来说
是不幸的消息！——
他的朋友和亲人在不知情的情况下，
合力围攻他；让他身负重伤离开武场。
但这也是个好消息，因为我真心希望
兰斯洛特以后不会再孤孤单单一个人了。
他竟然一反往常，头盔上戴着
一块镶满大颗珍珠的红袖，
应该是一位姑娘送给他的。"

"是啊,国王,"她说,
"我也是这么想的。"
说到这儿,她戛然而止,
立刻转身不让国王看到她脸上的表情,
她回到了房间后,[22]
倒在了伟大的国王的卧榻上,
在上面打着滚,双手紧握拳头,
直到指甲陷进手掌里,
对着墙壁尖叫一声"叛徒",
然后突然泪如泉涌,站起身,脸色苍白,
但仍傲慢地在皇宫里走来走去。
高文带着钻石,
把附近所有地方都找了个遍。
除了白杨树林,他几乎是每个角落
都找过,直到精疲力竭。
过了些时日,
他最后来到了安斯特拉的城堡;
伊莱恩看了一眼
这位穿着漆得光亮的盔甲,问他:
"大人,宫殿里比武有什么消息?
那位戴着红袖的骑士怎么样了?"
"他赢了。"
"我就知道。"
她说。"但他离开比武场时
身体侧面受伤了。"听了这话,她感到
无法呼吸。
好像有根尖锐的矛刺进了自己的身体里。
她重重地打了自己的手,几乎晕过去。
高文看着她,感到很诧异,这时,
安斯特拉爵士走了出来,

高文王子报了自己的名字,
和此行的目的,说他带着奖品,
却找不到那个赢了比武的人,
所以只好漫无目的地到处找他,
现在感到疲惫不堪。
安斯特拉爵士对他说:"在这里休息吧,
不要再漫无目的地找了,高贵的王子![23]
那位骑士来过这儿,他把盾牌留在了这里;
他应该会派人或亲自来取的。
而且,我儿子和他在一起;
我们会很快得到他们的消息的,
一定会的。"
于是这位客气的王子,出于他
一贯的礼貌,礼貌中又带着少许叛逆,
留了下来;他盯着伊莱恩看,心想:
哪里还能找到一位这么秀美的姑娘?
然后又从头到脚看了一遍,
真是完美——
又从下到上仔细看了一遍。
"好吧——如果我留下了,看!
这朵美丽的野花就是我的了!"
他想。他们经常会在
种满紫杉的花园中遇到,
他就会在那儿逗她,
有时说说机智的俏皮话,
带着高她一等的优越感,
以及宫廷里特有的优雅气息,
有时唱唱情歌,叹叹气,低俗地笑笑,
有时又会滔滔不绝,
还会献殷勤表示爱慕,最后,

伊莱恩忍无可忍，
反抗他说："王子殿下，
既然你是我们高贵的国王的侄子，
你为什么不看看他留下的盾牌呢，
或许你知道他的名字？为什么忽视国王
交给你的任务呢？
昨天我们的猎鹰
跟丢了那只我们偷偷放掉的苍鹭，
然后不知去向，
你和它一样不值得信任。"
"不，"他说，"我根本无从寻找，
就像我们无法在天空中
找到那只云雀一样。噢，姑娘，
你同意的话，让我看看那盾牌。"
她把那块盾牌拿来给高文，
他看到上面刻着
奔驰于原野的一群狮子，蓝身金头，
于是猛拍了一下自己的大腿，嘲讽道：
"国王猜对了！是我们的兰斯洛特！
那个真正的男人！"
"我也猜对了，"
她高兴地说道，"我曾梦到我的那位骑士
是最伟大的骑士。"
"我梦到？"高文说，"你爱上了这位
最了不起的骑士，恕我直言！
瞧，你心里很清楚吧！那就说出来啊；
我所做的一切是不是都白费了？"
她天真地回答道："是吗？
我自小与两位兄长为伴；
当他们经常谈到爱时，

我总是希望那是母亲的爱，在我看来，
他们在对自己不了解的东西评头论足；
所以我自己——
我不知道我到底懂不懂什么是真爱，
但倘若我知道，那么，假如我不爱他，
世上也无他人值得我爱。"[24]
"好，该死的上帝，"
他说，"你很爱她，
但你还不知道大家都清楚的事，
还有他爱的人是谁吧？"
"我不管这些！"
伊莱恩喊道，然后抬头走掉了；
但他还在后面跟着，叫道："等等！
再给我宝贵的一分钟！他戴着你的红袖。
难道他背信弃义，抛下了那位我不能提到
名字的人吗？难道我们真诚的兰斯洛特
最后还是像落叶变色般变了心？
不——够了。[25]如果是这样，
还不如让我来将强大的兰斯洛特的
三心二意公之于世！
姑娘，我想你知道我们这位伟大的骑士
躲在哪儿，我把这个任务交给你；
还有钻石——都给你！
如果你爱他，由你交给他再好不过了；
如果他爱你，他从你手中接过
不也是件乐事；不管他爱不爱，
钻石就是钻石！再见一千次！
——一千次再见！
但是，如果他爱你，而且一心一意，
我们俩以后还会在王宫里见的！那时，

我想，你会学到宫中各种各样的礼仪
和规矩，我们也会进一步了解彼此的。"
然后，他把钻石递给她，
然后轻轻地吻了下她伸出来拿钻石的手，
他被这颗钻石，这次任务，
弄得精疲力竭。于是他跳上马，
轻松地一边骑着马转悠，
一边哼着真爱情歌。
到了王宫，他把事情跟国王说了一遍，
而国王早已经知道。
"兰斯洛特爵士就是那个骑士。"
接着又说，"陛下，我的国王，
虽然我知道这么多，但我找遍了附近
所有的地方，还是找不到他；
然而我却偶遇送红袖
给兰斯洛特爵士的姑娘。
她很爱他；对她来说，
我们的礼仪是最真实的法律，
所以我把钻石给了她，
让她把钻石交给他；
因为我想，
她知道兰斯洛特爵士的藏身之处。"
很少皱眉的国王这时皱起了眉头，
回答他说："你可真是够有礼貌的！
我不会再派给你任何任务了，
因为你已经忘记了对国王最基本的
礼节就是服从。"他说完就离开了。
高文一副畏怯的样子，
气愤的血管即将爆裂，
站在那儿一语不发，看着国王离开；

然后他甩甩头发，大步走开，
在宫里到处议论着
安斯特拉的女儿和她的爱情。
宫里所有的耳朵都竖了起来，
所有嘴巴也都开始传言："安斯特拉的女儿
爱兰斯洛特爵士，
兰斯洛特爵士爱安斯特拉的女儿。"
有些人想读透国王的思想，有些人想看透
女王的心思，而所有人都很好奇
这到底是位怎样的姑娘，但大多数人
都已下定结论她不值得兰斯洛特的爱。
一位老夫人突然跑到王后面前
告诉她这个刺耳的消息。
但王后对这件事早有所闻，
只是难过为什么兰斯洛特会如此屈就，
爱一个配不上他的姑娘，她虽脸色苍白，
但在她那位朋友面前却表现得
镇定自若，那人只好失望而归。
这个谣言像火一样蔓延了整个王宫，
整整烧了九天九夜；
最后连在宴会上，骑士们也都三番两次
面带微笑，祝贺兰斯洛特和百合姑娘，
而忘了去祝贺兰斯洛特和女王。
女王则坐在一旁，感到喉咙里有个结，
说不出一句话，
但在大家看不到的宴会桌下面，
她却在使劲跺脚，发泄怒气，
桌上的美食仿佛也变得无比苦涩，
她憎恨所有为他们祝酒的人。
而在遥远的安斯特拉城堡中，

圆桌骑士 175

女王无辜的情敌伊莱恩头脑里一直
想着只相处过一天的兰斯洛特爵士。
她趁父亲一个人在沉思时,
爬到他的膝盖上坐下,
触摸着他苍白的脸说:"父亲,
你说我任性,但这是你的错,
是你纵容我如此为所欲为的,
那么现在,亲爱的父亲,
你会让我失去理智吗?"
"不,"他回答,"当然不会。"
"所以,让我去吧,"她说,"让我去把
亲爱的拉维尼找回来。"
"你不会为你那亲爱的拉维尼
失去理智的。再等等吧。"
他回答道,"我们会很快知道
他的消息的,还有另外一个。"
"对,"她说,"还有另外一个人,
我也一定会找到另一个,
无论他在哪儿,
然后亲自把这颗钻石交给他,
要不然我会觉得
自己没有遵守承诺完成任务,
就像那个骄傲的王子
不负责任地把任务扔给了我。
好父亲,我梦到他
因为没有好姑娘的照顾,变得瘦骨嶙峋,
脸色如死人般苍白。
若姑娘越温柔,父亲,
她们就越会悉心照顾生病的高贵骑士,
你也知道,尤其是当这些骑士

戴着她们的信物的时候。
让我去吧,我求您了。"
他父亲点头说:"嗯,对,钻石。
你也知道,孩子,看到这位骑士
平安无事,是我们最高兴的事了。
是的,你一定要拿去给他——
我想,这颗钻石太宝贵了,
除了女王,谁都不能垂涎——
不,我没其他意思;既然你这么任性,
非去不可,那么,你就去吧。"
她的请求就这么轻易得到同意了,
于是悄悄从父亲身边溜走了,
当她在整理行装准备出发时,
父亲最后讲的那句话在她耳边回响,
"既然你这么任性,非去不可。"
然后那话改了一个字在她心里回响,
"既然你这么任性,非死不可。"
但是她太开心了,完全没有在意,
就像我们把那恼人的蜜蜂
从耳边赶跑一样;
她在心里回答道:"有什么关系呢,
如果我把他救活了呢?"
好心的托瑞爵士在离她较远的地方
为她带路,他们穿过一望无际的高地,
来到了卡米莱特宫殿,
她的哥哥在城门前,
开心地逗着一只花毛马玩,
那马儿在花草地上欢快腾跃;
她一看到他哥哥就喊道:"拉维尼,
拉维尼,我的兰斯洛特爵士怎么样了?"

他看到他们感到很诧异:
"托瑞和伊莱恩!你们为何出现在这儿?
兰斯洛特!
你们怎么知道他叫兰斯洛特?"
伊莱恩跟他说着事情的来龙去脉,
托瑞爵士便若有所思地转身走了。
这座城门的雕刻怪异,
在这里,亚瑟王的城墙
给人一种神秘感,托瑞从这里北上,
到卡米莱特繁华依旧的城内,
拜访他的远亲,
而她则跟着拉维尼穿过白杨树林,
来到了洞穴。
在那里,她一眼就看到了
兰斯洛特的头盔挂在墙上;
还有她的红袖,袖套已被割破了,
珍珠也散了一半,但还是连在袖套上。
她在心里笑了笑,
因为他还没有把它从头盔上拿下来,
或许他还打算再戴着它上战场。
他们来到兰斯洛特睡着的小房间,
看到他身经百战的双臂
和结实有力的双手赤裸地放在狼皮毯上,
他做梦还在与敌人搏斗,手抽搐了一下,
好像要把敌人从马上拽下。
伊莱恩看到他躺在那儿,
衣衫不整,毛发未修,[26]
瘦得只剩下骨架,
忍不住小声悲痛地哭了起来。
如此安静的地方突然有了哭声,

抱病的骑士醒了过来。
当他从睡梦中把眼睛睁开时,
伊莱恩对他说:"你的奖品,
国王派人把钻石送来给你了。"
他的眼睛一亮;她在幻想:
"他是因为我而眼睛亮起来的吗?"
伊莱恩把事情原委都跟他说了:
国王派了王子送钻石给他,
后来这个任务又交给了她。
她跪在他床边的角落里,
然后把钻石放到他张开的手中。
她的脸离他很近,
兰斯洛特吻了一下她的脸,
就像我们给完成任务的孩子一个吻一样。
她马上身体一软,滑到了地板上。
"哎呀,"
他说,"你一路奔走太累了。[27]
你需要休息。"
"我不用休息,"她说,"不需要,
因为在你身边,我亲爱的大人,
我就是在休息了。"
她说这话是什么意思呢?
他想。他那又黑又大的眼睛——
因为憔悴显得更大了——看着她,
他这么看着她,
让她天真的脸上泛起红晕,
透露了她心里所有悲伤的秘密;
兰斯洛特看她这样,心里很是困惑,
因为身体虚弱,他就没再说话了,
但他不喜欢她脸上那种神情;

女人对他示爱，除了一个女人，他是从来
不放在眼里的，于是他转过身，叹了口气，
假装要睡觉的样子，最后真的睡着了。
然后伊莱恩起身离开，穿过草原，
经过那座奇异雕刻的大门，[28]
一路北上，在夜色朦胧中，
来到了她的城里的亲戚家；
在那里过了夜，第二天黎明又起床，
在天蒙蒙亮时，穿过这座繁华之城，
来到草原，进入洞里。
一天又一天，她像鬼魂一样
在黄昏与黎明中来来去去，
成天都在照顾兰斯洛特，
有时甚至熬夜陪伴着他；
虽然兰斯洛特说自己只是受了点小伤，
很快就会恢复的，但有时，
不知是头脑发热，还是伤口疼痛，
他又会变得很无礼，对她也一样。
但这位温顺的姑娘总是对他很宽容，
对他，伊莱恩比任何小孩对待
脾气暴躁的护士还要顺从，
比任何母亲对待生病的小孩还要温和，
自从人类诞生以来，没有一个女人
能像她一样这么用心地呵护一个男人了，
她深深的爱支持着她；
最后那位擅长用药
和懂得科学的隐士告诉他，
是伊莱恩悉心的照顾才捡回了他这条命。
之后，病着的兰斯洛特
忘记了伊莱恩那天真的脸红，

会称她为朋友，小妹妹，或可爱的伊莱恩，
也会期待她的到来，
听到她离去的脚步声而不舍，
还会温柔地抱着她，用所有的爱爱她，
除了热恋中男女之间那种
亲密无间的爱。他也愿意像骑士般，
为了她而死去。
如果兰斯洛特在王后之前
先遇见伊莱恩，也许他的生命轨迹
会因她而不同；
但现在旧爱的枷锁约束着他，
他的荣誉深深扎根于
那份不光荣的爱情里，
他的忠诚与不忠诚让他时假时真。
然而这位伟大的骑士在病未痊愈时，
就发了很多神圣的誓言，
也立下了坚定的决心。
但病中的誓言和决心，岂会长存；
当他身体慢慢好转，体力渐渐恢复时，
脑里常常出现那张明亮的脸庞，[29]
让他平静的心隐藏着背叛，
他之前的决心像云一样散去。
如果在他幻想那个灵魂般的优雅轮廓时，
伊莱恩过来和他说话，
他就会不理不睬，或回答得很简短，
很冷淡，伊莱恩很清楚病人
在恢复过程中的痛苦，但他这么对她，
让她很不明白，悲伤使得她泪眼模糊，
于是她提前离开，穿过草原，
回到那繁华的城市，

兰斯洛特在比赛中受伤后，深爱着他的伊莱恩来到草原对他悉心照料

她躺在床上喃喃自语："白费了，
全都白费了！这样做也没用。
他不会爱上我的。我要怎么办？
只有一死吗？"
像一只无助天真的小鸟，
在一个四月的早晨，
反复唱着一曲
只有几个音符的简单歌曲，
一直唱着，让人们都听得厌烦了。
这个天真的女孩反复问着：
"我只有一死吗？"
床上辗转反侧，无法入眠；
"得不到他我就死，"她低语道，
"我一定会去死，除非我得到他。"
她反复说着，好像这成了她的负担：
"得不到他我就死。"
当兰斯洛特致命的伤口痊愈后，
他们三个一起回到了安斯特拉城堡。
每天早上，伊莱恩都会精心打扮，
以自己最美的样子，
出现在兰斯洛特面前，她想：
"如果他爱上我，
这就是我和他出席重要场合的打扮，
如果他不爱我，
我就可以美丽地死在他的面前。"
而兰斯洛特总是请求伊莱恩
说她应该向他要求一份贵重的礼物，
还说："不要难为情，
说出你内心最想要的东西；
我要好好报答你对我的恩惠，

我在自己的领土上既是王子，
又是领主，只要是我力所能及的，
我一定会满足你。"
听完他的话，她像个幽灵一样抬起头，
然后又像幽灵般，无法开口。
兰斯洛特看到她沉默不语，
决定在这里多待些时日，
以便了解她到底想要什么。
一天，他刚好在种满紫杉的花园里
碰到她，于是问："不要再耽搁了，
告诉我你的愿望，
因为今天我就要走了。"[30]
她开口回答："你要走？
那我以后就永远也见不到你了。
我会因为难以启齿的一句话而死的。"
"说吧，我会听你讲的，"
他说，"洗耳恭听。"
她突然激动地说："我已经疯了。
我爱你；让我死吧。"
"什么？小妹妹，"
兰斯洛特回答她说，"这是什么愿望？"
她天真地张开白皙的双臂，
"你的爱，"她说，"我要你的爱——
我要做你的妻子。"兰斯洛特回答：
"如果我要结婚的话，
我早就结了，可爱的伊莱恩；
但是现在我永远不会娶妻子了。"
"不，不，"
她大喊着，"我不在乎能否成为你的妻子，
但我要和你永远在一起，看着你的脸庞，

为你做事，跟随你到天涯海角。"
兰斯洛特回答道：
"不，这世界，这世界尽是是非之人，
他们用愚蠢的心去诠释自己的所见所闻，
用愚蠢的嘴巴
去传播自以为是的判断——不，
我无法不顾及你哥哥与我的情谊
和你父亲的仁慈之心。"
她说："不能和你在一起，
不能每天看到你——
啊，那么这对我来说，
美好的时光都已不在了！"
"不，高贵的姑娘，"
他回答，"绝对不会的！
你对我其实并不是爱，
而是年少时的情窦初开，一闪而过，
不足为奇；是的，我年轻时
也有过同样经历，当你以后找到
更适合你的如意郎君，
而不是我这个长你许多的男人，
你就会觉得当初的自己有多好笑。
你的真诚和甜美超过了
我对女人的一向看法。
所以，即使你爱的那位优秀骑士
一贫如洗，我也会赠予你
大片土地与领土，
甚至是我一半的海外国土，
这样你就会开心了，而且，
我这一生都会把你当成我的至亲，
如果你与人起争执，我会是那个

为你挺身而出的骑士。亲爱的姑娘，
这些我都可以为你做到，
除此之外，我就无能为力了。"
听他讲这些话，伊莱恩既不脸红，
也不颤抖，而是一直站着，
脸色煞白，随手抓着离她最近的东西，
回答他说："这些我都不要。"
说完就晕倒在了地上，
来人把她扶进了她的房间。
她父亲隔着紫杉园的黑墙，
听到了他们刚才的对话，
对兰斯洛特说："唉，你只是个过客！
这一切恐怕会要了我那小百合的命。
你太谦恭了，亲爱的兰斯洛特大人。
我求你了，用一些粗鲁的行为
好减少她对你的迷恋，让她死心。"
兰斯洛特说："那不是我的作风，
我会尽力做我能做的。"
他仍留在那里。
傍晚时派人去取他的盾牌，
伊莱恩虚弱地从床上爬起，
打开盒子，把盾牌交给了来人；
之后，她听到兰斯洛特的马
踩着石头的声音，赶紧把盒子扔掉，
跑到窗户前，看着下面兰斯洛特的头盔，
但她的红袖已不在了。
兰斯洛特听到了这个小小的叮当声。
而她凭着爱的直觉意识到
兰斯洛特知道她正在看着他。
但他没有往上看她，没有与她挥手，

也没有跟她道别，只是悲伤地离开了。
这是他唯一的一次不礼貌的行为。
她独自坐在自己的塔楼里。
他的盾牌已经拿走了，
只剩下一个盒子，
她可怜的盒子，白费的力气。
但她似乎常常听到他的声音，
他的身影也会不时地出现在她眼前。
他父亲来看她，轻声安慰她说：
"不要难过了。"她只是默不作声。
她哥哥来看她时说："放下吧，
可爱的妹妹。"
而她却很平静地回谢他们。
然而当他们一离开，她又一个人的时候，
死神，像远处草原上
一个朝她呼喊的朋友，穿过黑暗，
渐渐向她飘过来；而猫头鹰的哀号
更加深了她的绝望，
黄昏的阴郁与狂风的呼啸仿佛
与她的幻觉融为一体。
在之后的日子里，她写了一首歌，
取名为《爱与死之歌》
这首歌歌词甜美，她唱得也很动听：
"真爱是甜美的，
虽然一切徒劳，没有回报；
死亡是甜美的，让人把一切痛苦都抛掉。
我不知哪个更甜美，不，我不知道。
爱情，是甜的吗？
那么死亡一定是苦的。爱情，你更苦；
对我，死亡才是甜的。

噢，爱情，若比死亡更苦，让我死去。
甜美的爱情，不是让人消失而存在；
甜美的死亡，让我们成为无爱的土块；
我不知道哪个更甜，不，我不知道。
我愿意追随爱，如果我拥有爱；
我必须追随死亡，它的召唤不断传来；
你呼唤，我追随，我追随！
让我追随死亡。"唱到最后一句时，
她的声音突然变得高亢。
黄昏中，狂风呼啸，
她的声音震动了整个塔楼。
哥哥们听到后害怕地颤抖着，
他们想："听，是死亡之神
在发出讯号。"[31]于是他们叫上父亲，
三人匆匆忙忙地跑到她房间，心里惊慌。
看！夕阳鲜红的光芒照在她脸上，
她尖叫道："让我死！"
就像我们看着一个认识的字，
反复念诵，最后这个字
竟让我们感到陌生，
我们却不知这是怎么回事。
同样，父亲看着她的女儿，
想："这个是伊莱恩吗？"
伊莱恩唱完最后一句就往后一仰，
他们赶紧用手去扶她，让她躺下，
她的眼神似乎还在向他们说早安，
她终于开口说："我的好哥哥，
昨晚我似乎又变成了那个好奇的小姑娘，
我觉得很开心，
仿佛回到了住在森林里的那段日子，

顺着大河逆流而上。
但你们不愿意越过河岬，
到白杨树那边去；
你们在那里就此打住，顺流返回。
但是我会因此而哭闹，因为从那里
沿着发光的河水逆流而上，
我们就可以到达国王的宫殿。
但你们不会越过河岬；但是昨晚我梦到
我一个人独自乘船，沿河而上，
我对自己说：
'现在我的愿望就能实现了。'这时，
我醒了过来，觉得我仍保留着那个梦想。
所以给我个机会，
也许最后我可以越过那片白杨树林，
逆流而上，到达国王的宫殿。
在那里，我将会加入他们的行列，
再没有人敢嘲笑我，优雅的高文爵士
看到我会大吃一惊，
而伟大的兰斯洛特爵士
看到我只会呆呆地一言不发；
高文跟我说了一千次再见，
而兰斯洛特却冷漠地一走了之，
一句告别的话也没说。
那时国王就会认识我，明白我的爱，
女王也会对我表示同情，
所有的王公贵族都会欢迎我的到来，
在这次长途旅行后，
我就可以好好安息了！"
"别多想，"
她的父亲说，"噢，我的孩子，

你看起来真是头脑发昏啊，
你病得这么重，有什么力气长途跋涉啊？
更别说去见那个骄傲的家伙，
他如此侮辱我们。"
然后暴躁的托瑞按捺不住了，
一边抽泣，一边咆哮着说："我从来
都不喜欢他；如果让我再碰到他，
我才不管他有多伟大呢，
我一定会把他打一顿，打得起不了身。
老天保佑，我一定要打死他，
他竟然这么侮辱我们。"
温柔的伊莱恩回答他说：[32]
"不要这么暴躁，
亲爱的哥哥，也不要生气，
兰斯洛特爵士不爱我并不是他的错，
是我自己的错，
我为什么要挑最高尚的人来爱呢？"
"最高尚？"父亲说，
又暗自嘀咕了一声"高尚？"——
他想让她清醒一点——
又说："不，女儿，我不知道你说的
高尚是什么意思，
但有件事我很清楚，所有人都知道，
他不顾众人非议，不知羞耻地爱着女王，
而女王也无视闲言碎语，
不知羞耻地回馈他的爱。如果这叫高尚，
那这世上还存在低俗之事吗？"
安斯特拉的小百合开口说：
"亲爱的父亲，我现在很虚弱，
没有力气生气。这些都是背后中伤；

圆桌骑士　　183

越高尚的人就越会受到人们的诋毁。
从来不树敌的人是交不到朋友的。
爱上这么一位举世无双、
完美无瑕的人是我的荣幸；
所以，父亲，不论你怎么看待我，
让我去找他吧，这样我才能死无遗憾，
因为我已经爱过上帝最宠爱、
最伟大的人了，
虽然这份爱没有得到回报。
我知道你想要你的孩子活下去，
谢谢，但是你刚才说的话，
最后只会让你事与愿违，
因为倘若我相信了你的话，
我会立刻伤心地死去；
所以不要再劝我了，亲爱的父亲，
把神甫叫到这儿来吧，好让我忏悔赎罪，
然后清清白白地死去。"
神甫来做完仪式后，又走了，
她脸上发亮，好像已经赎了
她在这世上所有的罪，
她恳求拉维尼一字不漏地
按照她的口述代写一封信；
拉维尼问："是写给兰斯洛特的吗？
是写给我们亲爱的大人的吗？
我很乐意为你带到。"
她回答："是写给兰斯洛特、王后
和世界上所有人的，但我要亲自送到。"
然后他把她要说的话都写了下来，
封好信封。
"噢，父亲，你总是那么疼我，
不要拒绝我最后的要求，"她说——
"你从来都不会拒绝我
任何荒唐的要求——不管有多怪，
这是我最后的要求，在我快死的时候，
把这封信放到我的手里，
然后帮我合上手；
这样我死后也能守着它。
当我身体的热量消失殆尽的时候，
把我躺着的这张小床好好地装饰一下，
就像王后睡的床那么华丽，
把我打扮得漂漂亮亮，就像王后一样，
然后把我放到床上。
你们要准备一辆灵车把我带到河边，
放到准备好的罩着黑纱的小海船上。
这样我就可以体面地去皇宫见王后了。
在那里，我当然可以为我自己说话了，
因为你们没有人能替我说清楚。
所以，让那位哑巴老人跟我一起去，
他可以为我带路，为我划桨，
他会带着我到那座皇宫的门口。"
说完后，她父亲一一点头答应；
她慢慢变得开朗起来，
这让他们认为她的死亡只是一种幻觉，
而不是血淋淋的事实。
好不容易熬过了十天，
在第十一天的早晨，
她父亲把信放进她的手里，为她合上手，
过了一会儿，她就死去了。
那一天，整个安斯特拉城堡陷入悲伤。
第二天，太阳刚从地平线上升起，

伊莱恩对兰斯洛特苦苦相思,最后香消玉殒,换来的只是一场驳船葬礼

她两个眉头紧锁的哥哥就小心翼翼地
护送着灵车，
像影子一样穿过草原，来到河边。
夏日明媚的阳光洒进那条河流，
河上的船覆盖着黑色的织锦。
甲板上坐着哑巴老人，他一生忠心耿耿，
在安斯特拉城堡服侍着他的主人。
他眨眼泛泪，整张脸都扭曲了。
两个哥哥将她从灵车上抬下，
放到船上她的小床上，
在她的上方挂着装饰着纹章的锦盒，
他们把一朵百合花
放在了她另一只手里，
吻了下她那平静的眉毛，对她说：
"妹妹，一路走好，"又一句，
"再见了，亲爱的妹妹。"
然后挥泪送别。
哑巴老人站起身，划着桨，[33]
带着死去的伊莱恩逆流而上——
她的右手握着百合花，
左手握着那封信——
她明亮的头发垂直挂下——
一块金色的布盖到她的腰间，
除了脸，她一身白色，
清晰的五官显得很可爱，
似乎她并未死去，而只是睡着了，
嘴边还带着一丝微笑。
那一天，在皇宫里，兰斯洛特爵士
热切渴望觐见吉娜薇，
把那份价值连城的礼物送给她。

这份礼物来之不易。
为了得到这些钻石，多年的比武，
让他伤痕累累，尽管杀尽对手，
自己却也差点儿命丧黄泉。
他看到王后身边的一个仆人，
于是派他去传达他的意思。
王后听了传话后，虽答应了，
却摆出一副高高在上的架子，
那仆人震慑于她的威严，跪在那儿，
头垂得很低，几乎要吻到她的脚。
他用斜眼看到墙上，在王后的影子里，
一个尖尖的花边的影子在晃动着。
他离开时，心里暗笑着，
似乎很了解这些绯闻。
他们在亚瑟王宫向阳的一扇窗户前见面，
窗架上爬满了蔓藤，对面是一条溪流，
兰斯洛特跪下说："女王，圣女，
我的主人，我的快乐之源，
这是我为你一人赢得的珍宝，
若您收下，我会很开心，您可以用它们
做成手链，戴在您圆润的手上，
或者做成项链，
戴在您比天鹅还白皙的脖子上。
这些只是我对您的赞美话，
而您的美丽是无法用言语表达的，
然而我用语言来表达我的仰慕之情，
就像我们用眼泪来表达悲伤，
这是一种亵渎。
这种亵渎，也许我们俩都能原谅；
但是，我的女王，

伊莱恩的葬船在月光里顺流而下

我听到宫里到处流传着一些谣言。
我们的关系并不是谈婚论嫁的那种，
所以，应该更加绝对地信任对方，
来弥补那个缺憾；别管他人怎么说。
既是谣言，怎么会不传开呢？
我相信你的高贵会让你信任我，
我绝不相信你会相信那些流言蜚语。"
兰斯洛特说话时，王后侧着身，
从窗上扯下一片又一片的藤叶，
扔到地上，直到她站的地方绿叶环绕；
兰斯洛特话说完后，
女王不情愿地一把接过那些宝石，
冷冷地把它们丢在旁边的一张桌子上，
然后回答他说："莱克的兰斯洛特，
看来我比你想象中的更容易相信传言。
我们之间并不是夫妻关系。
这种关系有一个好处，
那就是在流言面前更容易破裂结束罢了。
这么多年来，我一直为了你而伤害着
另外一个在我心里更为高贵的人。
这些是什么？给我的钻石！
如果你当年没有放弃我，
那么这份礼物比这些钻石有价值多了。
对于忠诚的心来说，礼物的价值
随着赠送者心意的不同而不同。
不要拿来给我！
拿去给她！给你的新欢。
我只求你一件事，
别到处宣扬你的喜悦。
不管你怎么变，你至少还有些风度吧；

而我自己也会安安分分地做好
王后应该做的事情，不会再不守规矩，
随便去找人诉苦了。我们就此结束吧！
真是奇怪的结束！
但是，我是诚心要这么做。
我也求你，
用送给我的这些钻石装饰她的珍珠，
然后为她戴上；
告诉她，她比我更好看；
钻石手链应该戴在她娇嫩的手上，
因为我的手已经松垮了，项链也应该
戴在她那比我更美丽的脖子上——
但我会始终抱着一个信念，
那就是我曾经的美丽
比这些钻石更胜一筹——
是她的钻石，不是我的——不，
上帝之母啊，不管是她的还是我的，
我现在要任性而为——
她不配得到它们。"
说着，她一把抓起钻石，往窗外扔去。
那些钻石在阳光下闪闪发亮，
快到河面时，
与河水反射的阳光交相辉映，
最后掉进了河流。
兰斯洛特倚着窗户，
有些鄙弃[34]爱情、生命和一切。
忽然，他看到在正对着钻石掉下的河面
的地方，一艘小船缓缓前进。
上面躺着安斯特拉城堡的百合姑娘，
她脸上带着微笑，就像一颗明亮的星星

在黑暗的夜空中闪烁。
但发了疯的王后却没看到,她跑开了,
在一个无人之处撕心裂肺地痛哭着;
那艘船划到宫殿大门外,停了下来,
两个人守在城门外;
渐渐地,越来越多的人站在
一层又一层的大理石台阶上看着他们,
他们个个瞠目结舌,眼睛仿佛在问:
"这是什么?"那个老人形容枯槁,
表情僵硬,就像人们在悬崖峭壁上
随手雕刻出来的。
围观者看了,胆战心惊,
说:"他肯定被施了法,讲不出话了
——看她,看她睡觉的样子——
犹如仙女,如此美丽!
是的,但她的脸色好苍白啊!
他们到底是谁?是活生生的人吗?
还是来接国王去仙界的?
有些人说我们的亚瑟王是不死之身,
时间一到,他就会去到仙界。"
当他们在议论国王时,
国王在骑士的保卫下来到了这里,
本来一直低着头的哑巴老人站起来,
转向国王,指指那个躺着的姑娘和大门。
亚瑟命令温和的波希瓦尔爵士
和纯洁的拉哈德爵士把那位姑娘抬进去。
于是他们毕恭毕敬地把她带到了王宫里。
优雅的高文爵士来了,看到她,
大吃一惊;兰斯洛特随后也来了,
看到她,呆呆得无法言语;

最后女王来了,对她表示同情;
国王发现她手中拿着一封信,
于是蹲下去把信拿出来,拆了封,
念了起来:"最高贵的大人,
莱克的兰斯洛特爵士,我来了,
人们称我为安斯特拉的姑娘,
特地来跟你做最后的道别,
因为你没说再见就走了。
我爱你,但你不爱我,
所以,我只能选择死亡。
我要对吉娜薇王后,
所有的夫人倾诉我的悲哀。
请你们为我的灵魂祈祷,将我安葬;
请你也为我的灵魂祈祷,兰斯洛特爵士,
因为你是举世无双的骑士。"
他一直读着,
所有的大人与女士都挥泪聆听,
时而看看国王,
时而看看静躺在那里的姑娘,
有时,他们被深深感动,
仿佛看到留下这封遗书的姑娘,
在轻启朱唇。
国王念完,
兰斯洛特爵士从容地对所有人说:
"我的君主,亚瑟王,
和这里的所有人,你们都清楚,
这位姑娘的死让我心情异常沉重,
她是那么温柔,那么善良,那么真诚,
她对我的爱超越了所有女人,
那些我认识的女人。

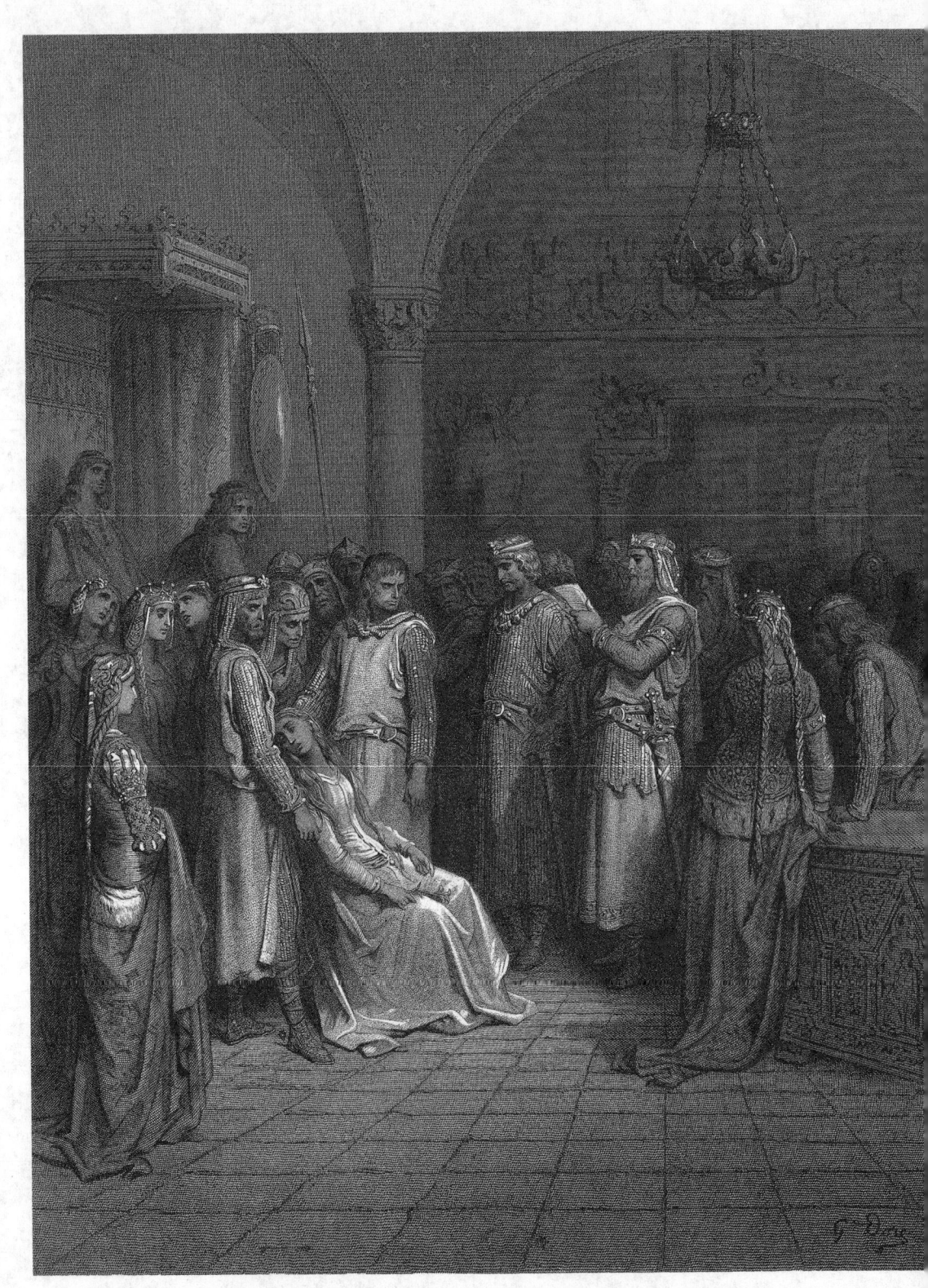

在卡米莱特，伊莱恩被抬进大厅，亚瑟念着她写的最后的一封信

然而，即使她爱我，我也不会爱她的；
不管我年轻时会怎么想，
我都到这个年龄了。
我在这里以骑士的身份真诚地发誓，
她对我的爱并非我刻意为之，
我也无意接受这样一份爱，
我的朋友可以为我证明，
他们就是她的哥哥和父亲。
她父亲请求我对她直言说我不爱她，
还要我用粗鲁的方式让她不要迷恋我，
但这么做有违我的本性；
我做了我力所能及的事，
所以我没跟她道别就离开了。
如果我早知这姑娘会因此而死去，
我一定会用一些粗鲁的方式对她，
帮她走出痴迷，对我死心。"
王后说——她的愤怒犹如汹涌的海水，
并未随着暴风雨的离去而平息：
"尊贵的大人，你当时至少应该
做些什么，帮她走出死亡的。"
他听到这话，抬起眼睛，
他们四目相对，但她马上避开了，
他接着说："女王陛下，她要我娶她
为妻才满意，但这点我办不到。
然后她说，要不就跟随我到天涯海角，
这我也没答应她。我告诉她，
她的爱只是年少时的冲动，
很快就会淡下去，以后会找到一个
更值得她爱的人——
到那时，如果她的丈夫一贫如洗，

我会在我自己的海外国土内
赠予他们一大块土地和领土，
让他们衣食无忧。
除了这些，其他的我就无能为力了。
但她不要这些，所以选择了死亡。"
他停了下来，国王回答他说：
"噢，我的骑士，你身为我的骑士，
尤其是首席骑士，能为这位姑娘
举行隆重的葬礼，是我们的荣幸。"
于是亚瑟王带领他的圆桌骑士，
缓缓地走向这个世上最高级别的圣坛，
看到这个姑娘被埋葬，
兰斯洛特看起来异常伤心。
这个盛大的葬礼并不普通，
而是无比华丽，人山人海，
一路音乐伴奏，就像是一位王后的葬礼。
当骑士们把美丽的她与
历代早已被人遗忘的国王葬在一起后，
亚瑟王说话了：
"让我们为她建一座华丽的坟墓，
上面刻着她的肖像，
肖像的脚边刻上兰斯洛特的盾牌，
手中刻上一朵百合花。
我们要用金色和蔚蓝色，
在她的墓碑上刻写她悲伤的故事和历程，
以供所有真心之人调阅。"之后，
这些旨意都一一完成；
大人、女士，
以及其他人都拥着离开大门，
朝家里走去，现场一片混乱，

女王看到兰斯洛特爵士独自走着，
于是走近他，叹了口气说："兰斯洛特，
原谅我；我只是因爱而嫉妒。"
但是他眼睛看着地上，回答她说：
"这是爱的诅咒；我没怪你，
我的王后，我原谅你了。"
亚瑟看到他愁眉不展，
走近他，满心怜爱地说：
"兰斯洛特，我的兰斯洛特，
你是我最满意、最相信的人，[35]
因为我很清楚你是如何驰骋沙场，
帮我击退敌人，
我也很多次看到你怎样在比武中，
打败自己那些强壮老练的骑士，
放过那些年轻人，
让他们以后能赢得荣誉，声名远扬，
他们爱你的彬彬有礼，
你天生是要受人爱戴的。
但现在，上帝啊，我在你眼中看到
孤独彷徨的忧虑，[36]
我多希望你能爱上这位姑娘，
她好像是上帝特地赐予你的，
如果可以从她死后判断她生前的样子，
她的脸看上去是那么纯洁精致，
那么美丽动人，她也许可以为
寂寞又无妻小的你生下高尚的儿女，
让你的后代传承你的名声和荣誉。
我的骑士，
来自莱克的伟大的兰斯洛特爵士啊。"
兰斯洛特回答道："她很美，

我的陛下，也很纯洁，就像你一直希望
在你的骑士身上看到的一样。
没长眼睛的人才会怀疑她的美丽，
没有心肝的人才会怀疑她的纯洁——
是的，如果爱上一个值得的人，
爱情可以绑住一个人，
但是，自由的爱情是绑不住的。"
"绑住自由的爱情，
那才是最自由的，"国王说，
"让爱自由吧；
自由的爱是给最完美的人的。
在死后，进入死亡的大殿之时，
如果不是如此纯洁的人
心中这么纯洁的爱情，
什么才是最完美的呢？虽然我知道，
你还未被人绑住，
而她，也未能绑住你。"
兰斯洛特没有做出任何回答，
而是一个人走到河边，
坐在峡谷中一条小溪的源头处，
看着那芦苇如海浪在风中飘动，他抬眼
看到远处那艘载着伊莱恩前来的小船，
像河上的一个黑点，低声对自己说：
"啊，一颗单纯而甜美的心，
姑娘，你曾爱过我，
当然你的爱比女王对我的爱还要温柔。
为你的灵魂祈祷？嗯，我一定会的。
再见——现在是最后的道别了——
再见，美丽的小百合，'爱的嫉妒？'
只不过是死亡的爱情残酷的结晶，

嫉妒带来的高傲吧？女王，倘若我承认
你的嫉妒是因爱而生，那么，
你越来越怕名声和荣誉被玷污，
不也告诉我你对我的爱
也将消失殆尽了吗？
为什么刚才国王反复对我提到我的名称？
我名字让我感到羞愧，那似乎在责怪我，
兰斯洛特是湖上夫人从他亲生母亲
的手上夺过来的——
那位奇妙的仙女
穿过夜晚的梦境而来——
她时不时唱着那神秘的赞美诗，[37]
歌声在起风的湖面荡漾着，
她每天早晚都会亲亲我，
说：'你长得多好看啊，孩子，
就像国王的儿子。'
她也会常常抱着我，在黄昏暮色中散步。
如果当时她把我溺死在那湖里就好了！
我现在算什么呢？
我的称谓'最伟大的骑士'
又能给我什么呢？

我为它而战，然后拥有了它。
拥有它并不能带给我任何快乐，
但是失去它又让我感到痛苦；
现在它已是我生命里的一部分了；
但它到底有什么用处呢？
把我的罪行公之于世
而使人们更加恶劣吗？
或者罪犯会因罪恶减少而显得伟大吗？
亚瑟王最伟大的骑士啊，
你竟不与亚瑟王一条心！
我一定要与让我如此毁誉的关系
一刀两断。
当然要她也同意——如果她同意，
我会答应吗？不，谁知道呢！
但如果我斩不断这情丝呢？那么上帝，
我求你，派一位天使下来，
抓住我的头发，将我远远带离，
掷我于群山环绕、无人知晓的湖底。"
兰斯洛特爵士带着悔恨的痛苦，叹息着，
却未领悟他应该在死前净化自己的罪行。

## 注释

[1] 这个故事的概要来自马洛里（第十八本书，第七到第二十一章），丁尼生在许多段落中与马洛里都写得很接近。关于他对《亚瑟王之死》的感谢以及许多与它不同的地方请参见利特代尔的注解或查看马洛里的版本。

[2] 马洛里叫她"白色伊莱恩"（白皙美丽的，或白皙的）。

[3] 骑士们常常会把他们的盾牌用东西包起来，为了防止它们"生锈或蒙上灰尘"，毫无疑问，许多美丽的姑娘会为她们的战士把盾牌包起来。

[4] 1859年的版本是这样写的：

在没有人知道亚瑟何时会到来时，

在人们还没有选择他作为他们的国王时，

曾浪迹于这渺无人烟的王国……

[5] 原版中为"他们之中其中一位——国王，头戴一顶王冠"。

[6] 宫殿指伦敦。

[7] 比较马洛里："于是亚瑟王准备好起程离开，前往比武场，打算让王后跟他一块儿去；但是那时王后不愿去，说她自己病了，不能与他一起骑马前去……而许多人则认为王后不愿意去比武场是因为莱克的兰斯洛特，因为兰斯洛特爵士不愿与国王一同前去；说他因为上次被马多尔打伤之后还未完全恢复。因此心情沉重，非常生气"等。

[8] 在1859年的版本中"你（ye）"为"你（you）"，下面一行和83行也是如此；在这首叙事诗中大约有四十处，其他地方不再说明。

[9] 比较马洛里："兰斯洛特爵士，都要怪你，让我把你藏在国王的背后；你会怎么想，你我的敌人会怎么想，怎么认为？他们只会看到兰斯洛特爵士和王后是怎样在国王背后偷偷摸摸的，因为他们不可能在一起，他们会这么说，王后对兰斯洛特说，难道你不会因此而有所顾虑吗？"

[10] 原版中是"吹起了号角"。

[11] 在1859年的版本中为"疯狂的战争"。正如利特代尔所说，这十二场伟大的战争的名称

首先出现于内尼厄斯的书中，丁尼生就是按照这个来举例的。比较内尼厄斯翻译的伯恩的《六代记事》，第408页："是那位宽宏大量的亚瑟与不列颠的所有亲王、军队组织，一起对撒克逊人奋起抗战。虽然这中间有许多人比亚瑟的出生还要高贵，但他却被一致选为首领，他还常常是征服者。他领导的第一场战争发生在格莱尼河口；第二次、第三次、第四次、第五次战役都发生在另外一条河上——不列颠附近里尼厄斯的达格拉斯；第六次战役在巴萨斯河岸；第七次在塞利登森林——不列颠人称之为'卡特柯伊特塞利登'；第八次是在格尼恩城堡附近，亚瑟把上帝之母——圣母玛利亚的头像戴在胸甲上，通过我们的耶稣主、圣母玛利亚的力量把撒克逊人打跑，然后一整天追杀他们，屠杀了大量的人；第九次战役在罗马军团驻扎的城里，叫作卡利恩；第十次战役在达勒特里勒特的河岸；第十一次在布雷格音山，现在我们称它为卡特布雷吉恩；第十二次是最激烈的一场战役，在这次战役中，亚瑟打入了巴登山，单单他一个人就杀死了九百四十个敌人，除了耶稣主外无人给他帮助。在所有这些战役中，不列颠人始终是胜利者。因为没有任何势力可以反对全能的上帝的意愿。"

[12] 参考《讣告》和它的注解："她站在门口，把盾牌放在旁边"，原版中为"她在门口停了下来，靠着盾牌站着"。

[13] 原版中为"他们的公愤"。

[14] 在1859年的版本中"号角（trumpets）"为"预告者（heralds）"。

[15] 比较马洛里"噢，风度翩翩的骑士，拉维尼爵士，帮我把这根矛柄从我身体里拔出来吧，它差点儿要了我的命。""噢，我心中的王，"拉维尼说，"如果那样做能让你痛快的话，我愿意这么做，但是，我恐怕，我担心如果我把那支矛柄拔出来后，你的生命就会有危险。""我命令你。"兰斯洛特说，"如果你敬重我，就把它拔出来。"于是他与兰斯洛特爵士先后下了马，然后拉维尼把那支矛柄拔了出来。兰斯洛特大声地尖叫了一声，恐怖地呻吟着，从伤口喷出的血足足有一瓶多，然后痛得躺到地上，昏厥过去了，脸色苍白，像个死人一般一动不动。

[16] 1859年的版本为"另外一个人……"

[17] 1859年的版本是这样的：
  他不能没有人照料。高文——我的侄子，
  站起来，骑着马去寻找这位骑士。

[18] 原版为"所以，把这颗钻石送去……"。

[19] 原版为"回来告诉我们他在干啥"。

[20] 原版中"加尔斯"为"兰莫拉克";下两行中:"洛特的儿子"为"私生子"。

[21] 原版中"这些"为"这"。

[22] 原版为"她向房间走去"。

[23] 1859年的版本是这样的:
……那个赢了比武的人,只好到处寻找他,
感到疲惫不堪。
安斯特拉爵士对他说:"在这里休息吧,
不要再漫无目地找了,高贵的王子!"

[24] 原版为"我想我对他是爱的"。

[25] 原版为"这可能吗?"

[26] 比较马洛里:"但看到兰斯洛特躺在床上,病得脸色苍白时,她说不出什么话,却突然倒在了地上,晕了过去,过了好一会儿才清醒过来。她叹了口气说,我的主,兰斯洛特爵士,哎呀,你为何遭受此等灾难啊?然后又晕了过去。兰斯洛特爵士祈求拉维尼爵士把她扶起来——然后带到他的身边。当她再次清醒的时候,兰斯洛特在她脸颊上吻了一下说,美丽的姑娘,你为何会昏厥呢?这让我很痛苦;为何让你如此不开心?你是来安慰我的,我也很欢迎你,我只是受了点轻伤,上帝保佑,我会很快痊愈的。但让我诧异的是,兰斯洛特爵士说,是谁把我的名字告诉你的?"

[27] 原版为"你已经累了"。

[28] 原版为"胡乱雕刻的大门"。

[29] 原版为"那个甜美的身影"。

[30] 原版为"因为我今天必须走"。

[31] 正如利特代尔所说,这个幽灵是克罗克在他的故事中写到的预告死亡的女妖精(《神话传奇》)。比较斯哥特的《罗莎白娜》,参见巴林·古尔德的《古怪的神话》(第二系列)。

[32] 1859 年的版本为"温柔的伊莱恩回答这个问题说"。

[33] 原版为"哑巴老人……驾着船"。

[34] 原版为"有些厌恶……"

[35] 1859 年的版本是这样写的：
亚瑟看到他愁眉不展，
走近他，满心怜爱地把一只手臂
搭在他的脖子上，对他说：
"兰斯洛特，我的兰斯洛特，
你是我最满意、最相信的人。"

[36] 在 1859 年的版本中这句诗是这样的："因为那些野蛮人在说你那些不合事实的事情。"

[37] 1859 年的版本是这样写的：
兰斯洛特是湖上夫人
从他亲生母亲那里偷来的——随着故事的发展——
她时不时唱着那神秘的赞美诗……

圆桌骑士

圣杯故事[1]

THE HOLY GRAI

波希瓦尔爵士骁勇善战，
亚瑟王和他的骑士朋友
都称他为"纯洁之人"，
他的余生在平静中度过，致力于祈祷、
赞颂、戒斋和救济他人远离卡米莱特，
在一所修道院中，
穿上修道服，成为隐士，
在那儿，不久后，便离开人世。
在那所修道院中，有一位修道士，
名叫安普罗修斯，在所有修道士中，
他是最爱慕波希瓦尔的，非常崇拜他，
这种爱深深地根植在他的心，
这种爱也唤起了波希瓦尔内心的爱，
所以他乐意回答修道士所有问题。
修道院中有一棵古老的紫杉树，
把院子的一半都遮住了，
在一个四月的早晨，狂风大作，
他们坐在这棵树下，树上的枝叶
犹如散乱的烟雾被吹得七零八落，[2]
在他死去的那个夏天之前，
安普罗修斯问他："噢，我的兄弟，
五十年了，
我每年都看到这棵紫杉树被风吹成这样；
我对世界上的事一无所知，
也没有离开过爱尔兰。
但是，你第一次来的时候——
是如此的彬彬有礼，谈吐优雅——
我就知道你是亚瑟王
的其中一名圆桌骑士；
我喜欢猜测你们的好坏，

有些人真诚，有些人轻浮，
但是在你们每个人身上都有国王的影子；
那么，请你告诉我，
你为什么会放弃圆桌骑士的身份，
来到这里，我的兄弟？
是世俗的痛苦吗？"
"不，"骑士说，"我没有这种痛苦。
是对圣杯的美丽幻想，
让我远离比武中一切的虚荣、竞争
和世俗的压力，在那里，
女人们看着我们输输赢赢，
而她们却为我们浪费了过多精力，
其实她们可以把它奉献给上帝的。"
那个修道士说："圣杯！——
我相信在上帝眼中，我们是绿色的；
但是我们在这世上创造了
太多东西了——
我是说许多根本不存在的东西——
你们中的一位骑士，我们的一位客人，
曾在餐桌上说过这事，但他说话的时候，
表情悲哀，声音低沉，
所以我们只听到了一点点。那是什么？
是飘来飘去的杯子幽灵吗？"
"不，修道士！
什么幽灵啊？"波希瓦尔回答说。
"就是啊，不是幽灵，我们的主在最后
悲剧的一餐中用的就是那只杯子。
它来自阿勒曼特福地[3]——
是在那黑暗的一天之后，
耶稣的灵魂

游荡于摩利亚山的日子[4]——
由圣人约瑟夫长途跋涉带到
格拉斯顿伯里,在那里,
圣诞岛上的荆棘会让人们想起耶稣。[5]
那杯子就暂时留在了那里;
无论一个人生了什么病,
只要碰到或看到它,然后诚心祈祷,
他就会马上痊愈。但是,
后来那只圣杯不知被恶人拿去了哪里,
于是它就这样消失了。"
那修道士对他说:
"我从一些经书里了解到
约瑟夫从远古时代来到格拉斯顿伯里,
那里的异教王子阿维拉格斯
送给他一座沼泽小岛;
他就在岛上用沼泽地中的枝条建造了
一座当时唯一的小教堂。
我们的那些经书上是这么说的,
但并没有解释这个奇迹是如何发生的,
至少我还没读到。
那谁是我们这个时代
第一个见到圣杯的人?"
"一个女人,"
波希瓦尔回答说,"她是个修女,
在血缘关系上,她算是我的一个姐妹;
如果圣女要因为仰慕
而在膝盖上绑上石头的话,
她就是真正的圣女;
虽然她不像年轻姑娘那么闪耀动人。
但她在年轻的时候确实很迷人,

她只对神圣的东西有炽热的爱,
虽然这常常被人家粗鲁地批评、
蔑视和攻击;她全心祈祷、赞颂、
戒斋和济世救人。然而,她虽是修女,
但却是皇宫里的丑闻,
反对亚瑟王和圆桌骑士的行为,
以及奇怪的通奸的声音,
常常会通过她那用铁栅栏围成的房间,
传到她的耳朵里,
使得她更加频繁地祈祷、戒斋。
她会向一个男人倾诉自己的罪行,
她说自己有罪,其实是清清白白的,
那个男人接近一百岁了,
他经常跟她讲到圣杯的故事,
这个传奇故事已经传了五六代,
而这每一代人都活了有一百岁,
最初要从我们的耶稣主那个时代算起了。
亚瑟王在举行圆桌会议时,
他要求在场所有骑士都要心无杂念,
当然,他认为这样圣杯就会再次出现。
但是很多人心生杂念。
啊,主啊,圣杯一定会出现的,
然后把世人所有的邪恶都驱赶!
'噢,父亲!'那位姑娘问道,
'如果我祈祷和禁食的话,
圣杯会在我眼前出现吗?'
'不,'他父亲说,'我不知道,
因为你的心如雪一样纯洁无瑕。'
于是她就一直祈祷、禁食,直到她心中
太阳发光,大风吹起,我想,

我看到她时，她可能会缓缓升起，
然后飘浮在空中。一天，她来跟我说话。
她说话时，我看着她的眼睛，
它比以前美多了，也灵妙多了，
在神圣光芒的照耀下美丽无比！
'噢，我的波希瓦尔哥哥，'她说，
'好哥哥，我看到圣杯了；
那晚，我醒来时，万籁俱寂，
然后，我听到一个声音，
就像从山上传来的银号角吹响的声音，
我想，亚瑟王是不会在晚上
吹号角打猎的。
那个微弱的声音从很遥远、
很遥远的地方离我越来越近——噢，
那不是竖琴或号角的声音，
也不是其他可以用嘴巴吹出来或用手
敲击出来的声音，而像一首美妙的乐曲；
然后一道淡淡的银光
慢慢洒进了我的房间，那道长长的光
往下飘时就变成了一只圣杯，
那只玫红色杯里有东西在不断跳动着，
像活的一样，
最后我房间里所有的白墙都被染成红色，
而那红色在墙上跳跃着；
不一会儿，音乐声逐渐减弱，
圣杯也消失，红光渐渐褪去，
墙上不断跳跃的东西也被黑夜吞没。
所以，现在圣杯又出现了，
哥哥，你也要和你的骑士兄弟
一起禁食和祈祷，这样，

你们也有可能会看到这圣杯的，
那么到时这个世界上
所有的罪行都能得到救赎了。'
说完，那个面色惨白的修女就离开了，
我把这件事跟我的其他兄弟骑士说了后，
自己也开始一直禁食和祈祷，
很多骑士连续好几个星期禁食和祈祷，
期望能见到那个奇迹。
我们中间有一名骑士，叫格拉哈德，
他总是穿着白色盔甲。
'上帝让你变优秀，因为你很俊美！'
亚瑟王在封他为骑士的时候这样说，
有史以来，格拉哈德是最年轻的骑士；
这位格拉哈德听说我妹妹见到圣杯，
他的眼神像极了我妹妹的眼神，
似乎就是她本人的，
而且他比我看上去更像她哥哥。
真是让我大吃一惊。
他没有任何兄弟姐妹；
但有些人说他是兰斯洛特的儿子，
还有些人说他中了魔——
这些人都是胡说八道，就像刚破壳而出
的小鸟，叽叽喳喳地跳来跳去，
张大嘴巴，等着苍蝇送到它们的嘴巴——
我们不知道他们是从哪里听来的，
兰斯洛特什么时候这么风流了？
那位脸色惨白的美丽姑娘，
却把她那一头秀发剃光了，
那秀发很长，几乎可以织成丝绸脚垫；
她把头发编成一条又宽又长

又结实的佩剑腰带，再绕上银线
和一种奇怪的深红色饰物，
这样看起来就像是一道银光中的红杯；
她看到那位开朗的年轻骑士，
就把这条腰带绑在了他身上，
说：'我的骑士，我的爱，我的天堂骑士，
噢，你是我的爱，
你的爱和我的爱是连在一起的，
我这位姑娘围在你左右，
我为你绑上我的腰带。
走吧，因为你将会看到我所看的，
然后冲破一切阻力，
成为精神世界的国王。'
她在说话时，把自己眼睛里那不死的
热情传给他，从而控制他，把自己的思想
注入他的脑里，这样他就信她所信了。
接下来的一年奇迹不断。噢，兄弟，
在我们伟大的王宫里有张空椅子，
是莫林过世前雕筑的，
上面刻着奇怪的图案，
形状像一条大蛇，这个图案中刻写着
一些字，但没有人认识。
莫林把它叫作'危险包围'，
无论好坏都很危险；'因为，'他说，
'所有的人坐上去都会失去自我。'
有一次莫林不小心坐了上去，
所以他迷失了自己；
但当格拉哈德听到莫林遭受的厄运时，
喊道：'如果我失去自我，
那么我就拯救了自己！'

后来在一个夏日的夜晚，
当王宫里举行着盛大的宴会时，
格拉哈德坐到了莫林的椅子上。
我们所有在座参加宴会的人[6]
突然听到噼啪一声，屋顶爆裂，
随后头顶上一声雷响，伴随着一声喊叫。
在爆裂声中迸发出一道光芒，
把整个大厅照得无比明亮；
然后那道长长的光往下飘，
随即变成了一只圣杯，
圣杯四周环绕着绚丽的云雾，
还没等我们看清楚，它就消失了。
每位骑士都看着格拉哈德，
感到无比光荣，
然后所有的骑士都站起身，
面面相觑，说不出一句话，
最后，我首先开始立下誓言。
我在所有人面前发誓，
因为我没有看清圣杯的模样，
所以一定要日复一日地去寻找它，
直到找到并看清楚它为止，
就像我的妹妹看到的那样。
然后格拉哈德也立了誓，还有仁慈的
鲍斯爵士、兰斯洛特的表妹，兰斯洛特
本人和其他许多骑士都立下誓言，
高文发誓时声音是最大的。"
然后安普罗修斯修道士问他：
"国王说了什么？
亚瑟王也立了誓吗？"
"没有，因为我的君王，"

圆桌骑士 203

那座宫殿对亚瑟王来说非常珍贵，因为他与所有骑士常常会在那里举行宴会

波希瓦尔说，"当时不在宫里；
那天早上，一位姑娘
刚从洞穴里一个土匪的魔掌下逃脱，
怒气冲冲地跑到大殿，
请求国王的帮助；她的一头秀发
都被泥土弄脏了，两只白嫩的手臂
被荆棘一般的手爪抓得通红，
她的衣服都被撕破了，就像断了绳的
船帆受到暴风雨的摧残一样。
于是国王立即起身前往剿匪，
把那些胆敢在他的地盘上制造这种
臭蜂蜜的野蜜蜂的蜂窝给除走。
然而，他也窥得一丝神迹，
他经过草原返回宫殿的途中，
卡米莱特的上方忽然一片黑暗；
国王抬头看了看，大声叫道：'看那里！'
我们伟大的宫殿屋顶
在闪电与烟雾中摇晃！
上帝保佑，他们千万别被雷电击中！
那座宫殿对亚瑟王来说非常珍贵，
因为他与所有骑士
常常会在那里举行宴会，
是这世上最高贵华丽的宫殿。
噢，兄弟，你应该不知道
我们那座巨大的宫殿吧？
它是莫林在很久以前为亚瑟建造的！
所有卡米莱特的神圣山脉，
所有灰暗繁华的城市，每一砖每一瓦，
每一座高楼，每一座尖塔，
每一片树林、草场，每一条激流

和所有结实的宫殿都出自莫林之手。
还有四层大雕塑围绕着宫殿，
每层中间都有许多象征物；
最底层是野兽在猎杀人类，
第二层是人类在猎杀野兽，
第三层是战士，完美的人，
第四层是带着翅膀的人类，
而在最上方则是亚瑟王的雕像，
是由莫林亲手雕成的，
那座雕像戴着王冠，展开翅膀，
指向北极星的方向。
那雕像朝着东面，王冠和一双翅膀
都是用金子打造的，在日出时刻，
发出耀眼光芒，一群流浪的异教徒
在遥远的草地上看到这一景象，
蔑视地喊道：'我们国王是个木头人。'
兄弟，你应该也不知道
那座宫殿里面的样子吧？
它比所有的宫殿都要宽敞，都要高大！
里面十二扇伟大的窗户上
都刻写着亚瑟王的战绩，
所有灯光聚焦于桌上，光线透过刻写着
国王十二次战役的窗户。
不，在最东面的一扇窗上，
刻满了山脉与湖泊的蜿蜒曲线，亚瑟王
就是在那座湖里找到他的神剑的。
还有朝西的窗和朝东的窗都是空白的，
那上面会写上谁的名字呢？
他在什么时候有了什么战绩呢？——
噢，瞧，也许，当一切战争结束时，

亚瑟国王回忆起卡米莱特往昔的辉煌岁月

国王的神剑也会被丢弃!
所以, 国王快马加鞭, 赶回王宫,
因为他害怕莫林创造的奇迹,
会像梦一般,
被翻滚的大火无情吞灭, 突然消失。
他还未赶到时, 我往上瞥了一眼,
看到那条金龙火花四射;
那些靠着桌子的人, 手臂烧裂,
前额烧伤, 冒着烟雾,
接下来, 在我们明亮的脸颊上,
视野扩大了; 然后, 国王到了,
对离他最近的我说:
'波希瓦尔,'——
因为整个皇宫处于一片混乱——
有些人在发誓, 有些人在抗议——
'发生什么事了?'
噢, 兄弟, 当我把这次意外,
和我妹妹看到的景象等跟他说了后,
他的脸一下子阴了下来,
我以前也看到过他这种表情,
那时是因为他的英勇事迹被当作无用,
所以他的脸会阴下来; '我很伤心,
我的骑士,' 他喊道, '如果我刚才
在这里的话, 你们就不会发这个誓了。'
我大胆回了他一句: '如果你在这儿,
我的国王, 你也会立誓的。'
'好, 好,' 他说, '你胆子还真大啊,
没看到那只圣杯吗?'
'没有, 王, 我听到了声音,
也看到了它发出的光芒,

却没看到那个圣物, 所以我才发誓
无论如何都要看到它。'
然后他一个接一个问了在场的骑士,
有没有谁看到了那只圣杯,
他们都一致说: '没看到, 王,
所以我们发誓一定要看到它。'
'看你们现在,' 亚瑟王说,
'你们只看到了一片云雾吗?
那你们这么乱成一团是看什么呢?'
突然, 在皇宫另一头的格拉哈德
用尖锐的声音对国王喊道:
'亚瑟爵士, 我看到了那只圣杯,
我看到了那只圣杯, 还听到它在喊——
噢, 格拉哈德,
噢, 格拉哈德, 跟我来! '
'啊, 格拉哈德, 格拉哈德,'
国王说,
'你看到的只是幻象, 没有看到这些。
你和那位神圣的修女
都看到了一个迹象——
我的波希瓦尔没有比她神圣——
这个迹象会破坏我的命令。
但你只能
听从你领导的命令。'——
兄弟, 国王对他的骑士很严厉,
他说——
'太列森[7]是最擅长唱歌的人,
一旦他开口唱了歌,
所有的哑巴也会跟着唱起来。
兰斯洛特是兰斯洛特,

圆桌骑士 207

亚瑟国王走在卡米莱特宫殿的废墟之中

他可以一次打败五人，每个没经验的
年轻人都表现得像兰斯洛特
那么勇敢无畏，直到被人打败——
而你，你是什么东西？格拉哈德？——
不，波希瓦尔也不是什么东西。'——
把我和格拉哈德爵士相提并论，
让国王高兴了一下；——'不，'他说，
'但是，你们有力量和毅力去行侠仗义，
有能力让暴民突然人头落地，
在以前的十二次伟大的战役中，
你们这些骑士
曾让那些异教徒血溅白马[8]——
但如今有一人看到了，
所有瞎了的人都要看，那你们走吧，
因为你们立下了神圣的誓言。
但是——你们知道，在我的国土上
有多少人来到我宫殿申冤——
噢，我的骑士，你们走后，可以替补的人
我都找不到，那么这些冤屈
就得不到平反，而你们也会失去
这立下汗马功劳的机会。[9]
你们却在沼泽地里，
为了寻找飘移不定的圣火而迷失方向！
你们当中许多人，甚至大部分人，
就会因此一去不复返。你们可能会认为
我的预言太悲观了。那么，明日一早，
我们就约好在那块草地上
再次回味过去的美好时光，
在你们离开去寻找圣杯之前，
你们的国王会再一次见识

一下他所有的骑士那打不败的力量，
在他曾经下的命令中，好好回味一番。'
当第二天太阳从地平线上升起时，
比武开始，所有的圆桌骑士一齐拥上，
相互打斗，许多长矛噼啪断裂——
在卡米莱特，这一幕是自从亚瑟王
来了之后，第一次出现的；
因为内心对看到圣杯的渴望，
我和格拉哈德
用尽力气打倒了许多骑士，
于是所有人都喊了起来，
全都声嘶力竭地喊道：
'格拉哈德爵士，波希瓦尔爵士！'
但是当那天太阳下山时——
噢，兄弟，你应该不知道卡米莱特吧？
它是历代国王花了几个世纪建造而成的，
亚瑟王很担心这么古老、奇特、华丽
又神秘的卡米莱特会倒塌；
宫殿的屋顶在空中摇摇欲坠，
街上的人仰视着我们经过，
下面的画廊，让人眼花缭乱，
到处都是贵妇，龙的脖子贴着疯狂的墙，
比雷雨更厚，
阵雨的雨滴正如我们过去的；
所有的男子及男孩骑着双足飞龙、
狮子、龙、狮身鹰首兽、天鹅[10]
在所有的角落呼喊我们的名字。
在下面的街道上，喊着'上帝之速'
所有骑士与夫人、富人、穷人，
都在失声大哭，

圆桌骑士　209

比赛后,骑士们离开卡米莱特去寻找圣杯

而国王因悲伤过度而说不出话来，
在大街的中央，
女王坐在兰斯洛特的马上，掩面哭泣，
大声尖叫：'因为我们有罪，
才会有这么疯狂的行为。'
我们到了刻着三位女王的大门边，
这就是亚瑟所有战争的神秘之地，
然后就各奔东西了。
我鼓起勇气，想起了上次
我在比武场上的勇猛气概，
我那坚硬的长矛是如何把骑士打倒，
如何赢得名声；
天空从来没有像现在这么蔚蓝，
大地从来没有像现在这么碧绿，
我内心热血沸腾，我知道，
我一定会找到那只圣杯的。
此后，国王不幸的预言：
我们中大多数人会一直追随
飘忽不定的圣火，像阴霾一样笼罩着我。
我曾经说过的每一句坏话，过去有过的
每一个邪恶思想和做过的每一件坏事，
都被唤醒，它们对我喊道：
'圣杯不是你能找得到的。'
我抬眼看到自己形单影只，行走在长满
荆棘的沙地上，因为口渴得快死了，
所以自己也喊道：
'圣杯不是你能找得到的。'
我继续骑马前行，
在我认为自己会渴死的时候，却看到了
一片大草原和一条小溪，

水流湍急，波浪翻滚，
溅起一片片白色的水花；
而在那条溪流的对面，有许多苹果树，
掉下的苹果都滚到了河边的草地上。
'我要在这里休息一会儿，'
我说，'为了找这只圣杯不值得。'
但是当我正要喝溪水，
咬那可口的苹果时，所有的东西
一下子都变成了尘埃，
于是在这布满荆棘的沙地上，
又只剩下我一个人，忍受着饥渴。
过了一会儿，我又看到一个女人，
正坐在屋子门口纺着纱，她很美丽，
她的眼神很善良，很天真，
仪态优雅；然后，她看到我，
就站起身，张开双臂欢迎我，好像在说
'到这里休息一下吧'，但是当我正要
扑向她怀里时，
看！她也变成了尘埃，消失不见了，
房子也变成了一间破旧不堪的小屋，
里面有一个断了气的婴儿，然后，
这些东西也都变成了尘埃，
于是又剩下我一人。
我继续骑马前行，
但此时我已经饥渴难忍了。
一道黄色的微光从我眼前一闪而过，
那道光击中了田地里的犁头，
于是农夫放下手中的耕犁，
跪倒在它前面；
那道光射到挤奶女工的桶上，

圆桌骑士　211

于是她放下手中的桶，跪倒在它面前。
我不知道这是怎么回事，
但我想'是太阳要升起来了吧'，
虽然太阳早已高高升起。然后我注意到
有人在我的正上方移动，
他身着金色的盔甲，
头戴金冠，头盔上挂满珠宝，
他的马也穿着金色盔甲，挂满珠宝；
他们的到来披着光芒，闪耀夺目，
让我睁不开眼，他是如此宏大，
似乎是万物之主。
他离我越来越近，
我以为他想要将我毁灭，
看！他竟然也张开双臂欢迎我，
我伸出手，想去碰他，
但是他立刻变成了尘埃，
于是在这布满荆棘的沙地上，
又剩下我一人，感到疲惫不堪。
我继续骑马前行，
看到一座巨大的山峰，
山顶上是一座四面环墙的城市；
里面的尖塔塔峰之高，耸入云霄。
在城门外，有一群人在吵吵闹闹；
那些人喊着要我上山：
'欢迎你，波希瓦尔！欢迎你，
这位世上最强大、最纯洁的人！'
我听了很高兴，于是就爬到了山顶，
然而，我一个人都没看到，
也没有任何声音，
我穿过这座破败的城市，我看见

这里曾有人居住过，在那里我看到
唯一的一位年事已高的老人。
'您的老伴儿呢？'我问他。
'你是在对我说话吗？'
他好不容易才说出一句话来，
还说得气喘吁吁的，'你是谁？
要去哪儿？'他一边说着，
一边已经化为尘埃，消失不见了，
再一次，剩下我一人，悲哀地喊着：
'看，就算我找到圣杯，我一碰它，
它肯定也会化为尘埃的。'
说完，我就掉进了一座低谷，
山有多高，那谷就有多深。
在山谷最低处，我看到一座小教堂，
教堂附近的修道院中住着一位圣人隐士，
我把我看到的这些幻象跟他说了后，
他对我说：'噢，孩子，你不需要
如此谦卑，当万物之主想要脱去
他身上所有的光辉，变成人形时，
最高尚的人类之母对他说："穿上我的
衣服吧，因为所有的东西都是你的。"
然后他的身体突然光芒四射，
让天使们诧异不已，于是他跟着我们的
主来到人间，就像一颗飞星，
引领着东边的智慧老人。
但是你不认识他；而你认为
这就是你的问题和罪行吗？
你在自救的时候没有迷失自我，
就像格拉哈德。'那位隐士话音刚落，
格拉哈德就突然出现。他穿着银色盔甲，

波希瓦尔幻想到了自己所求的美景

闪闪发光，把他的长矛靠在教堂的门上，
然后走了进来，我们就一起跪着祈祷。
在那里，隐士给我水喝，让我解了渴，
在弥撒圣别式上，我只看到了
做圣餐的面包和葡萄酒；格拉哈德说：
'你还没看到吗？
我，格拉哈德，看到了那只杯子，
那只圣杯，降临到圣坛上面，
我看到它火红如孩子的脸庞，
一头撞上了面包，然后消失了；[11]
我来到了这里；
没有按照你妹妹先前告诉我的方法做，
那个圣物不在我身边，也没有东西遮住，
而是每日每夜跟着我，
白天不太看得清楚，
但到了晚上就变得血红血红的；
滑到黑漆漆的沼泽地上时，
血红血红的；出现在光秃秃的山顶时，
血红血红的；出现在睡湖深处时，
血红血红的。
来这儿的途中，它给了我无限的力量，
让我摧毁了每个地方的邪恶习俗，
在经过异教徒的领地时，让我成了
那里的主人，在与异教徒起冲突时，
帮我把他们击败，冲过重重险阻，
终于，这股力量让我获得胜利。
但是真正的严峻考验即将来临，
所以我要走了，在那遥远的精神之城，
我会成为国王；你也来吧，
你跟着我，就会看到圣杯的。'

他在说话的时候，眼睛直直地盯着我，
好像有一种力量在控制着我，最后，
让我与他成为一体，信他所信。
于是，那天夜幕降临之时，
我们一起上路了。
前面有一座山，只有人能爬上去，
再前面是几百条水路，
海水冰冷刺骨——山顶下着暴雨，
当我们到达山顶时，
依然是暴雨连连，周围一片漆黑；
他的银色盔甲时闪时暗，闪电是如此之快，
如此频繁，一会儿这儿，一会儿那儿，
一会儿左，一会儿右，最后连我们周围的
老树枝都自燃了起来，它们本来是死的，
是的，死了几百年，已经腐烂了。
我们下了山，在山脚看到左右两边都是
黑色的沼泽地，一眼望不到边，
还发出一股恶臭，地上一部分黑，
一部分白，白色的都是死人的骷髅，
除了一位古代的国王建造的那条路外，
无其他方法可以穿过这片沼泽，
几千个桥墩连接着桥梁，通往无尽之海。
格拉哈德跳过一个又一个桥墩，
虽然我很想跟着他，但他在快速跳过后，
身后的桥墩马上喷出了火焰，
然后又消失；在他上方，老天张大嘴巴，
雷鸣不断，天空闪耀，
就像上帝所有的儿子在大声喊叫。
开始时，我看到他在远处的大海上，
银光闪闪的盔甲清晰可见；

在他的头上，有一艘神圣的船只，
船身上披着白色的绸缎，
或者是发光的云朵。
他以迅雷不及掩耳之速上了船，
如果那是船的话——
我不知它是从哪儿来的。
这时，老天再一次张大嘴巴，雷声不断，
狂吼怒啸，
我看到他像一颗银色的星星——
他会扬帆起航，或者那条船会变成
一只带着翅膀的生物吗？
悬在他头上的圣船比任何一朵玫瑰
都要红，我很开心，因为现在我知道
那块面纱已经被掀开了。
不一会儿，当老天再一次雷鸣，
张大嘴巴时，
我看到朦胧的星光洒落在荒原上，
在星星的那一边，
我又看到那座精神之城，
里面所有的尖塔和城门，
都好似海中珍珠，闪闪发光但不是很大，
虽然它是所有圣人的目标；
玫瑰般的光线从那颗星星里发出，
射到了那座城市，我知道那就是圣杯，
地球上再也没有人可以看到它了。
然后倾盆大雨注入大海。
我已经不记得，之后是怎样穿过先前的
那座恐怖的山脉了。
在黄昏时分，
我进入了那座教堂的大门，从那位圣人
那里把我的战马牵出，此刻我感到
非常高兴，因为再也没有幻象烦恼我了，
回到了原来的地方——
亚瑟王宫的大门。"
"噢，兄弟，"安普罗修斯问道，——
"事实上，这些经书到处都有——
它们可以说服你，
但我没有读到如此神奇的圣杯，
但也不是一点相似之处都没有；
我常常读书，
虽然只是从容不迫地读那些祈祷书，
当我读书读得头昏脑涨的时候，
我就会去附近的一个小村庄，
像圣马丁鸟筑巢一样，我会用泥灰
抹那些古老的墙壁——
和那里的村民打成一片；
我知道他们长什么样，
就像牧羊人了解他的每一只羊一样，
也知道他们心中的秘密，
家长里短，喋喋不休谈论生病伤痛，
长牙，分娩，好笑的故事和当地的孩子，
我把这些都当成娱乐，
虽然都是些没什么意义的事；
或者还会平息市场上的一些纷争，
讨价还价和口角。
我不是什么大人物，
却满足于自己的小世界，是的，
即使那些人因为母鸡和鸡蛋而争吵——"
"噢，兄弟，除了这位格拉哈德爵士，
你在寻找圣杯的过程中

就只看到一些幻象，
没有其他人了吗？没有碰到女人？"
帕斯瓦尔爵士回答：
"对于一个立下这样誓言的人来说，
看到的所有男人和女人都是幻象。
噢，我的兄弟，我为什么要跟你坦白
我曾在途中背叛过我的誓言呢？
这是多么耻辱的事！
有无数个夜晚，我是睡在草地和牛蒡上，
以蜗牛、蝾螈、蛇为伴，
这样的日子让我变得很苍白和瘦弱，
那种幻象再也没出现了；
后来，我偶然到了一个美丽的小镇，
镇中间是一座雄伟的建筑物。
我去了那间房屋，
那里的姑娘帮我卸下了行装，
她们每一位都貌美如花；
当她们把我带到王宫时，
我看到了这座城堡的公主。
兄弟，她竟然就是那位唯一让我有过
心跳感觉的人；
因为我以前在她父亲的宫中当过侍从，
她是位身材苗条的姑娘，
我的心一直都中意她，
但是我们从来没有接过吻，
也没有立下任何誓约。
现在我又一次来到了她的面前，
她已结婚，但丈夫早死，所以她拥有了
她丈夫的所有土地、财富和国土。
在我停留期间，她每天都会

为我准备丰盛的餐宴，
比我在亚瑟王宫里的还丰盛。
因为她渴望与我在一起的决心依旧；
在一个晴朗的早晨，我在一条溪流附近
散步，那条溪流穿过城堡围墙下的果园，
她从后面偷偷地走上来，
说我是最伟大的骑士，然后拥抱我，
第一次吻了我，她还说要把她自己
和她所有的财富都给我。
我想起了亚瑟王给我们的提醒，
我们当中的大部分人
会一直追随飘忽不定的圣火，
然而我寻找圣杯的决心渐渐减弱。
不久后，她所有的人都来见我，
跪下请求我说：'我们久闻您的大名；
您是我们心目中最伟大的骑士，
这是我们的圣女说的，我们也深信不疑。
请您与我们的圣女结婚，然后统治我们，
您会成为我们这块土地的亚瑟王的。'
噢，我的天，我的兄弟！然而一天夜里，
我的誓言在我的内心燃烧，
所以逃离了那里，我痛哭流涕，
憎恨我自己，甚至憎恨我许下的誓言
和所有的一切，除了她；
然后在决定跟随格拉哈德后，我就把她
和世上所有的事情都抛在了脑后。"
那个修道士说："可怜的人，
所以当寒冷的圣诞节到来之时，
你宁愿一个人坐在炉火边。
即使我在这里，你也对我漠不关心；

是的，我一定是受到上帝的眷顾，
他把你带到了我们这所破旧之宅，
这里所有人都非常严厉，
只有你这位朋友能温暖我的心房；
但是，噢，我很遗憾，
让你再次想起你的初恋——
先是用你的双臂
紧紧抱住你那位富有的新娘，
或者这样抱着，然后——把她抛弃，
忘记她所有的甜美，
把她当成一根野草拔掉！
对于我们这种温暖生活的人，
只能通过梦境去触摸美好之物，
却无法真正得到
如此富足的生活所带来的美好——
啊，上帝保佑，我说的都是世俗的智慧，
因为我一生从未离开过我的房间，
就像一只生活在泥土中的獾，
无论在哪儿都是泥土，
尽管我还要戒斋和忏悔。
没看到以前在你身边的其他骑士吗，
一个都没看到？"
"不，"波希瓦尔说，
"一天晚上，我忽然往东面驶去，
我看到鲍斯爵士头盔上的鹈鹕图案
在初生的月光中闪着光，
于是我快马加鞭，去跟他打招呼，
他也回应了我，两人相见甚欢。
我问他：'他在哪儿？
你一次也没看到过他吗——兰斯洛特？'

优雅的鲍斯爵士说：
'他飞快地从我身边驶过——他疯了，
而且他的马也被他弄疯了；
我叫他："你对这次这么神圣的任务
是不是太急了？"
兰斯洛特喊道："不要让我停下来！
我一直很懒散，我骑得快是因为
面前有一只拦路虎！"
说完就消失了。'
而鲍斯爵士则骑得很慢，为兰斯洛特
感到伤心，因为他以前的疯狂之举——
我们圆桌会议谈论的丑事，又回来了；
兰斯洛特的朋友与亲戚
非常崇拜、仰慕他，[12]
所以说兰斯洛特的坏话，
就等于说他们的坏话，尤其是鲍斯。
即使鲍斯看不到圣杯，也会很满足，
这样的话，兰斯洛特就可能会
看到那只可以疗伤的圣杯了；
事实上，被爱和悲伤笼罩着，
他根本毫无心思去寻找圣杯了。
如果上帝让他看到，
那未尝不是一件好事；
如果不让他看到，他的命运和誓言都会
掌控在上帝手中。
鲍斯爵士开始时没有经历大的挫折，
后来，来到了一个人烟稀少的国家，
发现山崖之间住着一群人，
和我们是同族的，他们在当地
被当成异教徒，那里有一堆石头，

圆桌骑士 217

耸入云霄；那里的智者擅长一种
古老的法术，
可以追述飘移不定的星星的下落，
他们对鲍斯和他的神圣的任务很是蔑视，
嘲笑说那是件很简单的事情，
说他是在追随——
很像亚瑟王说的话——
一盏虚幻的火焰：'他所寻找的只不过是
让血液流动、花朵盛开、
海水翻滚和世界温暖的东西吗？'
鲍斯的回答激怒了他们，那些暴民
听到他说了与他们神甫不同的话，
把他抓了起来，绑住他，然后把他扔进
了牢房，那间牢房由石头堆砌而成；
他就这样被绑着，
躺在那黑漆漆的房间里，
一关就是好几天。
一天，他听到众神在他头顶上飘掠而去，
发出轰隆隆的声音，
最后奇迹出现了——
连风都无法挪动的那块大石——
掉了下来，头顶出现了一个洞，
天上飘浮的白云清晰可见。
然后，一天夜里，房间里如白昼般明亮，
通过那个洞孔，可以看到亚瑟王
圆桌骑士的七颗明亮的星星——[13]
因为，以前也有一次，天上的星星
排成亚瑟王圆桌的形状，
所以我们就这样称呼这些星星，
我们和国王很高兴谈论这些东西——

那些星星犹如挚友明亮的眼睛，
在对他眨眼：'对我来说，对我来说。'
优雅的鲍斯爵士说：'我怎么也想不到，
像我这样很少盼望，
或祈求能看到圣杯的人——
噢，这是上帝的厚爱！——
竟看到它划过那七颗明亮的星星，
它的颜色就如放在燃烧的蜡烛前的手指
映出的红光。圣杯划过天际后，
马上消失不见，随后天空中
发出一声快速、刺耳的雷鸣。'
后来，一位姑娘，出于对血族关系的
神圣信念，偷偷地进入牢房，
给他松了绑，放了他。"
修道士说："我现在想起那个
头盔上的鹈鹕。
那位鲍斯爵士在我们这里用餐时，
嗓音低沉，满脸忧伤。
他对我们的招待表现得非常尊敬；
他长得很结实，也很老实，
从他眼睛里，我看到了他内心的热情，
微笑时，嘴唇微开——
微笑躲在白云后面，
但上帝知道那是阳光。
哎，哎，除了鲍斯爵士，还有谁？
你回到卡米莱特城后，
是发现所有的骑士都已经回来了，
还是亚瑟王的预言应验了呢？
跟我说说，他们每个人都说了什么，
国王呢？"

谦卑的鲍斯爵士也同样幻想到他梦寐以求的圣杯之景

波希瓦尔回答他:"我会说的,
兄弟,我说的都是真话;
像国王和兰斯洛特
这样的伟大人物说的话,
是不会传入别人的耳朵里的,
只有我们在座的人才知道。
噢,我们到达城里时,
我们的马儿一路磕磕碰碰的,
因为它们踩到了一堆堆的废墟,
无角的麒麟,嘎吱作响的怪蛇,
四分五裂的毒蛇和趴在地上的死犬,
这些东西让石头都露出地面,
我们沿着这条路到达皇宫。
亚瑟王坐在王座上,回来的骑士
站在国王面前,他们中有少部分人
形容憔悴,疲惫不堪。
没有出去寻找圣杯的人也站在那儿。
国王看到我,站起身向我问好,
说:'我们生怕你们会在山上、平原、
大海或水滩遇到什么不测,
但是你眼中幸福的神情,
好像在责怪我们无谓的担心。
最近这里刮了一阵狂风,
亲王的一些奇怪的纹章遭到了严重破坏,
是的,我们这座新建的、
更加坚实牢固的王宫也都摇晃起来,
莫林为我们建的那座雕塑,
其中一只金翼已经扭曲;
但是现在——说说圣杯的事,
那个幻象——你看到那只约瑟夫

从古代带到格拉斯顿伯里的圣杯了吗?'
安普罗修斯,在我把刚才说给你听的
都告诉了他之后,向他提出,
我已下定决心,今后要过平静的生活。
但他没有回答我,而是突然转向高文,
问他:'高文,你看到圣杯了吗?'
'不,王,'高文说,
'我这种人是看不到的。
在与一位圣人交流了后,
我确信自己不适合去寻找圣杯;
因为我这个人一路上很没耐心,
在草原上,
我进了一个丝绸搭建成的大篷,
在里面与一些姑娘嬉戏;
后来一阵大风把大篷上的钉子吹散了,
那些姑娘浑身颤抖,四处乱逃;
是的,但只有这件事,
在这一年零一天里让我感到高兴。
他说完,亚瑟王
转向他开始没看到的鲍斯爵士,
鲍斯爵士进入宫殿时,
把一大群人推到一边,
来到兰斯洛特身边,抓着他的手,
握得紧紧的。国王发现他后,
他从兰斯洛特身后站了起来,
国王说:'你好,鲍斯!
如果忠心和真诚的人可以看到圣杯,
你肯定已经看到它了。'
鲍斯回答:
'不要问我,因为我不想提起它;

我的确看到了。'他满眼泪水。
现在只剩下兰斯洛特了,
因为其他人说的是途中小险,
也许,他是《圣经》里的迦南,
亚瑟王把他这个最好的留到了最后;
'那么你呢?我的兰斯洛特,'
国王问他,'我的朋友,我们当中
最强大的人,这次对你有用吗?'
'我们当中最强大的人!'
兰斯洛特一边叹息,一边回答说,
'噢,国王!'——
他停顿了一下,我想,我看到他眼中
那股疯狂的火焰已经熄灭——
'噢,国王,我的朋友,
如果我可以成为你的朋友,
那些有罪的人就更开心了,
他们就像生活在淤泥中的猪,
却看不到沟渠中的黏泥;
我心中一直有一种奇怪的罪恶,
而我所有的纯洁、高贵和骑士精神
都缠在一起,缠在这个罪的周围,
最后,我心里那朵花与毒药一起生长,
紧紧缠绕,无法分离;
所以当其他骑士立下誓言时,
我也立下了誓言,
希望我可以看到或碰到那只圣杯,
然后我就可以将它们分开了。
我把这些跟一位最神圣的圣人
说了之后,他哭着对我说,
如果我不把它们掰开,那么,

我所有的努力都会白费;我对他发誓,
我会按照他的意愿行事的。
然后我出发了,
当我极度渴望并努力把它们分离的时候,
以前的疯狂再一次占据了我,
把我鞭策到那遥远的荒原。
在那里,我被一些弱小的人、
平庸的骑士打倒,但我本来挥一挥剑、
举一举矛就可以把他们给吓跑;
我一时犯傻,来到了空荡荡的海岸,
宽广的平滩上只有一些杂草;
忽然,我的国王,刮起一阵大风,[14]
狂风呼啸,沿着海岸和海洋吹过,
甚至盖过了海水翻涌的哗哗声,
虽然来自圆丘和山脊的海水,
像瀑布一样飞流直下,
所有的沙尘像河流般席卷过来,
顿时风起云涌,地动山摇,黑暗中,
一条船在海水的泡沫中摇摇晃晃,
几乎快被淹没,用一根链绳抛了锚;
我很疯狂,对自己说:
"我要坐上这条船,离开这里,
在汪洋大海中洗净我的罪孽。"
于是我跳上船,断开链绳出发了。
我在波涛汹涌的海上漂泊了七天,
天上的月亮与星星一路与我做伴;
在第七天晚上,风平息了,
我听到卵石在巨浪中嘎嘎作响,
感觉船碰到了陆地,
抬头看见卡本内克魔塔。[15]

兰斯洛特爵士讲述了他一次次寻找圣杯未果的经历以及他在卡本内克魔塔的见闻

它是一座岩石上的城堡，
大门面向大海，像一座峡谷，海里激起
的碎浪击打着通往城堡的台阶！
只有两尊狮子守在大门左右，
天上挂着一轮满月。
我从船上跳下跃上台阶，拔出剑。
那两头狮子的鬃毛突然一闪，
像人一样站得直直的，一左一右，
压住我的肩膀，我本来想用剑回击它们，
但我听到一个声音说：
"不要怀疑，往前走；如果你怀疑，
这两只野兽会把你撕烂。"
然后它们用力把剑从我手中打到地上。
我往上走，进入了那间传来声音的宫殿；
但是那里面空无一物，
没有椅子，没有桌子，墙上没有图画，
也没有骑士的盾牌，我透过高高的窗户
只看到波浪起伏的大海上，
一轮圆圆的月亮。
但是在这座寂静的房子里，
我总会听到一个甜美的声音，
像一只百灵鸟在我的头上叫着，
这个来自塔顶的歌声，是传向东面的。
我吃力地往上爬了几千步，
好像在梦里一样，永远都爬不完；
最后，我来到了一扇门边，
隙缝里有一道光芒，我听到："荣耀、
欢乐与光荣归于我们的主和圣杯！"
因为疯狂，我推开了那扇门；
然后，在刺眼的光芒中，

它发出一道热量，
足足比熔炉热上七倍，所以我被烫伤，
眼睛也看不到东西。
在这么猛烈的刺激下，我晕了过去——
噢，我想，我已经看到了圣杯，
它用深红色的锦缎罩着，
许多天使围绕着它，他们体形巨大，
带着翅膀，长着眼睛！
为我所有的疯狂举动和我的罪，
还有我的晕厥，
我发誓我所言皆为事实；
但是，我看到的圣杯是罩住的，
所以我并不适合去寻找它。'
兰斯洛特说完后，
整个宫殿的人都沉默了很长一段时间，
最后高文说话了——'不，兄弟，
我不想对你说蠢话。'——
他是个鲁莽而又不懂得尊敬之道的骑士，
现在他看到国王沉默许久，
所以放大了胆子，——
好吧，我告诉你，他说了什么：'噢，国王，
我的君主，'高文说，'您交代的任务，
高文有让你失望过吗？
曾经在比武场上，我有停止过努力吗？
但是你，我的好朋友波希瓦尔，
你神圣的妹妹和你自己让所有的人
都疯了，是的，让我们这里最强大的人
比最弱小的人更加疯狂。
但是我以自己的眼睛和耳朵发誓，
从今以后，我会对他们所沉迷的圣物，

置若罔闻，[16]熟视无睹。'
'高文，'无可指责的国王说道，
'你说要对圣物充耳不闻和熟视无睹，
希望你这次不要发空誓，
而熟视无睹得连想看的欲望都没有了。
如果上帝真的显灵的话，鲍斯、兰斯洛特
和波希瓦尔肯定会得到它的眷顾，
这可以从他们看到圣杯的事情看出来。
古时候，吟游诗人的每一次强烈的预言
都会引来神圣疯狂的举动，
所以当上帝要通过他们制造音乐时，
他不是用嘴说，
而是通过框架和音弦来表达的；
真如你所说，你讲的是真话。'
'不——但是，你错了，
兰斯洛特骑士与其他人一样，不是所有
的真诚和高贵都缠绕在罪恶上的。
如果那人不是你所说的猪，
那么无论他心中有什么罪，骑士精神
和纯洁的高尚之根始终都在成长，
两者虽关系密切，却又互相分离；
所以你可以看到心中那朵盛开的花。'
'噢，我的骑士们，我说得不对吗？
我当初预言你们中的大部分人
会在沼泽地里，为了寻找
飘移不定的圣火而迷失方向，
是不是太恶毒了？——
永远消失在我眼前，让我一个人呆呆地
望着一张空荡荡的桌子，
下一道没用的命令——
只回来了几个人——
这些回来的人当中，
有些人的话还真让我难以置信。
有个人说自己远远看到了那只圣杯，
以后要过平静的生活，对一切不闻不问，
让世上一切的罪恶都自我纠正。
还有人说自己亲眼看到了那只圣杯，
现在他的职位苦苦相求要他留下，
却无济于事。
可能他在其他地方会被人加冠立王吧。
甚至还有人认为，如果当时国王
看到了那个景象，也会去立下那个誓言。
不是这么简单的事，因为国王必须保卫
他所统治的国家，就像在一块田地里
耕种的母鹿，在分派的任务完成之前，
他是不会离开的，
但是，即使在完成以后，
他也不会去管那些日夜的幻象；
当那些幻象出现许多次后，
他行走的土地似乎不是土地，
进入他眼帘的光线似乎不是光线，
他头顶的空气似乎也不是空气，
一切都是幻象——是的，
他自己的双手和双脚也都是幻象——
当他感觉自己是不死之躯，
知道自己的幻象都是真实之景时，
高高在上的上帝和从地上升起的人
也都不是虚影了。那时候，你就看到了
你所看到的。'国王说的这些话，
我丝毫不能领会其含义。"

# 注释

[1] 这个故事出现在马洛里的第十四到十七本书里，在第十八本《伊莱恩》的故事之前。

[2] 另一个紫杉的大量花粉被风吹得像一团烟雾的隐喻出现在《讣告》：
这些埋葬的尸骨的守卫者，
我随便地打了一下它，
如一片硕果累累的云和飘动的烟雾，
深色紫杉，扎根于岩石中，等等。

[3] "阿勒曼特"——这个名字暗示塞巴的香料和甜蜜的东方香油——用来指亚利马太，巴勒斯坦的一个小镇，可能是现代的拉姆拉，是"一位在等待上帝的王国的，值得尊敬的顾问"的故乡，他是约瑟夫，把耶稣的圣体放到了为他自己建造的坟墓中。中世纪的传说又写道"约瑟夫接受了圣杯中从救世主身体里流出的血液"。（利特代尔）

[4] 参考《马太福音》。

[5] 各种各样的山楂属植物会在圣诞节前后长叶开花。据说，它源自格拉斯顿伯里大教堂，人们认为，最原始的荆棘是那些长在地上，帮助亚利马太的约瑟夫从圣地飘荡到格拉斯顿伯里的东西。据说，在格拉斯顿伯里，他建成了那座著名的大教堂。根据传说，这第一座教堂是"用枝条建成的"。还有一些互相缠绕的嫩枝。比较《巴林和巴兰》：
另一边则是粗糙的编条
和他在格拉斯顿伯里建造的低矮教堂的墙壁。
据说，公元439年，圣帕特里克曾拜访过这里，然后在此建了一座修道院，而他本人就是修道院院长。542年，亚瑟王被埋葬在这里。在亨利二世统治之前，这座大教堂几经修补、重建。当它被大火烧毁后，剩下的废墟又被建成巨大辉煌的结构。除了威斯敏斯特大教堂外，它是英格兰最豪华的大教堂。

[6] 比较马洛里："每位骑士像以前一样坐在自己的位置上。不一会儿，他们突然听到噼啪一声和巨大的雷声，他们想，这个地方需要清除邪恶势力。在爆裂声中，一束太阳光把整个大厅照得比白天还要明亮好几倍。圣灵的光芒照耀着所有人。骑士们面面相觑，每个人看起来都比以前更好看，好长一段时间都没有一个人说得出一句话来。所以他们看起来像是对着人说不出话的哑巴。然后一只由织锦罩住的圣杯进入了王宫，但无一可以看到它，也没有人能记住它。

整个大厅里充满着香气，桌上放着每位骑士在这世上最喜欢的酒肉。飘浮在大厅里的圣杯突然飞走了，他们根本就不知道它去了哪里。所有的人终于开始说话了。国王感谢上帝对他们的恩赐。诚然，国王说，为对这次圣灵降临周神圣的盛宴表示敬重，我们要为我们的耶稣主在今天显示给我们的一切，而对他表示万分的感激。现在，高文爵士说，今天我们已经吃到了我们想吃的酒肉，但是有一件事欺骗着我们，我们可能没有看到圣杯，因为它被很宝贵地遮盖着：因此现在我在这里立下誓言，不能再等了，从明天开始，我要去尽力寻找圣杯，我会用十二个月零一天或者更多的时间，如果需要的话，直到我更清楚地看到圣杯，否则我是不会回到这座王宫的；我可能不会成功，那么我会回到这里，因为我不能违背我们耶稣主的意愿。当其他的圆桌骑士听到高文爵士说这样的话时，大部人也都站起来立下了与他一样的誓言。"亚瑟王听到他们立下这样的誓言，很不高兴，因为他非常清楚骑士是不能违反誓言的。啊！亚瑟王对高文爵士说，你的誓言与承诺几乎要杀了我。都是因为你，才让我失去了最深的友谊和最真的骑士精神，他们前所未有地团结在一起，这是世界上任何国家都没有的。当他们离开这里后，我确定他们所有人再也不会在这个世界上碰到一起，因为许多人会在这次任务中丧生。我有了一些这样的预感，因为我爱他们如爱我自己的生命一样，因此看到这么团结的一份情谊将要变得四分五裂，我感到十分的悲痛。因为我已经习惯了与他们在一起的这份感情。"

[7] 这个名字的意思是"光芒四射的眉毛"。他是"不列颠的歌手王子，在十七世纪的时候很红"。（利特代尔）比较格雷的《吟游诗人》："坟墓中的人都听到了，太列森，听到了！"

[8] "白马"指亨吉斯特的旗帜。

[9] 原版中为"那个机会"。

[10] 指纹章的图案。"双足飞龙"是一种似龙的动物。比较《艾尔默的田野》："鲜艳的双足飞龙是尖塔的风向标"等。

[11] 比较马洛里·"他拿起一块阿比丽（圣餐蛋糕）——形状像一块面包；把它举起来后，一个像小孩子的身影突然出现，它的面容如火一般通红明亮，一头撞上了面包，所以他们都看到了它，它变成了一个人形，然后他再次把它放进了圣杯里。"

[12] 1869年的版本为"非常敬仰他"。

[13] 七颗星星指的是大熊座，或"北斗七星"。

[14] 比较马洛里："起了一阵风，载着兰斯洛特的船在海洋中漂泊了一个多月，他只睡一小

会儿,其余的时间一直在向上帝祈祷,希望看到圣杯出现的迹象。一天晚上,他来到一座城堡的后门,已经是半夜了,城堡很漂亮,很华丽。城堡的后门通向大海,门口没有任何守卫,只有两头狮子雕像。月光明媚。兰斯洛特爵士听到一个声音说,兰斯洛特,从船里出来,走进城堡,你将会看到一大部分你希望看到的东西。他立刻拿起武器,小心地走到门边,看到那两头狮子。然后把手伸到剑边,拔出剑。一个小矮人突然出现,把他手上的武器猛地一击,剑从他的手中掉下。然后兰斯洛特又听到一个声音说,啊,信念邪恶、信仰不坚定的人,为何你相信你的铠甲却不相信你的上帝呢?在你要完成的任务里,上帝比你的盔甲更有用。兰斯洛特说,仁慈的上帝,耶稣,我感谢您如此怜悯,感谢您指责我的罪行。现在,我非常明白您把我当成您的仆人。然后兰斯洛特把剑捡起来,塞进剑鞘中,在额头上做了一个十字架的手势,然后来到狮子面前,它们表面上像要伤害他的样子,但他从它们身边经过时却毫发无伤,然后进入城堡的要塞,而狮子则依旧蹲在原地不动。兰斯洛特拿着武器小心地往里面走,因为他找不到门,但里面很空荡。最后,他找到一个房间,房门关着,他尝试着用手去推开了门,但他不应该这么做的。"斯多普福特·布鲁克提到这部分诗歌时说:"它的根据是古老的传说;但是任何读过马洛里的《亚瑟王之死》的人都会明白,这部分诗歌的再次构想是多么富有想象力。它充满了真实爱情故事的元素;与圣杯故事的本质很相近;在视觉和听觉方面,《叙事诗》中没有哪里比这部分写得更加优美的了;这里面所表现出来的艺术感是如此完整,就像想象是如此丰富多彩一样。"

[15] 这个名字来自马洛里的书中。兰斯洛特躺了"二十四个白天和许多个夜晚之后……依然像个死人"。他昏倒很长时间后才醒过来。"然后他们问他是怎么熬过来的。无疑,他说,我的身体是完整的,要感谢我们的主;所以,先生们,看在上帝的爱的面子上,告诉我,我现在在哪儿?他们对他说他在卡本内克魔塔里。"

[16]《物种起源》第一章:"所以全身上下都是白色,只有眼睛是蓝色的,猫通常都是瞎的;但是最近泰特先生指出这种猫的这种特性只限于雄猫。

圆桌骑士

佩里亚和伊塔蕾[1]

PELLEAS AND AND ETTARRE

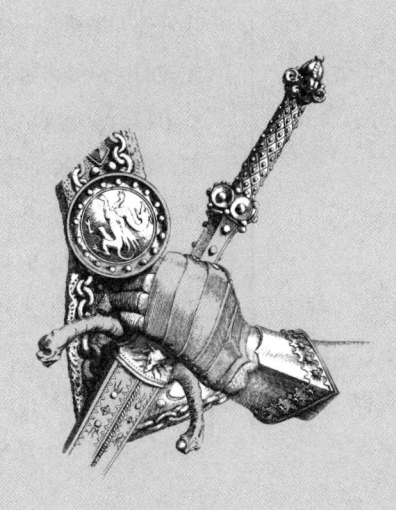

在神圣的探索后，
国王开始挑选新骑士来填补职位空缺；
他坐在古老的卡利恩大殿上，
宫殿大门被轻轻推开，
走进来一位年轻人，他叫佩里亚，
他一进来，
一股草原的甜蜜气息扑鼻而来，
阳光也跟着他洒进来。
"请您封我为骑士吧，因为，国王陛下，
我了解一名骑士该具备的精神，
而且我热爱骑士这份差事。"
他开门见山地说道；
因为他听说国王发出通告，
要举行比武——
奖品是一个金手镯和一把骑士剑，
佩里亚很想为他的女士赢得金手镯，
而他自己也可以得到一把骑士剑。
国王身边有一些大臣认识他，
并为他做了证明；
于是亚瑟王封他为骑士。
这位新加封的爵士，
群岛的佩里亚爵士——
最近才继承王位，
他也是许多荒岛的领主——
一两天前的中午，他骑着马，
为到达卡利恩见国王，
正穿过伊迪恩森林。[2]骄阳四射，
像一位强壮的骑士猛击他的头盔，
他热得头昏脑涨，差点儿落马而摔，
看到离他不远处，一座圆丘的斜坡上

几百棵山毛榉挺拔地站着，
树下到处都是冬青；
但周围一英里内都是空地，
长着蕨类植物和石南植物。
佩里亚慢慢地骑着马，
整个人昏昏沉沉，傍晚时，
他把自己的良马绑到树上，
躺在了树下；透过树荫下的暮光，
他随意望了望四周黄褐色的土壤，
在佩里亚眼里，
没有被阳光烧焦的蕨类植物
似乎就是跳动的祖母绿，
让他看得眼花缭乱。
一会儿一片白云从祖母绿上飘过，
一会儿一只小鸟又从上面飞过，
一会儿又有一只小鹿
从他面前奔腾而去；然后他闭上了眼睛。
因为他爱所有的姑娘，
但没有一位特别爱的。他半睡半醒地低声说：
"在哪里？噢，在哪里？
我爱你，虽然我不知道你是谁。
你美丽纯洁如吉娜薇，我会让你与我的
长矛和剑一起闻名于世的——
噢，我的王后，我的吉娜薇，
当我们见面时，我会成为你的亚瑟王。"
树林的一头传来的欢声笑语
使他突然清醒过来，
他从老树干中间看了一眼，
似乎眼前一切都盘旋在火海之上，
这种幻觉对老预言家来说可能会很奇怪。

其实眼前是一群姑娘,
她们穿着各色衣服,
就像日出与日落时的云朵。
她们都骑着马,所有的马都装饰得
与胸齐高,站在那一排明亮的蕨丛上;
所有的姑娘都感到很困惑,不知在
讨论什么,其中一个人指着这条路,
另一个人指着那条,原来她们迷路了。
佩里亚站起身,
解开马绳,牵着它走到阳光下。
看起来像首领的那位姑娘说:
"看到我们的领航星太高兴了!
年轻人,我们是迷路的姑娘,
你也看到了,我们带着武器,
是去卡利恩与骑士比武的,却迷了路。
我们应该向右?向左?往前?
还是往后?到底往哪个方向啊?
快告诉我们。"
佩里亚盯着她,想:[3]
"吉娜薇有她那么漂亮吗?"
她有一对蓝紫色的大眼睛,脸色红润,
如无瑕的天空下燃起的玫红色的曙光,
她的四肢丰润,带着女人的成熟气质;
手臂纤细,小巧玲珑;她的大眼睛,
常常带着蔑视,她也许可以
做人们的玩具,玩过了就丢在一边。
她美丽的肉体让这个男孩很害羞,
似乎这就是心灵的美丽;
对于一个卑贱的人来说,
他会用自己的卑贱来评价好人,

而忽略了情感和本性,所以佩里亚
把自己年轻的美丽当成是她的。
他很相信她,而当她跟他说话时,
他结结巴巴,说不出一个完整的答案。
因为他来自一座荒岛,在岛上,
除了他自己的姐姐妹妹,很少看到其他
姑娘,那里尽是些粗俗的妇人,
她们对着海鸥大笑、尖叫,
在家织织网,住在海边。
那位姑娘脸上浮出微笑,转过身,
看着她的人;
就像石子扔到平静的湖里后,
旋涡一圈圈往外扩大,直到湖的边缘,
那姑娘几乎把她的笑容传遍了她的同伴。
她们当中有三个骑士,也在微笑着,
对他表示轻蔑;这位女士就是伊塔雷,
她在自己的领地上是位伟大的女人。
她又说:"噢,森林中的野生动物,
你不懂我们的话吗?
还是上天只赐了一张俊美的脸给你
而没有给你舌头?"
"噢,姑娘,"他回答,
"我刚从睡梦中醒来,从树荫下出来,
被阳光照得晕眩,请原谅;
你是要去卡利恩吗?我也是去那儿的;
要我带你们去国王那里吗?"
"带路吧!"她说,于是他们穿过森林。
在途中,他眼神的意图,
优雅的举止,朴素的敬畏,结巴的言辞
和害羞的表情都成了她的负担,

圆桌骑士 231

她在心中喃喃道:"我碰到了个傻瓜,
这个乳臭未干、思想落后的傻子!"
她虽然在想着,却一直听着,
号角吹响后,比武场上有人
喊着她的名字和称号:"美女皇后。"
——她看到佩里亚这么强壮,心想:
他或许可以为我去比武,把那只金手镯
赢回来——这样,他也会高兴的。
她是如此亲切,
他几乎认为他的愿望和她的是一致的;
她的骑士与侍女都会亲切地对他,
因为她是伟大的女人。
他们到达卡利恩后,
在去寄宿之前,伊塔雷握住他的手,
"噢,结实的手啊,"她说,
"看!看着我!你会为我去比武
为我赢得那只手镯吗,佩里亚?
这样我可能会爱你。"
他无助的心开始跳动,喊道:"啊!
如果我赢了,你会爱我吗?"
"嗯,我会。"她回答,然后笑了笑,
紧紧地捏了他的手,用力甩开;
然后她斜眼看了一眼那三位骑士,
最后所有的姑娘都和她一起笑了起来。
"噢,幸福的世界,"
佩里亚想,"我想,所有人都很幸福;
但我是最幸福的!"
那一夜他兴奋得无法入眠,
绿色的森林道路,树叶上的眼睛;
早上被封为骑士后,

他发誓只爱一个人。他离开后,
碰到他的人都回头看他,
在背后很惊奇地望着他,
因为他脸上的表情像一位老教士,
面对着由上帝点燃的火
燃烧着的祭品那般高兴;
他也有这般高兴。
亚瑟王举行了盛大宴会,宴会上有来自
四面八方的陌生骑士;每个人都坐着,
虽然餐桌上的佳肴有的来自天空,
有的来自地上,有的来自河里,
有的来自海洋,但在用餐过程中,
每个人还是会用眼睛,
估计一下自己身边骑士的体格与力量。
佩里亚看起来是最高贵的,
因为他梦想着那位女士会爱他,
他知道自己受到国王的宠爱;
在听到任何一点点对他的窃窃私语时,
他都会很感动,因为自己是新近受封的
骑士,受到人们的崇拜,而不是其他原因。
早上太阳升起后,比武即将开始,
这次的比武叫"年轻人的比武盛会";
因为亚瑟王爱他的年轻骑士,不让那些
年长或太过强大的骑士参加比武,
佩里亚可能会得到
她心目中那位姑娘的爱——
因为她承诺了,然后成为比武冠军。
亚瑟王把比武场地
定在乌斯克霍顿海岸的平原上;
矮护墙外围满了人,

高塔上的人也挤到塔锋，
号角吹响，比武开始。
一整天，佩里亚爵士节节取胜，
满载荣誉；最后凭他那只结实的手，
赢得了骑士剑和金手镯。
他爱的女士高兴地叫了起来，
骄傲与光荣之火在她脸上燃烧，
她的眼睛火花四射；
她从他的长矛上取下金手镯，
然后在众人面前为自己戴上。
但这是她最后一次对他如此亲切温柔。
伊塔雷在卡利恩逗留了一段时间——
她看到其他人会很热情，
唯独对他的那位骑士冷冰冰的；
吉娜薇看到萎靡不振的佩里亚，
对伊塔雷说："我们都惊叹你的美貌，
噢，姑娘，你不该让那位为你赢得荣誉
的骑士整天愁眉不展的！"
她回答："你怎么不去凉亭抱着你的
兰斯洛特呢？我的女王，他可没赢。"
女王听到这句话，像是自己的脚
　被蚂蚁咬了一口，
瞥了一眼伊塔雷，转身走了。
后来，伊塔雷与随她来的那些姑娘
和三位骑士，
起程回家时，佩里亚在后面跟着。
伊塔雷看到他后，喊道："姑娘们——
说出来真是丢脸——
我实在受不了那位'小屁孩儿'了。
你们回头拦着他。我宁愿跟我们同行的

骑士是个老于世故的糟老头，
和我们开开玩笑，即使他比灰熊还灰！
我把他交给你们，别让他靠近，
如果你们愿意的话，可以给他吃些食物，
或者给他讲讲狼和羊的故事，就像一个
尽心的妈妈给她的孩子讲故事一样。
不，如果你们讲好笑的，
让他找到自己的勇气，这很好；
但如果他逃开了，
这只是小事！随他去。"
姑娘们听着她在讲，
看到她那只残忍的小手，
于是把他包围住，不让他靠近，
直至到达家里。
在路上，姑娘们按照她的吩咐，
不让佩里亚在她身边耍什么花招，
所以他也就不能和她说上话了。
到达自己的城堡时，她跳上一座桥，
穿过河槽，下面围着铁格栅栏，
他却被拦在了外面。
"这些都是姑娘们用的方法，"
佩里亚想，
"为了考验爱她们的人是否忠诚。
是的，我接受她的一切考验，
因为我是如此忠贞不渝。"
他低声说着。夜幕降临之时，
他在附近找了一家小修道院住下，
但他每天大清早起床，无论晴雨，
都会把武器置于马背之上，
自己则倚城墙而坐，

圆桌骑士　233

但从没有人给他开过门。
他的坚持却让伊塔雷由鄙视转为愤怒。
她把那三位骑士叫来,命令道:"去!
把他从城墙边赶走。"他们来到城门边,
向他冲去,却被他一一打倒,
于是只能狼狈而归;
而他还是一直在城门下留神等待。
渐渐地,她由怒生恨;
一个星期后的一天,
她与那三位骑士从城墙上走过,
指着下面说:"看,他阴魂不散——
让我无法呼吸——总是缠着我!
下去!打他!
让我的恨化为你们的力量,将他赶走。"
于是他们再一次来到城门边,
但是佩里亚又把他们打得屁滚尿流;
伊塔雷看到这些,在城墙上大喊:
"把他绑了,拉进来。"
他听到伊塔雷的声音,那双结实的、
打败了几个奴才骑士的手,
才自动伸出来让他们绑住,带进了城堡。
他来到伊塔雷面前,她的美丽动人,
只要看一眼,
就会把他的心房获,不能自已。
他开心地说:"看看我,女士,
我愿意成为你的犯人,你的奴隶;
如果你让我留在你的城堡,
我每天哪怕只看你一眼,
也就心满意足了;因为我曾经发过誓,
而你也对我发过誓,我知道所有的痛苦

都是你对我忠诚的考验,而你自己,
当你看到我这么筋疲力尽,
最后终于愿意把你的爱给我,
让我成为你的骑士。"
然而伊塔雷却和她的侍女一起,
痛骂了他一顿,让他哑口无言,
但当她嘲笑他的誓言和伟大的国王时,
他突然开口说话:"同情一下你自己吧,
别太激动了,女士,静下来;
国王是你我的吗?"
"傻瓜,"她说,"我不想听他讲话了,
只想让他马上离开。帮他把绳子解开,
然后扔出城门;
如果他再愚蠢地还手,就别想回来了。"
三位骑士笑了笑,解开他的绳子,
把他扔出了城门。
又过了一星期,她把那三位骑士叫来说:
"他还在那里,简直像一条看家狗!
踢也踢不走;你们也很恨他,对吗?
你们心里清楚;
碰到像他这么幼稚的人,让人如何忍受?
你们这几个混饭吃的东西,
难道就没人打得过他吗?
你们几个一起扑上去,即使你们宰了他,
我也不会介意的;如果不行,
你们这些奴隶,听我的命令把他绑了,
像上次那样绑回来。
这样你们总杀得了他吧。"
她说完,他们按照吩咐,挺着长矛,
三个对着他一个。受命独自冒险的高文,

刚好经过这里，
他看到堡垒的城门边三人在欺负一人；
这种恶行使他心中那股荣誉与高尚之火
燃烧了起来，喊道：
"我与你一起对抗他们——
真是卑鄙小人！"
"不，"佩里亚说，"我要独自对抗，
我不需要任何帮助，
这是我自愿为我的姑娘做的。"
所以高文只能忍着，
任由这种恶行在自己面前发生。
愤怒和急躁让他开始颤抖，
就像一只狗，看到面前的歹徒时，
先忍耐着打一会儿哆嗦，
然后扑上去把他咬死。
但佩里亚以一敌三，把他们打倒在地；
他们一跃而起将他绑住带进了城堡。
她先把佩里亚丢在一边，
对着她的骑士大发雷霆，
责骂他们是胆小鬼、懦夫、挨打的狗：
"你们连碰都碰不到他，
更不用说把他绑住，他才是赢家，
把他带走，扔出城门，
让救他的人给他解绳。
看他还敢不敢再来。"
——说到这儿，她戛然而止；
佩里亚回答说："女士，我的确很爱你，
也认为你有闭月羞花之容，
但是你恶意伤害别人，
玷污自己的美丽，

我实在是看不下去了；
我也实在无法想象你竟然不守誓言。
我宁愿你曾值得我的爱，
可现在我也不会再爱你了——再见。
虽然你毁了我的希望，但毁不了我的爱，
你不需要发火；
你以后再也看不到我了。"
他说话时，伊塔雷一直盯着他看，
他虽然被人绑着，但不失王子风范，
她想："我为什么要把他推开呢？
这个男人是爱我的，如果有爱存在的话；
但是我并不爱他。
为什么呢？因为我认为他是傻瓜吗？
如果是，那又怎样呢？还是他的某种
特质得不到我的赞赏？——
那种特质比我的高尚吗？
但他不是我喜欢的类型。
如果他了解我，就不可能爱我了。
不，让他走吧——快点走。"
三位骑士没有笑，
只是把他赶出了城门，没给他松绑。
高文飞奔过来，为他松了绑，
然后把那些绳子扔到了城墙上；
随后，从像乞丐的破衣服里伸出手，
和他握了握手，"我的信仰，
我的天哪，"高文说："你不会是？——
是的，你就是他，
你是亚瑟王最近授封的圆桌骑士；
是的，还赢得了那只金饰环是不是？
你为何要毁损我和其他圆桌骑士

心里对你的这份敬意，
而让那些小人任意糟蹋呢？"
佩里亚回答："噢，这都是她的命令，
我曾为她赢得了金手镯；
也是顺了她的愿，所以才被绑起来，
这样才能见她一面，虽然她嘲笑我，
伤害我，有损于她的美丽，
没有当初在森林中看到的那么完美了；
虽然她把我绑起来当面羞辱我，
所有人都嘲笑我，但是我愿意被她绑住，
只要让我见到她就行；如果看不到她，
我到死都不会开心的。"
高文带着轻蔑，好心地跟他说：
"为何要让我心爱的女人随意绑着我，
为何要让她随意打我；
如果她让手下奴役我这双好战的手——
让耶稣杀了我吧，我会用我的手腕
把她手下的双掌撕成碎片，
然后让她为他们装上假肢，
她尽管咆哮吧！把我当成你的朋友。
行了，你什么都不懂；我在此发誓，
是的，以圆桌骑士的名誉发誓，
我会对你忠心，为你办事，
让那位该死的公主乖乖地听你使唤。
你的马和武器借我一用，
我会跟她说我已经把你杀了，
然后她就会想听我讲述我们打斗的细节；
在我被她召见后，
我会从早到晚在她面前赞美你，
说你是最强大的骑士，[4]

最真诚的爱人，说尽赞美之词，最后，
她就会渴望着让你起死回生，
她就不会再绑你了。
如果是那种无恶意的捆绑，
那会是很温馨的，比自由都要珍贵。
所以现在，把马和武器交给我，
让我去见她；这样我心里才会舒服。
给我三天时间，
我会让她完全沉迷于幻想，
希望在第三日的晚上，
我会给你带来黄金的消息。"
除了他的奖品：那把骑士剑外，
佩里亚把马和所有武器都借给了高文，
自己则拿着高文的东西，
说："不要背叛我，帮我——
你是不是像人们说的那样玩弄爱情？"
"对，"
高文说，"因为女人都是水性杨花的。"
说完，骑着马，
朝着城堡的方向扬长而去，
他扬起挂在脖子上的猎号，
吹响了它，吹得如此美妙，
古老的城墙散发着回音，
仿佛置身于狩猎时节空洞洞的森林里。
十几个姑娘跑到城墙上看；
"滚，"
她们喊道，"我们公主不爱你！"
高文摘下他的面甲，
说："我是高文，来自亚瑟王宫的高文，
我已经把你们憎恨的那位

佩里亚给杀了。
你们看，这是他的马和武器。
把门打开，
我会把这件喜事讲给你们听的。"
她的侍女们跑到下面，
对她喊道："看！佩里亚已经死了——
他说的——马和武器都在他那里；
您让他进来吗？
他把佩里亚给杀了！
他是高文，亚瑟王宫里的高文，
高文爵士——他在城门外等候，
吹着猎号，好像怕我们不让他进来。"
她让人打开门，高文爵士骑着马，
穿过大门，笔直往前，
她礼貌地跟他打招呼。
"死了，是吗？"她问。
"嗯，嗯，"他说，
"他快死的时候一直喊着你的名字。"
"真可怜，"
她回答，"他是位优秀的骑士，
但他一刻都让我无法忍受。"
"嗯。"高文想：你果然够漂亮的；
但我已经对你讨厌的那位
"死人"发过誓，说我会让你爱上他。
这三天中，佩里亚一直等着，
心里充满着疑惑，
漫无目的地在这片土地上游荡，
到了第三天晚上，天上的月亮
给森林中的道路带来了光明的希望。
夜晚很安静却很热；

远处一直传来高文的歌声——
佩里亚曾听他在女王面前唱过，
看到女王突然很认真地听着他唱——
这让佩里亚困惑不已，焦躁不安——
歌名叫《玫瑰里的虫》。
"玫瑰，只有一枝，我唯一的玫瑰，
玫瑰，一枝玫瑰，人们惊叹你的美丽，
一枝玫瑰，让天和地欣喜，
一枝玫瑰，我的玫瑰，我的空气
因你而甜蜜——我不介意那些刺，
因为它们永远都在那里。
一枝玫瑰，慢慢合拢，
一枝玫瑰，合拢了，凋零了，
我只有一枝玫瑰——还有其他吗？
一枝玫瑰，我的玫瑰；
永不凋零的玫瑰——爱它的人死了
——如果那只虫子在里面。"
听到这支温柔的曲子，他越发怀疑：
"为何高文带着黄金消息，
迟迟不肯来？"
他感到震惊，坐立不安，午夜没到，
就骑着马来到了伊塔雷的城下，
把马牢牢系在了门旁，[5] 城门大开，
无人看守；所以走了进去，
里面一片寂静，只听到自己的脚步声
和心跳的声音，因为一切风平浪静，
只有他自己和影子在移动着。
他穿过宫殿，在大厅和凉亭里
没有看到一丝光线，却发现后门
也敞开着；他走上一个斜坡，

坡上开满了红玫瑰和白玫瑰，
荆棘在玫瑰丛里蔓生，[6]继续往上走，
发现在柔和的月光下，一片寂静，
除了一条从一个小洞里流出来的小溪，
在月光下闪着光，
流入玫瑰丛里，最后消失不见。
他注意到，在灌木丛上，
高耸着有三座亭台，
亭台顶部镀着金，[7]其中一间亭里，
她的那些迟钝的骑士[8]在狂欢后，
躺在那里呼呼大睡，他们的三个侍从
也搭着他们的脚淋漓酣睡；
第二间亭子里躺着她的四个侍女，
做着美梦，但嘴角挂着邪恶；
在第三间亭子里，
他看到比武赢得的那只金饰环，
戴在她的额上，躺着伊塔雷和高文。
就像划开树叶后发现一个巢，
感觉有条蛇在里面一样，
他向后退了几步：就像一个胆小鬼
看到害怕的东西偷偷向后溜了几步，
或者是被人揪出的叛徒，或者挨打的狗。
佩里亚受到如此大的羞辱，
还有什么脸面再出现在亚瑟王的宫殿，
他手里握着剑，一直退到
城堡的那座桥上，他想："我要回去，
在他们睡着的地方杀了他们。"
于是他又回到了那座亭子，
看到他们还在睡觉，
说："是的，真是亵渎神圣的睡眠，

入睡时分就是你们的死期。"
拔出他的剑，打算下手，想："什么！
趁一位骑士睡觉的时候对他下手？
我在国王面前发过誓，
不能背叛这份兄弟情。"又说："啊，
怎么会有像他这种可耻的骑士！"
然后转身打算离去，但又一次回过头来，
低声抱怨着，把拔出的剑
放在他们的脖子上，又把剑一扔。
他们还在睡梦中；
伊塔雷躺在那儿，
额头上套着比武赢得的金饰环，
而那把骑士剑则靠在她的脖子上。
佩里亚回到城门外，上了马，
望着伊塔雷的城堡——在黑暗中
看起来大得多了，然后顶着月光，
大腿用力一夹马鞍，紧握双手，
像疯了一样，低声抱怨道：
"倘若在最后一天，
他们会不会躺在血泊里，
还起来反抗我？但我还是会在上帝面前，
同样回答他们。
噢，城堡，如此坚固，
如此巨大，如此坚实，[9]愿我一看你，
地震山摇，把你连根拔起，
愿大地咆哮，炸毁那个妓女的塔顶，
烧毁塔内的一切；
黑暗有如妓女的内心——
如骷髅般空洞！
把那些妓女的骨灰卷走，

卷入粪坑，卷进荨麻！嘶叫吧，蛇——
我看到你在那儿——让狐狸尖叫，
让狼怒吼！在这夏日夜深人静，
人们都在做着美梦之时，
除了我还有谁会在此呐喊？——
只有我，可怜的佩里亚，被她叫作傻子。
傻子，野兽——
是高文，她，还是我？我是傻子，
是野兽，因为我毫无智慧——
真爱的考验，让我受到奇耻大辱——
是爱吗？——
骑士我们都一样，都是野兽；
只有国王才有本事把我们变成傻子，
撒谎者。噢，高贵的誓言！
噢，伟大、理智、单纯的野兽，
你们没有欲望，
因为你们的世界里没有法律！
我为何要爱她，而让自己蒙受耻辱呢？
我恨她，因为爱她让我蒙羞。
我从没爱过她，我只是渴望得到她——
走！"——
他使劲踢了一脚马刺，
马儿一跃而起，消失在夜色之中。
伊塔雷朦胧中感觉到自己脖子上
有冰冰的东西，醒过来一看，
是那把骑士剑，转身对高文说：
"你这个骗子，你没有把佩里亚杀了！
他刚才在这里出现过，
还差点儿杀了你我。"
编造事实的高文对她说，

如果她开始迷恋佩里亚，把他当成
一位真诚的骑士和唯一的爱人的话，
那么她就是在蹉跎岁月，
浪费生命，爱他却永远也得不到他。
佩里亚一路疯狂，花费了半个夜晚，
穿过草原平地，踢起一块块草皮，
越过高低不平的道路，激起一串串火花，
直到天上的星星唤醒沉睡的太阳，
他来到波希瓦尔修道的塔附近，
看到了黎明的曙光，不知道什么原因，
这些话在他心里一闪而过：
"噢，甜美的星星，
在黎明圣洁的曙光中是如此纯洁！"
他应该要失声大哭的，但是眼睛
却比那夏日里的泉池还要干涩。
一群乡村姑娘会来到喷水池，
然后在那里闲聊，但是四季轮回，
她们只有在天公作美，
让池里涨满水的时候，才会来到这里。
他的眼神冷酷，内心冰凉；
四肢疲惫至极，所以说话都气喘吁吁：
"我是来自亚瑟王宫的骑士，
却落到如此下场，让我长眠于此吧！"
说完就倒在了地上，
因为只有熟睡的时候才能让他忘记悲伤；
他梦到高文放了一把火，
烧了莫林建造的宫殿，
晨星在烟雾中旋转，变成火焰坠落了。
他突然惊醒。
醒来后，发现有个人在他身边，

圆桌骑士 239

那人把手放在他身上，好像要把他撕烂，
他喊道："虚伪！
我曾以为你和吉娜薇一样纯洁。"
站在他身旁的人是波希瓦尔，
他回答道："我虚伪吗？
吉娜薇纯洁吗？还是你在说梦话啊？
或者是你这个直言不讳的圆桌骑士
没听说过兰斯洛特？"——
说到这儿，波希瓦尔突然不语了。
他带佩里亚爵士回到他的修道院，
感觉像带着一位负伤的战士一样，
那把刺伤佩里亚的剑仿佛再一次刺入
他的身体，而且刺得更深了；
佩里亚退缩了一下，悲叹道：
"女王虚伪吗？"波希瓦尔缄默不语。
"我们所有的圆桌骑士都不守诺言吗？"
波希瓦尔还是一语不发。
"那么，国王真诚吗？"
"他是国王！"波希瓦尔说。
"哎，你怎么把人类与野狼相提并论。
什么！你疯了吗？"佩里亚狂跳起来，
冲出大门，跳上他的马，匆匆离去。
他对自己的马，甚至对自己和所有人
都毫无怜悯，只管走他的路。
他碰到一位跛子，
一只手伸出来请求他人施舍——
那人驼着背，像一棵矮小的老榆树，
快要被大风吹得倒在一边，
佩里亚没有停下，而是骑到他前面，
叫道："虚伪，和高文一样虚伪！"

说完，把他打得鼻青脸肿，
然后继续向前飞奔，穿过重重山峦，
越过片片森林，直到世界的转弯之后，
那种阴郁将所有的道路被黑暗笼罩。
他猛拉缰绳，熟练地时而跳上马背，
时而跃下地面。
当他看到莫林建筑的那座宫殿，
因水平的死青条纹而变化时，
"老鼠的黑窝，"
他低声沉吟道："你建得太高了。"
不一会儿，兰斯洛特爵士从城门里出来，
轻盈自然地骑着马。
他刚和王后做了亲切的告别，
心里暖暖的，平静地看着天上的星星，
惊叹它的存在；而佩里亚则安静地
穿过这片成熟的草原，两人碰到了一起；
兰斯洛特说：
"你叫什么名字？为什么这么吃力，
茫然地在这里走来走去？"
"没名字，没名字，"[10]
他喊道，"我是一条鞭子，
来鞭打圆桌骑士里的叛徒。"
"是吗，你的名字呢？"
"我有很多名字，"
他说，"我叫愤怒、耻辱、
怨恨和声名狼藉，我像一阵有毒的风，
要把兰斯洛特和女王的罪恶吹走。"
"如果你把我打败，"
兰斯洛特说，"你就可以进去了。"
"那就开始吧！"年轻的佩里亚喊道。[11]

两位骑士各自后退了几步,
但是当他们开始交锋时,
佩里亚疲惫的马张皇失措,
把他的主人甩了下去,
他只能在黑暗的草原上大叫:
"你这个虚伪的东西;
杀了我吧,我没带剑。"
兰斯洛特说:
"是的,你的嘴巴够尖锐的;[12]
杀了你,你就不会这么嚣张了。"
"那就动手吧,"
他尖叫道,"这样我就可以死心了。"
兰斯洛特脚踩在佩里亚身上,
眼珠上下打转,过了一会儿,对他说:
"起来吧,懦夫;我就是兰斯洛特!"
兰斯洛特慢慢地骑着他的战马
回到卡米莱特,而佩里亚爵士,
简单地说,从黑暗的草原中
完好无缺地站起身,跟着他进了城。
巧合的是,两人同时进入宫殿,
脸色苍白,疲惫不堪。
吉娜薇和她的骑士,
还有侍女正在大殿里。

她看到兰斯洛特这么快就回来了,
感到很是惊讶,然后看着佩里亚,
但他没有理睬她,找了张椅子坐下,
气喘吁吁的。"你们两个打架了吗?"
她问兰斯洛特。"嗯,我的女王。"
然后她转向佩里亚说:"噢,
年轻的骑士,是你忍受不了被他打败,
心里失去了所谓的伟大的骑士精神吗?"
他又不声不响。
"还是你有其他苦衷?
如果我这位女王帮得到你的话,
请张张嘴,让我知道。"
佩里亚抬起一只眼睛,
凶恶的眼神让她打了个战栗,
他嘶声喊道"我没有剑",
然后飞快起身走出宫门,消失在黑暗中。
女王严厉地看着她的爱人,他也看着她。
所有人都预见那悲哀的一天即将到来;
所有的说话声,
像树林里鸟儿的歌声,
在猛兽的阴影下,渐渐消逝。[13]
随后,王宫陷入了长时间的沉默中,
莫德雷德想:"艰难的日子即将来临。"

## 注释

[1] 这个故事自1869年首次出版以来，几乎没有什么改动，除了插入了一段诗句。这个故事来源于马洛里，但是诗人修改了许多细节，结尾部分做了改变。

[2] 参见《杰兰特的婚事》。

[3] 1869年的版本是这样的："佩里亚盯着她，并想……"

[4] "最强大的骑士"也就是最勇敢、最英勇的骑士。比较斯宾塞《仙后》："因为他们是世界上最强大的骑士。"

[5] "夜晚很安静却很热……把马牢牢系在了门旁……"这二十四行在1869年的版本中只有下面这些行：

夜晚很热：他坐立不安，午夜没到，
就骑着马来到了伊塔雷的城下，把马牢牢系在了门旁，等等。

[6] 1869年的版本为：

他穿过宫殿，
发现后门敞开着；
他走上一个斜坡，
坡上开满了红玫瑰和白玫瑰，中间还混杂着野蔷薇等。

[7] 1869年的版本为：

他注意到那里耸立着一些白色的亭台，
有三座位于灌木丛中，亭台顶部镀着金。

[8] "她的那些迟钝的骑士"指她那些愚蠢、没用的骑士。一些年老的作者认为："迟钝的"（lurdane）（真正来源于古老的法语"lourdin"，dull 和 blochish 来源于 lourd）是"戴恩勋爵"（lord Dane）的讹化词，是从"丹麦人"（Danes）派生出来的。它可作名词和形容词。比较《地方官员的真实写照》：——

在每个房子里，戴恩勋爵都是支配者，
Whence laysie lozels lurdanes now we call.

［9］1869年的版本为"如此坚实"等。

［10］1869年的版本为"我没名字"等。

［11］1869年的版本为"另外一个人喊道"。

［12］利特代尔评论说："诽谤的舌头的暗喻，即唇间的尖锐武器，毫无疑问几乎和人类起源本身一样古老。"

［13］比较《兰斯洛特爵士和吉娜薇王后》：
有时候，食雀鹰会盘旋着，
为了避免犯错误，使所有的树丛都变得寂静。

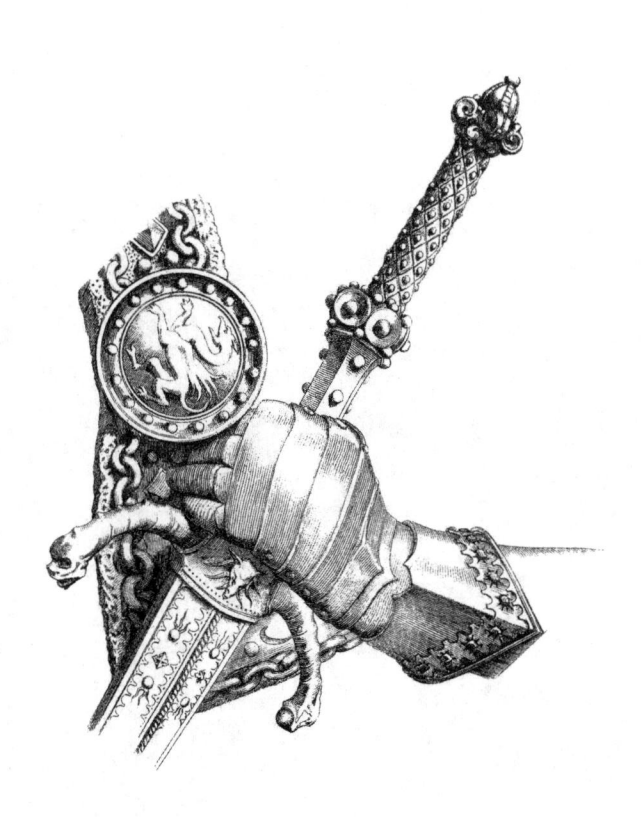

圆桌骑士

最后的比武大会[1]

THE LAST TOURNAMENT

达戈尼特，人称小丑，
是亚瑟王的一名圆桌骑士，
高文高兴时常常模仿他。
在卡米莱特宫殿前方，
有一片红色的森林，达戈尼特在这里
跳上跳下，像一片凋零的树叶。
一位手里拿着竖琴的骑士向他走来，
那人头顶镶着红宝石的金项圈
晃来晃去，这金项圈便是
特里斯坦在昨天的比武中获得的奖品。
他对达戈尼特说：
"你为何这样跳来跳去，小丑爵士？"
事情是这样的：一次，
亚瑟王与兰斯洛特爵士骑着马，[2]
经过一座蜿蜒陡坡的下方，
远远听到一个孩子的哭声。
一棵半死的橡树墩倒在悬崖上，
它的根部像雕刻的蛇盘旋而成的黑圈。
悬在半空中的树上有一个鹰巢；
一阵带着雨点的风吹过，
那个小孩的哭声随风飘入他们的耳朵；
兰斯洛特爬上悬崖，
从那个处在危险中的鹰巢中，
带回来一只小雌鹰，
一条完好无损的红宝石项链，
在那只鹰脖子上绕了三圈。
国王可怜这只鹰，
所以把它带给女王饲养。
女王冷漠地默许了，
用她那白皙的双臂接过小鹰，之后，
便温柔地爱护着它，把它叫作"小鸟"，
这样，女王暂时忘了自己，
也忘了心中的忧虑；但是，
严寒把这个小生命活活地从她身边夺去，
而这个红宝石项圈，
总会引起她对这只小鸟悲伤的回忆。
所以，她把它拿给亚瑟王，说：
"这些珠宝是从逝去的无辜生命的脖子
上取下的，你拿去，如果你愿意的话，
把它们作为比武的奖品吧。"
国王说："安息吧，死去的小鹰，
死后的荣誉，我会按照你的意愿执行的！
但是，我的女王，我很惊讶，
我从小湖里救起来的那些宝石，[3]
为什么你不戴在手上、
脖子上或腰带上呢？
我想，兰斯洛特赢得这些宝石，
是给你的吧。"
"我宁愿你把它们都扔了，"
她喊道，"沉到水里，永远消失——
它们对我来说是不祥之物，
让我很痛苦！——你看起来很吃惊，
你还不知道它们到了我手中后，
马上就消失了吧——我倚窗户站立时，
它们就从我的手里
滑到下面的河里去了——
因为那位不开心的小孩——伊莱恩，
躺在船里刚好经过；但是我现在拿着的
这些珠宝会给人带来好运，
因为它们不是从手足相残中得来的，

而是来自一只可爱、幼小的雌鹰。
也许——谁知道呢?
——你最纯洁的骑士,
为了我身边最纯洁的侍女,
可能会努力去争夺这些珠宝呢。"
王后话音刚落,从卡米莱特所有的荒原
到最远城堡的小道,到处都在宣告
这次大型的比武,吹着号角;
所有的骑士带上武器,
准备那天在国王面前赢得荣誉。
那天早晨,天气晴朗,
一个贱民蹒跚地进入王宫,
他的面部颧骨突出,脸上全是鞭痕,
鼻梁断裂,一只眼瞎了,一只手断了,
还有一只手上的手指被摧残得无法动弹,
国王义愤填膺地对他说:"我的贱民,
耶稣主已经不在世了,还有哪只
邪恶的野兽敢用他的爪子抓你的脸?
是恶魔吗?还是人类把他对上帝的愤怒
都发泄到你身上了?"
他的话从破裂的牙齿边缘喷溅而出,
这些牙齿对于他的舌头来说
还是陌生的,那个残废的贱民说:
"他把它们偷走后,
赶到他的城堡里去了——
有些人说他是你的圆桌骑士——
有几百个好心人这么说——
说他是红色骑士——
国王啊,我是以养猪为生的,
那个红色骑士突然闯进了我家,

然后把我的猪都赶到他的城堡里去了;
我跟他说,
我以绅士和贱民的名义维护正义,
但他却伤害我,把我打成残废,
差点儿当场就杀了我,他要我发誓
给你带一个消息,说:
'告诉国王和他所有的骗子,
我已经在北方成立了我自己的圆桌骑士,
无论他的骑士立下什么誓言,
我的骑士都会反其道而行的——
我的城堡里都是妓女,
就像他王宫里的一样,
不过我的要更诚实一些,因为她们
坦承自己是妓女而不是其他什么人——
我的骑士都像他的骑士一样,都是奸夫,
但是我的骑士更加真诚,因为他们坦承
自己的为人;他的日子已尽,
异教徒会骑在他头上,
他的长矛将会断裂,
他的圣剑也发挥不了作用了。'"
亚瑟王转身对肯总管说:"把我的贱民
带下去,像对待国王的王子一样,
细心照顾他,直到他的伤病痊愈为止。
那些异教徒——
就像是永不退去的骇浪,
总是以空泡沫的形式卷回来,
已经有好多年没有动静了——
有叛徒、小偷、土匪,骚动中被离弃
的人和被整个王国驱逐到其他地方的人,
朋友,拿出你们的男子气概和忠心——

圆桌骑士 247

现在他们在北方
选出了他们最后一位撒旦般的首领。
我年轻的骑士,新受封的骑士,
你们的花朵
正等待黄金时机结出丰硕的果实,
随我去平息这场风波,如果成功了,
那么沿岸最偏僻的道路也会很安全了。
但是,兰斯洛特爵士,
你明天要暂时接替我的位置,
为这里的人主持公道;你愿意接手吗?
只需让王后尽好自己的职责。
说话啊,兰斯洛特,你怎么一直沉默啊;
可以吗?"兰斯洛特爵士回答说:
"可以,但如果国王留下来,
而让我带着您的年轻骑士前去,
就更好了。
如果不行的话,因为这是国王您的意愿,
我会遵从的。"亚瑟王起身离开,
兰斯洛特跟在后面,
当他们走到门外时,国王转身对他说:
"按你说的做好吗?我是否该受责备,
因为我常常只是发号施令的人,
'声音只在耳朵里'?
自己有脚却懒得走,
有嘴却只会命令人——他们的眼神
似乎对我的命令只有一半忠诚——
另一些人的行为有些不尊敬——
或者是我梦到我的骑士
举止不再饱有男子气概了,更加卑贱了?
还是我害怕我的王国,

原本是由骑士们立下誓言,
行高尚之事而建立起来的国家,
却因为困惑与暴力,而回到原始的
野蛮状态,一切不复存在?"
他说完,带着他所有的年轻骑士,
从这座斜坡上的城市,骑着马往下走,
在大门边突然转向北驶去。
女王正在她高高的凉亭里织锦,
抬头看到她的丈夫经过,
却不知道自己在叹气。
她的脑海里忽然想起了
逝去的莫林说过的一句话,这句话
有着奇怪的押韵:"知道的人在哪里?
从深海而来,又回去原地。"
有些人嘲笑这场比武是"死去的天真"。
比武当天的早晨,忽然吹起一阵湿湿的
大风,兰斯洛特头痛了一个晚上,
亚瑟王的话像一只食肉鸟,
尖叫着飞到他的耳朵里,他起床
走到下面挂着一层层洁白锦缎的街上,
孩子们手里拿着金色酒杯,
坐在一个喷着葡萄酒的池子边上。
他来到比武场上,神情悲伤地
慢慢登上国王那张刻着两条龙的椅子。
他向四周瞧了瞧,看到在辉煌的画廊里,
夫人们、姑娘们为了表达对女王的仰慕,
个个穿着白色的衣服,
纪念那只纯洁的小雏鹰,
有些人还零散地戴着些珠宝,
就像河岸上的白雪,混合着火花。

他只看了一眼，又垂下了目光。[4]
号角突然吹响，就像做梦时
半醒着的耳朵，听到一声秋天的雷鸣
发出低沉的隆隆声，比赛开始了；
风一直吹着，黄色的树叶飘落下来，
阴暗笼罩大地，天空只剩下些许微光，
这时候阵雨落下，
那些剪掉的羽毛也随风飘荡下来。
兰斯洛特疲惫地叹了口气，像是一个人
坐在那里看着火光慢慢熄灭，
当所有较高贵的客人走了之后，只有他
这位大裁判坐在那里看着比武场。
他看着他们违反比武的规则，
却毫不吭声；有一位骑士被打败，
倒在他仲裁的王位前，嘴里还咒骂着
那只死掉的小鹰和国王的蠢行；
还有一位骑士被打得头盔尽裂，这时，
莫德雷德就像一只躲在洞里的害虫，
狭长的脸转向兰斯洛特，
仿佛在嘲笑那位骑士。
不久后，
他听到一个声音，震动了栅栏，
像海洋般对着另外一位骑士咆哮着，
这位是刚进来的，比其余人都要高，
穿着森林绿的盔甲，
上面的图案是被困的一百只小银鹿，
头上只戴着一簇圣花，
花上点缀着浆果，盾牌上放着一支矛、
一把竖琴、一支猎号——
他叫特里斯坦——

最近才从海外的布列塔尼归来，
在那里，他娶了一位公主
叫作纯洁的伊索尔特，
——森林中的特里斯坦爵士
——兰斯洛特认识他，
迫不及待地想找个时间
亲自好好修理他，现在看到他，
很想把自己的内心的负担发泄到他头上，
狠狠地打他一顿，甚至想打死他。
兰斯洛特结实的双手
紧紧地握着左右扶手，
那刻着金龙的扶手凹了进去，
最后愤怒地开始低吟——
有许多骑士头盔上
戴着他们心爱的姑娘送的信物，
特里斯坦爵士把他们一个个
从自己面前打到界限外，
但他们却站起来，开始嘲弄他，
他说："懦夫！噢，真是羞耻！
他们对自己发誓要爱的人还有什么忠诚？
圆桌骑士的荣誉已不复存在了。"
特里斯坦获胜了。
兰斯洛特把宝石给他，只说了句：
"你赢了吗？你是最纯洁的吗，兄弟？
看，你拿奖品的手是红色的！"
特里斯坦有点受不了
兰斯洛特那倦怠的样子，回答他说：
"是啊，但你为何把这个宝石扔给我，
就像扔一块干骨头给一只饥饿的狗呢？
那可是你的王后喜爱的东西。

在国王的比武消遣中，
有精神力量和强壮四肢的人中，
拥有应用能力和技巧的人才是赢家。
我的手——或许是长矛轻轻碰到了——
我想，那不是我的血；
但是，噢，第一骑士，
战场上亚瑟王的得力助手，
伟大的兄弟，世界不是你与我能创造的；
你有美丽的王后，开心点吧，
就像我赢得奖品也会很开心。"
特里斯坦绕过画廊，
骑着马半旋转了一下；
然后鞠躬致意，直言不讳地说：
"美丽的姑娘们，每个男人心里都有
唯一一位他爱慕的美丽女王，但今天，
我发现我的美丽女王不在这里。"
大多数姑娘都默不作声，有些人很生气，
一人低声说："礼貌都全然不在了。"
另一人说：
"圆桌骑士的光荣已经不复存在了。"
天空下起了大雨，骑士摘下头盔，
戴上斗篷，开始抱怨天气。
暗淡的天空渐渐黑了下来，
潮湿的空气中，大家都疲惫不堪；
女王悲伤地皱着眉，
一位皮肤黝黑的人[5]尖声笑了笑，
喊道："赞美耐心的圣人，
今天美好的'纯真'比武已经过去，
虽然还有些留恋。管他呢！
如果世上只有四季开花的雪莲，

那这世界就会和冬天一般萧条。
快——让我们的女王和兰斯洛特
那悲伤的眼神明朗起来，[6]
在今天这个严肃的夜晚，
让草原上充满各种颜色的花儿。"
于是所有夫人、姑娘们穿上
各种鲜艳的礼服，开始享受宴会；
那位编故事的高文曾拿她们做了个比喻，
他说，当仲夏的雪花整整落了一小时后，
山脉上白雪皑皑，
所有紫色山坡上的花朵都被压在下面，
但当温暖的阳光重照大地，
风儿顺转，所有的花朵又会恢复生机，
所以这些夫人和姑娘
抛下了那单调的白色，身着五颜六色，
闪闪发亮，有草绿、剪秋萝红、
野风信子蓝、毛茛金和罂粟红，
她们在狂欢中光彩夺目，不顾礼仪，
开怀大笑，这让女王非常吃惊，
加上对特里斯坦
和那毫无规则的比武的愤怒，
她消散了这些人的嬉闹后，
蹀步离开这里，
慢慢走到自己的凉亭，内心很悲痛。
接下来就是那日清晨，小达戈尼特
在宫殿前面那片秋叶枯黄的森林里跳
来跳去，像一片凋零的树叶随风飘落。
特里斯坦问他：
"你为何像这样跳来跳去，小丑爵士？"
达戈尼特突然向后转，回答道：

"也许是因为没有聪明人和我做伴吧,
或者是愚蠢吧,因为我看到太多的智慧
让这个世界都腐化了,为什么?
或许我这样跳着,才能知道自己
是世上最有智慧的骑士吧。"
"真是蠢人,"特里斯坦说,
"但是,没有歌曲,跳舞多无趣啊,
我来弹一首回旋曲,你跟着它跳。"
说完就开始弹起了他的竖琴,
小达戈尼特站着安静地听他弹奏,[7]
就像一块被水浸湿的木头,
停留在哗哗的溪水中,
但当弹奏声停下来时,他又开始跳了;
特里斯坦问他:[8]
"你刚才为什么不跳,小丑爵士?"
他回答:"我宁愿和着我脑中零碎的
旋律跳二十年,也不要和着你弹奏的
破音乐起舞。"[9]
特里斯坦等着听他讲俏皮话,
说:"那好,
我到底打破了谁的音乐,小丑?"
小达戈尼特跳着说:
"亚瑟的,国王的;
因为当你与伊索尔特女王隔空合奏时,
就是在与你的新娘弹奏零碎的音乐,
那位布列塔尼的伊索尔特,
比这位女王更娇美——
所以,你也就打破了亚瑟王的音乐。"
"除了你脑子里的
零碎音乐,小丑爵士,"

特里斯坦说,"我还要打破你的头。
傻子,我来迟了,
异教徒的战争结束了,生命已经流逝,
我们只是在棺材边发誓罢了——
跟一个傻子讲道理,我才是傻子——
嘿,你真是吹毛求疵,脾气坏极了;
达戈尼特爵士,
把你那只长长的臭耳朵凑过来,
仔细听听看,我的音乐是否真诚。
'自由的爱——
自由的原野——我们想爱才爱。
森林一片寂静,林中音乐不再留住;
树叶枯萎,渴望不再。
新叶,新生命——霜冻的日子宣告结束;
新生命,新爱情,符合新一天的存在;
新爱情甜美如美好的过去。
自由的爱——
自由的原野——我们想爱才爱。'
你应该跟着曲调打慢节拍,
而不是站着不动。
这首歌是我在森林里写的,
听起来异常真实,犹如真金。"
达戈尼特一只脚抱在手里说道:
"朋友,昨天你看到那个喷泉了吗,
那个流着葡萄酒的喷泉?——
但它像人的生命一样,
已走到酸臭的尽头了——
那些围坐在它旁边的人拿着金杯,
接住流出来的最后几滴酒——
十二位纯真的少女身着白衣,

圆桌骑士 251

纪念那只纯真的小生命，
因为它把这些宝石留给纯真的女王，
女王把宝石借给国王，纯真的国王
把它们作为比武的奖品——
有一位瘦长、美丽的年轻女孩，
把接来的酒递给我，尖声说，
'喝吧，喝吧，小丑爵士。'
我喝了一口，又吐出来——呸——
虽然杯子是金子做的，
那酒竟然是渣滓。"
特里斯坦说：
"这酒比对你的嘲笑还要糟糕吗？
是不是你不再受到嘲弄了？——
你不会不知道那些骑士
是怎么嘲笑你吧？蠢人——
'畏惧上帝，敬重国王——
国王的真诚骑士——
唯一的誓言追随者'——
这里的人像害了黑穗病的谷粒，
比枯萎的谷粒更下流，在我来到这儿之前，
他们就知道你蠢钝如猪。
但是当国王封你为小丑时，
你的虚荣感一触即发，
把你心里所有的蠢东西都吓出来了；
让你堪比傻子和蠢猪，原原本本，
一无是处——但我还是会把你当成猪，
因为我把珍珠扔给你的时候，
发现你真的是猪。"
小达戈尼特矫揉地迈着步子说：
"骑士，你扔到我脖子上的

不是女王的宝石，所以我会认为
你在音乐上还是有一些造诣的，
因为我从不稀罕你的宝石。
猪？即使在泥水里打滚，
我也会将自己洗净——
我的世界只有肉体和影子——
我有自己的生活方式。
养猪的人——经验——
用她的方式弄脏了我——
让我先在泥水里打滚，
然后洗得干干净净——
我有自己的生活方式和人生观——
感谢主让我成为亚瑟王的小丑。
猪，是吧？
又一次，猪、山羊、驴、公羊和鹅，
把异教的竖琴师[10]包围了，
他当时就在一根弦上像你一样有韵律地
胡乱弹奏出这么好听的歌曲——
但他从来都不是国王的小丑。"
特里斯坦说：
"那么猪、山羊、驴、公羊和鹅，
就是聪明的傻子，
因为这个异教的诗人精通技艺，
能让他的妻子起死回生。"
达戈尼特踮起前脚掌说：
"你的竖琴呢？落下了！
你自己也落下了！
再下落，下落你这位有用的竖琴师，
让你的竖琴下落！
你知道天上的那颗星星吗？

我们叫它'亚瑟王的天琴星[11]。'"
特里斯坦回答："知道,小丑爵士,
因为当时我们的国王日益强大,
他的骑士为每一次新的荣誉而感到骄傲,
他们把国王的名字立于高山之巅,
十二宫之中。"
达戈尼特说："是的,
当大地获得自由时,女王变得虚伪了,
而你自己也一直说着国王的不是,
你们都是在炫耀自己的智慧——
无论他是以礼貌
还是以正义著称的国王——
你一直在黑暗国王的大路[12]上
喋喋不休,抹黑他,甚至还自以为聪明地
在火湖边发着亚瑟王的誓言,
对着公鸭、母鸭弹琴。
嗯!你看到了吗?
看到那颗星星了吗?"
"没有,傻子,"
特里斯坦说,"白天怎么看得到?"
达戈尼特：“你没看到,也看不到;
我看到了,也听到了。
它在天上演奏着无声的音乐,
我、亚瑟王和天使都听到了,
然后我们都跳了起来。"
"看,傻瓜,"他说,
"你说的是傻子的叛徒吧,
国王是你的傻子兄弟吗?"
听了这话,小达戈尼特双手紧握,
尖叫道："是,是,是的,是我的傻子兄弟,

他是所有傻子的国王!
他把自己想象成了上帝,
可以让蓟长出果实,让猪鬃变成丝绸,
让燃烧的大戟树[13]挤出牛奶,
让大黄蜂在蜂巢里酿出蜂蜜,
让野兽变成人——万福的傻子之王!"
说完,达戈尼特跳着离开,
朝着卡米莱特城走去;
而特里斯坦则骑着马
穿过森林中的林荫小道和荒凉小径,
朝着莱昂内塞和西部走去。
他眼前忽然闪现出伊索尔特王后的面容,
脖子上戴着红宝石项链,
但他依然不停地向前飞奔,
好像森林中的渐渐沙沙、叽叽喳喳声
把他的内心变迟钝了,而他的双眼
对所有地上走的、爬的,树上栖息的,
天空飞翔的都很敏锐。
不一会儿,那张脸又在他脑海浮现,
就像是狂风过后,涟漪散去,
看着水里又重现出自己的轮廓;
但一只鹿的踪影,
甚至是一根羽毛的掉落,就让那个倒影
又消失了。就这样,特里斯坦骑着马
穿过一片又一片的草地,[14]
经过一座又一座的凉亭。
最后,前面金色树林中的一间小屋
渐渐映入他的眼帘,
屋上缠结着山毛榉树枝,
长满了荆豆,屋顶上覆盖着欧洲蕨,

圆桌骑士 253

那是他和伊索尔特女王
在夏天为了躲避雷阵雨而搭建的。
看到这些，过去的回忆再次出现，
他曾与伊索尔特
在那间低矮的屋子里住过一个月；
特里斯坦离开小屋后，她的丈夫马克，
康沃尔郡的国王
带着六七个手下从此地经过，
将她掠走；她的战士特里斯坦虽受羞辱，
却更畏惧国王，一句话也没说，
然而他在等待时机，
策划报复这种卑鄙行径。
现在特里斯坦看到这座荒凉的小屋，
感到无比甜蜜，所以他停了下来，
进入小屋，坐在一堆凌乱的落叶上；
却一直坐立不安，因为他在思考
如何对女王隐瞒自己的婚姻。
或许，她在人烟稀少的丁坦基尔，
远离人间是非，还不知此事。
是哪个蠢蛋把他送去海外，
而把她一人孤零零地留在这里？
那个名字吗？
是布列塔尼国王的女儿——
伊索尔特这个名字吗？
他们称她为"白手伊索尔特"：
第一次听到这个甜美的名字
就被深深地吸引了，她用自己白皙的双手
把他伺候得舒服妥帖，还很爱他，
最后他认为自己也是爱她的，
所以就轻易娶了她，
却又轻易留下她一人，一个人回来了。
是蓝黑色的爱尔兰头发与爱尔兰眼睛
把他拉回家了——很惊讶是吗？
然后，他把脸靠在那些落叶上，睡着了。
他梦到自己在布列塔尼的海岸踱来踱去，
夹在不列颠的伊索尔特与他的新娘之间，
他把自己的红宝石项链拿给她们看，
于是两个人开始争夺它，最后王后
把它牢牢抓住，手却抓得通红。
布列塔尼的伊索尔特喊道：
"看，她的手红了！这不是红宝石，
是凝结的鲜血，在她手里融化了——
她的手因为邪念而发烫了，这个给你，
看，这下就像花一样冰凉和白皙了。"
说完，鹰的翅膀猛地向空中冲去，
又听到小孩的灵魂在呜咽的声音，
因为她们两个把宝石项链给糟蹋了。
他在做梦的时候，
亚瑟王却带着一百支长矛，
骑着马去到了遥远的国度，
他穿过一望无际的芦苇丛，
蹚过无数水坑，跃过长满黄花柳的小岛，
夕阳透过雾气笼罩着沼泽地，
照在一座开着一个巨大碟眼的城堡上，
城门大开，里面一阵骚乱喧闹，
就像人从沼泽之中脱险，
里面的恶棍舒服自在地
与那些妓女嬉戏，构成一曲邪恶之歌。
"看那儿。"
亚瑟王其中一名年轻骑士说，

原来在那边的城堡前的一棵死树上，
一名俊美的圆桌骑士脖子被吊了起来，
尸体摇晃着；树枝上的盾牌，
溅满了鲜血，旁边是一个号角。
这种耻辱让骑士们怒气冲天，
他们用镀金的马鞭鞭策着马，
直到每位骑士都碰到那块盾牌，
吹响号角。
但是亚瑟王挥手让他们回头。
他自己一人骑着马过去。
一个巨大号角发出刺耳的咆哮声，
所有的沼泽都仰面朝天，暴雨狂吼，
尖叫肆虐，红色骑士听到声音，
带上最尖锐的长矛和最坚固的头盔，
穿着血红的盔甲一边向国王冲过去，
一边对着他吼叫：
"地狱把牙齿磨光，把你咬烂！——
看！你是那位没男子气概的国王吧？
你把自由的男子气概与世界分离——
是所有女性的仰慕者吧？
是的，上帝诅咒你，还有我！
你的一位骑士把我情人的兄弟给杀了，
我听到她伤心抽泣，向我哭诉，
我也没男子气概，
我以那只在地狱里扭动，
把自己蜇得永世不得超生的蝎子[15]发誓，
我要打倒你的骑士，然后把他们绞死。
你是国王吗？——拿命来！"
亚瑟听到过这个声音；
但他的脸颊被头盔掩得牢牢的。

国王怎么也想不起他的名字。
亚瑟屈尊不说话，不用剑，
让那个醉汉来攻击自己。
但当他探出身体，打算出手时，
却失去了平衡，重重地摔下马，
从堤道滚到沼泽，
就像在死寂的夜晚，
海浪沿着海岸缓缓袭来后，
浪峰掉下来变平了，海浪渐渐变白，
也变得稀薄，其程度远远超过沙子，
月亮和云朵慢慢地减少直至消失；[16]
红色骑士就这样重重地摔在地上。
骑士们[17]在一旁看着他，咆哮着，
大喊着跳到他身上，揭下他的头盔，
一睹他的真面目，他们把他的头
浸在泥坑里，也弄脏了自己；
还没听到国王的命令，
他们就冲进打开的大门，
左一刀，右一刀，
把所有喝醉酒的男男女女杀个精光，
把桌子、酒瓶全部掀翻，
所有橡里都是女人的尖叫声，
所有的道路上都是杀戮声。
然后，在叫喊的回响声中，
他们放火烧了城堡，
就是那个中秋的夜晚，
"北斗五"像红火焰蹿到"辅"阿里斯
和阿尔克尔[18]高达上百米。
它是什么呢？
正如睡神摩阿布看到的，[19]来自东方

圆桌骑士　255

然后消失在远方的沙丘
和漫长的海岸线[20]上的那簇光芒，
这样沿岸最偏僻的道路都变得很安全了。
但在亚瑟王心里，却无比痛苦。
这时，特里斯坦从睡梦中惊醒，
大喊着从那个红色梦境中逃出，
回到现实中的低矮小屋，
处在森林之中，风在树枝间吹动着。
他的那匹好战马在森林中吃草，
他吹了吹口哨，召唤他的马，然后上马，
从那树荫下穿过，
看到一个女人在十字路口哭泣，
停下来问她："你为何哭啊？"
"大人，"她说，"我的爱人离我而去，
或许已经死了。"听到这句话他想——
"如果她现在恨我，
那我会不会这样；如果她还爱我，
那我会不会那样。"
"你别哭，倘若你的爱人回来以后，
发现你变了心，不爱你了。"——
说完，又开始夜以继日赶往里昂内塞，
最后在一个多雾的山谷，
一阵鸣钟声后，[21]
仿佛听到了马克的猎犬在叫，[22]
感到那些犬是在自己的心里叫，
于是他转身飞奔，到达了丁坦基尔，
看到了那里的城堡，
塔身位于海中，塔顶露出海面。[23]
女王伊索尔特坐在窗扉下，
一头秀发在水平面上夕阳的照耀下，

闪闪发亮，光滑的喉部分外迷人。
她听到特里斯坦的脚踩在她塔顶
盘旋的石头[24]上，发出嘎嘎声，
脸一红，惊了一下，然后在门边迎接他，
特里斯坦弯身抱着她，
伊索尔特大声喊道："不是马克——
不是马克，我的心肝！
刚开始听到脚步声让我吓着了——
还好不是他！马克经常在他自己的城堡里
悄悄地走动，但是你——
我的战士却大步而行，他恨你，
就像我恨他一样——恨到死为止。
我的心肝，对马克的憎恨让我心跳加快，
但我知道你一直在我身边。"
特里斯坦爵士对她笑笑说：
"我在这儿了；
不要管马克了，因为他不是你的。"
她身体微微离开他一些，回答说：
"他被不属于他的人误会了，
但是，他害怕你会打我，抓伤我，咬我，
把我的眼睛蒙住然后把我玷污——
马克？他有什么权力因此而打我？
他甚至不会抬手——
不会，虽然他发现我是如此！
但是听着！你碰到他了吗？
他去狩猎三日——他说的——
所以一小时后会回来。
马克会对你不利，我的心肝！——
不要与他一起吃饭，
因为与其说他怕你，还不如说他更恨你；

也不要与他喝酒;
无论你从哪片森林经过,都要戴着面盔,
以免从灌木丛中忽然射出一把箭,
那么就剩下我孤零零的一个,
和马克在一起过着地狱般的生活。
我的天啊,
我有多恨马克,我就有多爱你。"
所以,因为心里爱恨交错,
她几乎没有力气讲话了,她再次坐下,
特里斯坦跪在她面前,她对他说:
"噢,猎人,噢,吹号者,竖琴师,
你还是位流浪人,因为,
在我与我那蹒跚的国王结为夫妇之前,
你与马克两人曾为了争夺新娘而不和,
——他的名字来自我——叫战利品,
如果她是战利品——多么不可思议?
——她看得见——那么你就是她的朋友;
从那以后,
我的懦弱一直想邪恶地毁了你;
但是,噢,骑士爵士,
你最后会跪在哪位女子面前?"
特里斯坦说:
"最后会跪在我至高无上的女王前面,
就在现在,
就在此地,跪在我最爱的女王、
最寂寞的女王面前——
是的,现在的她,比第一次航行
离开爱尔兰,踏足莱昂内塞
这片高低不平的土地时更美丽动人。"
伊索尔特轻轻地笑了笑说:

"别这么夸我,我们伟大女王吉娜薇,
不是比我漂亮好几倍吗?"
他说:"她的美和你的美不同,
你在我心目中是最美的——
温柔、优雅,和善——
只要马克不激起你的愤怒,
你就是最亲切的;而她,
即使对兰斯洛特也是一副高贵的样子;
因为我看到她总是面色惨白,
不禁让人怀疑这位伟大的女王
是否曾爱过他。"
伊索尔特对他说:"那么,
虚伪的猎人,虚伪的竖琴师,
你解除了我的顾虑,
对我说我是你的小雌鹿,告诉我,
吉娜薇犯了最大的罪,而我——
错误地与这样一个男人在一起——
我却毫无罪过。"
他回答:"噢,我的心肝,放心!
如果这份爱情很甜美的话,
罪恶才刚刚开始,[25] 如果这种爱
可以让人舒服的话,如果我们的爱有罪,
那么即使它罪大恶极,也有冠冕堂皇的理由
为它辩护,因为它能让我们开心;
但是,我回来了,你却说这些——
恐惧、错误和疑惑——
一句渴望的话都没说——
你对特里斯坦有深深的渴望吗?
在他不在的这一年中,你就没有回忆起
与他一起时的美好时光吗?"

圆桌骑士 257

伊索尔特突然悲伤起来，
说："我高兴得早就想不起要见你了——
渴望？——
有！因为在这里的每分每秒，
在那些盼不到尽头的午后，
噢，我只能从我的城堡上，
望着远处大海的潮起潮落，滚滚向西，
那些回忆比对你所有的回忆都要甜美，
比我对你的渴望还要深。
不列颠的伊索尔特比海滨布列塔尼的
伊索尔特更早遇见你，
会让那位新娘的吻都冰冷吗？娶了她？
为她的父亲打仗？奋战受伤？
那位国王肯定对你感激不尽吧？[26]
那位白手的同名公主
肯定用药膏为你疗了伤吧，
同时安抚你受伤的心吧？——
好吧——
难道我会希望她犯除了认识你之外，
更大的错吗？她与我一样都被你抛下，
只能把自己的青春与精力
放到那些甜美的回忆中。
噢，如果我不是马克——
天下最下贱的男人——的人，
我一定恨你胜过爱你的。"
特里斯坦抚摸着她那双灵巧的手，
回答："上帝！女王，因为她爱我，
她非常爱我。我爱她吗？
至少我爱她的名字。伊索尔特——
我的仗全是为了伊索尔特而战！

那次夜很黑，
连那颗真诚的星星也落下了。
伊索尔特！
这个名字成了黑暗的统治者——
伊索尔特，我不是关心她！
她有耐心，很虔诚，很温顺，
整个人也很苍白，
她会把自己献给上帝的。"
伊索尔特回答道：
"是的，为什么不是我呢？
我更需要这么做，我不温顺，不苍白，
也不虔诚。现在我要告诉你一件事。
一个仲夏的晚上，万籁俱寂，
我独自一人坐在这里，
静静地想你，不知你在哪里。轻轻地哼着
那首曾听你唱过的柔和的歌曲，
还时不时地大声喊出你的名字。
突然一把剑在我眼前闪过；
一个穿着烟熏硫黄般蓝绿色的魔鬼
站在了我的旁边——
马克总是以这样的方式，
在黑暗中偷偷从我身后出现——
马克这样说：'他娶了她。'
而且不是说出来的，而是嘶嘶叫出来的；
说完，塔顶就开始震动，
仿佛是天空在狂吼，
我感到眼前一片黑暗，晕了过去，
醒过来时还是一片黑暗，我喊道：
'我要飞起来，把自己献给上帝'——
那个时候，你却躺在你新欢的怀抱里。"

特里斯坦一直在玩弄着她的手，
听了这些话，他说："亲爱的，
当你年老发白、无欲无求之时，愿上帝
与你同在！"她听了这话非常生气：
"亲爱的，当你人老珠黄，
对我来说不再英俊的时候，
愿上帝与你同在！我现在需要上帝。
兰斯洛特什么时候
对一位甚至是船上的养猪女仆[27]
说过任何恶心的话了？
越是伟大的人就越有礼貌。
特里斯坦却和兰斯洛特相差甚远，
亚瑟王的骑士！[28]
我总是受到你那只野兽的袭击——
只有在弹奏竖琴，或挥舞长矛时
才是真正的自己——
心里的野兽却在渐渐长大。
如果你爱我，你怎么敢把我
从你身旁送到遥远的灰色国度？
就连你幻想的时候也这样，
足有一生之远，你不再爱我了吗？
收回刚才的话，收回去！
看到我的软弱，
与马克的不和，仇恨和孤独，
看到你们的婚姻和我自己的婚姻，
更是让我感到恭维，
我应该把谎言当作美酒喝。
对我来说都是谎言，我相信；
你不要再说谎了好吗？当我跪在那儿，
严肃地对着他——我们的国王，

人中人——发誓的时候，
我其实并没有发誓——我的上帝！
当人们相信自己的国王时，
权力就是誓言！
那时他们发誓的时候，没有说谎，
他们的誓言让国王统治整个王国——
我说，对我发誓，就算年老发白，
无欲无求，陷入绝望，你也会爱着我。"
特里斯坦发着脾气，走上走下：
"誓言！
你是不是信守对马克的诺言
比对我的还要多？说谎了吧，你说啊？
不，我明白，
绑得太紧的誓言会自己断掉——
这是我的骑士精神教我的——
是的，断掉了——
与其说我们从未立过誓，还不如说
我们两个的心已经越走越远了。
我不再发誓了。
我曾对伟大的国王发过誓，
但我现在背弃了誓言。
因为曾经非常仰慕他——
甚至是无比地仰慕。
'人，他只是人吗？'我想，
我第一次骑马离开莱昂内塞
崎岖不平的土地时，看到大殿的宝座上
坐着异教战争的胜利者——
他的头发在太阳的照射下
就如耸入云霄的山顶覆盖着的白雪，
钢铁般的蓝眼睛，金色的胡须罩着嘴唇，

圆桌骑士　259

带着光芒——
而且，关于他身世的怪异传说
和莫林神秘模糊地说着他最后的命运，
这些都让我很是吃惊；
还有，他坐在椅子上时，脚盘得像条龙；
对我来说，
他似乎不是人，而是绊倒撒旦的麦克；
我感到十分惊奇，所以我立下了誓言。
但很快过去——誓言！
噢，是的——
这一切只不过是一时的疯狂罢了——
在当时却有很大的用处，因为每位骑士
都相信自己可以比他更伟大，
每一位追随者都把他当作上帝；
最后如果不是被冠以盛名，
他就不会立下更大的丰功伟业。
他也因此建立自己的王国。
但后来他们的誓言——
开始的时候由于女王的玷污——
开始激怒自己的骑士精神，
他们问自己，亚瑟王哪儿来的权力
把他们绑在他身上？从天上掉下来的吗？
还是从海底冲上来的？
他们找不到任何古代的国王
跟他有任何血缘关系。
那是从哪儿来的呢？一个可疑的国王
用不可违背的誓言绑着他们，
但是，除非他不是人，
否则必定会违背这些誓言的；
我感觉到自己的这只手臂——

流着追逐自由的鲜血，
散发着石楠花的清香，
跳动着完整的男人的脉搏；
亚瑟王能够把我变得像少女般纯洁吗？
他可以把我的嘴唇封起来，
不让我说我听到的东西吗？
把我绑到他一人身边？
全世界的人都会笑话的。[29]
我是凡夫俗子，知道没到时候
就全身变白的雷鸟[30]是在求偶；
我们在这世上不是天使，
也不会成为天使。
誓言——我是森林中的樵夫，
听到头部暗红色的绿啄木鸟[31]
在嘲笑它们——
我的灵魂，我们能爱就要爱；
所以，我对你的爱才如此庞大，
因为除了爱，没有什么可以绑住它。"
说完，他朝她走去，她说："很好，
如果我把对你的爱转向另外一个
比你礼貌三倍的人身上——
因为礼貌和勇敢一样，都能赢得
女人的心，但是如果两者都拥有，
他就完美了，他就是兰斯洛特——
的确，他比你高大，比你好看——
但倘若我爱上了这位骑士中的精英，
然后把你丢回你自己的小竖琴身边，
'我们能爱就要爱。'
那么，你的答案是什么？"
她在说话的时候，特里斯坦想起了

那些要带给她装扮的珠宝，
他用一只手指轻轻地触摸
她那温暖的白色颈部，回答道：
"把这个再压得近一点，亲爱的——
嘿，我很饿，还有些生气——
肉，酒，酒——
这样我就会爱你爱到死，
爱到进入我下一个梦乡。"
最后，两个人终于和解了，
她起身把他要的东西放在他面前；
在这些酒肉让他的血液舒畅，
让他心满意足了之后——
他们时而谈论他们的森林天堂、
鹿、露水、蕨、泉水、草地；
时而又开始嘲笑丑陋的马克，
懦夫般的手段和苍鹭般的长腿——
然后，特里斯坦笑着拿起了他的竖琴，
唱道："哎，哎，噢，哎——
风儿压弯了荆棘！
一颗星星在天上，一颗星星在湖里！
哎，哎，噢，哎——
我的渴望就是一颗星星，
一颗远在他乡，一颗近在咫尺；
哎，哎，噢，哎——
风儿吹弯了小草！
一颗星星是水，一颗星星是火，
一颗星星永远闪亮，一颗星星将会消失。
哎，哎，噢，哎——风儿吹动了湖面。"
在最后一丝阳光中，
特里斯坦拿出那条红宝石项圈，

在她面前摇晃着。她喊道："这是一个
立了功勋的骑士才能得到的项圈，
是我们的国王不久前才找到的，
都给你了，我的心肝，
这些是给你的恩赐啊，其他人都没有。"
"不是这样，我的女王，"他说，
"这块红宝石
本是放在半空中的一棵神奇的橡树上，
是特里斯坦比武获胜得到的奖品，
现在，特里斯坦把它带来，
作为他献给你的最后的爱与平静。"
他说完，便转身把项链
挂到她的脖子上，接着扣上，
喊道："这是勋章，噢，我的女王！"
他弯腰准备
去吻那个戴着珠宝项链的颈部，
但是，当嘴唇碰到的时候，在黑暗中，[32]
突然一个身影从他身后出现，
还有一声尖叫——"马克的方式。"
马克说，然后把他的脑袋劈成两半。
就在那天晚上，亚瑟王回到了家，
一切都像秋天来临般阴暗，
在这死寂的夜里，国王爬上阶梯
来到了宫殿，向四周望了望，看到伟大
的女王的凉亭里一片漆黑，[33]——
有一个声音围在他的脚边，
一直抽泣着，他问道："你是谁？"
那个脚边的声音朝上做了一个回答：
"我是你的小丑，可我以后再也不能
在你身边逗你开心了。"

圆桌骑士　261

# 注释

[1] 这首叙事诗自从1871年10月在《当代评论》中发表以来，几乎没有什么改动。特里斯坦和他的两个伊索尔特以及马克的复仇这三个故事的概要源自马洛里书中的情节，但是剩下的内容都是丁尼生的原创。

下面是利特代尔对特里斯坦故事的摘要：

"特里斯坦被一只爱尔兰的矛所伤，而且只能由爱尔兰人医治，所以他去了爱尔兰，爱尔兰国王的女儿拉贝勒·伊索德（或伊索尔特）为他治好了伤。他回国后，在他的叔叔马克面前大加称赞这位公主，于是马克便让他以使者身份回到爱尔兰向她求婚。特里斯坦接公主一道回来的途中，两人在不知情的情况下喝下了烈性催情药，就这样，他们两人相爱了，悲剧就此开始。过了很长一段时间，催情药即将失去效力，而特里斯坦却刚好被毒箭所伤，所以他去了布列塔尼，被国王赫尔的女儿"白手伊索尔特"（伊索德·拉布兰奇·梅尼思）治愈，他爱上了她，还娶她为妻。兰斯洛特因此而憎恨他对拉贝勒·伊索德的不专情，而拉贝勒·伊索德自己也悲伤地写了一封信给他。于是特里斯坦心中重燃旧爱之火，决心回到康沃尔郡见见他的旧爱。但是他们见面就吵架了，特里斯坦指责伊索尔特对他的不忠。他发了疯似的把达戈尼特扔到了井里。在经历了许多次冒险之后，亚瑟把特里斯坦封为骑士，他就带着伊索尔特逃跑了。但是在一次比武中，特里斯坦再次受伤。马克负责照料他，而他却被马克关在了地牢。特里斯坦与伊索尔特再一次逃走，住在兰斯洛特的欢乐加德城堡里；丁尼生在自己的诗歌中提到的那所小屋正在建造的时候，特里斯坦与伊索尔特都穿着绿色的衣服一起骑马外出。他与许多骑士都比过武，但我们没有必要再讲述剩下的故事了，因为大部分都已经讲过，与《叙事诗》中兰斯洛特的故事以及特里斯坦与伊索尔特的爱情场景都很相近。然而，我们可以引用马洛里最后的几句话来说明：'当高贵的骑士特里斯坦爵士坐在拉贝勒·伊索德面前弹奏竖琴的时候，叛徒马克亲王用一把锋利的阔刀杀了他，因为在亚瑟王那个时代，每一位骑士的死永远都令人悲痛……拉贝勒·伊索德也死了，倒在特里斯坦爵士的十字架上，真是很大的悲哀啊。'"

[2] 很明显，丁尼生关于红宝石项链的故事根源于阿尔弗雷德生命中的一件小事，引自于斯坦利的《鸟类学说》。"阿尔弗雷德是西方撒克逊人的国王。一天他出去打猎，经过一片森林时，听到——他猜想——树顶上一个婴儿的哭声。他立刻问与他一起打猎的人那个哀伤的声音是什么，命令他们其中一个人爬到树上看看。当那人爬到树顶上时，发现一个鹰巢，看！里面还有一个可爱的婴儿，用紫色的斗篷包裹着，每只手臂上都有一条金手链，很明显，他的亲生父母都是高贵之人。因此国王负责照料他，让他接受洗礼；因为他是在巢中被人发现的，所以国王给他取名为'小巢'，后来，还让他接受好的教育，并且还提拔他为伯爵。"

［3］"我从小湖里救起来的那些宝石"见《兰斯洛特和伊莱恩》。

［4］"又垂下了目光"表示眼睛垂下。比较《吉娜薇》："双眼低垂"。"低垂"（vail）这个词与"遮饰"（veil）这个词没有任何联系，虽然这两个词比较容易让人混淆。比较《哈姆雷特》：
　　你不要总是垂着眼睛
　　寻找你已入土的高贵的父亲。

［5］原版中为"一位皮肤黝黑的太太"。

［6］原版中为"安慰他们悲哀的眼神"。

［7］利特代尔说："毫无疑问，达戈尼特站着一动不动，容易让人想起圣马太：'我们对你们吹笛，你们却不跳舞'等。它可能会，也可能不会让我们想起这段话，我只是不确定它有无此目的。"

［8］原版为"然后特里斯坦问他"等。

［9］"恰当地说，'破音乐'的意思是（正如查佩尔解释的）不连续的短音符，比如说在有弦的乐器上不用弓拉，或者用几个乐器一起拉奏的协调音乐。"（利特代尔）

［10］很明显这是指奥尔普斯。

［11］"亚瑟王的天琴星"参见"加尔斯与雷奈特"。

［12］"黑暗国王的大路"指"走向灭亡的广阔大路"。

［13］大戟属的一种植物，燃烧时会有一种刺鼻的烟雾。

［14］"草地"（lawn）是森林中的空地，比较《梦到美丽女人》：——黑暗中，那些繁草丛生，长长的森林道路被露水浸湿了，通向一片又一片的草地。关于这点，马洛有一句话："所以在早晨，他们骑着马进入森林开始冒险，最后他们来到一片空旷的草地，在附近找到了一个十字架"等。

［15］一个具有传奇色彩的生物，旧观点（自然学家早就已经证明它的错误）清楚地说：如果被火包围着，蝎子就会把自己叮到死为止。用"虫子"（worm）这个词，是由于对蛇、龙等的过时意识。比较莎士比亚《以牙还牙》：

因为你确实害怕可怜的虫子那
　　又软又嫩的叉脚。

维纳斯(《维纳斯和阿多尼斯》)把死神叫作"阴险地笑着的灵魂,地球的虫子"。这里面"虫子"的意义与上面的相似。

[16] 这个精巧的比喻似乎与喝醉的骑士从马上摔下来不太相符;但是这是"荷马时代的回音",叙事诗中其他的好几处比喻也一样。

[17] 原版中在"骑士们"前加入了"当"。

[18] "'北斗五'、'辅'阿里斯和阿尔克尔"是大熊座中的星星。"北斗五"其实是第五星,位于开阳星附近,视力好的人才分辨出来。参考"北极光",比较《亚瑟王的消逝》。

[19] 参考两位国王。

[20] 比较《艺术之宫》:
　　整夜都听到
　　猛冲的海水从陆地上卷回海里,
　　月光照耀下,水面呈现出一片银白色;
和《梦到美丽女人》:
　　我愿意让冷冷重重的白色卷浪泡沫,
　　被风卷起后,裹着我直到深海底下,
　　那么那时我就离开家了。

[21] "多雾的"(roky)[与"恶臭"(reek)相联系],意思是多雾的,雾气弥漫的。"鸣钟声"用于猎犬,比较《仲夏夜之梦》:
　　慢慢地追逐,但是像鸣钟一样用嘴巴
　　一个配合着另一个;
　　也就是说,像一组和谐的钟声。

[22] 利特代尔认为这句话的意思也许是"猎犬的叫声让猎人的心有节奏地跳动着——他渴望跟着这种感觉,但却转向了丁坦基尔的方向";但是我更喜欢伊尔斯戴尔的解释,他说这是灾难即将到来的预兆。

[23] 现在,从离凯莫富德六公里的康沃尔海可以看到这座城堡的废墟一直在那里。那些剩余

的最古老的部分建筑很可能是诺曼底人，但也许是撒克逊人，也有可能是不列颠人在同样的地方的要塞。

［24］螺旋状的石头台阶。字典上没有承认"盘旋的"这种用法，但是我敢肯定，这是丁尼生头脑中所想的，而不是像一个尖塔一样耸起。

［25］"罪恶才刚刚开始"指他刚刚说到的关于吉娜薇的罪。

［26］比较莎士比亚《十四行诗》：
　　毅力会让你装满爱的宝贵财产，
　　哎，把它用毅力装满，我的毅力就会成为第一。

［27］比较《王子》：
　　如果这是他——或者一个拖脏的女仆，你，
　　照料她污泥中长有鬃毛的猪！

［28］"特里斯坦却和兰斯洛特相差甚远，亚瑟王的骑士！"，第一个版本中没有这两行。

［29］第一个版本为"伟大的世界"。

［30］"这只鸟有各种颜色，夏天的时候为褐灰色，冬天的时候为白色。羽毛的变化让它在不同季节能够与周围环境呈同一色。如果雷鸟在冬天下雪前羽毛就变成白色的话，它就会被猫头鹰和猎鹰发现，然后很快就会被它们捕杀。"（利特代尔）

［31］绿色的啄木鸟，人们之所以这样称呼它，是因为它笑的音符很高。也有很多人称它为"绿色啄木鸟"。

［32］第一个版本是这样的：
　　他站起来，转身把项链挂到她的脖子上，
　　扣上；当他弯腰准备在她的颈部送上温暖的吻时，
　　黑暗中……

［33］她已经逃走了，在下一首叙事诗里会讲到。

圆桌骑士

吉娜薇王后[1]

GUINEVERE

女王吉娜薇逃离了王宫，
躲在安尔斯伯雷的一所圣堂里哭泣，
除了一位初皈依的小修女外，别无他人。
在她们中间有一盏微弱的灯，
雾气腾升，模糊了燃烧的火焰，在屋外，
虽是满月，却依旧漆黑，
白色的雾气像遮住脸庞的面纱，
笼罩着沉睡的大地，田野上一片寂静。
她逃到这里，
都是因为莫德雷德爵士；
他就像一只蹲伏着的狡猾野兽，[2]
眼睛窥觊着王位，等待时机成熟，
就会猛地跳起篡夺王位。
因此，当人人都在称赞国王时，
他却在偷笑，暗中破坏其名誉；
还勾结怀特霍思的君王，[3]
试图破坏亚瑟王的圆桌骑士，
分裂他们，让他们发生冲突，
以达到他试图谋反的目的；
而对兰斯洛特的疾恶如仇，
让他所有的动机更加强烈。
刚好碰到一个早晨，
宫廷里所有人都身着绿色，但头盔上的
羽饰却透露了这已是五月。[4]
他们像往年一样去庆祝五朔节，
然后归来了，而莫德雷德依然身着绿色，
爬到了一座花园的高墙上偷看、偷听，
希望可以发现一些秘密的丑闻。
他看到女王坐在她最喜爱的
伊尼德和灵敏的薇薇安之间，

一位是宫中最乖巧的，一位是最差劲的；
除了这些，他没看到其他的。
这时兰斯洛特刚好从这里经过，
发现他趴在那里偷看，
就像园丁从油菜中拔出一条菜虫一样，
兰斯洛特从繁花似锦、树木茂密的高墙上
拉着他的脚后跟，
像一条虫子一样跃到地面上；
他看到那位王子虽然满身是泥，
但出于对国王血亲的尊敬，
很有骑士风范地编造了几个借口，
并无嘲笑之意；因为在那个年代，
没有一位亚瑟王的最高贵的骑士
是以嘲讽待人的；
但是，如果他是跛脚或驼背，
上帝制造的身材高大、四肢健全的人
就可以被允许嘲笑他的缺陷。
他的国王和所有的圆桌骑士
也都默许他这么做。
看到莫德雷德爬了两三次都爬不起来，
还重重地摔坏了膝盖，兰斯洛特爵士
去扶了他一把，然后笑笑走开了；
但之后，这小小的举动
却让莫德雷德的心里产生了怨恨，
一直扰乱他的心房，
就像一阵烈风让一座小水池
一整天都泛着涟漪，拍打着岸上的石子。
当兰斯洛特把这件事告诉女王时，
她想到莫德雷德满身污泥的样子
先是轻轻地笑笑，然后颤抖了一下，

像一位乡村妇女一样哭喊道：
"我颤抖，
因为有个人从我的坟墓上践踏而过。"
然后又笑了，但这次笑得很微弱，
因为她事实上已经预见他，
那只狡猾的野兽，会追根究底，
直到找出她的把柄为止，
那么她的名字就会永远成为人们的笑柄。
从此以后，
她很少在宫殿或其他地方出现，
因为怕莫德雷德那张狭长的狐狸脸，
背后藏刀的笑脸
和那双紧盯着她的阴险的双眼；
从此以后，抚慰，拯救她的心灵，
净化她心灵的力量也开始烦扰着她，
折磨着她。在很多个死寂的夜晚，
当她躺在国王安静的呼吸声旁边时，
面前总会出现一张阴险的面孔，
或是感到一种难以名状的精神恐惧——
就像一座闹鬼的房子里的看守人，
听到门吱嘎吱嘎的声音，感到有些可疑，
所以一直担心墙外有人要谋杀她——
所以她一直清醒着；或者当她睡着时，
她会常常做噩梦，梦中的她似乎站在
一片广阔无垠的草原上，面对着夕阳，
太阳那里有一个恐怖的东西
迅速向她飞来，那东西的影子
从它面前飞过，
最后碰到了她，她一转身——
看！是她自己的影子在她的脚边不断

变大、变黑，直到把整个大地吞噬，
然后远处的城市开始燃烧，
她大叫一声醒了过来。
但她的恐惧还没过去，而是不断增加；
最后，连清白的国王那张清晰的脸
和夫妻间的信任和礼貌
也成了她的痛苦的来源；最后，她说：
"噢，兰斯洛特，你回到你自己的领土
上去吧，因为如果你一直留在这里，
我们就会再见面，
如果我们一直见面的话，总有一天，
那些邪恶之徒就会把我们的事暴露，
我们的国王和所有人都会知道了。"
虽然兰斯洛特一直承诺要离开，
却还留在这里，
他们还是一次又一次地见面。她又说：
"噢，兰斯洛特，
如果你爱我，就走吧。"
最后他们同意约在一个晚上见面（国王
不在的时候），做永远的道别。
但他们的谈话
却被躲在暗处的薇薇安听到了。
她跑去把这个消息告诉了莫德雷德爵士。
到了见面的晚上，他们情绪激动，
脸色苍白，互打招呼。[5]
双手紧握，四目相对，低低地坐在床榻边，
结结巴巴说不出话来。
这是他们最后一次见面，疯狂地话别。
莫德雷德则带着他的手下
来到了他们见面的城堡下面，

圆桌骑士　269

来揭发他们的奸情；他竭力喊道：
"叛徒，出来，最后终于逮到你了！"
兰斯洛特连忙起身像头狮子般冲到外面去，
扑到他身上，重重地把他扔到地上，
他摔了个头朝地，然后就晕了过去，
他的手下赶紧把他抬走了，
一切又恢复平静。
她说："这一天终于来了，
我会因此而名誉扫地，永远抬不起头。"
他说："这是我的耻辱，我的罪过；
快起来，跟我一起离开，
逃到城外我那坚固的城堡中去：
我们就一直藏身于那儿，直到生命的尽头，
那里可以让你我远离外界的是非黑白。"
她回答道："兰斯洛特，你会这样做吗？
不，朋友，我们刚才已经话别了。
苍天在上，即使你把我藏起来，
我自己也躲不了自己！
我才应该感到羞耻，因为我已身为人妻，
你却还是单身；
那么让我们起身各自逃走吧，
我会去修道院，等待命运给我的判决。"
说完，兰斯洛特把她扶上马，
自己也上马预备起程，
当二人即将分道扬镳时，
热情拥吻，哭泣着道了别；
兰斯洛特遵从王后最后的小小心愿，
回到了自己的领地；而王后则连夜赶路，
只身前往安尔斯伯雷修道院，
一路上荒原狂野隐约可见，

她听到从荒野中传来鬼魂的呜咽声，
认为那是它们忏悔的呻吟，
在心里悲叹："太迟了，太迟了！"
她一直飞奔，黎明前的寒风凛冽地吹着，
一只乌鸦从高空中飞过，
呱呱叫着，
她想："它肯定发现了遍野死尸；
因为北海的异教徒听到风声说，
王宫里的人罪恶连连，意志薄弱，
现已向亚瑟王国发起进攻，
开始屠杀平民，劫掠土地。"
当女王来到安尔斯伯雷时，
对那里的修女说：
"我的敌人正在追杀我，
噢，爱好和平的好姐妹们，
请收下我，给我一席避难之地，
不要问我的名字，时候到了，
我自然会告诉你们。"
她的美丽、优雅和魅力仿佛是一种魔力，
于是她们没问名字就收下她了。
这样，这位高贵的女王，隐姓埋名，
在此逗留了好几个星期；
她没有与那些修女混在一起，
也没告诉她们名字，因为悲伤过度，
甚至没有去领圣餐，去忏悔，[6]
只与一位小修女说说话，
小修女总是天真地说着没头脑的话逗她开心，
让她暂时忘却了悲伤；但今天晚上，
流言四起，火一般迅速地蔓延到这里，
她听说，莫德雷德爵士已经谋权篡位，

兰斯洛特和吉娜薇最后的别离

吉娜薇日夜兼程前往安尔斯伯雷修道院

还与异教徒结成联盟，
而国王正在向兰斯洛特发动战争。
她想："我的子民与我的国王
一定对我深恶痛绝。"
然后双手伏地，静静跪拜。
突然，不爱沉默的小修女开口说话：
"迟了，太迟了！
现在是什么时辰了？"
看到她没有作答，小修女开始哼起了
修女们教会她的曲子：
"迟了，太迟了！"
女王听了她这句话，抬头说道：
"噢，姑娘，如果你喜欢唱的话，
就唱出来吧，唱出我心里的忧伤，
我就可以大哭一场。"
听到这句话，小修女便欣然地唱起了歌。
"迟了，迟了，太迟了！
夜又黑又冷！
迟了，迟了，太迟了！
但我们还可以进门。
迟了，迟了，太迟了！
你们现在进不了门。
"我们没有灯；我们为此真的在后悔；
新郎得知后定会带给我们温暖。
太迟了，太迟了！你们现在进不了门了。
没有灯火！太迟了！夜又黑又冷！
噢，让我们进门吧，
我们就可以找到灯火！
太迟了，太迟了！
你们现在不能进门了。

我们听说新郎为人很好？噢，
虽然迟了，让我们进屋亲吻他的双脚！
不，不，太迟了！
你们现在不能进门了。"[7]
小修女一直唱着，
而女王完全投入其中，双手抱头，
想起了她刚来这里的时候心里也有此念头，
悲伤地放声大哭。
小修女见她如此伤心，安慰她说：
让我这个年幼无知，
只懂得遵从的人来安慰你，
即使我做不到，你也可以得到救赎；
你的悲痛并不是因为你做了邪恶之事，
我确信，
因为我看到的你如此优雅，如此高贵。
但如果把你的悲伤跟我们伟大的国王比较，
你会发现你自己的是多么微不足道；
因为他正在攻打兰斯洛特爵士，
把兰斯洛特藏着王后的城堡团团围住了。
他把王宫里的一切事务
交给莫德雷德掌管，
莫德雷德却背叛了他——
啊，美丽的女士，
国王对自己、对女王和国家的悲伤，
比起我们这些小小的悲伤
要多千倍万倍，而我，
我要感谢圣人，
因为我只是个无名小卒。
我悲伤的时候，
一个人静静地哭一哭就过去了，

圆桌骑士 273

吉娜薇听了女仆私底下说的关于亚瑟和他的不忠贞王后的话，身陷图圄

没有人知道，哭过后就什么事也没了。
平凡的人有小悲伤，伟大的人有大悲伤，
但是大人物除了自身的悲伤外，
必须承受作为大人物需要承受的悲伤，
而不管内心多么渴望得到平静，
他们也不能躲避大众独自哭泣；
就连我们安尔斯伯雷的人都在讨论
那位善良的国王和邪恶的王后，
如果我是国王，却娶了这样的王后，
我宁可把她所有的邪恶藏起来，
但我不可能是国王。"
女王在心里喃喃自语：
"这个孩子天真无邪的话会把我杀了吗？"
但她还是坦率地回答说：
"难道我就不能因为
那虚伪的叛徒篡夺了王位，
而与国民们一同悲伤哭泣吗？"
"可以，"
小修女说，"这也是所有女人的悲哀，
她也是女人，她的不忠，
让圆桌骑士的内部起了纷争。
这些骑士是数年前我们伟大的国王
在卡米莱特创立的，是多么惊人的神迹，
那时女王还未来到呢。"
女王心里想：
"这孩子的瞎话会把我杀了吗？"
但她又开口说："噢，小姑娘，
你一直隐居在这修道院中，
除了院内发生的各种简单的事情，
又怎会知道国王和他的圆桌骑士的故事，
以及那些神迹呢？"
小修女又开始喋喋不休地说道：
"我是没走出过这里，但我就是知道；
在女王出现之前，亚瑟王的国土上
曾出现过各种神迹。我父亲跟我说的，
他也曾是一名伟大的圆桌骑士——
而且是创始人之一。
他说，那天他骑着马离开莱昂内塞，
太阳下山的一两个小时后，
听到奇怪的音乐声从海边传来，
于是他停下来转身一看——
在那里，沿着莱昂内塞荒凉的海岸，
他竟然看到
一只只头上顶着星状灯火的小精灵，
脚下踩着翻滚的海水——
这些发着火光的精灵，
跃过一个又一个海岬，最后消失在
遥远西方的这片火光中，
白美人鱼游来游去，有着人类发达
胸肌的怪兽从海里站了起来，
发出深沉的声音，传到整个陆地，
山妖、树精
听到这个声音纷纷发出回音，
听起来像远处传来的号角声。
我父亲说的——是真的，而且，
第二天清晨，当他穿过微暗的森林时，
亲眼看见三只小精灵在欢快地嬉戏，
在路边一棵高株花上跳来跳去，
摇动着那朵花，就像三只灰色的朱顶雀
在争夺种子的时候，摇动着荆棘一样。

还有，到了晚上，
他又看到前面一群小仙女
手拉着手在转圈，忽隐忽现，
一下子放开手，飞了起来，
一下子又拉起手，开始转圈，
整个大地充满了生命。
最后，他到达了卡米莱特城，
一群轻盈的舞者手拉着手，
在这个灯笼照亮的大殿里旋转着；
这里正在举行一场
不可思议的盛大宴会，
每一位骑士想吃什么就有什么，
而且是由一双隐形的手端上来的；
他还说，在王宫的地窖里
有许多快乐的醉仙，扛着龙头，
跨坐在酒桶上，喝着流出来的酒。
在罪孽深重的女王到来之前，
这些精灵和人类是多么开心啊。"
女王带点尖酸的口气说：
"他们真的这么开心吗？那么当时
所有的人类与精灵没有先见之明，
难道他们没有一个可以预见未来的吗？
就连你那位看到神迹的父亲也不能预见
这个国家以后会遭受什么样的命运吗？"
小修女又开始对她喋喋不休地说道：
"当然有，是位诗人；
从我父亲那里得知，
他唱过很多战争之歌，即使在悬崖峭壁
和惊涛骇浪之间，面对敌军舰队的时候，
也能创作出动人的旋律；

他还在烟雾缭绕的山顶吟唱
关于生死的神秘歌曲，
而山上的精灵围绕着他，
它们露湿的头发
被风吹到后面犹如一团火焰；
这些是我父亲说的——
而且在那天夜里，
那个诗人还唱了亚瑟王的光荣战歌，
赞美国王超越人类之上，责骂那些
把国王称作'格尔罗斯的儿子'的人，
这不是事实；
因为根本无人知晓国王来自哪里；
是这样的，在暴风雨之后，
布德和波斯[8]海岸的巨浪渐渐平息。
有一天晚上，大地悄无声息，
人们在黑暗的丁坦基尔[9]的康沃尔郡
沿海的沙滩上发现一个裸身的婴儿；
他就是亚瑟；
于是他们把亚瑟养育成人，
最后奇迹般地成了国王；
人们说他的死亡
应该也是一个不为人知的秘密，
就像他的出生一样；那位诗人还唱道，
如果他娶了一位贤德并重的妻子，
配上自己的英雄气概，
那么他们的结合会让世界变得更美好。
但诗人在唱了一半的时候，
开始结巴了，手从竖琴上掉下，
他的脸色苍白，整个人旋转起来，
差点儿摔倒，但他们把他扶住了；

他没有告诉别人他脑中看到了什么，
但是毫无疑问，他预见的是兰斯洛特和
女王二人的恶行。"
女王想："看！这位小姑娘看来是那些
看似简单的修道院长和她的修女们派来
打击我的。"看女王低着头没说话，
小修女双手紧握，
为自己的喋喋不休而感到羞耻，
她说其他修女也经常嫌她啰唆，
经常打断她，又说："美丽的女士，
如果你太悲伤，觉得我很唠叨，
没有礼貌，总是喋喋不休说着
我的好父亲告诉我的事，
你也可以叫我停下，
不要使我再让我父亲的回忆受到耻辱，
虽然他总是说兰斯洛特爵士是最高尚的，
但我认为他也是最高尚的骑士之一；
他已经在五年前的比武中被杀死了，
留下我孤零零的一个人活在人世间；
尤其是最有风度的
兰斯洛特和我们的国王——
祈求你，如果我说错了，
请让我停下来——
祈求你，告诉我，
当你在与他们相处时，
哪一位才是最高尚的？"
脸色苍白的女王抬头看着她说：
"兰斯洛特爵士是位高尚的骑士，
他对每一位女士都彬彬有礼，
在战场上或是比武场上
也对敌人仁慈有加，极具风度，
而国王在战场上或是比武场上
对敌人也是风度翩翩，宽容以待，
他们都是世上最有风度的人；
因为高贵品行不是口舌之词，
而是忠诚本性和高尚思想的结晶。"
"是的，"
小姑娘说，"是这两个条件的结晶吗？
那么国王
必定比兰斯洛特高贵一千倍一万倍，
因为一直有传言说，
兰斯洛特是这世上最不忠诚的朋友。"
女王悲恸地回答道："噢。
你被关在这个狭窄的修道院墙里，
怎会知道这世上发生的事情？
怎会明白是非黑白？怎会懂得
什么是荣华富贵和灾难不幸？
如果最高贵的兰斯洛特
做了一丝有损高贵的事情，
让我们为他祈祷，让他逃过命运的折磨，
让我们为女王哭泣，因为是她
把兰斯洛特推入万劫不复的境地。"
"是的，"
小修女说，"我会为他们两个祈祷；
但要我相信兰斯洛特
和国王一样高贵才行，我想，
美丽的女士，如果你是那个有罪的女王，
我也会认为你与他们一般高贵。"
所以这位小修女
像许多容易说错话的人一样，

圆桌骑士 277

在对吉娜薇身份不知情的情况下，一个女仆和她讲起亚瑟王的烦恼

本来打算安慰她的，反而伤害了她，
而且刚好往她的伤口上撒盐；
女王苍白的脸上突然燃起了怒火，
她喊道：
"就像你永远不再是单纯的姑娘一样！
你是他们的工具，被他们派来折磨我、
激怒我和烦扰我的小间谍、叛徒。"
看到吉娜薇暴跳如雷，
小修女吓得脸色发白，赶紧起身，
站在女王面前浑身发抖，
就像海滩上迎风而颤的泡沫一样，
正打算抽身离开，
女王又说了一句"滚开"，
于是她心惊胆战地逃离开了。
现在只剩下王后一人，她叹了口气，
开始再次整理自己的思绪，对自己说：
"那个单纯、恐慌的孩子并无恶意，
只是我内心的罪恶感背叛了自己。
上帝，帮帮我，因为我真忏悔了。
因为真正的赎罪是思想的赎罪——
即使在内心最深处我也不会再去回忆
过去美好的时光了，那是一种罪恶；
而且我已经发誓以后决不见他了，
永远不见了。"
即使女王在说这些话，
回忆还是偷偷跑回了那些黄金时光，
因为这已经是她的思维惯性。
在那些日子里，
女王第一次见到兰斯洛特，
当时兰斯洛特

是最优秀的骑士和最有风度的男人，
并且声名远播。
作为一名大使，他为亚瑟王娶吉娜薇，
她和兰斯洛特骑马走在随行人员的前面，
与后面的人离得远远的，
他们一路愉快地谈论着爱情、运动、
比武和各种娱乐（因为当时正值五月，
那时他们没有想到以后会犯下罪行），
他们路过一片花团锦簇的树林，
草地上开满了风信子，
这种景色美得有如人间天堂，
他们越过一座座高山，
每天下午都会在优美的山谷里，
看到亚瑟王搭建的丝绸帐篷，
他的骑士或朝臣可以在这些帐篷里
做简单的就餐，或者短暂的休息。
他们继续前行，一天日落之前，
他们再一次看到了
一条象征不列颠王侯的龙，
立于国王华丽的帐篷顶上，
在一条哗哗奔流的小溪
和一口安静的水井旁边闪闪发光。
女王沉浸在回忆中，
不知不觉随着回忆一直前进，
想起了第一次看到国王时的情景。[10]
国王骑着马从卡米莱特城走去迎接她，
看到她平安到达，舒了一口气。
女王却一直盯着他看，认为他是个
冷漠、高傲、沉默寡言、毫无热情的人，
对他没有丝毫喜欢，

"跟我的兰斯洛特一点都不像"——
想到这里，
女王又开始为自己的回想感到罪恶，
这时，
一位带着武器的战士骑着马来到门口。
于是修道院里所有的人都开始窃窃私语，
一个人突然喊道："国王来了。"
女王坐在那里僵住了，听着外面的响动，
但是，当一个穿着战靴的士兵
穿过她门外的长廊，
朝她房间走来时，她立即倒下，
然后脸朝地面，匍匐前进。
她乳白色的手臂，秀发散开罩住整个头，
让人看不到她的脸，然后在这片黑暗中，
她听到了那双脚停在她旁边；
先是一阵沉默，
然后一个单调、空洞如幽灵的声音，
开始对她宣布判决，声音虽然变了，
却还是国王的："你这么卑微地
趴在这里做什么？
我是多么敬重你的父亲，
还好他一生快乐，
在你做出这种丑事之前已经长眠。
还好你没有自己的孩子。
你亲手抚养的孩子将会是杀戮的刀剑，
是焚烧的战火，是血淋淋的废墟，
是对法律的违反，是家族的阴谋，
与北海那些不敬神的异教徒
对国土的入侵有何两样？
我和我的得力助手，兰斯洛特爵士——

最强大的圆桌骑士，并肩作战，
经过十二次浴血奋战，才将遍布在这块
耶稣之地的异教徒驱逐出境。
你应该知道我刚才是从哪里过来的吧——
从他那里，
我刚才对他发起了猛烈的攻击；
而他也毫不犹豫地
对我进行更惨痛的反击，
他心里总算还留有那么点仁慈，
放过了封他为骑士的国王。
但是他杀了很多骑士；
有很多很多，他的亲戚、朋友
都投靠了他，留在了他的国土上。
莫德雷德起兵造反的时候，
更多骑士全然不顾自己立下的誓言，
不忠不义去投靠他，
剩下的人还是留在我身边。
这些留下的骑士始终会与我一起奋战，
他们是真正效忠我的人，
因为他们我才活了下来，
战争即将爆发，我会保护你的，
不会让他们伤你一根寒毛。
不要怕；我会誓死保护你的。
虽然我知道，
如果古老的预言没有错的话，
我正一步步走向死亡。
你没有让我觉得生命有多么美好，
我作为国王应该非常希望能留住生命；
但你毁掉了我生命的意义。
请你忍耐一下，这是最后一次，

我要把你犯下的罪行说给你听，
也是为了你好。
当罗马人离开我们这块土地时，
这里并没有严格的法律来约束我们，
所以恶人当道，烧杀劫掠，坏事做尽，
虽各处都有一股正义的力量在惩奸除恶，
但我却是第一位把这片国土以及其他
所有国土上的仁人义士聚集起来的国王。
我作为他们的首领，把他们聚集在一起，
成立了圆桌骑士。
这是成就光荣的一群人，是人类的精英，
他们要在这个强大的世界中起模范作用，
为这个时代创造美好的开端。
我让他们把手放在我手上，
要他们立下誓言要敬重他们的国王，
把国王当成他们的良心，
把他们的良心当成国王，
要他们铲除异教徒，维护基督教，
到世界各地行侠仗义，
不说诽谤之词，不听他人的谗言，
信守承诺，把它当成上帝的命令，[11]
以最纯真的感情过甜美的生活，
一生只爱一位姑娘，坚守对她的爱，
以崇高的行为来崇拜她，
直到赢得她的芳心；
因为我知道，天底下没有微妙的力量
比得上初恋的热情，
它不但能让一个男人摆脱原来的卑贱，
还能培养他高尚的思想，优雅的谈吐，
让他变得彬彬有礼，怀抱雄心壮志，
热爱追求真理，
让他成为一个真正的男子汉。
在我娶你之前，[12]
这些都已经很盛行了，我相信，
'看，我贤能的妻子一定能赞同
我的目标，与我同悲同喜。'
但是事实，
你与兰斯洛特干出了这等丑事；
接下来特里斯坦和伊索尔特
又犯了同样的罪行；
然后，其他骑士不顾以前的美名，
也开始仿效这两位最强大的骑士，
做一些龌龊的事情，犯下罪行，
最后，那些可恶的对手，
本来注定被我打败的，
现在却被他们占了上风，
这一切都是因为你！
我把自己的一生当成是上帝的恩赐，
谨慎言行，不让自己受到伤害，
也不去伤害别人，不计较得失；但是，
想到亚瑟又要一个人独守宫殿，
那是多么悲哀的事啊，他只能空坐着，
想念所有的骑士，想念在你犯罪之前，
听他们谈论那些高尚的行为。
但现在，在剩下的人当中，
还有哪位愿意谈论你那颗纯洁的心灵，
谁会愿意再多看你一眼？
在卡米莱特或乌斯克的凉亭里，
我还常常会想起
你在寝宫里的每一个身影，而且我始终

吉娜薇拜倒在亚瑟王脚下并恳请庇护

也忘不了你穿着旗袍或素颜的样子，
走到台阶上，
你的脚步声像鬼魂一样在我耳边回荡。
你不要以为，虽然你不爱你的丈夫，
你的丈夫还会全心全意爱着你。
我没这么没有尊严。
但我必须让你这个女人承受你的耻辱。
我认为，如果一个男人为了他自己
或是为了他的孩子而隐瞒这种丑事，
让犯错的妻子继续留在家里，
让她掌管家事，那么他必定是
人们群起而攻之的社会败类。
因为软弱无能而维护妻子的形象，
让所有人都认为她是纯洁的，
那么她就会像一场新的传染病，
不为人知，却悄悄地、不设防地在
人群中传播，她用眼睛制造邪恶的闪电，
让我们朋友的忠诚消失殆尽，
她像恶魔一样扑过来，
激起人们的情绪，还毒害后代。
若这人是一国之君，
那么后果更加不堪设想！
我宁愿自己的家庭被毁，自己心痛，
也不要恢复你王后的位置了，你已成为
我子民的笑柄，成了他们的万恶之源。"
他暂时止住了，王后慢慢爬到他身边，
双手放在国王的脚边。
这时，远处传来荒凉的号角声。
系在门边的战马像听到了朋友的声音，
嘶叫了一声，国王继续说道：

"你不要认为我是来兴师问罪的，
我不是来诅咒你的，吉娜薇，
看到你跪在那儿，你金色的头发——
曾是我快乐夏天里的骄傲——
披散在我脚边，
我感到无比悲哀，痛不欲生。
我刚开始得知你躲在这里时，
曾愤怒地想用最严厉的法律来惩治你，
用火刑来处决你的背叛，[13]
但那种愤怒已经过去了。
想到我曾那么全心全意地爱你，
你却对我如此不忠，
我泪如泉涌，但这种痛也暂时平息了。
所有一切都过去了，错也错了，而我，
看！我原谅你了，就像上帝
原谅一切一样！你的心里也该放下了。
但我要怎样
与我爱的一切做最后的道别呢？
噢，金发，我曾经时常拨弄爱抚的头发！
噢，天生高贵的体形，绝世的美貌，
最后却让这个王国的诅咒毁了你——
我不能吻你的嘴唇，它们不是我的，
而是兰斯洛特的；
不，应该说它们从来都不属于国王。
我不能握你的手，
它们是你肉体的一部分，
而你的肉体已不贞洁了；
我的身躯俯瞰你的肉体，喊道：
'我厌恶你！'
但我的肉体也被你的污染了。

圆桌骑士　283

噢，吉娜薇，除了你，
我从未碰过其他女人，现在，
我对你的爱深深植入我的生命里，
这真是注定的，事到如今我还爱着你。
没有人会想到我到现在还爱着你。
也许，你会净化自己的心灵，
会一心向着我们宽容的耶稣主，
另一个世界，所有的人都是纯洁的，
而我们会在上帝的面前见面，
那时你就会跳到我身边，
跟大家说我是你的，我是你的丈夫——
不是一个配不上你的人，不是兰斯洛特，
不是任何人。
我命令你，让我怀着最后的希望。
现在，我必须走了。
号角声穿过漆黑的夜晚传来，
他们在召唤国王，
要我带领军队往西边遥远的战场行进，
我必须在那里
与那个男人做殊死搏斗，[14]
人们称他为'我姐姐的儿子'——
但他并不是我的血亲，
他与怀特霍思的君王们、
异教徒、骑士和叛徒勾结——
我要取下他的人头，然后独自面对死亡，
或者接受命运安排好的神秘死亡
或者命运安排下的消亡。
而你留在这里，
迟早也会知道战争的结局；
但是我不会来这里了，

也不会与你同眠了；
不会再与你相见了——
再见！"
王后跪伏在国王脚边，
感觉到自己脖子上国王的呼吸，
在她头顶的阴影中，
仿佛看到了国王在挥手祝福她。
听到那个脚步声渐渐远去，
苍白的女王站起身，
带着悲痛走到了窗扉前："或许，"
她想，"我可以再看看他的脸，
而不被他看到。"
果然，她看到了门边骑在马背上的国王！
那些神情悲伤的修女
每人手里拿着一盏灯，站在他旁边，
他给她们下了一道命令，
让她们永远都要收留王后，保护王后。
他在跟她们说话的时候头微微低下，
所以王后没有看到他的脸，
只看到了他头盔上的不列颠金龙；
那时国王的脸就像天使的脸。
空气里缭绕着湿湿的雾气，
那象征伟大的不列颠王侯的金龙，
在灯光的照耀下闪闪发光，
让整个黑夜成了一连串的火花。
这时国王转身离开；
夜色朦胧中，雾气在他身边缭绕，
让他看起来像巨人的鬼魂一般，
然后雾气渐浓，让他变得越来越模糊
不清，最后消失在雾气中，她看到他

像灵魂一样飘向命运的终点。[15]
然后她伸了伸自己的手臂,大声喊道:
"噢,亚瑟!"她的声音戛然而止,
然后——
就像一道泉水飞喷出悬崖裂缝,
在半空无力上升一样,
又回到底部重新聚集力量,
再一次从山谷飞奔而下——
她情绪激动,继续说:
"走了——我的丈夫!
因为我的罪,他必须去与人厮杀!
他原谅了我,我竟说不出一句话。
再见!我应该回应他跟他道别的。
他的仁慈让我窒息,走了,我的国王,
我的丈夫,我真正的丈夫!
我怎敢说他是我的?
另一个男人的阴影一直缠着我,
让我成为罪恶之源。他,国王,
说我不贞;难道我真的该死吗?
但死又有什么用?
我还是不能洗清我的罪,
如果灵魂永不消失的话,
我就洗不掉我的耻辱;
不,即使我苟且偷生,
我也不会摆脱它。
日复一日,月复一月,年复一年,
四季轮回,时间之轮向前滚动,
而我的名字将会成为
世世代代人们的笑柄。
我不应该只想着我受损的名誉。

让世人去说吧,
那只是他们的观点,我管不了。
那么我活着还为了什么呢?
还有什么希望?
我想,是有一丝希望的,
除非国王在说希望的时候是在嘲讽我;
他说那是他的希望;
但是他从来不嘲讽别人的,
因为嘲讽是心胸狭窄的人才干的事情。
保佑我的国王,他原谅了我
对他犯下的恶行,还给我希望,
我自己也要改过自新,希望来世
能在上帝的见证下再次成为他的妻子!
啊,伟大仁慈的国王,
对你的骑士来说,你的好战,
是圣人的良知——
我低级贪恋的骄傲,却不愿仰望。
或者我有些鄙视那个我不愿
也爬不上去的高度——因为我认为,
在那种纯洁、严肃、完美的空气里,
我会窒息而死——
我渴望温暖与丰富多彩的生活,[16]
而我从兰斯洛特身上找到了这些——
现在我知道你是怎样的人了,
你才是最伟大也是最有人性的人,
不是兰斯洛特,也不是其他人。
虽然太迟了,有人会替我跟国王说
我爱他吗?现在——
在他去打那场伟大的战争之前告诉他?
没有人会说!

在那个更纯洁的国度里我要亲口告诉他，
但现在去已经太迟了。啊，我的上帝，
如果我只爱你最崇高的子民，
那么在您这片美丽的土地上，
我就不会犯下这种罪了吗？
爱上这位最伟大的人是我的责任；
如果早一点知道，我肯定会得到更多；
如果我早一点看清，
我一定会更幸福快乐。
当我们看到最伟大的人时，
一定要爱上他，
那人不是兰斯洛特，也不是其他人。"
说到这儿，她握紧拳头，双眼低垂。[17]
看到小修女就站在旁边，
她放声大哭，苦苦哀求，对她说：
"我就是王后，
小姑娘，你不能原谅我吗？"
她又看了一眼，发现那些神圣的修女
都围着她，她还是哭个不停；
她的内心顿时垮了，哭着说：
"你们现在都知道我是谁了，我是恶人，
我一手毁掉了国王的伟大计划和目的。
噢，把我关在这狭窄的修道院
的围墙内吧，好心的姑娘们，
让我远离那些'不要脸'的喊声。
我是不会自嘲的；他还爱着我，
任谁都没想到他竟然还爱着我。
所以，如果你们不畏惧我的话，
让我做你们的姐妹，请你们收留我；

让我穿上黑白修女服，
像你们一样做个修女，
让我与你们一同戒斋，一同用餐；
与你们一同悲哀，
却并不与你们一同开心；
与你们一起做礼拜仪式，
与你们一起为他人祈祷，也被他人
所祈祷；卧拜在神龛前；
我会在你们神圣的教堂里
干所有的低下的活儿；
走在你们黑暗的回廊里，
救济生病的穷人，
因为在救赎我们的主的眼里，
这个穷人比我强壮；
还要治疗他们腐烂的伤口，
也是在治疗我自己；
我要用尽余生行善积德，
在那些荣华富贵的日子里，
我对国王造成了巨大的伤害，我要祈祷
对这种生活做一个清醒的结束。"
说完，修女们把她当成了这里的一员；
虽然很担心"太迟了吗？"
她还是抱着希望。从此成为一名修女。
后来这座修道院的院长与世长辞了，
因为王后多行善事，生活纯洁，
具备天生的掌管能力，以及高贵的出生，
被选为下一任修道院长。
短短三年后，她就去了那个无人打扰、
永远宁静的天堂。

# 注释

[1] 这个故事里，诗人只有一些暗示，应该要感谢马洛里——亚瑟发现兰斯洛特和吉娜薇的不忠；她遭到了人们强烈的谴责；她在兰斯洛特的帮助下，逃出了火刑，兰斯洛特带着她到他自己的欢乐加德城堡；亚瑟包围他的城堡，逼迫兰斯洛特放弃王后；她的隐退——那是在亚瑟死后——进了安尔斯伯雷修道院，在那里，按照逻辑，她"成了修道院长"。

[2] 1859年的版本是这样写的：

她逃到这里，都是因为莫德雷德爵士，

他是国王最亲的人，

国王的侄子永远像一只蹲伏着的

狡猾野兽……

利特代尔解释说"一个奇怪的巧合，这正是亚瑟·哈勒姆常常用来描述丁尼生的名声快要赶上自己时所做的比喻"：

一个充满着最清晰预见的人，

……他现在的名声

正蹲伏着，如豹的眼睛聚精会神，

正如有人会说："我不久后就会扑向他，

让他成为我的手下败将。"

"安尔斯伯雷"现在叫作埃姆斯伯里，距索尔兹伯里约有8公里，那座旧的修道院教堂依然留存在那里。

[3] "怀特霍思的君王"参见《兰斯洛特和伊莱恩》注解。

[4] 意思是说，现在如山楂属植物的花朵一样白。比较《米勒的女儿》："这些小巷，你知道的，在五月里开满了白色的花朵"；见《加尔斯和雷奈特》。

[5] 1859年的版本是这样写的："做永远的道别。到了见面的晚上，他们情绪激动得脸色苍白"等。后来加进去的部分在1884年的版本中也没有，但在1890年的版本中找到了。"到了见面的晚上"这句话现在很模糊不清。

[6] 指接受圣餐，或者坦白自己的错误。

［7］"迟了，迟了，太迟了"这首歌是根据聪明与愚蠢的圣女（《马太福音》）的寓言故事改写的，这几乎没有必要说。

［8］康沃尔郡的行政区。

［9］1859年的版本为"宕德吉尔"。

［10］1859年的版本为"第一次见到国王的时候"。

［11］在1859年的版本中没有这句话。

［12］1859年的版本为"直到我娶你"。

［13］马洛里好几次提到，被绑在火刑柱上，被火焚烧，是对不忠的妻子的一种惩罚。

［14］1859年的版本这样写道：
　　我必须在那里与我姐姐的儿子做殊死搏斗，
　　他竟然与怀特霍思的君王们、异教徒
　　和曾经效命于我的骑士勾结在一起。
　　我一定要把他打死……

［15］"这个注定的厄运在《亚瑟王的消逝》中讲到，但他已经被命运模糊的烟幕给缠绕住了，自己是其中的灵魂，是想象中的高贵之人，被捧得天花乱坠"。（斯多普福德·布鲁克）

［16］1859年的版本为"我想要温暖"。

［17］"双眼低垂"见"最后的比武大会"。

THE PASSING OF ARTHJJR

亚瑟王的消逝 [1]

勇猛的贝德维尔爵士是第一位受封，
也是最后一位离开的圆桌骑士。
当他已经步入人生的最后阶段时，
他用微弱的声音把下面的故事
告诉跟他住在一起的新朋友。
在他们向西进军的途中，
一天晚上，
贝德维尔在睡熟的军队中慢慢地踱步，
无意中听到
国王在他自己帐篷里低声说话：
"在闪烁的繁星中，我找到了他，
在遍地的鲜花中，我注意到了他，
但是在他混在人群中时，我找不到他。
我为他发起了一场战争，现在我要死去。
噢，我的主！为什么我们周围的一切
就像是一位不合格的上帝创造的世界，
他没有尽力让人们去塑造更美好的世界，
直到一位高尚的救世主
远远地看到这一切，
然后进入这个世界，让它变得更美丽？
还是本来这个世界已经非常完美，
但人类的眼睛太迟钝、太模糊了，
没有能力看到它原本的面貌——
或许，因为我们没有靠近它才看不清——
因为连我这么单纯的人，
认为自己按照他的意愿办事，
虽然一直惩奸除恶，却尽是徒劳；
我非常信任的妻子与朋友背叛了我，
让我不得安宁，
而我所有的子民都恢复以前的兽性，

整个王国都已不复存在。
我的上帝，是不是我死后会被你遗忘？
不——我的耶稣主——我是不会死的。"[2]
然后，那次最后的、
怪异的战役前的一个晚上，
亚瑟王正在睡梦中，
高文在与兰斯洛特作战中意外死亡，
他的灵魂随风四处飘荡，
最后来到亚瑟王的耳边，尖叫道：
"空的，所有的快乐都是空的！
嘿，国王！明天你就会死了。
再见！有一座小岛可供你安息。
我正在随风游荡着，
空的，所有的快乐都是空的。"
然后那个声音越来越弱，就像一只野鸟
从夜晚开始迁移，一边哀号着，
一边飞过一片又一片的白云。
那个声音在风中发出尖叫声，
却与远处夜色朦胧中
山谷间微弱的喊叫声混在一起，
就像一座沉浸在夜色中的孤寂城市，
在夜深人静之时，
妇人与小孩的哭喊声飘到了新的国度；
亚瑟王惊醒了，叫道："刚才谁在说话？
原来是做梦。噢，风中轻飘着的，高文，
是你的声音——
这些凄凉的喊叫声是你的吗？
还是在这荒郊野外，到处是孤魂野鬼
在为我哀悼，因为我将与他们同行？"
一旁勇猛的贝德维尔爵士听到这些，

亚瑟王的消逝 291

对国王说："噢，我的国王，
别去管他是什么，是小精灵，
在这片草原上，他们的魔力毫无害处；
而您的名声与荣耀总是在高尚的地方，
比如说黄金的云朵上；
但您到现在都不会死的。
高文活着时就很轻薄，何况死了呢？
因为灵魂与人类是一样的；
请您别担心，这是您在做梦，
起床吧——
我在西面听到莫德雷德的脚步声，
还带着许多手下，
其中有以前跟随您的骑士，
您以前曾那么爱护他们，
但现在他们却变得比异教徒更加鄙俗，[3]
竟践踏他们立下的誓言，背叛您。
在他们心里，他们还会把您当成国王的。
起来吧，像以前一样，把他们征服。"
亚瑟王对贝德维尔说："这次我们
去西边打的仗跟以前的大不相同，
以前年轻的时候，
我们攻打的只是小国，或是罗马人，[4]
或者把那些异教徒赶出罗马，
然后在北方连连打击。
与我的子民和我的骑士作战必遭天谴。
与自己的子民为敌的国王
就是在与自己为敌。
还有我的骑士，我曾受他们的爱戴，
把他们打倒，我的死期也就到了。
但我们还是会去的，

我们会在这朦胧的烟雾中，
找到或摸索到一条路的，
自从在安尔斯伯雷修道院，
看到一条消失在尘土中的路后，那条路
就已经埋没在世上的众路之间。"
然后，国王起身，连夜带领他的军队，
一路逼近莫德雷德爵士，
回到莱昂内塞西边的界限处——
莱昂内塞是一片古老的土地，
由洪荒时期的火光隆起形成，
现在正慢慢地重新陷入洪荒；
一些零零碎碎被人
遗忘的民族居住在这里，
群山连绵不断，[5]尽头是一条海滩，
海滩上的沙土漂移不定，
远处的幽灵环绕着呜咽的大海。
在那里，追赶者无法再追下去，
而国王也停止了追赶；
当天空的巨大光芒
在最低点燃烧的时候，
在海洋边的荒凉沙滩上，他们开战了。
亚瑟王从来没有经历过这样的战役——
这是最后的西方战役，
天气灰暗，充满着怪诞的事情。
白色的雾气萦绕在沙滩与海岸上方，
紧贴着地面；
人呼吸着海风，顿觉寒冷刺骨，
冷得心里生出一种莫名的恐惧；
甚至连亚瑟王都感到困窘，
因为他根本看不清对方。

在这片迷雾中,
能看到的只有朋友与敌人的影子,
所以在毫不知情中,朋友相互厮杀;
有些人看到镀金青年的幻象,有些人
看到古人的灵魂正在天上看着这场战役;
在雾气中,当士兵单打独斗时,
很多人光明正大对战,很多人卑鄙偷袭,
有些人侥幸获胜,有些人狡猾使诈,
有些人英勇无比。
常常会有一群人共同奋起抗敌,
长矛不时断裂,
坚硬的盔甲不时被劈裂,
盾牌不时破裂,击剑声不断,
战斧劈开头盔,发出阵阵撞击声,
那些被打败的人跪倒在地,仰望天空,
发出撕心裂肺的呐喊,
但是他们看到的只是迷雾茫茫;
异教徒与叛徒骑士的喊叫声,
咒骂,侮辱,
下流话和对神明的恶毒亵渎,
有些人汗流浃背,痛苦地在地上打滚,
在浓厚的雾气里心脏怦怦跳动,
有些人呼喊着光明,而垂死的人
发出痛苦的呻吟,还有死人的幽喊。
最后,就像在一个临终之人
在床头痛哭一场之后,
大地再一次悄无声息,
或者在昏死过去后,
整个海岸呈现出一片死气沉沉的寂静,
波浪翻滚的海水发出轻微的哗哗声;

但是,接近黄昏时,这个悲哀的一天
变得愈来愈令人绝望,
突然从北面吹来了一阵刺骨的寒风,
把雾气全都撩到一旁,
海水也随着这阵风涨了潮,
苍白的国王朝战场的四周看了看,
却没有发现一丝生气;
他的手下没有一人存活,而异教徒
也全部死光;只有苍白的海浪[6]
来回拍打着这些死人惨白的脸,
无力的双手
以及他们掉下的空洞洞的头盔,
震颤了曾经用来驱逐罗马人的剑,
把过去与未来的声音,
沿着阴森森的海岸卷向远处。
亚瑟王的脸色比一整天
都萦绕在这片战场的雾气还苍白,
他对贝德维尔爵士说:
"你巨大的声音震动了整个世界,
荒芜了我们生活的这个狭窄的王国,
击打在这些死人的脸上——我的死者,
就像他们不是为我而死的吗?——
噢,贝德维尔,我的心里充满着疑惑,
让我连自己都不认识自己,
不知道自己从哪儿来,到底是不是国王。
看,我似乎只是死人的国王。"
勇猛的贝德维尔爵士对他说:
"我的国王,在哪里您都是国王!
所有死人也会有国王,
我也会把您当成国王,崇拜您的,

然而您的生命依然是完整的，
而爱戴您的我也活着；
但是那个恨您的人，那个把异教徒
带回来造反，让您还站在那边的——
莫德雷德，
这个可恶的叛徒却毫发无伤。"
国王说："我的王国成了我的葬身之地。
但请你不要把他称作是我王国的叛徒，
他只是生活在比我低一级的屋檐里的人。
我的黄宅成员
是那些与我立下同一誓言的人。
是的，即使他们违反誓言，
却还是把我当成他们的国王。
当所有意图篡位的人都失败了之后，
你却在我最绝望的时刻对我说，
无论是生是死，你都认定我就是国王。
这些话真让我感动。
无论他们怎样大声反对，我就是国王；
你将会看到，我在死前
会做最后一件国王应该做的事情。"
国王最后一句还未说完就扑向那个人。
然后莫德雷德朝他的君王头盔上
重重地一击，
与许多异教徒的剑随意一击，
这一击击中了国王的要害；
尽管这样，国王还是用尽全力，
用神剑给了他致命的一击，
而自己也倒在地上昏迷过去。
一整天，寒冷的海边，绵延的群山中
回荡着战场上的厮杀声；[7]

直到亚瑟王的骑士
一个个在莱昂内塞葬身于他们的君主——
亚瑟王的脚边，因为国王也伤势严重，
勇猛的贝德维尔爵士把他扶起来，[8]
带着他去到战场附近的一所小教堂。
这所破败的小教堂
坐落在一片黑暗贫瘠的地峡上，
里面有一个破损的十字架，
一边是海洋，一边是大湖，
这时天上挂着一轮满月。
亚瑟王对贝德维尔爵士说：
"今日一战，
让曾经无以匹敌的知名骑士之间
完美的联盟关系变得支离破碎。
他们就这样长眠了——
那些我钟爱的骑士。
我想，在未来任何时候，
我们都不能像以前一样，
满心欢喜地讨论着侠义之事，不能一起
在花园和卡米莱特宫殿散步了。
我创造的这个民族让我自己毁灭——
虽然莫林曾肯定地说
我会再次统治这个王国——
但是，管它未来会发生何事，
现在的我，头部伤势很严重，
如果没有帮助的话，我就活不到明早了。
所以，你带上我引以为豪的神剑；[9]
因为你应该记得很久以前，
在夏日的午后，
一只手臂从湖中央升起来，

亚瑟杀死了他的敌人莫德雷德，同时自己也身负重伤

手里拿着用白色锦缎包住的
一把神秘的绝世神剑——
然后我划船过去拿起它，
像一个国王一样把它戴在身上；
来世，无论何人赞颂我，
或说起我的故事，当然也会知道这件事。
但是现在不能再耽搁了，
你带着这把神剑，
拿去把它扔进那条湖中央的深处；
看看会发生什么事，然后回来告诉我。"
勇猛的贝德维尔爵士回答道：
"国王陛下，
把您一个人这样丢下是不合适的，
没人照顾您，您头部的伤势——
一点小事都可能会加重您的伤势；
但我会尽全力执行您的命令，
然后快速地回来告诉您。"
说完，贝德维尔走出这座荒废的圣祠，
顶着月光，赶往那座墓园，
在那里躺着的
都是伟大的老骑士们的尸骨，
墓园上，海风呼啸，
肆意尖叫，寒冷刺骨，海水泡沫四溅。
他沿着蜿蜒曲折的小路往下走，
爬过尖锐的岩石，
来到那条湖边，湖面闪烁着光芒。
他拿出那把神剑，举到头顶上，
拔出它，寒冷的月光照亮了它的边缘，
照得剑柄发出尖锐的光芒，
一层白霜覆盖在上面；

因为整个剑柄上都闪烁着钻石的光芒，
还有无数黄玉石
和精致的风信子宝石的光。
他站在那儿久久地盯着它看，两眼发花，
敏锐的头脑一时拿不定主意，
一会儿想这样扔，一会儿想那样扔；
但最后，他觉得把那把神剑
藏起来比较好，所以把它藏到了
茂密的黄菖蒲之中，那些黄菖蒲在
湖的边缘随风僵硬，干干地呼啸着。
然后他慢慢地走回受伤的国王那里。
亚瑟王对贝德维尔爵士说：
"我派给你的任务完成了吗？
你最后看到什么了吗？
还是听到了什么声音？"
勇猛的贝德维尔爵士回答道：
"我听到涟漪拍打着芦苇丛的声音
和湖水泼溅到峭壁的声音。"
亚瑟王虚弱无力，脸色苍白，回答说：
"你背叛了你忠诚的本性和你的名声，
没有把实话告诉我，
这不是一位高尚的骑士该做的：
因为一定会有迹象的，要么出现一只手，
要么出现一个声音，而不是湖面的动静。
撒谎是一件多么羞耻的事。
现在，我命令你，赶紧再去一次，
你那么顺从与忠心，
一定可以完成我交给你的任务的，
然后快速把消息带回来给我。"
来到湖边，踱来踱去，

数着露湿的鹅卵石，陷入了沉思；
但是，
当看到那把剑的剑柄出现奇观时，
他感到不可思议，好奇地寻找它，
双手手掌紧合，大声喊道："这把剑
可是宝贝，如果我真的把它扔了，
那么这把上乘宝剑就会永远消失，
许多人再也看不到
这么赏心悦目的东西了。
如果我照着国王说的去做，
有什么好处呢？
如果不照着做，又有什么坏处？
如果不服从命令，
肯定会造成深刻的伤害，
因为君王的统治要靠臣民的服从来约束。
如果国王的要求没有任何好处，
或有悖于自己的意愿，
而我又服从了，这样好吗？
国王病了，不知道自己在做什么。
如果我这么做，在国王的后世，
除了让后人带着疑惑，空谈议论外，
国王在死后还能留下什么？
但如果这把剑还在，
还藏在某个强大的国王的国库中，
那么可能会有人在比武中把它展示出来，
说：'这是亚瑟王的剑，是一位孤独的
湖中仙女用九年时间磨炼而成的。
在这九年里，她坐在深海里——
隐藏着的高山最低处，修炼神剑。'
所以一些老者

可能会在国王生后对后人谈论这件事，
从而赢得他们的敬重。
但现在国王已经失去了很多人的敬重，
名声大不如前了。"
他说完，沉浸在自己的思索中，
第二次把剑藏了起来，
然后慢慢地走回受伤的国王那里。
亚瑟王呼吸沉重地说：
"你看到了什么？还是听到什么？"
英勇的贝德维尔爵士回答道：
"我听到湖水泼溅到峭壁的声音
和长长的涟漪拍打着芦苇丛的声音。"
这次国王非常生气，回答说：
"啊，卑鄙，狠心，不忠，
你不配做骑士，叛徒！哀哉！
一个垂死的国王已经没有权力了，
再也没有能力去命令他人了。
我看到了真实的你，
因为你是最后离开的骑士，
而我却要你去完成所有骑士的任务，
这才让你背叛我，
不帮我把那把宝剑扔了；
你也许渴望得到金子，
或者想要一位女子，
来满足你视觉上轻浮的愉悦感。
但是，
对于一个两次都没有完成任务的人来说，
第三次可能会顺利完成的，快去吧；
如果你这次没有把神剑扔了。"
于是贝德维尔再次起身，快速飞奔，

贝德维尔爵士把弥留之际的亚瑟王的神剑藏了起来

跳过一座又一座山脊，轻轻把手
伸进了芦苇丛底，抓起了那把剑，
然后用力旋转着扔进了湖里。
那把伟大的剑在月亮的光辉中发出闪电，
闪着光不停地旋转着，
然后以拱形旋转着，
就像北方早晨的一道光幂，
在晚上看时，冬天地壳的剧烈震荡
让小岛移动，还有北海的吵闹声。
那把神剑就这样发着光，然后落下；
但是还没落到湖面的时候，
一只用白色锦缎包住的神秘手臂
不可思议地从湖中伸出来抓住剑柄，
挥舞了三次，然后与剑一起沉入湖底。
看到这个，贝德维尔立刻跑到国王那里。
亚瑟王呼吸变得更加沉重了，对他说：
"现在，我通过你的眼睛，
知道你已经完成了任务。
说吧！你听到或是看到了什么？"
英勇的贝德维尔爵士回答道：
"国王陛下，
我怕那些宝石的光芒会刺伤我的眼睛，
让我无法完成任务，所以我闭上了眼睛。
我从未看到过，
以后也不会看到像您
那把剑那么神奇的东西了，
而且无论在哪里，
就算死或者再活三辈子也不会看到。
我用双手拿住剑，旋转着把它扔了出去；
当我再次睁开眼睛时，

看到一只用白色锦缎包住的神秘手臂，
不可思议地从湖中伸出来抓住剑柄，
挥舞了三次，然后与剑一起沉入湖底。"
亚瑟王呼吸异常沉重，回答说：
"我的死期快到了，是时候走了。
用你宽厚的肩膀背起我，带我去湖边；
然而我很怕自己的伤口会着凉，
在半途就死去。"
说完，国王从地面上稍稍爬起来一点，
努力地慢慢靠向贝德维尔的手臂，
蓝色的眼睛里透露着向往的神情，
有如画中一般。
贝德维尔爵士双眼含泪，
怜悯地注视着他，很想说些什么，
却又不知道说什么；
小心地让国王扶住自己的手臂，
单脚跪下，
把他的虚弱无力的双手
搭在自己的双肩上，
起身背着他穿过墓园。
贝德维尔在行走时，
国王的呼气变得更加急促。
就像睡在一座寂静的房子里的人
做噩梦时，身体跟着梦一起扭动一样。
国王像这样叹了口气，
喃喃地在他的耳边抱怨道：
"快点，快点！
如果太迟了，恐怕我会死的。"
贝德维尔迅速地穿过一座又一座山脊，
屏住呼吸走着，

亚瑟王的消逝　299

看起来比冰冻山峰上的人还要大。
他听到后面国王沉重的呼吸声,
朝前面大喊一声。
他的思想像一根荆棘鞭笞着他。
他的铠甲在冰冷的山洞里和荒凉的峡谷
发出干干的撞击声,
他经过光秃秃的黑色悬崖时,
一下子跳到左边,一下子跳到右边,
周围发出哐当声,
当他的脚踩在滑溜溜的峭壁顶端时,
发出尖锐的摩擦音,
然后岩石上留下了他穿着战靴的脚印——
突然,看,
是那条湖还有冬日里长长的月晕!
他们看到下面
有一条黑色的驳船在湖中上下浮动,
那船从头到尾
黑得像人们出葬时披的肩巾,
他们走到下面后,
发现所有的甲板上都站满了高贵的人,
黑色披肩,黑色头巾,
就像在梦境中一样——
三个头戴黄金王冠的女王站在旁边;
其中一人用颤音大喊一声,
连星星都发出了叮当声,
那个唯一的喊声,带着痛苦与悲叹,
就像大风在荒原上整夜尖叫着一样,
自从世界形成以来,
没有人会去那里,或曾经去过那里。
亚瑟王低声说:

"把我放到那只船上去。"
于是他们上了那只船。
船上三位王后伸出手来,接住国王,
然后哭了起来。
但是,
三位中最高、最美丽的那位站起来,
把国王的头放在她的膝上,
解开他裂开的头盔后,
一边擦着他的手,一边叫着他的名字,
大声抱怨着,流下了伤心的泪水,
流到布满黑血的脸颊[10]上;
因为她整张脸都是白色的,
毫无血色,就像渐渐消失的月亮,
被东面跳出的强劲光芒逼走;
国王的护颈套和护腿套上面全都是泪珠;
而她轻盈富有光泽的卷发——
让国王的前额
看起来像是从王座上升起的太阳——
被尘埃覆盖得干瘪掉了,
或者,结成块状松散地挂着,
落在国王嘴唇边缘上的头发
正在蓬勃生长。
国王躺在那里就像一根粉碎的脊骨,
不像那个手拿长矛的亚瑟,
那个在比武场上呼风唤雨的比武名将,
他从卡米莱特城的比武场迅速穿过,
冲过各位女士和亲王的眼前。
然后勇猛的贝德维尔爵士大声喊道:
"啊!我的亚瑟王,我将何去何从啊?
我要把我的前额与眼睛藏到哪里啊?

因为现在真正的昔日已经死去，
昔日的每个清晨
都会带来一个高尚的机会，
而每个机会都会成就一位高尚的骑士。
自从灵光指引着神圣的长老
找到那天赐的良药以来，
这种日子已经不复存在了。
但现在圆桌骑士已不复存在了，
它曾经是强大世界的象征，
我是最后一位，以后只能形单影只了，
那些日子像黑夜一样笼罩着我，
还有那些与新骑士——
陌生的脸孔，不同的思想——
相处的年月。"
亚瑟王从船上慢慢地回答他：
"旧秩序变了，会有新的秩序出现，
上帝总是用许多方法
来满足自己的要求的，以免唯一的一个
习俗会腐蚀整个世界。
自我安慰吧：
我心中有什么东西值得欣慰？
我已经活过了，希望我做过的事情
在上帝心中能变得纯洁！
而你，如果你以后再也见不到我了，
请你为我的心灵祈祷。
祈祷的力量
可以做这个世界无法想象的事情。
因此，让你的声音像喷泉一样喷出，
为我日夜祈祷。
因为如果他们不愿抬起手

为自己与那些把他们当朋友的人祈祷，
那么人类比无法用大脑
去哺育一个生命的绵羊或山羊
高明在哪里呢？地球上的各个方面
都是受到上帝脚边的金链子束缚的。
是时候说再见了。
我将与你看到的这些人
一起去一个很远的地方——
如果我真的要走的话——
因为我的脑子里有一团疑云——
到艾维里恩的一座岛屿上的山谷里去；
在那里没有疾雨，没有飘雪，没有冰雹，
风也永远不会吹得如此猛烈；
那里有的只是肥沃的草原，新鲜的果林，
到处充满欢乐美好的气息，
夏日海洋下面是阴凉的防空洞，
我可以在那里乘凉疗伤。"
国王说完，那些人划着船桨，扬起风帆，
离开了湖岸，就像一只强壮的天鹅，[11]
在临死前，疯狂地吹奏着颂歌，
竖起她那纯白冰冷的羽毛，
然后划着黝黑的羽片顺流而去。
贝德维尔爵士久久地站立着，
脑中不断地出现以前的种种回忆，
直到接近黎明，
船体渐渐变成一个黑色的小圆点为止，
这时，湖面上的哭声也渐渐远去。[12]
但是，当那个低吟声永远地消失时，
这个死气沉沉的世界
在冬天的黎明中显得如此的寂静，

他大吃一惊，
接着叹息道："国王走了。"
然而一首怪异的旋律
突然出现在他的脑海中，
"自深海而来，往深海归去。"
然后他慢慢地转身离去，
迈着沉重的步伐，
慢慢地爬到那块坚硬的峭壁上面；
在那里，
他又看到那只黑色的船在移动着，
喊道："他去死亡的国度当国王了，
在严重的伤势康复了以后，
他会再回来的；但是——
如果他不再回来——
哦，我的上帝，在那只黑色的船上
穿着黑衣服尖叫、哭泣的女王们，
在那个节日里，当她们身着光芒，
安静地站在国王的前面时，
我们曾盯着她们看。
她们是国王的朋友，

会在国王需要时帮助他吗？"
似乎从黎明中
传来了伟大呐喊的最后回响，
声音很微弱，
就像从世界的另一头传过来的，
听起来好似一个美丽的城市里的所有人
都用同一种声音欢迎国王凯旋。
贝德维尔又开始走来走去，
甚至爬到了
他能够爬到的最高的地方，
尽力睁大眼睛看到下面一只拱形的手，
或者，他认为自己看到
载着国王的那个小黑点，
在长长的冰穴处往下沉，
直到很遥远的深海某处，
越来越远，越来越远，
船身越来越小，越来越小，
最后消失，变成一束光芒。
新一天的太阳渐渐升起，
带来了新的一年。

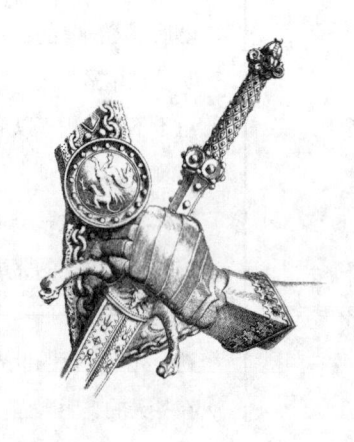

# 注释

[1] 这首叙事诗的现版第一次出版在1869年《圣杯故事》这卷书中，当时，开头和结尾部分都不完整，但在1842年的《史诗》中有印刷，现在包括在诗集当中。见那首诗歌的注解和前文。下面的简介出现在《圣杯故事》书中，在标题页的对页——

为了方便那些拥有前面的书册的人，这四首《国王的叙事诗》印刷成现版。
整个系列于现在出版，应该以下面这样的顺序阅读：——

亚瑟王的到来

———

圆桌骑士
加尔斯和雷奈特
莫林和薇薇安
兰斯洛特和伊莱恩
圣杯故事
佩里亚和伊塔雷
吉娜薇王后

———

很显然，加入《加尔斯和雷奈特》和《最后的比武大会》是后来的想法；后来诗人决定把《杰兰特和伊尼德》分成两部分，加上《巴林和巴兰》，这样总共就有十二本书了。
《亚瑟王的消逝》的故事来源于马洛里。

[2] "在他们向西进军的途中……我是不会死的"在1869年的版本中没有这二十八行，而是这样的："在西方最后一次怪异的战役前"等。

[3] 1869年的版本为：——

你曾那么爱护他们，但他们现在
比嘲笑他们的誓言和嘲笑他们的异教徒更加鄙俗。

[4] 在1869年的版本中没有这一行，而是以"把异教徒赶出……"等开头的。

[5] 原版为"长长的高山"。

[6] 原版为"荒凉的海浪"。这首最后的诗歌是最早写的，在这里根据的是作者的早期计划与

其他诗歌的相互联系。

[7] 早前的《亚瑟王之死》就是以这句铿锵有力的诗句开头的。

[8] 在这一行后，1842年版的《亚瑟王之死》有这样一句："贝德维尔爵士，是最后一个离开他的骑士"。在这里被省略了，当然，因为这个事实已在新内容中提到了。

[9] 比较马洛里："但是我的生命在催促我，国王说。所以亚瑟说，把我的神剑拿去，我的好剑，把它带到那个湖边，你到那儿后，我命令你把它扔进湖中，然后返回来告诉我你那时看到了什么。我的主，贝德维尔说，我会服从你的命令，然后很快把消息带回来。于是贝德维尔爵士出发了，在路上，他看到这把宝剑的圆头和剑柄上镶嵌着宝石，然后他对自己说，如果我把这把价值连城的宝剑丢进水里，那不会有什么好处，而只有坏处，损失了一把好剑。于是贝德维尔爵士把神剑藏在了一棵树下。这样他以最快的速度回到国王面前，说他已经去过湖边，把剑扔进了湖里。你看到了什么？国王问道。陛下，他说，除了海浪和大风，我没有看到任何东西。你说的不是实话，国王说；所以你要赶快再去一次，你那么顺从与忠心，会完成我的任务的，不要舍不得，只要把它扔进水里。然后贝德维尔爵士再次返回，手中拿着剑；他想，把那把宝贵的剑扔了是一种罪和耻辱；所以又一次把它藏了起来，回去告诉国王说他已经到过湖边，完成了任务。你看到了什么？国王问。陛下，他说，我只看到水猛溅了出来，海浪泛着白花。啊，叛徒，撒谎，亚瑟王说，现在你已经背叛了我两次。谁会想到你这么顺从与忠心，被称为高贵的骑士，也会为了这把剑的价值而两次背叛我。但是现在你再赶紧去一次，因为你这么拖拖拉拉只会让我的性命更加危险，因为现在我身体的温度已经开始下降了。除非你服从我的命令，如果我还能再见到你没有完成任务，我会亲手杀了你，因为你为了图我的宝剑而眼睁睁地看着我死去。于是贝德维尔爵士再一次出发去取剑，迅速地把那把剑拿起来，走到湖边，把腰带绕到剑柄上，用尽全力把剑扔进远处的深水中，突然一只手臂和一只手伸出了水面，碰到剑，握住了它，然后摇了三次，挥舞了起来，一会儿剑随着手一起消失在水里。所以贝德维尔爵士跑回去告诉国王他看到的一切。哎呀，国王说，带我去那里，因为恐怕我的时间不长了。

然后，贝德维尔背起国王，陪着他一起来到了湖边。当他们到达那里时，一条小驳船沿着湖岸上下浮动，里面有许多美丽的姑娘，在她们中间，有一位王后，所有人都戴着黑色头巾，她们一看到亚瑟王，全都大哭大叫。现在把我放进船里，国王说。于是他小心地把国王放了上去。三位王后心情万分悲恸地接住了他，把他放倒，国王的头躺在一位王后的膝上，那位王后说，啊，亲爱的哥哥，为何你要耽搁这么久才来找我？哎呀，你头上的这个伤受了很多冷气。于是他们划着船，离开了陆地；贝德维尔看着所有的女士都离开了他。然后大喊一声，啊，我的亚瑟主，现在你走了我怎么办？你留下我孤单一人面对所有的敌人。安慰你自己，国王说，尽力做好你能做的，因为我心中已经没有可以给你信任的东西了。因为我要到艾维里恩山谷去治疗我的重伤。如果你以后再没有我的消息，请你为我的心灵祈祷。但是听到王后与这些女士一直在大哭大叫，让人怜悯。贝德维尔爵士看到那条船消失不见，立即开始哭泣悲叹。所以他穿过森林，整夜奔走，在清晨时分，在两片白色园林间，发现一座教堂和一座修道院。"

[10] 1869年的版本为"他的眉毛"。

[11] 比较《睡死的天鹅》。

[12] 原作品《亚瑟王之死》到此结束。
1869年的版本中没有后面内容，而是这样写的：
　　最后他叹息了一声，转身慢慢爬完了
　　最后沉重的几步，到达了那座坚硬的峭壁上。

亚瑟王的消逝　305

TO THE QUEEN

致女王〔三〕

噢，您忠心于皇族，
忠心于您的土地，这对您来说就像——
那个值得纪念的日子[2]可以做证，
那天王子苍白如前，发着高烧，
刚刚从摇曳的生命中、
从坟墓的阴影中走出来，
他与您一起骑着马
在您的子民与他们的爱中穿过，
伦敦的万千子民欢呼雀跃，
成群结队的人大声地欢迎着您的到来！
那个安静的喊叫也可以做证，
许多不同种族、
不同信条和不同地区的人
都在为您祈祷——
您的王国从日出到日落，
海底下无声的闪电一直闪动着，[3]
我们从真正的北方[4]听到一首
让我们羞耻的诗歌："离群索居；
忠诚要付出昂贵的代价！
朋友——你们的爱只是一种负担；
放开束缚，任人飞翔。"
这是整个王国的思想吗？
在这里，信念让我们成为统治者吗？
她的声音和用意是乌格蒙的咆哮，[5]
是留在世上的所有民族中最有力道的吗？
那种打击是怎样愚弄着她，
让她说话如此无力？
日复一日，更加富有，更加强大！
这是来自不列颠的声音？
或是一个失落帝国的声音？——

一座三等的小岛一半沉没在她的海洋里？
当整座城市在您与您的王子耳边
大声庆祝之时，她发出声音了！
对他们国王的忠诚
就是对他们远方孩子的忠诚，
这些孩子热爱这片海洋帝国，
热爱她不断扩展的
无边无际的英格兰家园，
她在广大的东方地区的王权
和无数伟大的连她也不知道的小岛；
如果她知道但对它感到畏惧，
那么我们就会被摧毁。
而您，我的女王，不是为了它，
而是为了阿尔伯特王子——
那为我奉上神圣献词的人，[6]
耗尽了您全部的爱。
您接受那个古老而残缺的童话，
接受新旧事物，用心灵体会战争期间
人们心中的阴影，认为真正的男人
才会有至上的男子气概，[7]
而不是那个死去的国王，
名声如灵魂般随着云朵飘移，
像片云一样，游荡在高山之巅，
萦绕于巨石之上；
或者是杰弗里书中或马洛里书中的
那个他，[8]在他们书中，
他是一个时代里掺假的角色，
盘旋在战争与放纵之间，
从国王到王位被废除；
借用您诗歌中的祝福，他相信上帝会

致女王 309

在您与我们这片遥远的国度里
制造暴风雨；
一些神圣之人不管聪明与否，
都看到了暴风雨的征兆，
每一次风吹过时，每一支风向标的摆动，
冗长的滑轮到短暂的时间，
凶猛或粗心的放弃信仰的人，
软弱，是对简单生活的嘲笑，
或懦弱——
对金钱的欲望的产物，
或劳动——
只敢抱怨却不敢大声说出，
或艺术——
从法国那里偷窃来的有毒蜂蜜[9]——

知道的人会小心翼翼地对待，
无知的人统治着博学的人，
使艺术深受其害：这个伟大世界的目标
在人们看不到的地方；
然而——
如果我们内心慢慢长大的
皇家共和国至高无上的共识，
救了她好多次，没有舍弃的话——
他们的恐惧只是早晨的阴影，
比它们的投射者还要巨大，
却远不及西方战争中的黑暗
来得阴暗晦涩，
在那儿，
所有的伟大与神圣，全都消亡泯灭。

# 注释

［1］这篇结束语首次发表在《文学摘要》（1872—1873）上，未经删改。

［2］"那个值得纪念的日子"指的是1872年2月的公共感恩节，为了纪念威尔士王子伤寒痊愈。

［3］指海底电报传送的祝贺信件。

［4］当加拿大统治了马尼托巴时，英格兰人抱怨在北美维持殖民统治所付出的代价甚高。贾斯廷·麦卡锡先生在他的《当代历史》一书中说道："几年中，整个英格兰普遍的一种感觉开始表现在重复和清晰的建议中，即加拿大人最好要小心一点。许多英格兰人抱怨加拿大要求他们的国家要负责她主要的国防开支，还要保证她的铁轨计划，尤其是当加拿大对英格兰采取的贸易政策是严格的保护主义性质的时候。"

［5］指滑铁卢战役。乌格蒙的别墅，以及它的大量建筑物、花园和种植园都被同盟国霸占："是形成不列颠地位的关键"。据统计："那天，将近12000人对小堡垒发起了进攻，尽管驻卫军坚持到了最后，最终还是失败了"。

［6］指《叙事诗》中为纪念阿尔伯特王子的献词。

［7］到目前的版本（1898）为止，这句话没有在任何英国或美国的版本中出现过；但是《自传》中说，诗人认为可能他在结尾部分，没有清楚地把国王真正的人性表现出来，把这一行加在"1891年的版本中，作为他最后的校正"。可能只是由于疏忽，这一行并没有插在1891年以后的版本中。

［8］马洛里和蒙默斯郡的杰弗里。马洛里（Malory）的名字也可写作"Malorye、Maleore和Malleor"。

［9］比较《六年后的洛克斯利大厅》："让姑娘想象在左拉主义的槽沟中打滚"等。利特代尔引用戈尔德温·史密斯《散文集》中的话："对于法国小说，卡莱尔提到上个世纪最著名的那部时说，在读完后，你应该在约旦河里洗七次；但是在读完现代的法国小说后——在这些小说里，下流中夹杂着情感的玫瑰香水，除了臭但又受到感染，你需要洗的次数最好是七七四十九次。"